그 찬란한 빛들 모두 사라진다 해도

The
Unwinding
of the
Miracle

그 찬란한 빛들 모두 사라진다 해도

삶과 죽음, 그 후에 오는 것들

줄리 입 윌리엄스 지음 | 공보경 옮김

나무의철학

일러두기

1. 책에 등장하는 주요 인명, 지명, 기관명, 질병 및 약품 관련 주요 용어, 기관명 등은 국립국어원 외래어 표기법을 따르되 일부는 관례를 따랐다.
2. 저자가 이탤릭체로 강조한 부분은 작은따옴표와 고딕체로 표기했다.
3. 괄호 안 부연 설명은 저자의 글이고 옮긴이의 설명은 별도로 표기했다.
4. 단행본은 《 》로 표기했으며 시, 논문, 잡지, 방송 프로그램 등은 〈 〉로 표기했다.

내 사랑하는 두 딸 미아와 이사벨
사랑하는 자매 라이나, 낸시, 캐롤라인
나를 위해 최선을 다해주신 부모님 엽세복葉世福과 림계영林桂英
그리고 나를 지금까지 이끌어준 오빠 마우에게

이 책을 바칩니다.

Prologue

안녕하세요, 반갑습니다.

저는 줄리 입-윌리엄스입니다. 제 책을 읽어주셔서 감사드리며 크나큰 영광이라고 생각합니다. 제 이야기는 끝에서부터 시작됩니다. 여러분이 이 책을 읽을 때쯤 저는 이 세상에 없을 거란 뜻이지요. 하지만 괜찮습니다.

저는 선하고 완전한 삶을 살았습니다. 초라한 삶을 시작하면서 예상했던 것보다 훨씬 많은 걸 이뤘습니다. 저는 누군가의 아내이자 엄마, 딸, 자매, 친구, 이민자, 암 환자, 변호사로 살았고 이제 작가가 됐습니다.

저는 늘 선한 의도와 착한 마음을 가지고 살려고 노력했습니다. 물론 살면서 누군가의 마음을 다치게 했을 수도 있지요. 하지만 저는 충만하고 보람 있는 인생을 살고자, 피할 수 없는 시련을 품위 있게 극복하고자, 유머와 삶에 대한 애정을 잃지 않고자 노력했습니다. 이게 전부입니다. 비록 사십대 초반에 소중한 자녀들을 두고 세상을 떠나게 됐지만, 그래도 저는 행복합니다.

제 삶은 단 한 순간도 수월하지 않았습니다. 유년 시절 죽지 않고 살아남은 것도, 미국으로 건너온 것도 기적이었습니다. 피비린내 진동하는 내전을 겪던 베트남에서, 패배하는 진영에 속한 어느 가난한 가정에서 눈이 먼 채 태어난 아이가 바로 저였습니다. 이 사실은 제 삶을 규정하고 제 운명을 결정 짓고 제 표식이 되었지만, 저를 막지는 못했습니다. 저는 죽음을 통해 삶에 대한 많은 진실을 배웠습니다. 냉엄한 진실을 굳건히 대면하고, 삶의 기쁨뿐 아니라 고통을 포용하는 방법도 알게 됐습니다. 그리고 생각해보니, 그동안 살아온 경험을 풀어내는 것이 이 지독하게 힘든 시기를 견뎌내는 누군가에게 도움이 될 것 같았습니다.

누구나 살면서 직간접적으로 힘든 시기를 겪게 됩니다. 뉴스에서 본 사건들, 친구들에게 들은 사건들, 다른 사람들에게 닥치는 죽음을 비롯한 여러 비극적인 사건을 접할 때 우리는 슬픔을 느끼면서도 한편으로는 내게 닥친 일이 아니라는 사실에 안도하고 감사하게 됩니다. 신의 은총 덕분에…… 허리케인과 지진으로 삶의 터전이 파괴되지 않았고, 총기 난사와 폭발, 자동차 사고를 당하지 않았고, 서서히 진행되는 병에 걸리지 않았다고 생각하면서요.

이런 고난이 우리의 삶을 뼛속까지 뒤흔드는 이유는 우리가 죽음을 피할 수 없는 존재임을 일깨우고, 지구를 흔들거나 세포를 변이시키거나 내 몸이 스스로를 공격하는 병에 걸렸을 때 우리가 얼마나 무력한지를 깨닫게 해주기 때문입니다.

그동안 제가 살아온 삶과 견뎌온 수많은 시련을 이 책에 풀어놓고자 합니다. 젊다면 젊은 나이에 죽음을 맞게 된 한 인간의 일생의 기록을 통해, 어쩌면 주제넘을 수도 있지만, 계속 살아갈 여러분이 의미 있는 조언을 얻기를 바랍니다.

살아 있는 동안 삶에 충실하십시오, 여러분.

기적의 시작부터 기적의 끝에 이르기까지.

2018년 2월

줄리 입 윌리엄스

차례

프롤로그 ...7

01   곧 시체가 될 아기 ...14

02   인생은 결코 공평하지 않지만 ...18

03   결장암 4기, 6퍼센트, 5년간의 생존 가능성 ...26

04   마법 같은 힘을 지닌 특별한 아이 ...33

05   왜 하필 내가? 어째서 나에게만! ...39

06   "치료가 불가능합니다." ...46

07   시각장애인이 홀로 여행을 한다는 건 ...54

08   할머니가 나를 죽이려 했던 이유 ...64

09   좋은 사람과 친해지는 것 말고 뭐가 더 중요해? ...85

10   자, 어디 한번 마셔보자! ...93

11 캐서린이 나에게 일깨워준 것 ...99

12 나는 결함이 있는 존재가 아니었다 ...105

13 희망보다 강력한 생존 본능 ...112

14 "당신 인생을 망치게 해서 미안해." ...120

15 지금까지와는 완전히 다른 운명 ...125

16 구급차에서 바라본 새로운 세상 ...133

17 이렇게 보면 악몽, 저렇게 보면 사랑 ...142

18 이렇게 빨리 죽게 할 거면 왜 지금까지 살게 했나요? ...154

19 더 많은 도미노를 쓰러뜨리기 위해서 ...173

20 내가 숫자, 통계, 확률을 믿지 않는 이유 ...182

21 우리는 아무것도 제어하지 못한다 ...189

22 기쁘게 이 삶을 살아내기 ...192

23 할 말은 뱃속에 넣어두고 ...202

24 뉴욕 한복판에서 만난 천사 …209

25 더 이상 희망 고문에 속지 않겠다 …218

26 아파트 확장 공사를 하며 깨달은 것 …228

27 네가 무엇을 할지는 네가 결정하는 거야 …234

28 통증이 이렇게 무서운 거였다니! …240

29 슬픔이 주는 선물 …251

30 임 씨 가족이 미국에 정착하던 날 …256

31 CT, MRI, PET…… 이 결과는 다 뭐죠? …262

32 광기와 질투, 분노의 소용돌이에서 …265

33 반려동물은 약물보다 강하다 …277

34 사는 게 용감한 걸까, 죽는 게 용감한 걸까? …284

35 '우리는 언젠가 죽는다'라는 뻔한 말은 그만! …291

36 추억 없이 살 수 있는 사람은 없으니까 …303

37 내 손으로 꾸미는 내 생의 마지막 공간 ...309

38 페더러 선수와 나의 평생 이론 ...313

39 이만하면 잘 살았다고 말하고 싶지만 ...319

40 그리워질 사람들, 그리워질 순간 ...322

41 오늘, 내가 묻힐 매장지를 예약했다 ...327

42 당신도 언젠가는 나를 잊겠지만 ...340

43 그 찬란한 빛들 모두 사라진다 해도 ...354

에필로그 ...371

감사의 말 ...381

01.

곧 시체가 될 아기

1976년 3월 남베트남 땀끼

내가 태어난 지 2개월이 됐을 때 부모님은 내 할머니의 명령대로 나를 다낭에 있는 어느 약초 재배꾼 노인에게 데려갔다. 부모님은 그 노인에게 골드바를 주면서 나를 영원히 잠들게 할 약초를 달라고 했다. 맹인으로 태어난 나는 할머니가 보기에 망가진 자손이었다. 가족에게 짐이자 수치이며 앞으로 결혼도 할 수 없는 존재. 할머니는 나를 죽이는 것이 앞으로 살게 될 비참한 인생을 피하게 해주는 방책이며 나에게 자비를 베푸는 것이라 여겼다.

그날 아침 어머니는 내게, 내 언니와 오빠의 똥 찌꺼기로 누렇고 시커멓게 변해버린 낡은 아기 옷을 입혔다. 어머니가 아무리 빨아도 옷에 묻은 똥 찌꺼기 얼룩은 없어지지 않았다. 할머니는 어머니에게 그 옷을 내게 입히라 지시하고 자신이 시키는 대로 하는지 지켜보았다. 할머니는 "그 애한테 다른 옷을 입히는 건 낭비야"라고 말했다. 곤궁한 시기였으므로 곧 시체가 될 아기에게 멀쩡한 옷을 입히는 짓을 할 필요는 없다고 생각했을 것이다.

우리 가족은 한창 냉전이 벌어지는 곳에서 이렇게 괴상한 가족

드라마를 찍고 있었다. 11개월 전 남베트남이 북베트남으로부터 '해방'되면서 생긴 지정학적 변화가, 입 씨 가족의 삶을 여러 충격으로 뒤흔든 것이다.

　1972년, 내전은 남베트남에 결정적으로 불리해지기 시작했다. 아버지는 얼마 되지 않은 재산을 잃을까 두려워했고, 중국계로서 그다지 대단한 애국심을 갖고 있지도 않던 남베트남을 위해 일단 군복무를 하면서도 목숨을 바칠 각오 따위 없었다. 군복무를 하는 4년 동안 아버지는 휴가를 받아 집에 오곤 했는데 본인이 전장에서 보거나 저지른 끔찍한 짓에 대해서는 가족 누구에게도 얘기하지 않았다.

　할머니는 아버지가 전쟁의 참상을 겪지 않게 하려고 뇌물까지 써가며 군 장성의 운전병 자리를 얻어냈지만 바라던 만큼의 효과는 보지 못했다. 아버지는 적군의 저격수와 지뢰가 어디 도사리고 있는지도 모른 채 차를 몰고 적진에 뛰어들어야 했고, 밤이면 소리 없이 돌아다니는 베트콩에게 언제 목을 따일지 모른다는 두려움에 떨며 밀림 바닥에서 잠을 청해야 했으며, 잠시 잠잠하다가도 이내 정적을 깨는 폭발음에 진저리를 쳐야 했다.

　죽음에 대한 두려움, 아니, 더 지독하게는 언제 사지를 잃을지 모른다는 끝없는 두려움에 압도된 아버지는 명예고 나발이고, 겁쟁이로 낙인찍혀도 상관없다는 생각을 하게 됐다. 그러던 어느 날 지프에 실어둔 보급품을 가져오겠다는 핑계로 막사를 빠져나와 그대로 뒤도 돌아보지 않고 줄행랑을 쳤다. 일주일 동안 죽어라 걷고 남의 차를 얻어 타며 이동한 끝에 남베트남의 수도 호찌민에 도착해서는, 백만 명 넘는 중국계가 살고 있는 오래된 지역 촐롱에 몸을 숨겼다. 촐롱은 인구가 많은데다 대부분의 사람들이 전쟁에 총력을 다하지 않았기 때문에 아버지는 발각될 위험 없이 자유로이 돌아다니며 살 수 있었다.

그 와중에 아버지는 내 할머니에게 자신이 어디에 숨어 있는지 알렸다. 할머니는 아무리 자기 아들이어도 남자란 밖으로 나돌면 바람이 나게 돼 있다고 믿는 사람이었기 때문에, 어머니에게 호찌민으로 가서 아버지와 함께 살라고 했다. 어머니는 당시 두 살이었던 언니 라이나와 갓난아기였던 오빠 마우를 양팔에 하나씩 안고 호찌민으로 갔고, 네 사람은 그곳에서 전쟁이 끝날 때까지 불안에 떨며 살았다. 아버지는 탈영 죄로 투옥되거나 빠르게 악화되고 있는 전시 상황 때문에 군복무를 재개할 수도 있다는 걱정을 안 해도 될 만큼 상황이 안전해져야 땀끼로 돌아갈 수 있었다. 부모님은 당연히 셋째를 낳을만한 형편이 아니었다.

1975년 4월 30일에 호찌민이 함락되자 부모님은 여느 호찌민 시민들처럼 환호했다. 새로 들어선 공산 정권을 신뢰해서가 아니라 마침내 전쟁이 끝났기 때문이다. 호찌민의 주인이 바뀌자 부모님은 흥분한 군중과 함께 버려진 상점과 창고를 털었고 가스통과 쌀자루를 비롯해 손에 잡히는 물건은 무엇이든 움켜잡았다. 두 분은 얼마 후 내가 태어나게 될 거라는 소식을 듣고 크게 기뻐했다. 부모님은 땀끼의 집으로 돌아왔고 그로부터 8개월 후, 전혀 특별할 것 없는 1월의 어느 저녁에 내가 태어났다.

태어날 때 내 체중은 3킬로그램이 약간 넘었는데 그 정도면 베트남에서는 큰 편이었다. 병원은 지저분했고 선택지 중에 제왕절개는 없었다. 호찌민이 아닌 지역에서는 제왕절개를 할 줄 아는 의사조차 없었다. 아버지는 내 이름을 '莉菁'이라고 지었다. 표준 중국어로는 '리징', 하이난어(중화인민공화국 하이난성에서 쓰는 민어 방언 – 옮긴이)로는 '리싱'으로 발음되었다. 문자 그대로 해석하면 '재스민의 정수'라는 뜻인데 활력, 활기, 아름다움을 의미했다.

오랫동안 셋째를 기다린 어머니는 무척 기뻐했고, 할머니도 처음에는 기뻐해 마지않았다. 하지만 두 달 후 나는 언니와 오빠가 입었던 낡고 더러운 아기 옷을 입은 채 아버지 품에 안겨 죽으러 가야 했다. 1번 고속도로를 타고 북쪽으로 두 시간을 달려 다낭으로 가는 여정이었다.

02.

인생은 결코 공평하지 않지만

2017년 7월 14일 뉴욕 브루클린

사랑하는 미아와 이사벨에게

내가 죽고 나서 너희에게 생길 여러 문제를 최대한 해결해두었어. 우리 가족을 위해 적절한 급여를 받고 일할 요리사를 고용해뒀고, 어떤 치과의사를 찾아가야 하는지, 수업료는 언제 내야 하는지, 바이올린 대여와 피아노 조율 계약은 언제 갱신해야 하는지도 정리해뒀어. 이제 남은 시간 동안 이 아파트와 관련된 상세한 사항들을 전부 동영상으로 남겨놓을 거야. 그래야 공기 필터가 어디 있고 치퍼에게 어떤 사료를 먹여야 하는지 알 수 있을 테니까. 생각해보니 이것들은 쉽게 해결할 수 있는 문제구나. 비교적 중요하지 않고 어렵지 않게 처리할 수 있는 일상적인 문제들.

내가 죽고 나서 너희가 겪게 될 고통을 덜어주려는 시도조차 하지 않는다면, 너희가 인생을 살면서 갖게 될 가장 큰 의문에 답을 해주려는 시도조차 하지 않는다면, 너희는 엄마에게 크게 실망하겠지. 너희는 언제까지나 암으로 엄마를 잃은 아이들이 될 거고 사람들은 너희를 안타까움과 연민이 섞인 눈으로 바라볼 거야. 사람들이 아무리 좋은 의도로 그랬다 해도 너희는 분명 반발하겠지.

엄마의 죽음은 너희의 삶을 파고들 거고, 완벽했을 수도 있는 예술 작품에 새겨진 흠집처럼 작용할 거야. 너희는 부모가 있는 다른 사람들을 돌아보면서 이렇게 묻겠지. 왜 우리 엄마는 병에 걸려서 세상을 떠났을까? 세상이 불공평하다며 울 수도 있어. 친구가 못되게 굴 때 엄마가 와서 안아주기를, 너희가 귀를 뚫을 때 옆에서 봐주기를, 너희가 연주회에서 공연을 할 때 객석 맨 앞줄에 앉아 크게 박수를 쳐주기를, 대학 졸업식 때 자녀와 사진 한 장 더 찍겠다고 유난을 떠는 여느 부모들처럼 너희 옆에 있어주기를, 너희의 결혼식 날 드레스 입는 것을 도와주기를, 아기를 낳은 너희가 잠시 눈을 붙일 수 있도록 대신 손주를 안아주기를 간절히 바라게 되겠지. 그렇게 엄마를 떠올릴 때마다 내 부재는 너희에게 고통을 줄 거고, 끝없이 왜라는 의문을 떠올리게 될 거야.

지금 내가 하는 말이 너희의 고통을 덜어줄 수 있을지는 모르겠지만, 이런 말을 남기려는 시도조차 하지 않는다면 나는 엄마로서의 역할을 게을리하는 셈이 될 거야.

엄마가 7학년일 때 역사 선생님이었던 올슨 선생님은 약간 괴짜지만 비범한 분이었어. 그분은 십대인 우리가 "공평하지 않아요!"라고 항변할 때마다 (이를테면, 선생님이 갑자기 쪽지 시험을 보겠다고 하거나 그 외에 온갖 하찮은 일에 대해 우리가 '불공평' 타령을 할 때마다) "인생은 원래 불공평한 거야. 적응해!"라고 하셨어. 우리는 세상이 공평해야 한다고, 모든 사람은 공평한 대우를 받아야 한다고, 사람들을 공평하게 대우하고 공평한 기회를 줘야 한다고 생각하며 자랐지. 법의 영향력이 막강한 풍요로운 나라에서 살다보면 자연히 그런 기대를 하게 돼. 아직 다섯 살밖에 안 된 너희도 공평함이 무슨 기본권인 것처럼 수시로 부르짖곤 했잖아. 이사벨은 영화를 보러 가는데 미아는 못 보러 가는 게 불공평하다, 뭐 이런 식으로. 인간의 심리와 윤리 기준에 공평과 평등에 대한 기대감이 단단히 뿌리 박고 있기 때문인지는 잘 모르겠지만.

내가 확실히 아는 건 올슨 선생님의 말이 옳았다는 거야. 인생은 공평하지 않아. 인생에서 공평함을 기대하는 건 어리석은 짓일 수 있어. 특히 삶과 죽음에 관한 문제, 법의 범위 바깥에서 일어나는 일들, 인간의 노력으로 이끌어갈 수도 조정할 수도 없는 일들, 신이나 운, 운명처럼 우리가 알 수도 없고 이해할 수도 없는 힘이 지배하는 영역에서 일어나는 일이라면 더욱 그래.

나는 엄마 없이 자라지는 않았지만 힘든 유년 시절을 보냈고 너희보다 더 어린 나이에 인생이 불공평하다는 걸 이미 깨달았어. 나는 운전을 하고 테니스를 치는 아이들, 나처럼 두꺼운 돋보기안경을 쓰지 않고도 글을 읽을 수 있는 아이들을 보면서 몹시 괴로워했어. 그 고통이 어떠했을지는 지금 너희도 이해할 수 있을 거야. 사람들이 나를 동정하는 눈으로 바라보는 게 정말 싫었어.

나는 기회도 박탈당했지. 체육 시간에는 경기에 참여하지 못하고 득점 기록만 해야 했어. 어머니는 내가 중국어를 배울 필요가 없다고 생각하셨어. 언니와 오빠는 중국어를 배우게 했으면서 나한테만 그러신 이유는, 시력 때문에 한자를 못 읽을 거라고 생각하셨기 때문이야. 나중에 대학에서 중국어를 배우고 해외에서도 꾸준히 공부한 덕분에 언니, 오빠보다 중국어를 더 잘하게 된 게 다행이지.

어렸을 때 차별받는 것보다 더 우울하고 서러운 건 없는 것 같아. 늘 혼자 분노를 곱씹으며 눈물을 흘렸으니까. 누구나 결핍이 있어. 앞이 보이지 않는다는 건 커다란 결핍이지. 하지만 그 때문에 많은 것을 잃어야 했다는 게 나를 더 힘들게 했어. 나는 신세 한탄을 하면서 왜 나만 이렇게 살아야 하냐고 물었어. 인생이 불공평하다는 사실이 정말 싫더라고.

예쁜 딸들아, 인생이 어째서 불공평한가에 대한 답은 나도 몰라. 아마 이번 생에는 알 수 없을 거야. 하지만 고통과 괴로움, 슬픔과 비통함을 느끼면서 충분히 울고 상처를 받는다면 언젠가는 분명히 얻는 게 있을 거야. 불 속을 통과하는 것은 괴롭지만 막상 끝까지 통과하고 나면 온전하고 강한 사람으로 거듭날 수 있어. 내가 장담해. 고통을 겪고 나면 진리와 아름다움, 지혜, 마음의 평화를 얻게 될 거야. 고통이든 기쁨이든 영원히 지속되는 것은 없다는 것도, 슬픔 없는 기쁨이 존재하지 않는다는 것도 알게 되겠지. 인생에는 고통 없는 안도감, 잔인함 없는 연민, 두려움 없는 용기, 절망 없는 희망, 고생 없는 지혜, 결핍 없는 감사는 있을 수 없어. 인생에는 이런 역설이 넘쳐난단다. 온갖 역설 속에서도 길을 찾아 나아가는 것이 바로 인생이야.

나는 비록 앞을 보진 못했지만, 이 불행한 현실이 나를 더 나은 방향으로 이끌었어. 나는 자기연민에 빠져 허우적대기보다 한층 야심 있는 사람으로 자랐어. 덕분에 기지 있고 똑똑한 사람이 됐지. 장애 덕분에 사람들에게 도움을 청하는 방법, 장애를 부끄러워하지 않는 방법, 자신에게 솔직하고 한계를 인정하고 다른 사람들을 진솔하게 대하는 방법도 배웠지. 진정한 힘과 정신적인 회복력을 갖추게 된 거야.

너희는 이제 엄마 없이 자라게 될 거야. 마음 같아선 너희가 고통을 겪지 않도록 보호해주고 싶지만, 그래도 엄마로서 한편으로는 너희가 고통을 겪더라도 잘 버티고 살아내어 교훈을 얻기를 바라. 너희가 고통을 통해 더욱 강한 사람이 되면 좋겠어. 너희가 엄마의 강한 면을 물려받았다는 거 알지? 고통을 통해 타인에게 동정심을 가질 줄 아는 사람으로 자라면 좋겠어. 고통을 겪는 사람들에게 공감하기를, 인생을 즐기고 인생의 온갖 아름다움을 충분히 만끽하기를, 온 힘을 다해 열정적으로 인생을 살아가기를, 어린 나이에 엄마를 잃은 사람만이 깨달을 수 있는 인생의 불안정함과 소중함에 감사하기를.

이게 너희에게 주는 숙제야, 예쁜 내 딸들아. 고통스런 비극을 아름다움과 사랑, 강함, 용기, 지혜의 원천으로 삼으렴.

물론 내 말에 동의하지 않는 사람도 많을 거야. 하지만 조숙했던 소녀 시절에 침대에서 홀로 흐느끼면서 깨달은 게 있어. 최대한 많은 것을 경험하고, 짧은 삶이든 긴 삶이든 인간으로서 처할 수 있는 온갖 삶의 조건을 최대한 이해하는 게 바로 인생을 살아가는 목적이라는 거야. 우린 매순간 인간이 겪을 수 있는 온갖 복잡한 감정을 느끼면서 살아가지. 우리의 영혼은 이러한 경험들을 통해 배우면서 성장하고 변화하고, 삶이 무엇인지 점점 알아가. 나는 이걸 영혼의 발전이라고 불러. 내가 고통과 괴로움에 관해 '공평'한 수준 이상의 몫을 감당했다는 것, 어려서는 앞이 보이지 않았고 말년에는 암으로 고통받으면서도 나름 멋진 삶을 살았다는 것을 너희가 알아줬으면 해. 이 고통과 괴로움이 나를 규정했고 나를 더 나은 방향으로 변화시켰어.

암 진단을 받고 나서 몇 년 동안, 이전까지는 알지 못했던 사랑과 연민을 깨달았어. 인간의 배려심이 얼마나 깊을 수 있는지를 몸소 경험하면서 뼛속까지 겸손해졌고, 더 나은 사람이 되지 않을 수가 없었지. 죽음의 공포가 나를 짓이기려 할 때마다 두려움을 극복하고 용기를 냈어. 내가 시력장애와 암 투병을 통해 얻은 교훈은 헤아릴 수 없을 만큼 많아. 너희도 이 글을 읽으면서 비극을 통해 어떻게 삶을 긍정적인 방향으로 변화시킬 수 있는지, 고통의 진정한 가치가 무엇인지 알게 될 거야.

한 사람이 살아온 삶의 가치는 몇 년을 살았느냐가 아니라 인생의 교훈을 얼마나 잘 받아들였는지, 인생의 다양하고 복잡한 경험을 얼마나 잘 이해하고 정제해서 자신의 것으로 만들었는지에 달려 있다고 생각해. 내가 선택할 수만 있다면 너희 곁에 더 오래 머물고 싶어. 하지만 너희가 엄마의 죽음을 통해 교훈을 얻을 수 있다면, 더 나은 사람이 되고자 했던 엄마의 도전을, 엄마의 죽음을 계기로 이해할 수 있다면 나는 무척 기쁘고 행복할 거야.

엄마 없이 살아가는 게 외롭고 쓸쓸하겠지만 너희는 혼자가 아니야. 물론 누구나 자기만의 감정으로 무언가를 선택하면서 살아가니까 혼자 사는 거라고 볼 수도 있겠지. 하지만 주변 사람들과 함께 손을 잡고 살아간다면 그렇게 외롭지는 않을 거야. 이것도 너희가 살면서 배우게 될 인생의 역설 중 하나야. 무엇보다 너희는 서로에게 의지할 수 있잖니. 아빠도 있고. 그러니 서로에게 위안이 되어주길 바라. 언제나 서로를 용서하고 사랑하렴. 또 너희 곁에는 티티와 마우 삼촌, 낸시 이모, 캐롤라인 이모, 수 이모를 비롯해 많은 친구들이 있어. 다들 너희를 생각하며 기도해주고 너희를 보살펴줄 거야. 그러니 결코 외롭지 않을 거란다.

마지막으로, 내가 죽어도 내 피는 너희 몸속에 흐르고 있다는 걸 기억하렴. 너희는 나의 제일 좋은 점들을 물려받았어. 비록 내 육신은 세상에 없겠지만 언제나 너희를 지켜볼 거야.

너희가 악기를 연주할 때, 더 잘 들으려고 눈을 감으면 이런 생각이 들어. 너희가 언제든 온 힘을 다해 열정적으로 바이올린이나 피아노를 연주하면 음악에 특별한 힘이 더해진다는 생각, 나는 너희 곁에 앉아서 다시, 또다시 연주를 해보라고 격려하겠지. 연습 횟수를 세고, 팔꿈치 위치를 조정해주고, 바르게 앉으라고 충고하겠지. 그리고 너희를 껴안고 잘했다고, 너희가 정말 자랑스럽다고 말하겠지. 약속할게. 너희가 더 이상 연주를 하지 않겠다고 결정하더라도 하루하루를 열정적으로 살아간다면, 내 영혼은 너희 인생의 평범하고도 특별한 순간마다 찾아와 지켜볼 거라고. 너희가 산꼭대기에서 아름다운 풍경에 감탄하며 정상까지 올라온 자신을 자랑스러워할 때, 처음으로 아기를 품에 안을 때, 누군가 혹은 무언가로 인해 상처받고 울 때, 공부나 일 때문에 힘들게 밤을 샐 때도 너희 곁을 지켜줄 거야. 나도 한때 너희와 같은 감정을 느꼈다는 것, 그리고 앞으로도 너희를 지켜줄 거라는 것을 잊지 마.

죽으면 시력에 구애받지 않고 세상을 더 멀리 볼 수 있겠지. 운전하는 꿈도 꾸곤 했어. 아, 평생 시력장애를 안고 살아왔지만 지금이라도 시력을 되찾고 싶어. 언젠가는 이루어지겠지. 죽으면 사는 동안 느꼈던 결핍이 채워질지도 모른다고 생각하면, 죽음이 조금은 반갑기도 해. 언젠가 너희가 세상을 떠나는 날, 내가 마중을 나갈게. 그럼 너희는 엄마가 없어서 느꼈던 결핍을 완전히 채우겠지.

그러니 사랑하는 딸들아. 부디 가치 있는 삶을 살아가렴. 철저히 완전하게, 사려 깊게, 매사에 감사하면서, 용기를 갖고 현명하게 살아가. 살아내야 해!

너희를 영원히, 무한히, 시공간을 넘어 사랑한다. 그 사실을 언제까지나 잊지 마.

25

03.

결장암 4기, 6퍼센트,
5년간의 생존 가능성

2013년 여름과 가을

그날 결혼식은 가족 행사로 치러질 예정이었다. 2013년 한여름, 아름답고 젊은 사촌의 가장 행복한 날을 축하하기 위해 일가친척이 모두 로스앤젤레스에 모였다. 나와 조시도 미아와 벨을 데리고 로스앤젤레스로 가서 일주일가량 머물 계획이었지만, 나는 끝내 결혼식장에 가지 못했다.

한 달쯤 전부터 속이 부대꼈다. 확실하지는 않지만 뭔가 정상이 아닌 느낌이었다. 속이 메스껍고 위경련 증상에 변비까지 생겨 전문의를 찾았지만, 심각하게 잘못됐다는 결과는 나오지 않았다. 그런데 나는 로스앤젤레스에 도착한 후 심하게 구토를 했고, 결혼식이 진행되는 동안 응급실 신세를 지고 말았다.

결장경 검사 결과, 결장 중간쯤에 덩어리가 하나 있었다. 결장이 거의 막힌 상태였다. '덩어리'라는 건 의사를 통해 내 몸 안을 들여다보기가 영 꺼려지는 증상 중 하나다. 조직 검사를 하기 전부터 의사들은 암일 가능성이 높지만 확실한 건 검사를 해봐야 안다고 했다.

결장반절제술(결장의 절반을 잘라내는 수술 – 옮긴이)을 받고 회복실에서 정신이 돌아온 순간을 나는 영원히 잊지 못할 것이다. 남편 조시가 간호사인 팀과 내 담당 전문의인 D.C.박사에게 위로를 받고 있었다. 그들은 조시에게 앞으로 나를 돌보려면 본인 몸부터 잘 챙겨야 한다고 말했다. 팀은 조시에게 저녁을 먹었는지 물었고 조시가 대답도 하기 전에 피자 한 조각을 가져왔다. 나는 마취에서 완전히 깨지 않았지만, 그들이 방금 수술을 받고 나온 내가 아니라 조시를 위로하는 걸 보면서 무언가 단단히 잘못됐다고 직감했다.

이윽고 D.C.박사가 앳된 얼굴로 나를 돌아보았다. 나는 쉰 소리로 "결과가 안 좋은가요?"라고 물었다. 분위기로 봐서는 안 좋다는 대답이 나올 것 같았다.

"아뇨, 상당히 심각하긴 하지만 안 좋은 정도는 아니에요."

D.C.박사는 결장 속 종양을 성공적으로 제거했지만 방광 바로 위의 복막에서 '완두콩만한 전이암'을 발견했다고 알려주었다. 말 그대로 결장 종양에서 전이된 종양이었다.

'그래, 다행히 그렇게 나쁜 소식 같지는 않네. 그 완두콩만하다는 전이암도 제거했겠지. 그런데 조시는 왜 저렇게 속상해할까?'

나는 마취가 덜 풀린 상태로 그들이 나누는 대화를 들으며 정신을 차리려고 안간힘을 썼다. D.C.박사는 내가 아직 마취에서 깨지 않았기 때문에 대화 내용을 기억하지 못할 거라고 말했지만, 조시는 확신하지 말라고 했다. 나는 속으로 미소 지었다. 나와 수년을 함께 산 조시는 내가 대단히 기민하다는 것을 잘 알고 있었다. 약에 취해 있든 아니든, 나는 조시의 말에 반박하기 위해서라도 일단 귀에 들리는 말은 뭐든 기억해두곤 했으니까.

사실, 나는 그날 저녁에 들은 이야기의 상당 부분을 기억하고 있다. 수술실에서 나온 지 얼마 되지 않아 몸은 편하지 않았지만 창밖에 땅거미가 진 것을 보고 수술이 예상보다 길어졌다고 생각했다. 오빠와 사촌이 병실에 누운 나를 보러 왔던 것도 기억난다. 무엇보다 다들 온갖 숫자를 들먹였던 게 가장 기억에 남는다. 전이암 하나, 4기, 6퍼센트, 8퍼센트, 10퍼센트, 15퍼센트, 30년 된 연구자료 등등.

전이된 암의 크기와 관계없이, 주요 종양에서 전이된 암이 하나 발견됐으므로 나는 4기 환자로 분류됐다. 결장암 4기 환자의 생존율은 6~15퍼센트로 매우 낮은 편이다. 그날 저녁 D.C. 박사는 조시에게 생존율에 관한 통계치는 30년 된 연구자료에 기반한 것이니 아주 믿을 만하지는 않다고 말했다.

다들 숫자에 사로잡혀 있다는 걸 알아채자 조시가 왜 그렇게 속상해하는지 이해가 됐다. 조시는 숫자를 좋아한다. 복잡한 계산도 암산으로 척척 해낸다. 연애를 할 때도 그는 여러 번 이렇게 묻곤 했다. "우리가 결혼할 가능성이 얼마나 될 거라고 생각해?" 그는 슈퍼볼(미국 프로 미식축구 NFC 우승팀과 AFC 우승팀이 겨루는 챔피언 결승전 – 옮긴이)이 시작된 년도부터 지금까지 모든 경기의 점수를 외우고 있었다. 심지어 2009년 윔블던에서 로저 페더러 선수가 3라운드 2세트에서 5대 3을 기록했다는 것도 기억했다. 숫자를 좋아하는 사람들이 그렇듯이 조시에게 숫자는 무작위로 혼란스러운 세상에 질서를 부여하는 도구였다. 그에게 아내가 결장암 4기이며 5년간 생존할 확률이 한 자리 수라는 것은 엄청난 충격으로 다가왔을 것이다.

　그날 밤, 그리고 다음날 새벽에도 조시는 침대 삼아 펼쳐놓은 리클라이너 의자에 앉아 흐느껴 울면서 결장암 4기 환자의 생존율에 관한 정보를 검색했다. 어두운 병실에서 아이패드 화면이 내뿜는 빛이 그의 얼굴에 기이하게 드리웠다. 그는 내가 혼란스러워할까 봐 통계 수치를 언급하지는 않았지만 나는 그의 표정으로 짐작할 수 있었다. 표정에 속내가 다 드러나는 것은 내가 그를 깊이 사랑하는 이유 중 하나이기도 했다.
　내가 온갖 수치를 듣고도 그다지 놀라지 않자 조시는 당황스러워했다.
　"그래서, 그게 뭐?"
　그는 내가 아직 상황의 심각성을 모른다고 여긴 모양이었다.
　"이해가 안 돼?"
　조시는 나를 사랑했지만 나와 똑같은 인생을 살아보지는 않았기 때문에 나에 관한 기본적인 진실을 이해하지 못했다. 내가 지구상에 살아 있다는 것 자체가, 숫자라는 것이 내게는 얼마나 무의미한지 그는 알지 못했다. 내게 숫자는 정말 아무것도 아니었다. 그날 밤 나는 조시에게 1976년을 생각해보라고, 공산 정권이

들어선 베트남의 황량하고 절망적인 분위기를 상상해보라고 말했다. 앞을 못 보는 소녀가 상상할 수 없을 만큼 가난한 집에서 태어나 살아남을 가능성, 맹인이어서 앞으로 누군가의 아내가 되거나 아이를 낳을 수 없을 거라고 낙인찍힌 소녀가 그 낙인에서 벗어날 가능성, 자부심 강한 가족에게 자신은 영원히 짐이자 수치라는 부담감을 소녀가 견뎌낼 가능성이 얼마나 되겠느냐고도 물었다.

수많은 성인 남자들이 죽어나간 바다에서 어린 소녀가 목숨을 건질 가능성, 시신경이 손상됐음에도 아주 약간이나마 시력을 회복할 가능성, 미국의 사정을 잘 모르는 이민자 가정 출신으로 부모의 낮은 기대에도 불구하고 소녀가 우수한 성적을 거둘 가능성, 소녀가 하버드대학교 법학 대학원을 졸업할 가능성, 세계 최고의 로펌에서 법조인으로 일할 가능성, 그리고 미국 남부 출신의 잘생기고 멋진 남자와 결혼해 아름다운 두 딸을 낳을 가능성은 얼마나 될지 물었다. 물론 조시는 말할 수 없었다.

그 후로도 조시는 내 생존 가능성을 높이고자 오랫동안 의학 논문을 뒤졌다. 다중 전이 확장에 비해 단일 전이 확장의 생존 가능성이 좀 더 높았는데 내 나이와 체력, 내가 세계 최고의 의료기관을 이용하면서 훌륭한 지원을 받을 수 있다는 점을 감안한 덕분이었다. 조시의 설명에 따르면 이런 요인들 때문에 내가 5년간 생존할 가능성은 60퍼센트 가까이 될 것이었다. 그에게 60퍼센트는 6퍼센트에 비하면 어마어마하게 높은 가능성이었다.

솔직히 나는 60퍼센트가 대단하다고 느끼지 않았다. 100퍼센트가 아닌 이상 충분하다고 볼 수 없었다. 하지만 누구나 알고 있듯 인생에서 100퍼센트인 것은 없다. 메이요 의료원(미국 미네소타 로체스터에 있는 세계 최대 규모의 병원 - 옮긴이)의 연구 결과에 따르면 40세 미만 여성이 결장암에 걸릴 확률은 0.08퍼센트다. 유전적, 비유전적 요인으로 결장암에 걸리는 여성들을 모두 포함시킨 수치인데, 내가 이런 자료를 도무지 검색하지 않으니 조시가 굳이 찾아서 알려주었다. 내 종양은 유전적 요인으로 생긴 것이 아니므로 내가 결장암에 걸릴 확률은 0.08퍼센트 미만이었다.

나를 담당한 탁월한 내과 전문의는 37년 동안 환자들을 진료하면서 나처럼 젊은 여자가 비유전적 요인으로 결장암에 걸린 것을 처음 보았다고 했다. 내 조건으로 계산하면 내 나이에 결장암에 걸리지 않을 확률이 최소한 99.92퍼센트인데, 그럼 나는 특별한 경우라고 보아야 하나?

이래서 숫자라는 건 무의미하다. 숫자 때문에 병에 대해 자신감이 생기거나 분노가 치밀어 오르지는 않는다. 내가 결장암 1기였고 전이 확장도 전혀 안 됐다면 좋았겠지만 지금보다 생존 가능성이 높다 해도 여전히 암과의 싸움에서 패배할 수 있다. 조시는 통계에 사로잡혀 있었지만 언제나 내게 이렇게 말한다. 약한 팀이 모두의 예상을 깨고 우승할 수 있다고. 그는 "우리가 그 맛에 스포츠 경기를 하잖아"라고 말하곤 했다.

그래서 나는 경기에 나서기로 했다. 오즈 메이커(내기, 선거, 경기 등에서 우승할 비율을 측정하는 사람 - 옮긴이)들이 무슨 말을 하든 연연하지 않기로 했다. 익명의 연구자들이 비인간적 데이터를 들여다보며 내놓는 확률을 무작정 믿지 않기로 했다. 대신 나 자신과 내 몸, 정신, 영혼을 믿기로 했다. 예상을 깨는 삶을 사는 데 도가 튼 내 안의 강인함을 믿기로 했다. 드라마 〈프라이데이 나이트 라이츠Friday Night Lights〉(고등학교 풋볼팀 선수들과 코치진이 한 시즌을 헤쳐 나가는 과정을 그린 드라마 - 옮긴이)에서 테일러 코치는 오합지졸이나 다름없는 딜런고등학교 팬서 풋볼 팀원들에게 늘 이렇게 말했다.

"맑은 눈과 충만한 가슴을 가진 사람은 지지 않아!"

나에게는 맑은 눈과 충만한 가슴이 있다.

04.

마법 같은 힘을 지닌
특별한 아이

　처음 진단 결과를 듣고 24시간 동안은 두 딸을 생각할 때마다
온몸이 뒤틀릴 정도로 격한 울음이 터져 나왔다. 나는 종종 두 딸
이 어떤 여성으로 성장할지 상상하곤 했다. 미아는 발랄하고 세
심하며 고고한 미녀로 자라고 벨은 사교적이면서 카리스마 있는,
조금은 성미가 급한 여성이 되겠지.

　그 모습을 직접 볼 수 없을지도 모른다는 생각이 들자 안 그래
도 아픈 배가 더 아프고 심장이 아렸다. 딸들이 나를, 밤이면 자
신들 곁에 누워 아야 한 곳을 뽀뽀로 낫게 해줄 나를 찾으며, 나
만큼 자신들을 사랑해줄 누군가를 찾으며 울다 지쳐갈 모습을 떠
올리자 내 속은 천 갈래 만 갈래로 찢기는 듯했다.

　이러다 숨이 끊어지겠다 싶어서 두 딸에 대해서는 그만 생각하
기로 했다. 조시에게도 아이들을 병원에 데려오지 말라고 당부했
다. 그가 어쩔 수 없이 아이들을 데려왔을 때는 면회 시간을 최대
한 짧게 잡았다. 어차피 그다지 기분 좋은 방문도 아니었으니까.
엄마 몸에 튜브가 잔뜩 꽂힌 걸 보고 겁을 먹은 미아는 병실에 들

어서자마자 나가겠다고 떼를 썼고, 벨은 가슴 아프게 울어대서 억지로 데리고 나가야 했다. 두 아이는 다른 누군가의 아이들이 되었다. 부모님과 언니, 친척들이 두 아이를 잘 보살펴주고 재미있게 해줄 것임을 알고 있었다. 그 정도면 충분했다. 병원에 있는 며칠 동안 아이들에게 아무것도 해줄 수가 없었다. 진단 결과를 듣고 받은 충격이 아직 가시지 않은데다, 수술을 받느라 무리한 몸을 회복하고 추스르기에도 벅찼으니까.

초반에는 딸들이 전쟁의 피해자가 되었다고 생각했다. 우리 모두는 암의 희생자였고 그중에서도 가장 큰 피해자는 내 딸들이라고.

그런데 귀엽고 성미가 급하고 다소 제멋대로인 이사벨-내 몸 안에 암이 자라는 동안 내 뱃속에 자리 잡은 아이-덕분에 이 상황을 조금 다른 관점에서 보게 되었다.

내가 퇴원한 후 우리 가족은 뉴욕으로 곧장 돌아가는 대신 비벌리힐스 근처에 있는, 가구가 설치된 타운 하우스를 빌려 2주일 더 머물기로 했다. 그곳 의사들에 대해 더 알아보고 몸도 회복하면서 평소에는 만날 기회가 없었던 가족과 친구들과 좀 더 시간을 보내고 싶었다. 부모님 집은 동쪽에 있어서 위치상 편리하지가 않았다. 타운 하우스는 월세도 저렴하고 우리의 거주 목적에도 맞아서 일단 빌리기는 했지만, 수리를 해야 할 정도로 상당히 낡고 지저분했다. 게다가 유령까지 나오는 집이었다.

그 집에서 지낸 지 이틀째 되는 날 저녁, 올림픽 대로를 따라 집으로 돌아가는데 벨이 별안간 아기 같은 목소리로 말했다.

"엄마, 어둠이 무서워요."

또래에 비해 평소에도 자기 생각을 말로 잘 표현하긴 했지만, 아직 두 살도 채 안 된 벨이 처음으로 어둠이 무섭다고 말한 것이다. 세 살 반인 미아가 통찰력이 있는 편이고 벨도 그 무렵 조숙한 표현을 많이 사용하던 터라, 나는 그 말을 듣고도 크게 놀라지 않았다.

"벨, 여긴 아주 밝아. 그러니까 무서워할 필요 없어." 나는 그렇게 벨을 안심시켰다.

그날 밤 딸들이, 특히 벨이 자기 침대에서 같이 자자고 고집을 부렸다. 나는 벨을 옆에 눕히고 그 옆에는 미아를 눕힌 후 침대 가장자리에 누웠다. 몇 분 동안 정적이 흘렀다. 벨이 갑자기 벌떡 일어나 앉으며 또 말했다.

"엄마, 어둠이 무서워요." 방이 어둡기는 했지만 가로등 불빛이 희미하게 들어오고 있었다.

"벨, 엄마 여기 있어. 엄마가 널 지켜줄 거야. 무서울 거 없어. 어서 자자!"

벨은 순순히 누웠지만 잠시 후 또 일어나 앉더니 예리한 검은 눈으로 방을 둘러보며 말했다.

"하지만 엄마, 유령이 보여요."

그때가 처음이었다. 미아는 벨에게 유령 얘기를 해준 적이 없다고 했고 나는 미아의 말을 믿었다. 몇 달 전 미아와 벨이 환한 대낮에 담요를 뒤집어쓰고 "우우!" 소리를 내면서 논 적이 있지만, 벨이 어둠에 대한 두려움을 유령과 연결할 거라고는 예상하지 못했다. 두 팔에 소름이 쫙 끼쳤다.

일주일 전에 수술을 받은데다 죽음이 확연히 가까워졌다는 생각에 신경이 곤두서 있어서인지, 어쩌면 그 방에 저승사자가 와 있었고 천리안을 가진 딸이 그걸 봤을 수도 있다는 생각이 들었다.

그 후 열흘 동안 벨은 집에서 뭔가를 하다 말고 멈춰 서서 어느 한 지점을 가만히 쳐다보곤 했다. 그 눈빛은 우리가 보지 못하는 뭔가를 보고 있음을 말해주었다. 자신에게만 보이는 뭔가에게 질문을 던진 적도 있다. "왜 돌아왔어?"

한번은 우리 집에서 오랫동안 일한 베이비시터가 자신의 가족과 통화하던 중 벨의 귀에 수화기를 대주며 자기 여동생에게 인사를 해달라고 한 적이 있다. 베이비시터의 여동생은 아직 말을 못했지만 벨은 수화기에 대고 느닷없이 "이 방에 유령이 보여"라고 말했다.

그 집을 떠난 후에는 벨이 한곳을 멍하니 쳐다보거나 유령 얘기를 꺼낸 적이 없다. 내 생각에 벨이 그 집에서 뭔가를 보기는 했던 것 같다. 그게 저승사자였는지 수호천사였는지 잡귀였는지는 아직 모르겠다. 다만 벨이 마법 같은 힘을 지닌 특별한 아이라는 것은 알 수 있었다.

내가 퇴원한 후 벨이 나를 대하는 태도도 달라졌다. 한동안은 유별나게 매달렸다. 내가 병원에 한참 입원해 있느라 오랫동안 떨어져 있었기 때문일 수도 있다. 다행히 그 강도는 차츰 덜해졌지만, 그래도 뒤에서 갑자기 달려와 내 목에 두 팔을 두르고 10초 정도 포옹을 하곤 했다. 10초는 두 살짜리 아기에게 꽤 긴 시간이다. 가끔은 내 입에 뽀뽀를 세게 하면서 내 목을 바짝 끌어안기도 한다. 나는 잠시 벨의 눈을 들여다보며 묻는다.

"엄마 괜찮겠지, 벨?"

그럼 벨은 언제나 이렇게 대답한다. "괜찮아요."

벨은 너무 어려서 엄마가 아프다는 걸 이해하지 못하지만 아이의 영혼은 엄마에게 무슨 일이 일어나는지 알고 있는 것일까. 벨이 나를 포옹해줄 때마다 마치 벨이 내게 희망과 기쁨, 생명력을 나눠주고 있는 듯한 기분이 든다.

벨이 유령이 보인다고 말하던 무렵, 나는 고등학교 때 읽은 시한 편을 떠올리곤 했다. 영국의 낭만파 시인 윌리엄 워즈워스가 쓴 〈영혼 불멸에 부치는 송가〉였다. 시에서 워즈워스는 결백하고 순수하며 하느님으로부터 지혜를 받은 아이들이 '영광의 구름자락을 끌며' 태어난다고 표현했다. 아이들은 성장할수록 사회와 인생으로부터 부패한 영향을 받아 천사 같은 선함을 조금씩 잃어간다. 워즈워스는 아이들이 천사처럼 선했던 시간을 '초원의 빛나는 시간, 꽃의 영광스런 시간'이라고 표현했다.

영광의 구름자락을 끌던, 초원의 빛나는 시간과 꽃의 영광스런 시간을 한참 지나버린 어른들은 어떨까? 부서진 꿈으로 인해 갑작스레 깊은 상처를 받고, 질병에 시달리며 곧 닥쳐올 이별 앞에서 비통해하는 우리 어른들은 어떻게 해야 할까? 그런 우리를 위해 워즈워스는 이런 조언을 남겼다.

한때 그토록 찬란하던 빛이
끝내 사라진다 해도
초원의 빛나는 시간, 꽃의 영광스런 시간을
다시는 되돌릴 수 없다 해도
우리 슬퍼하지 않으리
오히려 그 뒤에 남은 굳건함을 찾으리
영원히 존재해온
근원적인 연민 속에서
우리의 고통에서 비롯된
따뜻한 위로 속에서
죽음마저 꿰뚫는 믿음 속에서
지혜를 불러오는 세월 속에서 찾아내리

우리는 인간이라면 누구나 고통을 겪는다는 유대감 속에서, 인식 가능한 수준 이상의 위대한 존재에 대한 믿음을 가져야 한다. 이미 잃어버린 것을 애통해하기보다는 남아 있는 것에서 굳건함을 찾아야 한다. 아이들의 마법 같은 경이로운 힘과 굳건한 믿음을 통해, 인생의 가장 어두운 시간을 헤치고 나아가야 한다.

05.

왜 하필 내가?
어째서 나에게만!

   나는 종교를 믿으면서 자라지는 않았다. 내가 제일 가까이서 본 종교 행위는 어머니가 중국인 마을에서 대대로 모시는 불교의 신들을 위한 제사, 그리고 매월 음력 1일과 15일에 조상들의 영혼을 위해 치르는 제사였다. 나는 불이 붙은 향을 손에 들고 과일 앞에 서서-중국의 춘절 같은 특별한 날에는 삶은 닭과 생선구이, 밥 앞에 서서-신들과 내 조상들에게 올 A를 받게 해달라고, 내가 원하는 대학에 들어가게 해달라고, 가족들이 건강하고 돈을 많이 벌게 해달라고 빌었다.

   나는 열 살 때 증조할머니의 장례식에, 스무 살 때 할머니의 장례식에 참석했는데 부모님과 삼촌들, 숙모들, 종조부들, 고모할머니들이 하는 대로 별생각 없이 불경을 외우고 절을 했다. 장례식이라 다들 흰옷을 입고 흰 머리쓰개를 썼다.

   나는 이런 의식이 어떤 철학에서 기반한 건지 알지 못했고, 궁금해서 몇 번 물었지만 어머니도 설명해주지는 못했다. 우리 가족 누구도 춘절 외에는 절에 가지 않았고 경전을 읽지도 않았다.

우리 가족이 해온 종교 행위는 서구의 유대교나 그리스도교 이론과 비슷한 부처와 그 제자들의 심원한 가르침이 아닌, 수백 년 전부터 마을 사람들 사이에서 이어져온 민간의 문화적, 신화적 전통에 뿌리를 두고 있었다.

나는 학교에서 서구 종교를 배웠다. 영어 시간에 배우는 거의 모든 시와 희곡, 단편소설, 장편소설에는 성경에서 비롯된 내용이 스며 있었다. 역사 시간에는 유대교와 그리스도교가 서구 문명의 방향을 결정했다고 배웠다.

나는 이 모든 지식과 정보를 믿으며 내 나름의 삶의 방식을 영적, 철학적으로 발전시켜왔다. 지금도 나는 조상들의 영혼이 나를 지켜보고 있다고 생각한다. 나는 하느님을 믿지만 성경에서 묘사하는 하느님이 아닌 전지전능한 조물주로서의 하느님을 믿는다. 하느님은 보잘것없고 제한적인 인간의 두뇌로는 헤아릴 수 없는 존재다. 그러나 내 영혼은 너무나 명확하게, 부처가 깨달음의 끝자락이라 부른 찰나의 순간에 하느님을 이해할 수 있다. 간단히 말해 나는 세상의 모든 보이지 않는 힘을 '하느님'이라 부른다.

어린 시절 나는 하느님을 숱하게 찾았고 하느님에게 소리쳤다. 특히 잠 못 이루는 밤이면 분노에 차올라, 내 질문에 답하라며 하느님을 불러댔다. 내 질문은 언제나 '왜 하필 저예요?'로 귀결됐다. 지구에 사는 사람이라면 누구나 품고 있는 질문 아닐까? 내 경우에는 '왜 하필 내가 선천성 백내장을 갖고 태어나야 했습니까?'였다. 왜 하필 내가 시력 때문에 잠재성을 발휘하지 못하고 제한된 삶을 살아야 합니까? 시력장애만 아니면 훌륭한 테니스 선수나 CIA 첩보원, 자크 쿠스토 같은 전설적인 해양 탐험가가 될 수도 있었을 텐데요. 사촌들과 친구들은 전부 운전을 할 수 있는데 왜 나만 못하고 살아야 합니까? 예쁘지만 머리는 텅텅 빈 여자애들은 잘생긴 남자애들에게 둘러싸여 지내는데 어째서 나는 두꺼운 돋보기안경 때문에 남자애들에게 기피 대상이 되어야 합니까? 시력장애 때문에 점점 커진 상처와 설움은 하느님을 향한 분노로 이어졌다. 하느님은 내 질문에 대답할 책임이 있었다.

내 머리와 가슴은 질문에 대한 답을 찾으려 안간힘을 썼다. 그리고 결국 수년 후 그 답을 찾았다. 바로 보편적인 균형에 대한 믿음이었다. 음양 이론(예를 들면 남자와 여자, 하늘과 땅, 태양과 달, 선과 악이 각각 음과 양의 형태로 균형을 이룬다는 이론)으로 뒷받침되는, 중국인 대다수가 갖고 있는 믿음이기도 했다. 이 믿음에 따르면 우주의 카르마적 질서 속에서 만물은 언제나 평형 상태로 되돌아가고 그에 따라 궁극적으로 균형이 이루어진다.

"좋아요, 하느님. 저한테 이런 똥을 끼얹으셨으니 보상을 해주셔야죠. 제 삶의 균형을 맞춰주세요. 인생에 나쁜 요소를 주셨으면 좋은 것도 주셔야 하잖아요. 이 정도의 시력장애는 상당히 나쁜 요소라는 건 인정하셔야 해요. 이제부터 제가 원하는 좋은 걸 말씀드릴 테니, 저한테 끼얹으신 똥에 대한 보상이라 생각하시고 꼭 들어주세요. 저는 이 세상에서 가장 위대한 사랑을 하고 싶어요. 제 삶이 끝나는 날까지 저에게 확고하고 전무후무한 사랑을 쏟아줄 사람을 보내주세요."

나는 하느님에게 일방적인 협상 조건을 거듭 내밀었다.

다른 십대 소녀들과 마찬가지로 내 머릿속에도 낭만적인 연애에 대한 기대감이 가득 차 있었다. 당시 나는 바버라 카틀랜드의 소설과 할리퀸 로맨스를 즐겨 읽었다. 아버지는 이런 책들을 서툰 영어로 '사랑해요' 소설이라고 부르며 못 읽게 하셨지만, 나는 싼 티 나는 표지를 하얀 중국 달력 종이로 싸서 몰래 읽었다. 덕분에 나만의 이상적인 남편감을 계속 꿈꿀 수 있었다. 부모님이 영어로 된 책을 읽지 못한다는 게 다행이었다.

나는 하느님과의 협상에서 요구할 수 있는 온갖 조건 중에 사랑을 선택했다. 사랑은 내 힘으로는 도저히 불가능하다고 여겼기 때문이다. 사랑은 내 마음대로 할 수가 없고 타이밍과 운명에 의지해야 가능하다. 완벽한 성적표를 받는 것은 개인의 의지와 노력으로 할 수 있지만 사랑은 아니다. 나는 사랑스럽지 않은 존재이므로 사랑을 찾을 수 없을 거라 생각했다.

나처럼 장애가 있는 사람을 누가 원할까? 내 장애 때문에 자기 생활에 제약이 생기는 것을 누가 기꺼이 감수하려 할까? 어떤 매력적인 남자가 나를 차에 태우고 다니고 내게 메뉴판을 읽어주고 내가 계단을 내려갈 때 부축해주려 할까? 나랑 같이 있으면 테니스 같은 커플 운동도 할 수 없고, 가족과 친구들도 두꺼운 안경을 낀 괴상한 여자를 데려왔다며 이상하게 쳐다볼 텐데? 그런 남자는 아마 없을 것이라고 나는 생각했다.

하지만 하느님은 나와의 협상을 받아들였다!

키가 크고 다소 까무잡잡하고 잘생기고 똑똑한 조시를 내 삶으로 보내주신 것이다.

미국 남부 출신의 전형적인 와스프(미국 사회에서 가장 영향력 있는 계층에 속한다고 여겨지는 앵글로색슨계 백인 신교도 - 옮긴이) 남자가 시력장애를 가진 베트남 출신 이민자이자 로어 맨해튼의 호화로운 고층 건물 43층에서 일하는 나라는 여자의 사무실로 걸어 들어올 줄은 꿈도 꾸지 못했다. 그것은 하느님의 힘이라고 생각할 수밖에 없었다.

조시와 나의 사랑이 세상에 흔치 않다는 것을 나는 잘 알고 있다. 우리의 사랑은 시작부터 무시무시한 도전(지금 우리가 직면한 인생을 송두리째 흔들고 있는 도전과 비슷한 수준)을 받으며 단단해진 사랑이었다. 처음부터 나는 조시가 인간이 가질 수 있는 제일 다정하고 관대한 마음을 가진 남자임을 알았다. 나는 그가 사람과 상황에 치여 상처받지 않게 해주려고 늘 노력했다. 그게 나를 흔들림 없이 사랑해주고, 내 물병에 항상 물을 채워주며, 소파에서 잠든 나를 침대로 데려가고, 내게 메뉴판을 읽어주는 것이 세상에서 가장 자연스러운 일인, 나를 있는 그대로 사랑해주는 이 남자를 위해 내가 할 수 있는 최소한의 도리였다.

하지만 지금 나는 암을 비롯해 내 통제 너머에 있는 모든 나쁜 일로부터 그를 보호해줄 수가 없다. 그는 내가 떠난 이후의 삶을 두려워하고 있지만 내겐 그를 보호해줄 방법이 없다. 그를 무력감에서 끌어낼 수가 없다. 암과의 전쟁에서 이기고 말겠다며 장담할 수가 없다. 암이 조시에게 저지르는 짓이 미치도록 싫다. 암이 그를 눈물과 분노, 절망으로 몰아넣는 과정이 정말 싫다. 내게 하는 짓보다 조시에게 하는 짓 때문에 암이 더욱 혐오스럽다.

결장암 진단을 받은 후, 나는 조시를 비롯해 내가 사랑하는 사람들을 온몸으로 염려하고 있다. 조시가 주말에 왜 잠을 푹 자지 못할까? 혹시 그도 암에 걸린 걸까? 그가 손목이 아프고 소화가 잘 안 된다고 하는데 어째서일까? 아이들을 바라볼 때도 같은 두려움을 느낀다. 벨이 균형을 잃고 휘청대는데, 혹시 뇌암에 걸렸으면 어쩌지? 미아의 변 색깔이 어제와 달라졌는데 혹시 암 때문인가?

지독하게 음험한 암은 내가 깨어 있는 내내 머릿속을 공격한다. 단순한 병이라기보다 실재하는 적군에 가깝다. 암은 우리 몸을 이용해 우리 자신을 공격하게 만든다. 종양만 제거하면 괜찮을 줄 알았던 내 얄팍한 안도감은 산산조각이 났다. 암이 한 번 공격했다면 언제든 또다시 공격해올 수 있다. 나는 이제 그 사실을 잘 안다.

한밤중에 누워 있는 지금도 내 머릿속을 떠다니는 목소리들은 앞으로 나와 내 가족에게 얼마나 더 무시무시한 일이 닥칠지 소리 높여 경고한다. 그리고 나는 선과 악에 관한 균형을 들먹였던 오래전처럼 하느님과 또 한 번 협상을 시도한다. 내가 통제할 수 없는 세상에서, 하느님에게 말하고 소리 지르고 불평하고 간청하는 것 외에 내가 무엇을 더 할 수 있을까?

"저한테 또 똥을 끼얹으실 거면, 그래서 저와 또 한 번 협상을 하실 작정이라면, 좋습니다. 어디 한번 해보죠. 제가 할 수 있다는 걸 아실 테니까요. 하지만 제 남편과 두 딸, 부모님, 형제자매들, 제가 사랑하는 사람들은 건드리지 마세요. 제기랄! 건드리지 말라고요! 저한테는 무슨 짓을 해도 좋지만 그들한테는 손대지 마세요!"

암 환자 모임에서 만난 어떤 분은 내가 하느님께 협상하듯 기도를 드리는 것이라고 말했다. 나는 늘 하느님과 대립각을 세우고 있었으므로 내가 기도를 드린다는 식으로 생각해본 적이 없다. 하지만 기도든 협상이든 하느님은 이전에 내 요구에 응답하고 약속을 지킨 바 있다. 하느님이 또다시 그렇게 해줄지는 알 수 없다. 인생에는 병과 죽음 같은 불가피한 요소들이 있지만 하느님은 내가 무슨 얘기를 하는지 알 것이다. 부디 이번에도 하느님이 협상 자리에 나와서 약속을 지켜주기를 바란다.

06.

"치료가 불가능합니다."

앞에서 언급했듯이 이제 내 인생은 온통 숫자로 넘쳐난다. 가능성, 데이터 점, 기대수명 등등. 암이 생기면 질병 수준을 나타내는 혈액 수치가 건강 상태를 가리키는 지표가 된다. 혈중 CEA 농도가 바로 그것이다.

CEA는 암종배아항원carcinoembryonic antigen의 약자로, 결장과 직장 내 종양이 배출하는 특정 단백질을 가리킨다. CEA 수치가 떨어지면 희망이 생기고 기분이 좀 나아진다. 그러다 수치가 높아지면 삶에서 멀어진다 싶어서 신경이 곤두선다.

암 진단을 받고 4개월이 지났을 때, 내 CEA 수치는 19.8이었다. 화학요법을 시작한 첫달에는 19.8점에서 6점이 떨어졌는데 두 달째에는 1점만 떨어졌다. 결장암 포럼과 암 환자 모임에서는 CEA 수치를 신뢰할 수 없으며 화학요법을 받는 동안 수치가 올라갈 수도 있다고 했지만 나는 속이 상했다. 내가 올 A와 100점을 받아야 속이 시원한, 성취욕이 강한 성격이라 마음이 좋지 않은 것도 있었다. 임신성 당뇨가 왔을 때도 나는 식사 조절과 운동, 인슐린 주사를 통해 혈당 수치를 최적으로 만드는 데 온 힘을 쏟았고, 덕분에 두 아이를 건강하게 출산할 수 있었다.

속이 상했던 가장 큰 이유는 CEA 수치가 빠르게 내려가지 않은 것이 '전이성 질환' 때문이라고 여겼기 때문이었다. 진단 결과를 받은 후 나는 종양 전문의인 A.C.박사에게 면담을 요청했다. 그의 답변을 받기까지 몇 시간이 걸리다보니 기다리다 못해 이전에 진료를 받았던 UCLA의 D.C.박사에게 문자를 보냈는데, 엄밀히 말하면 이제 더 이상 내 담당의도 아닌 그가 몇 분 만에 전화를 걸어왔다.

그는 암 환자들은 누구나 CEA 수치가 낮아지길 바라는데 나와 조시가 마음을 안정시키고 싶은 거라면 CEA를 신경 쓰기보다 PET 스캔(양전자 방출 단층 촬영)을 받는 게 낫다고 했다. PET 스캔은 방사성 추적자인 포도당을 환자의 몸에 주입하는 것이다. 암세포가 포도당을 소모하기 때문에 방사성 추적자는 암으로 인한 대사 활성 부위를 빛나게 해서 암세포가 있는 위치를 표시해준다.

여기서 잠시 암 환자들을 위해 언급할 것이 있다. 뉴욕 메모리얼 슬로언 케터링 암센터를 비롯한 여러 기관은 CT 스캔이 더 효율적이고 PET 스캔은 위양성율(암이 아닌데 암으로 진단되는 비율-옮긴이)이 높다는 이유로, 적어도 결장암과 관련해서는 PET 스캔 결과를 신뢰하지 않는다. 세 번째로 의견을 구하기 위해 방문한 슬로언 케터링 암센터에서는 CT 스캔만 진행하며 이 또한 초기에 스캔을 해야 할 징후가 있지 않는 한 치료가 끝난 후에 실시한다고 했다.

내 담당의는 UCLA 박사의 견해에 동의하면서, 다음 주 월요일에 한 번 더 CEA 검사를 해보고, 결과를 봐서 PET 스캔을 할지 여부를 결정하자고 했다.

일주일 동안 나는 19.8이라는 수치를 생각하며 머리를 싸맸고 기분은 점점 우울해졌다. 나답지 않게 몇 번 울기도 했다. 조시가 우리의 주제곡인 조슈아 캐디슨의 〈내 눈에 아름다운 그대Beautiful in My Eyes〉를 틀자, 미래에 대한 기대와 찬란한 기회로 가득했던 우리의 결혼식 날이 떠올라 몹시 울었다. 이 노래는 조시가 결혼식 피로연 때 내게 불러준 곡이었다.

결혼식 날 우리는 아플 때나 건강할 때나 함께하며 사랑하자고 맹세했다. 하지만 우리에게 이런 미래가 닥쳐올 줄은, 정말로 한 사람이 병들어버릴 줄은 꿈에도 생각하지 못했다. 지금 우리는 그때보다는 현실을 알게 됐지만 아직도 이 상황을 완전히 받아들이지는 못하고 있다. 나는 조시가 존 에드워즈(암 투병 중인 아내 엘리자베스를 두고 바람을 피웠던 사실이 들통나 2008년 대선 민주당 경선에서 도중하차한 미국 정치인 – 옮긴이)처럼 병든 아내 때문에 힘들어하다가 다른 여자의 품에서 위안을 받을 수도 있겠다는 생각을 했다. 지금 이 시점에서 조시가 나를 두고 바람을 피울 리는 없겠지만 아내 때문에 슬퍼하다보면 무슨 일을 벌일지는 아무도 모르는 것이다.

여기서 조시와 다른 여자에 관한 얘기를 조금 해야겠다. 우리는 내가 치료를 견디고 살아남지 못할 경우를 대비해 조시의 재혼에 관해 솔직하게 얘기를 나눈 적이 있다. 나는 애정을 담아 그 가상의 여자를 '더러운 둘째 부인'이라고 부른다. 내가 죽으면 조시는 여생을 함께 살아갈 또 다른 동반자가 필요할 것이고 내 딸들에게도 엄마처럼 돌봐줄 사람이 필요할 것이다. 그러니 둘째 부인을 얻는 것 자체는 괜찮다고 생각한다.

하지만 내가 아직 살아 있는 동안 우리 사이에 끼어들려는 여자가 있다면 내 앞에서 자초지종을 해명해야 할 것이다. 내가 살아 있는 동안 또는 내가 죽은 후에 조시와 내 두 딸의 인생을 망치려 든다면, 철저하게 세워둔 나의 부동산 계획과 내 두 딸의 재산에 더러운 손을 댄다면, 조시와 내 두 딸에게 해를 끼친다면 나는 죽어서도 쫓아다니며 괴롭힐 것이다.

어디까지 얘기했더라? 아, 나는 다음 CEA 검사를 앞두고 일주일을 힘들게 기다려야 했다. 마침내 검사일이 되어 오전 11시 30분에 채혈을 했고, 임상 간호사가 오후 3시 30분에 이메일로 검사 결과를 알려주었다. "좋은 소식입니다. 환자분의 CEA 수치가 1.8로 나왔어요. 정상 수치예요!"

믿기지가 않았다. 정상이라고? 일주일 만에 CEA 수치가 이렇게 떨어질 수도 있는 건가? 나는 반신반의했다. 그날 바로 담당의를 만나 견해를 들었다. 담당의는 결과가 미심쩍으니 혈액 샘플을 재검사해봐야겠다고 했다. 어차피 병원에 온 김에 CEA 판

독용으로 추가 채혈을 한 번 더 하자고 해서 오후 4시 30분에 다시 채혈을 했다. 재검 수치는 17.5로 나왔다. 임상 연구소가 어떻게 일을 하기에 결과가 이렇게 나오지? 혈액 샘플로 한 번 더 검사를 해보니 이번에는 16.5였다. 나는 17.5에서 16.5로 수치가 조금이라도 낮아진 건 다행이지만 그래도 어떻게 다섯 시간 만에 이렇게 차이가 날 수 있느냐고 담당의에게 물었다. 그는 만족스런 대답을 내놓지 못했다. CEA는 신뢰하기 어렵다면서 너무 의미를 부여하지 말라는 말뿐이었다.

어찌됐든 CEA 결과를 받았으니 다음 단계로 PET 스캔 일정을 잡았다. 그렇다. 암이든 아니든 인생은 계속된다.

PET 스캔 결과, 두 군데가 밝게 나왔다. 허리근 옆의 척추 왼쪽과 오른쪽 골반이었다. A.C. 박사는 허리근 옆에 보이는 빛은 별것 아닌 것 같다고 했다. 그는 명확한 결과를 보기 위해 복부와 골반 MRI를 찍어보자고 했다. 조시와 나는 연달아 질문을 쏟아냈다. UCLA 의사가 수술 중에 이 부위를 보지 않았을까요? 꼭 그렇지는 않을 수도 있습니다. 수술 직후에 받은 CT 스캔에서 이 부위가 발견되지 않았나요? 아뇨. 스캔 결과가 안 좋은가요? 아뇨. 아내는 괜찮을까요? 그러니까 제 말은…… 무슨 뜻인지 압니다. 예, 치료 가능할 거라 봅니다.

나는 마지막 질문을 한 조시의 용기를 높이 산다. 치료가 가능하다고 대답한 의사에게도 감사를 표한다. 듣기에는 좋지만 내게 큰 의미는 없는 말. 내가 치료할 수 있는지 여부를 묻지 않은 건 용기가 없어서가 아니라 의사가 어떤 대답을 하든 중요하지 않았기 때문이다. 암은 변수가 많은 병이다. 의사들도 전지전능하지 않다. 오늘 이런 대답을 했다고 다음날 같은 대답을 하리라는 보장도 없다.

그래도 기분은 좋았고 병에 대해 조금은 낙관할 수 있었다. 허리근 옆은 UCLA 의사의 말처럼 아무것도 아닐 수 있었다. 오른쪽 골반 부위에 암이 있다 해도 림프절 한 군데가 전이된 것뿐일지도 모른다. 어쨌든 MRI 결과를 봐야 확실히 알 수 있었다.

어째서인지 의료진은 조시와 의논해 내 MRI 일정을 잡았다. 조시는 초조해하며 당장 MRI를 찍기를 원했지만 가능한 시간이 다음날 오전 7시 45분뿐이라 그 시간으로 예약을 잡았다. 나는 6단계 화학요법을 마친 후 조시와 함께 1번 대로에 위치한 MRI 시설로 걸어갔다. 조시는 내가 MRI를 찍는 동안 베이비시터의 일을 덜어주고 딸들을 재우러 잠시 집으로 돌아갔다. MRI 촬영은 45분 정도 걸렸고 나는 그동안 튜브에 누워 있었다. 마치 관 속에 누워 땅속에 매장되는 기분이었다. PET 스캔 때보다 그런 생각이 더 강하게 들었는데, MRI 촬영 기계가 PET 촬영 기계보다 좁고 비좁아서일 수도 있었다. 기계가 탕탕, 덜커덕 소리를 낼 때마다 온몸이 흔들려 그나마 아직 무덤은 아니구나 했다. 아홉 시가 조금 넘어서 검사가 끝났고, 나는 지하철을 타고 집으로 돌아왔다. 집에 도착하니 열 시가 넘었다. 길고 지치는 하루였다.

다음날 오후 MRI 결과가 나왔다. 별것 아닐 거라 예상했던 허리근 부위에 문제가 있었다. 그 부위의 림프절 두 군데에 암이 전이됐다. 한 군데는 괴사된 죽은 암이고 다른 한 군데 암은 살아 있었다. 내가 이래서 의사들의 예상에 큰 비중을 두지 않는다.

나는 MRI 결과서를 조시에게 보냈다. 그는 그걸 읽어보고는 '합리적으로 낙관'했다. 장기들이 깨끗하다니 다행이고, 암이 전이된 림프절 두 군데도 크게 문제될 것 같지 않다고 했다. 이런 분석과 추측이 부질없다는 것을 여러분은 이제 알 것이다. 이상하게 역할이 바뀌어서 나는 조시와 달리 전혀 낙관할 수가 없었다. 무엇보다 PET 스캔과 MRI 검사로는 복막의 종양을 확실하게 파악하지 못한다. 예전에 결장반절제술 도중에 결장 바깥에서 완두콩만한 전이암이 발견되어 제거했다. 이번에 발견된 림프절 전이암도 그곳에 있을 가능성이 높았다.

처음부터 의사들은 내가 '종양감축술 후 복강 내 HIPEC'를 받기에 적합한 상태라고 말했다. HIPEC란 모든 종양을 제거한 후 수술실에서 90분간 고온의 항암제를 복부에 주입해 복막 암종증을 치료하는 시술이다. 다분히 사디스트적이고 필사적인 요법처럼 들리는데 실제로도 그렇다. 암 환자들 사이에서는 '한바탕 흔들고 굽는 요법'으로 알려져 있다. 상당 부분을 절제하므로 회복도 힘들다. MRI 결과 때문에 이 요법을 권하는 것 같아서 기분이 좋지 않았다.

나는 조시에게 내가 HIPEC 요법을 견디기에는 너무 위험할 것 같다고 말했다. 의사가 뱃속을 직접 들여다보는 진단적 복강경 수술과 비슷한데, 스캔 기술의 한계 때문에 스캔만으로는 복막 종양을 전부 찾아내기 어려우므로 HIPEC 요법이 불가피한 건 사실이었다.

그때까지 나는 복막의 작은 전이암 때문에 형식상 4기 진단을 받은 것일지도 모른다고 생각했다. 암이 림프계 전체에 번진 것도 아니고 말 그대로 주요 종양에서 전이된 작은 종양에 불과하니 비순환적 침입이라 여겼다. 따라서 4기보단 3기 C단계 정도로 보는 게 더 합당하다고 생각했다. 하지만 MRI 검사 결과, 나는 4기로 분류되는 게 맞았고 내가 앓는 병증은 전이성 질환이었다. 검사 수치는 숫자에 불과하지만, 내가 아무리 부정하려 해도 모두 중요한 의미를 갖는 숫자임에는 분명했다.

전이성 질환은 치료가 불가능하기 때문이다.

07.

시각장애인이
홀로 여행을 한다는 건

　10월의 어느 월요일, 나는 화학요법 5단계에 접어들었고 몸에 약물을 투입하는 과정을 거의 혼자서 치러냈다. 검사가 끝나자 친구가 와서 나를 집까지 데려다주었다. 평소에는 약물을 주입하기 전에 조시가 와서 내 곁을 지켜줬지만 그날은 조시가 1억 달러가 넘는 거래를 성사시켜야 해서 사무실을 나올 수 없었다. 나는 그에게 걱정할 필요 없다고 말했다. 나 역시 대형 로펌에서 근무하고 있었으므로 그가 맡은 일을 어느 정도 알고 있었다. 그쪽 세계에서 1억 달러는 큰돈이 아니지만 고객들의 기대치가 있으니 소홀히 할 수 없을 터였다.

　나는 미안해하는 조시에게 일이 중요하다고, 무엇보다 건강보험료를 비롯해 건강보험으로 감당할 수 없는 여러 부수적인 치료비를 대려면 돈이 있어야 한다고 일깨워주었다. 또한 그날 하는 요법은 총 12단계 화학요법 중 하나일 뿐이지 수술이 아니라고 강조했다. 우리 머리 위에 암이라는 구름이 떠 있지만, 지금부터 아무리 뒤틀린 삶을 살게 되더라도 삶은 계속되어야 한다. 아이들은 학교에 가야 하고 우리는 전화 회의를 해야 하며 청구서를 납부해야 한다.

애써 태연한 척했지만 속으로는 울적했다. 조시도 내 허세를 꿰뚫어보았다. 그동안 나는 조시 곁에서 화학요법을 받는 데 익숙해져 있었다. 내가 입원해 있는 동안, 그리고 그 후 몇 주일 동안 조시는 내 곁을 지켜주었다. 내 몸이 어느 정도 회복되자 우리는 이 새로운 현실을 받아들이려고 함께 노력해왔다.

그리고 월요일, 나는 홀로 채혈을 받았다. 점심은 3번 대로 어디쯤에서 그저 그런 태국 음식을 주문해, 옥시리플라틴과 류코보린이 내 혈관을 타고 흐르는 동안 혼자서 먹었다. 간호사가 CEA 결과가 나왔다고 알려줬을 때도 나는 혼자였다. 뱃속의 울렁거림이 사라지기를 기다리며 홀로 리클라이너에 앉아, CEA 수치가 19.8로 나왔다는 결과를 들었다. 지난달보다 겨우 1점 떨어진 수치였다.

"괜찮으세요?"

내가 어지간히 실망하고 걱정하는 표정이었는지 간호사가 염려하며 물었다.

"예…… 그럼요…… 괜찮아요."

머릿속으로 백만 가지 생각을 다 하면서도 나는 힘없는 목소리로 간호사를 안심시켰다. 첫 달에는 6점 떨어졌는데 두 번째 달에는 겨우 1점 떨어졌다는 것은 무엇을 의미할까? 이 화학요법이 효과를 보지 못하고 있다는 뜻일까? 어쩌면 내가 설탕을 너무 많이 먹는 등 바람직한 식단을 지키지 못했기 때문일지도 모른다. 아니면 명상과 운동을 충분히 하지 않았기 때문일지도. 아니면 암이 간으로 전이되었거나.

조시가 전화를 걸어 결과를 물었고 나는 간호사에게 들은 대로 알려주었다. 그가 몇 분 후에 중요한 회의에 들어가야 한다는 걸 생각하면 굳이 다 말해줄 필요가 없었을 수도 있다. 하지만 만약 우리 역할이 바뀌었다면 나는 그가 다 말해주길 바랄 것 같았다.

"의사들이 뭐래? 의사 좀 바꿔줘. 설명을 들어야겠어!"

10분쯤 후에 그는 다시 전화를 걸었다. 그는 후딱 검색을 해보니 크게 걱정하지 않아도 될 것 같다고, 화학요법을 해도 곧바로 CEA 수치가 떨어지지 않을 수 있다더라고 알려주었다.

조시가 곁에 없어서 서글펐지만 어떻게 보면 나에게는 잘된 일이었다. 한동안 내가 무시해왔던 어떤 생각이, 혼자 있으니 더욱 강하게 들기 시작했다. 암과의 싸움이 무시무시한 건 맞지만 어차피 혼자 이겨내야 할 여정이고, 그 사실을 내가 받아들여야 한다는 생각이었다.

어차피 인생은 혼자다. 인생에는 부모와 형제자매, 친척, 친구, 연인, 자녀, 직장 동료, 그 외에 우리의 삶을 채우는 수많은 사람들이 있다. 그들의 존재와 수다에 묻혀 살다보면 인생이 오롯이 각자의 의지로 이끌어가는 혼자만의 여정임을 종종 잊게 된다. 하지만 우리는 홀로 왔다가 홀로 떠나는 존재다. 태어남과 죽음, 그리고 그사이의 삶은 결국 혼자 끌어가야 한다. CEA 수치가 충분히 떨어지지 않은 데 따른 스트레스를 조시가 어느 정도는 이해하겠지만 내가 그 소식을 듣고 느낀 깊고 넓은 감정의 폭을, 내가 그의 기분을 전적으로 이해할 수 없듯이 내가 지속적으로 느껴온 기분을 그가 전적으로 알 수는 없을 것이다.

2주쯤 전에 벨을 유모차에 태워 유치원에 데려다주다가 옥살리플라틴 때문에 숨이 잘 쉬어지지 않은 적이 있었다. 그 고통을 홀로 견디면서 겨우 안정을 되찾고 벨을 무사히 유치원에 데려다준 뒤, 혼자 의사를 찾아갔다. 나처럼 암 진단을 받고 비슷한 상황에서 대처해 나가는 젊은 엄마들도 많이 있겠지만 각자 겪어온 삶의 경험이 다르므로 느끼는 감정도 다를 수밖에 없다. 나는 내가 느끼는 맹렬하고 복잡한 감정과 미묘한 차이를 최대한 잘 표현하면서 암과 싸우는 여정을 공유하고 싶지만, 말로 하기에는 아무래도 한계가 있다. 내가 아무리 조시와 나를 지지해주는 사람들을 이 여정에 동참시키고 싶어도 그럴 수는 없다.

인정하기 쉽지 않았다. 물론 나는 혼자 잘 지내는 편이고 혼자만의 시간을 즐길 줄 아는 몇 안 되는 사람들 중 하나였다. 세계 여행을 하면서 혼자 지내기의 달인이 됐다고 생각했다. 그리고 암 투병이라는 새로운 여행을 시작하면서 두려움을 잠재우기 위해 혼자 여행했던 기억에 의존하고 있다.

나는 서른한 살이 되기 전에 전 세계 7개 대륙에 발을 들여놓았다. 정확히 7개 대륙은 아닐 수도 있다. 오스트레일리아에는 아직 가지 못했고 그 옆 뉴질랜드에 갔을 뿐이니까. 나는 뉴질랜드를 오스트레일리아 대륙의 일부라고 본다. 뉴질랜드와 오스트레일리아는 내 여행지 목록의 맨 마지막에 있었다. 2006년 11월에 2주에 걸쳐 뉴질랜드 사우스 섬을 여행했다. 여행 기간 중 나를 안쓰럽게 여긴 다른 여행자들이 대신 들어주기도 했지만 등에 묵직한 짐을 짊어지고 이 오두막에서 저 오두막으로 옮겨가며 살았다. 뉴질랜드는 시골 분위기가 물씬 풍기는 나라지만 오두막 시스템이 정교하게 갖춰져 있어서 굳이 야영을 할 필요가 없었다는 점이 참 좋았다. 그 무렵이 조시와 사귄 지 6개월쯤 됐을 때였고 그로부터 3개월 후에 우리는 약혼을 했다. 그는 나와 사귀는 중이었지만 뉴질랜드까지 따라오지는 않았다. 나는 그를 여행에 초대하지 않았고 그도 같이 가겠다고 하지 않았다.

그는 홀로 여행하고 싶어 하는 내 마음을 이해했고, 세상을 발견한 기분을 오롯이 느끼고 싶어 하는 욕구를 알아주었다. 나는 거의 대부분 홀로 여행을 했고 다른 사람들과 함께하더라도 내 신체의 한계를 감안하면서 최대한 혼자만의 시간을 가졌다. 뉴질랜드 여행은 온갖 장애를 가진 사람들이 야외 활동을 할 수 있게 해주는 윌더니스 인쿼리Wilderness Inquiry라는 비영리 단체와 함께 했다. 2004년에도 이 단체가 모집한 사람들과 함께 아프리카 남부 사파리를 여행했다. 2005년에는 호화 장비 없이 기본 장비만 가지고 극지를 탐험하는 단체와 함께 남극 여행을 했다. 그리고 1995년부터 2004년까지는 어디서 먹고 자고 어디를 방문할지 알려주는 믿음직한 친구이자 세계 여행 안내서인 《론리 플래닛》을 들고 남미와 아시아, 유럽을 돌아다녔다. 지도의 자잘한 표시

는 돋보기안경으로, 거리 표지판과 비행기와 기차 안내문은 쌍안
경으로 확인해가며 길을 찾았다.

앞을 보지 못하면서도 나 홀로 여행을 선택했다는 것, 그리고
그 여행을 즐겼다는 것 때문에 나를 미쳤다고 생각하는 사람들도
있을 것이다. 조시도 나를 처음 만났을 때 그런 생각을 했을 수
있다. 혼자 세 끼를 해결하고 세계 곳곳의 유적지를 돌아다니고
낯선 도시에서 숙소를 찾다가 어둠 속에서 길을 잃고 혼자 보트
와 버스, 기차, 비행기로 이동하고 다음 순간 누구를 만나게 될지
전혀 모르는 상태에서 한 걸음 한 걸음 나아가는 것.

나는 이런 여행을 하면서 더없는 행복을 느꼈다. 그런 행복을
맛보기 위해 향정신성 약물에 의존하거나 스카이다이빙을 하거
나 불장난을 하거나 멋진 웨딩 케이크를 만드는 사람들도 있다.
나는 행복과 즐거움을 느끼기 위해 세계 여행을 선택한 것뿐이
다. 여행을 하면서 우리가 사는 이 행성의 구석구석과 야생동물
들의 눈부시게 아름다운 모습을 바라보는 것, 앞서 이 행성에서
살았던 천재들이 만든 인공 구조물을 둘러보는 것은 내게 큰 기
쁨을 안겨주었다. 분노와 회의감이 가라앉았고 어느 누구와도,
세상 무엇과도 비교할 수 없는 강한 독립심이 내 영혼을 가득 채
웠다.

대학 진학을 고민할 정도로 자란 후로는 집에서 멀리 떠나는
꿈을 꾸었다. 그리고 매사추세츠 서부의 버크셔즈에 위치한 윌리
엄스 대학에 진학했다. 아름다운 단풍과 지독하게 추운 겨울로

유명한 대학이자 내 기준으로는 햇빛 화창한 로스앤젤레스에서 최대한 멀리 떨어진 곳에 있는 대학이기도 했다.

어머니와 언니에게 눈물 가득한 작별 인사를 하고 기숙사로 돌아와 첫날 밤을 울면서 보내기도 했지만, 그래도 나만의 세상에서 가지를 뻗어나갈 기대감에 부풀었다. 그날 밤 집에 대한 그리움을 꾹 누르며 다짐했다. 이 난관을 극복하고 3학년이 되면 외국에 가서 공부하겠다고.

나는 대학에서 중국어를 배웠고 3학년이 되자 계획대로 중국 하얼빈과 베이징에 가서 공부했다. 여러 교통수단을 타고 중국 곳곳을 돌아다녔다. 양쯔 강을 따라 내려가면서 닭이 우는 소리에 귀를 기울였고, 간쑤 지방의 산 사이로 달리던 미니버스의 문짝이 떨어졌을 땐 무서워 입을 딱 벌리면서도 재미를 느꼈다.

그해에 나는 혼자 하는 여행을 통해 시력장애에 정면으로 맞섰다. 내가 어떤 식으로 세상을 보는지 설명하기란 쉽지 않다. 그저 내 시력을 의학 용어로 설명할 수 있을 뿐, 세상을 보는 다른 방식을 알지 못하기 때문이다. 안경을 꼈을 때 내 오른쪽 시력은 20/200, 왼쪽 눈은 20/300이다. 시력이 20/20이면 약 60~90미터까지 볼 수 있다는 뜻이니 나는 약 6미터까지 볼 수 있다. 게다가 내 왼쪽 눈의 근육은 너무 약해서 거의 사용한 적이 없다. 이 두 가지 이유로 나는 '법적 시각장애인'으로 분류된다.

그런데 이 시력은 내가 바로 앞의 글자를 읽기 힘들어한다는 점까지는 계산하지 않은 수치다. 나는 10포인트 미만인 글자를 읽기 힘들고 10포인트 글자도 돋보기가 없으면 읽는 데 오래 걸린다. 이것이 바로 내가 네 살 때부터 세상을 봐온 방식이다.

 나 홀로 여행은 내가 남들만큼 할 수 있다는 걸 스스로에게 증명하기 위해 나 자신을 감정적, 정신적, 신체적으로 곤경에 처하게 만드는, 효과는 매우 탁월하지만 과정은 험난하기 짝이 없는 시험이다. 유스호스텔이나 찻집, 박물관을 찾기 위해 중국의 비밀스런 뒷골목과 이탈리아 피렌체의 구불구불한 중세 거리, 탈공산주의를 선언한 헝가리 부다페스트의 서늘한 대로를 터벅터벅 걷다보면, 건물에 적힌 숫자를 보지 못하고 가게 이름을 제대로 읽지 못하는 내 눈에 좌절하고 분노하게 된다. 그러면서 점차 내 신체적 한계로 인한 좌절과 분노를 제어하는 방법을 깨우치게 된다.

 나를 도와줄 사람이 없으니 어떻게든 내 힘으로 길을 찾아야 했다. 의식적으로, 일부러 나 자신을 그런 상황에 몰아넣기는 했지만 살아남기 위해서는 내 안에 있는 줄도 몰랐던 용기와 지혜를 쥐어짜야 했다. 나는 낯선 사람들과 몇 개 안 되는 단어와 손짓, 몸짓으로 소통하는 방법, 태양의 위치를 보며 동서남북을 가늠하는 방법도 깨닫게 됐다. 침착하게 인내심을 발휘하고 내 실수를 그러려니 하고 받아들이게 됐다.

 그리고 마침내 바티칸의 장엄한 시스티나 성당 안으로 들어갔을 때, 포룸 광장의 유적지 안에 들어갔을 때 눈앞에 펼쳐진 풍경을 감상하는 한편, 내 능력에 더욱 감사하게 됐다. 혼자서 목적지에 도달했다는 성취감은 언제나 내 기분을 최고로 만들어주었다. 내 감정 통제력과 문제 해결 능력, 14킬로그램에 달하는 짐을 지고 계단과 산길을 몇 시간 동안 걸어 목적지에 도착하게 해준 내 체력에 자부심을 갖게 됐다. 무엇보다 나 홀로 여행을 통해 내면이 완전하게 채워졌다는 느낌을 받았다. 오랫동안 형이상학적 문제에 집착하며 고통받았던 영혼도 치유되었다.

완전하게 채워졌다는 느낌은 여행 중에 새로운 사람들을 만나면서 기쁨을 느꼈기 때문이다. 혼자 여행을 할 때 비로소 열린 마음으로 사람들과 만나고, 그들의 세계관에 대해 배울 수 있었다. 나를 전혀 모르는 사람들을 만날 때 느끼는 감질 나는 자유도 빼놓을 수 없었다. 지인이 아닌 술집 바텐더에게 오히려 속내를 더 잘 털어놓을 수 있듯이, 나는 낯선 사람들에게 내 괴로운 심정을 편안하게 털어놓곤 했다. 그들의 눈에 나는 스스로 발목에 족쇄를 채운 장애인이 아니었다. 나는 용감하고 영리하며 재미있고 매력적인, 새로운 나로 변신할 수 있었다.

나는 파리에서 평생 잊지 못할 신비로운 스웨덴 여자를 만났다. 그 여자는 척추골절 장애가 있지만 휠체어를 타고 홀로 여행 중이었으며 호스텔에서는 나와 같은 방을 쓰게 됐다. 그녀는 나더러 사랑할 자격이 있는 사람이라고 말해주었다. 다른 때 같으면 싸구려 위로처럼 들렸을 그 말을, 여행 중에 들으니 무엇보다 반가웠다.

사진작가의 시선으로 눈앞의 바다 풍경을 세세하게 묘사해준 인정 많은 네덜란드인도 잊을 수 없을 것이다. 고통스러운 삶을 살고 있던 어느 터키계 미국 여자는 쿵쾅대는 음악이 우리를 괴롭히는 모든 것을 없애주기라도 할 것처럼, 나를 베이징 곳곳의 테크노 바로 데려가주었다. 여행 중에 인연이 닿은 사람들은 모두 내게 각기 다른 삶, 생각, 존재 방식을 깨우쳐주었고 결과적으로 내 의식을 풍요롭게 하고 영혼을 어루만져주었다.

7개 대륙을 돌아다녔던 여행과 달리 암과 싸우는 이 여정은 나의 가치를 증명하고자 스스로 선택한 시험이 아니다. 이 여정은 어느 날 갑자기 나에게 닥쳐와 방심하고 있던 나를 움켜잡았다. 이 여정에서는 젊음과 자유를 느낄 새가 없다. 게다가 남편과 두 딸의 인생까지 고려해야 한다. 이 여정은 위험도가 훨씬 높다.

그러나 암과 싸우는 여정을 통해 얻게 될 기쁨은 내가 한때 세계 여행을 하며 느꼈던 기쁨과 크게 다르지 않을 것이다. 이 여정에는 내가 이미 만났던, 그리고 앞으로 만나게 될 특별한 사람들이 있다. 나는 이 여정에서 교훈을 얻고 지혜와 절제력을 기르며 선한 일을 하고 용기와 힘, 품위, 결의, 자부심을 갖출 것이다. 분명 그렇게 될 것이다. 첫 PET 스캔을 받으러 혼자 걸어갈 때도, 의사에게 검사 결과를 들을 때도, CEA 검사와 화학요법을 받을 때도 이 생각을 할 것이다.

화학요법을 받을 때 조시가 곁에 없어도 이제 정말 괜찮다. 조시의 부재는 혼자 있는 것이 중요하며 고독을 받아들여야 한다는 점을 일깨워주었다. 이 모든 것은 내 고독한 여정의 일부다. 나는 이 여정을 온 마음으로, 최대한 두려움 없이 받아들이기로 했다. 이번 여정을 통해서도 예전 세계 여행을 하던 때와 같은 즐거움을 찾고야 말 것이다.

08.

할머니가 나를
죽이려 했던 이유

나는 스물여덟 살이 되어서야 할머니가 아기였던 나를 죽이라고 했다는 얘기를 들었는데, 실은 아기였을 때부터 이미 알고 있었다. 의식이 형성되기 전에 내 영혼의 일부가 이 외상을 기억한 것 같다. 그 비밀은 상상하기 힘든 상처를 주었다. 암 진단을 받은 후로 나는 이 비밀을 내 안에 영원히 담아두려 애를 썼다. 그래야 생존 싸움에서 내게 도움이 될, 숨겨진 진실을 찾을 수 있을 것 같아서였다.

어머니는 내가 어렸을 때 일어난 사건의 자초지종을 들려주며 눈물을 흘리셨다. 나는 어머니가 오랫동안 짊어지고 있던 짐을 내려놓고 싶어 고백하는 것임을 알아챘다.

그 일이 있던 날 할머니는 "걔한테 좋은 옷을 입히는 건 낭비야"라며 어머니를 매섭게 노려보았고 어머니는 내게 지저분한 옷을 입혔다.

어머니는 할머니에게 대꾸하지 않았다. 대꾸가 필요하지도, 기대되지도 않는 상황이었다. 어머니는 나를 침대에서 안아 올리며 눈물로 얼룩진 얼굴을 감췄다. 그리고 한 손에 가방을 들고 시어머니에게 "다녀올게요, 어머님." 하고 조용히 인사를 한 다음, 좁은 시멘트 계단을 따라 1층으로 내려갔다.

집 밖에서는 아버지가 어머니와 함께 길을 떠나기 위해 기다리고 있었다. 아버지는 내 언니와 오빠를 미리 외가에 맡겨두었다. 7년 동안 결혼 생활을 하면서 부모님은 숱하게 차를 운전해 다낭에 다녀왔지만 그날만큼은 버스를 탔다. 버스를 타면 인파에 묻혀 사람들 틈에 숨을 수 있고 친척과 친구들이 익숙한 차를 보고 어디를 가느냐며 괜한 질문을 할 일도 없을 거라고 계산했으리라. 부모님은 이제 막 입 씨 가문에 합류한 나를 아무에게도 소개하지 않을 작정이었다. 다낭에 살면서 주기적으로 연락하는 증조할머니가 나를 보고 싶다고 2주째 말했지만 부모님은 전화 상태가 좋지 않다며 잘 안 들리는 척했다. 그렇게 하는 편이 새로 태어난 증손녀를 보여드리지 못하는 이유를 설명하는 것보다 쉬웠을 것이다.

부모님은 마을 외곽으로 향하는 길로 방향을 돌렸다. 그곳에는 다낭행 버스가 공회전을 하며 대기 중이었고, 손님들이 탑승하고 있었다.

"다낭까지는 한 사람당 100동이요." 부모님이 문 앞으로 다가가자 버스 기사가 아버지에게 말했다. 버스 문짝이 금방이라도 경첩에서 떨어질 듯했다. 아버지가 100동짜리 지폐 두 장을 건네자 버스 기사가 덧붙였다. "어린애는 50동."

"얘는 의자에 앉지도 않을 건데요."

"됐수다. 서서 가는 사람들도 전액 요금을 내는데 반값에 태워주는 걸 고맙게 알아야지."

기사의 말에 반박할 기분이 아니었던 아버지는 지폐 한 장을 더 건네고 버스에 탔다. 어머니가 바로 뒤따라 탔다. 다행히 버스 뒤쪽에 자리가 있었다.

어머니는 의자에 앉을 수 있어 다행이라고 생각했다. 가다 서다 하는 버스에서 아기를 안고 두 시간 가까이 서서 가는 건 도저히 못할 짓이었다. 땀끼와 다낭을 잇는 도로는 2차선 하나뿐이었는데 특히 한낮이 되면 트럭과 버스, 승용차, 오토바이, 말과 당나귀가 끄는 수레까지 뒤엉켜 수시로 막히곤 했다. 어머니는 차라리 버스가 고장 나 목적지에 도착하지 못하기를 바랐다.

부모님 앞에 앉은 두 남자가 그날 해야 할 일에 대해 줄기차게 떠들면서 담배에 불을 붙였다. 담배 연기가 어머니의 얼굴로 밀려들었다. 어머니는 내 얼굴을 가슴에 묻고 본인 옆에 난 창문으로 몸을 기울였다. 버스가 시장을 지나갔다. 사람들이 닭들을 놓고 옥신각신하는 소리, 용과와 그레이프프루트, 그린 코코넛, 그 밖의 온갖 총천연색 과일과 채소를 놓고 흥정하는 소리가 들려왔다. 시장을 지나자 풍성하고 푸르른 밭이 펼쳐졌다. 머리 위로는 뜨거운 태양이 눈부신 빛을 쏟아내며 비에 젖은 땅에 활기를 더했다. 사방에 생명이 가득했다. 사람들은 담배를 피우고 흥정을 하고 물건을 사고팔며 떠들어댔다.

세상은 언제나처럼 흘러갔다. 여느 평범한 날과 다르지 않았다. 하지만 어머니의 세상은 꿈처럼 변해버렸고 눈앞에 보이는 모든 것은 현실 같지 않았다. 앞 사람들이 피우는 담배를 빼앗아 창밖으로 던지려고 해도 마치 유령처럼 손이 담배를 통과해버릴 것 같았다. 버스에서 내리면 어린 코코넛은 물론 시장까지 안개 속으로 사라져버릴 것만 같았다. 할머니가 나에게 문제가 있다는 걸 알아챈 후로 지난 한 달 동안 어머니는 줄곧 이런 꿈 같은 상태로 살았다.

다만 머릿속에서 외치는 목소리만이 지극히 현실적으로 다가왔다. 날이 갈수록 강렬해진 그 목소리는 버스에서도 목청을 높였다.

난 못하겠어!

해야 해. 다른 방법이 없잖아!

다른 방법이 있을 거야. 이 아이는 너무나 아름답고 사랑스러워. 이 매끈하고 건강한 피부를 좀 봐. 굵고 윤기 나는 머리카락은 어떻고. 느껴보라고! 다른 모든 면에서는 완벽한 아이야. 다른 모든 면에서!

이 아이를 위해 해줄 수 있는 게 없어. 부모님도 포기한 아이야. 이 아이를 그토록 사랑한다면서 이 아이가 괴로운 삶을 살게 내버려둘 수는 없잖아.

이 아이의 인생이 그렇게 험난할까? 내가 곁에서 돌봐줄 텐데. 내 평생을 바쳐서. 맹세할 수 있어.

영원히 이 아이 곁을 지킬 수는 없어. 앞으로 이 아이에게 어떤 일이 일어날까? 너에겐 이미 앞을 제대로 못 보는 딸이 있어. 그

아이를 키우는 것만으로도 앞으로 헤쳐 나가야 할 어려움이 산더
미야.

　이런 짓을 하느니 차라리 죽는 게 낫겠어.

　할머니가 나를 데리고 가서 죽이라고 명령한 후로 어머니의 머
릿속에는 이런 대화가 시도 때도 없이 휘몰아쳤다.

　어머니는 오랫동안 기다린 끝에 나를 낳았다. 나는 자식 넷을
낳고 왁자지껄한 가정을 꾸리고자 했던 어머니 꿈의 일부였다.
어머니에게 넷은 너무 많지도, 적지도 않은 딱 좋은 숫자였다. 어
머니는 본인의 부모님이 자녀 여섯을 둔 것은 과했다고 생각했지
만 그래도 가족끼리 시끌벅적하게 살았던 시절을 그리워했다.

　내가 태어나고 4주가 지나서야 할머니는 당신의 방에서 나를
안았는데, 그날 나는 부모님의 방 밖으로 처음 나간 것이었다. 중
국식 전통과 미신 때문에 어머니와 나는 4주 동안 부모님의 침실
에 꼬박 틀어박혀 목욕도 못 하고 지내야 했다. 어머니는 라임과
레몬 잎을 끓인 수증기로 가득한 공기를 쐬며 대대로 이어져온
모종의 의식을 따라야 했다. 우리 몸의 기氣와 생명을 출산의 충
격으로부터 잘 회복시켜 장차 여러 질환을 앓지 않게 하기 위해
서였다.

　할머니는 여러 아이를 낳고 키운 사람답게 나를 한쪽 팔로 편
안하게 안고 들여다보며 내가 누구를 닮았는지 판별하려 했다.
가무잡잡하고 보드라운 피부는 어머니를 닮았고 커다란 눈은 입
씨 가문의 특징이었다. 할머니는 흡족해했다. 그때까지 할머니가

본 손주는 넷이었는데 나는 그중에서 제일 덩치가 컸다. 전쟁이 끝나고 처음 태어난 아기가 건강해 보이니 할머니는 좋은 징조라고 여겼다. 할머니는 내 건강이 부디 집안의 길조로 작용하길 바란 것이다.

그런데 나를 바라보던 할머니의 미간이 별안간 찌푸려졌다. 할머니는 인상을 쓰고 눈을 가늘게 뜨며 창가로 걸어가 아래층에 있던 남편을 불렀다.

"디에!"

디에爹는 우리 집에서 주로 쓰는 중국어 방언인 하이난어인데, '아빠'라는 뜻이다.

"얘 눈이 좀 이상해요. 봐요!"

할머니가 속삭였다. 속삭이듯 말을 한 것은 심각한 상황이며, 남들 귀에 들어가지 않기를 바란다는 의미였다.

할아버지는 할머니가 시키는 대로 내 눈을 들여다보았고, 내 눈동자 중앙이 괴상하게 부옇다는 것을 알아챘다. 할아버지는 손을 들어 내 눈앞에 대고 흔들었다. 하지만 내 눈은 할아버지의 손을 따라 움직이지 않았고 표정도 바뀌지 않았다. 더 세게 흔들어도 할아버지의 손을 본 듯한 눈빛이 아니었다.

"얘가 손을 못 보잖아요. 확실해요!"

할머니의 속삭임은 비명에 가까워졌다. 할머니도 내 눈앞에 손을 대고 세차게 흔들어댔다.

"지 언니랑 똑같네. 틀림없어."

할아버지는 나지막하고 담담하게 말했다. 언니 라이나도 나처럼 심하지는 않지만 선천적으로 백내장을 갖고 태어났다.

"하지만 라이나는 이 나이 때 이렇게 심하진 않았는데. 얘는 아예……."

할머니는 말끝을 흐렸다. 아이의 상태를 확인했으니 자신과 가족이 감당해야 할 이 새로운 문젯거리를 해결해야 했다.

"어쩌면 좋아요?"

할머니는 할아버지의 눈을 바라보며 간절히 물었다. 할아버지는 어지간해서는 두려움과 공포에 굴복하지 않는 사람이었다. 할아버지가 수십 년간 식민지 시절과 내전을 겪으면서도 성공적으로 장사를 해온 것은 이성과 맑은 정신을 가지고 있었기 때문이었다.

"흠, 라이나는 수술을 해서 좋아졌잖아. 이 아이도 의사한테 보여야지."

할아버지는 이성적으로 제안했다.

"무슨 의사요? 땀끼에 의사라곤 씨가 말랐는데. 라이나가 호찌민에서 수술을 받긴 했지만 호찌민까지는 여기서 몇날며칠이 걸려요. 호찌민까지 간다 해도 거기 의사가 남아 있으리란 보장이 있어요? 라이나를 수술해준 의사도 다른 의사들처럼 유럽이나 미국으로 도망쳤거나 재교육 수용소에 갇혔을 텐데."

할머니는 분통이 터지고 답답해했다. 말투도 날카로웠다.

"찾아봐야지 어쩌겠어."

할머니의 말은 사실이었다. 호찌민이 붕괴되기 며칠 전부터 이 나라의 엘리트층 대다수는 외국으로 떴다. 제때 빠져나가지 못한

70

이들은 체포되어 시골에 있는 재교육 수용소로 보내졌다. 재교육 수용소는 정부가 엘리트들을 공산주의 이데올로기로 '재교육'하기 위해 만든 시설인데 개인과 가문으로부터 몰수한 땅을 경작하는 일에 이들을 동원하고 있었다. 수용소 재소자들이 과도한 노동에 시달리며 제대로 먹지도 못한다는 소문이 수용소 밖으로 새어나왔다. 그들이 언제 풀려날지, 풀려나면 어떤 조건에서 살지 아무도 알지 못했다.

"의사를 찾는다 한들 무슨 소용이 있겠어요. 라이나도 호찌민에서 수술을 받았지만 시력이 좋아지지도 않았는데. 수술을 해서 약간 좋아졌나 싶더니 두꺼운 안경을 껴도 다시 나빠졌잖아요. 더듬거리면서 돌아다니는 꼴을 보면 모르겠어요? 이러다 아주 눈이 멀게 생겼구만. 그 돌팔이들이 우리 돈을 뜯어내려고 사기를 친 거라고요. 이 어린 것을 수술시키기란 또 얼마나 위험하겠어요? 수술 받다가 죽겠지."

할머니는 이게 다 남편 탓이라는 듯 모질게 말을 뱉었다.

할아버지는 짜증 섞인 한숨을 내쉬었다. 그의 아내는 언제든 최악의 상황이 일어날 거라 믿는 비관주의자였고 늘 걱정을 달고 사는 사람이었다. 들볶이다 못한 할아버지는 할머니의 뜻에 따르기로 했다.

"어쩔 수 없지. 방법을 찾아보세."

두 분은 어머니가 옆방에서 귀를 쫑긋 세운 채 엿듣고 있다는 것은 알지 못했다. 어머니는 시부모가 나를 두고 무슨 얘기를 나눌지 짐작하고 있었다. 어머니는 며칠 전 내 눈동자가 혼탁한 것을 알아챘는데, 2년 전에 낳은 큰딸의 눈에서도 같은 증상을 보았던 터라 혹시 내 눈도 그럴까 봐 걱정하고 있었다.

호찌민에서 살던 시절, 언니 라이나의 시력에 문제가 있음이 드러나기 시작했다. 의사는 허연 단백질 덩어리가 언니의 양쪽 눈을 흐릿하게 가리고 있다며 백내장이라는 진단을 내렸다. 의사는 왼쪽 눈은 몇 개월 뒤에 수술하기로 하고 오른쪽 눈부터 수술했다. 하지만 오른쪽 눈 수술이 끝나고 얼마 후에 공산주의자들이 승리하면서 의사들이 마을에서 사라졌다. 수술받았던 오른쪽 눈은 다시 혼탁해지기 시작했고 수술을 받지 않은 왼쪽 눈은 증상이 더 뚜렷해졌다. 시간이 갈수록 눈 속의 덩어리는 점점 더 희어지고 커져갔다.

어머니는 내 눈에서도 백내장 증상이 보인다는 얘기를 아무에게도 하지 않았다. 남편한테도 입을 다물었다. 얘기해봤자 뭐가 달라질까? 조만간 모두 알게 될 테고 다들 어머니를 탓할 것이다. 사람들은 내가 앞을 못 보는 아이로 태어난 것을 어머니 탓으로 돌릴 것이다.

어머니는 나를 임신했을 때 약초 전문가에게 받은 초록색 알약을 먹었는데 그 약 때문에 내 눈이 이렇게 된 것 같다고 추측했다. 어머니는 커다란 솥에서 끓는 물에 데여 통증 때문에 초록색 알약을 먹었다. 임신 중이라 약을 먹지 않으려고 했지만 두 다리가 불에 덴 것처럼 벌겋게 부어오르자 어쩔 수 없었다.

하지만 이제는 그 약을 먹은 것을 후회했다. 약을 먹지 말고 통증을 참았어야 했다. 혹시 임신 중에 뜨거운 성질을 가진 과일을 너무 많이 먹어서 이렇게 된 것일까. 어머니는 나를 임신했을 때 수박, 상추 같은 차가운 성질의 음식보다 오렌지, 그레이프프루트, 망고 같은 뜨거운 성질을 지닌 과일을 많이 먹었는데 그게 뱃속 아기에게 영향을 미쳤을 수도 있다고 생각했다. 아니면 본인의 유전적 특성 때문에 두 딸이 모두 시력장애로 갖고 태어났을 수도 있다고 여겼다. 혹은 어머니가 저지른 어떤 잘못 때문에 신들이 노하셔서 벌을 준 것일 수도 있었다.

원인이 무엇이든 간에 어머니는 라이나뿐 아니라 나까지도 보호하지 못했다고, 엄마로서 기본적인 책임을 다하지 못했다고 자책했다. 옆방에서 시부모가 속닥거리는 동안 어머니는 소리를 내지 않으려 조심하면서 살그머니 침대로 돌아갔다. 그렇게라도 해야 방에 조금이라도 더 오래 있을 수 있을 것 같아서였다.

다음 날 저녁, 하인들과 다른 가족들이 잠자리에 들자 할머니와 할아버지는 내 부모님을 방으로 불렀다. 어머니는 나를 재우려고 살살 흔들며 아버지와 나란히 침대에 걸터앉았고 할머니, 할아버지는 창가에 서 있었다. 할머니는 내 쪽은 거의 쳐다보지 않았는데 잠시라도 볼 때면 사납게 노려보았다. 갓 태어난 나를 보며 느꼈던 할머니의 기쁨은 분노를 지나 증오로 변해 있었다. 어머니는 시어머니의 적대감을 느끼고 나를 더욱 바짝 끌어안았다.

"무슨 일이에요?"

영문을 모르는 아버지가 물었다. 가여운 내 아버지는 어떤 일이든 항상 가족 중 맨 마지막에 알게 되곤 했다. 아버지는 약간 어설프긴 했지만 좋은 아들이자 좋은 남편이며 좋은 형이고 좋은 아버지였다. 뭐든 부모가 시키는 대로 하는 사람이기도 했다. 열 여섯에 부모님 가게에서 일을 시작한 아버지는 무거운 상자를 싣 고 내리는 일, 멀리 떨어진 곳에 사는 손님들에게 차로 물건을 배 달하는 일을 도맡아 했다. 아버지는 호찌민에서 고등학교를 다니 고 싶어 했고, 대학도 가고 싶어 했다. 하지만 할머니와 할아버지 는 그럴 돈이 어디 있냐고, 일정 수준 이상의 교육은 시간 낭비에 돈 낭비일 뿐이니 가게 일이나 배우라고 했다.

맏아들로서 책임감을 느낀 아버지는 보다 안전하고 쉬운 길을 택했고, 더 넓은 세상을 보고 배우겠다는 꿈을 접었다. 얼마 후 할머니는 아버지에게 나이가 찼으니 결혼을 해서 가정을 꾸리라 고 했다. 아버지는 어른들이 하라는 대로 따랐고 어머니가 골라 준 여자와 결혼을 했다. 그로 인해 자신의 인생에 무슨 일이 일어 날지는 알지 못했지만.

"네 딸은 눈이 안 보여."

아버지는 잠시 침묵하다가 입을 열었다.

"눈이 안 보인다니, 무슨 뜻이에요? 어디가 잘못됐나요?"

아버지는 믿을 수 없다는 듯 나를 돌아보았다. 백열전구 하나 만 달랑 켜진 어둑한 방이라 아버지는 나의 어디가 잘못됐는지 알아보지 못했다.

"백내장이야. 라이나보다 훨씬 더 심각해 보이는구나. 라이나는 안경을 끼면 앞을 볼 수 있는데, 걔는 큰 것도 못 봐."

할머니는 본인이 경멸해 마지않는 돌팔이 의사처럼 확신하는 말투로 내뱉었다.

어머니는 아버지가 무슨 생각을 하는지 알고 두려움을 느꼈다. 유전적인 문제라면 내 탓일까 아니면 남편 탓일까? 아이 하나가 선천성 백내장이면 어쩌다 그렇게 태어났을 수도 있다 하겠지만 두 아이가 그렇다면? 마우도 눈이 멀 가능성이 있다면? 어머니는 차마 아버지를 쳐다보지 못했다.

"너희 아버지와 내가 어떡하면 좋을지 생각해봤다. 걔 눈을 고칠 방법은 없어. 의사도 없고, 있다 해도 이 나라 의사들은 무능해서 걔를 고칠 수 없을 거다. 차라리 일찍 보내주는 편이 나아. 쓸데없이 모진 고생만 하며 살게 두느니 그만 보내주는 게 낫단 말이다."

부모님은 할머니의 무시무시한 말에 기절할 듯 놀라 숨을 헉 들이마셨다. 제정신으로 하는 말인가 싶어 입을 딱 벌린 채 할머니를 쳐다보았다. 하지만 할머니는 단단히 결심한 듯했다. 할머니는 차분한 말투로 말했다.

"내 말이 극단적으로 들릴 거라는 거 안다. 그래도 걔와 우리 가족을 위해 어떻게 하는 게 최선인지 생각해봐야 하지 않겠니."

어머니는 자책감과 죄책감, 슬픔에 사로잡혔지만 지금까지 라이나를 돌봐왔듯이 나를 돌보면 될 거라고 단순하게 생각했다. 지금 아니면 나중에라도 좋은 의사나 약초 전문가의 도움을 받을 수 있을 거라고 믿으면서. 그래서 난생처음 시어머니의 말에 반대하고 나섰다.

"제 자식에게 그런 짓을 할 수는 없어요. 제 피붙이고 제 책임이에요. 제가 알아서 돌볼게요."

할머니는 자기 말에 반대하는 사람이면 누구든 짓밟을 수 있었다. 그게 며느리라면 더더욱 그랬다.

"네가 알아서 돌보겠다니 말 같은 소릴 해야지. 모르겠니? 다른 애들은 잊었어? 라이나도 애처럼 시력에 문제가 있잖아? 걔인생은 어쩔 거냐? 생각은 해봤어? 난 해봤다! 앞을 못 보고 사는 게 어떤 건지 알기나 해? 말도 못하게 비참하고 끔찍한 인생을 사는 거야. 나 같으면 눈이 먼 것보다 차라리 귀 먹은 쪽을 택하겠다. 혼자서 길도 못 걸어. 집 안을 돌아다닐 때도 여기저기 부딪치겠지. 생리를 시작하면 그땐 어쩔 거냐? 온 사방에 들개 암컷처럼 피를 흘리고 다닐 텐데. 그리고 누가 눈 먼 년이랑 결혼을 할까? 누가 눈 먼 년을 사랑해? 누가 나서서 그런 년을 돌봐? 그런 남자는 없다. 네가 죽고 나면 그 애는 팔다리 없는 장애인처럼 길에서 구걸을 하며 연명할 거야. 네 딸이 그렇게 살길 바라니? 그래?"

어머니는 무의식적으로 내 귀를 막았다. 시어머니의 무지막지한 질문과 칼날 같은 말에 눈물이 차올랐다. 그 자리에서 울었다가는 히스테리나 부리는 나약한 여자 취급을 당할 게 뻔했으므로 어머니는 이를 악물고 울음을 참았다.

아버지가 입을 열었다.

"당연히 내 자식이 그런 인생을 살기를 바라진 않죠. 하지만 어

딘가에 좋은 의사가 있을 수도 있잖아요? 딸에게 그런 짓을 하는
건 잘못이에요."

아버지는 필사적으로 애원했지만 할머니가 사납게 다그쳤다.

"의사? 의사가 어디 있어. 멍청한 소리 하지도 마라! 내일이라
도 경찰이 우리 집에 들이닥쳐서 너를 적군에 가담한 혐의로 체
포할 수도 있다는 건 잘 알 거다. 그럼 너도 그렇게 죽자 사자 믿
던 의사들처럼 재교육 수용소에 갇히는 신세가 될 거야. 그때 가
서 저 눈 먼 어린 것을 어떻게 키울래? 네가 수용소에서 살아나
올 수나 있을지 누가 알아? 그게 아니라도 내일 당장 경찰이 들
이닥쳐서 우리 옷을 죄다 벗겨가고 우리가 가진 금을 싹 털어갈
수도 있어. 조금이라도 돈 냄새가 풍기는 집은 벌써 수두룩하게
털렸다더라. 우리가 무일푼이 되면 눈 먼 애를 어떻게 돌볼 수 있
겠니? 더 큰 문제는 눈 먼 애를 키워봤자 이 집에 아무 보탬이 안
된다는 거다. 바느질도 청소도 못 하겠지. 우리 집에 그런 물건이
있다는 걸 알면 사람들이 뭐라고 수근거릴지 생각해봤니? 내가
말해주마. 재수 옴 붙은 집이라고, 저주를 받았다고 할 거다. 우
리를 무시하고, 너희와 너희 아들을 멸시하겠지. 그렇게 되고 싶
어?"

할머니는 아무도 이의를 제기할 수 없을 만큼, 미래에 닥칠지
도 모를 사태를 강하게 확신하며 분노로 몸을 떨었다.

잠시 정적이 흘렀고, 마침내 할머니는 좀 더 차분하게 덧붙였다.

"둘이 좀 더 생각해봐. 그럼 내 말뜻을 이해할 거다. 그만 가서
자라."

부모님은 시키는 대로 했다. 그 후 3주 동안 할머니는 쉴 새 없이 부모님을 닦달했고 결국 부모님은 할머니가 알아봐둔 약초 전문가를 찾아가기로 했다. 다낭에 산다는 그가 나를 영원히 잠들게 해줄 약을 지어줄 거라 했다.

마침내 우리는 약초 전문가가 산다는 회색 콘크리트 건물 앞에 섰다. 어머니는 멍해져 있었다. 모친을 닮아 비관주의자에 걱정을 달고 사는 아버지는 다낭 행을 결심한 순간부터 이미 마음의 준비를 하고 있었다. 두 분은 각자 슬픔에 젖어 아무 말도 하지 않았다.

아버지가 노크를 하자 문이 열리고 한 남자가 나왔다. 희끗희끗하게 성긴 머리를 보니 중년 끝자락에 가까워진 듯했다. 아버지는 처음 보는 그를 '삼촌'이라고 불렀다. 베트남에서는 본인 아버지와 연배가 비슷한 남자를 그렇게들 불렀다.

"삼촌, 부인께 소개를 받고 왔습니다. 부인께서 삼촌이 저희를 도와주실 수 있다고 해서요."

약초 전문가는 문을 활짝 열고 우리를 집으로 들였다. 방 하나짜리 아파트였다. 열어둔 창으로 햇빛이 들어왔고 나무 탁자 위에는 등유 램프가 켜져 있었다. 한쪽 구석에는 간이침대가 있고 또 다른 구석에는 가스탱크와 연결된 화구 두 개짜리 가스레인지가 있었다. 벽 선반에는 말린 약초와 건조 중인 약초, 그밖에 여러 가지 식물과 향료, 우둘투둘한 뿌리가 잔뜩 놓여 있었다. 맨 위쪽 선반에는 끝이 뭉툭해진 기다란 코끼리 엄니도 있었다. 코끼리의 엄니에 깃들었다는 기적의 치료 효과를 위해, 엄니 끄트머리를 갈아서 걸쭉한 차를 끓여내는 듯했다. 나무와 잎사귀, 흙 묻힌 뿌리, 죽은 동물 뼈 등 온갖 것들이 방 안에 가득했다. 썩은 것들과 썩어가는 것들, 아직 살아 있는 것들이 뒤섞인 냄새였다. 그것들이 기운을 돋우고 때로는 생명을 살리는 약초 전문가의 비밀 재료였다.

약초 전문가의 아내는 땀끼 거리에서 파이프 담배와 손으로 돌돌 만 담배를 팔았다. 할머니에게 약초 전문가를 추천한 사람도 바로 이 여자였다. 할머니는 이 여자와 수년 동안 아는 사이였는데 이 여자는 영적 세계를 잘 아는 것으로 유명했다. 여자의 돌아가신 할아버지가 종종 찾아와 그 여자에게 나아갈 길을 알려주고, 여자의 호감을 산 동네 사람들을 위해 조언을 해준다고 했다.

그 할아버지의 영혼은 근처에 사는 어느 십대 소년의 몸을 빌려 말을 하곤 했는데, 소년의 몸에 할아버지의 영혼이 들어가면 곧장 자전거를 타고 여자의 집으로 와서 하루 이틀 머물며 사람들에게 도움을 주었다. 담배상 여자에게 우리 가게 앞 자리를 내준 대가로, 할머니는 할아버지 영혼이 소년에게 들어갈 때면 곧장 연락을 받았다. 그 여자는 방 하나가 딸린 너저분한 판잣집에서 할아버지 영혼이 말씀하신 거라며 할머니에게 복권 번호를 골라주었다. 틀릴 때보다 맞을 때가 더 많아서 할머니는 그 할아버지 영혼과 담배상 여자가 한 말이라면 철석같이 믿었다.

할머니는 그 여자에게 정확한 이유는 말하지 않고, 땀끼 사람들은 모르게 실력 있는 약초 전문가를 소개해달라고 부탁했고 그 여자는 자기 남편을 소개하며 치료술이 상당하다고 했다.

부모님이 차를 한 잔씩 받아들고 탁자 앞에 앉자 약초 전문가가 물었다.

"무슨 일로 찾아왔나?"

아버지는 색 바랜 빨간 찻잔을 만지작거리며 대답했다.

"저희 애를 도와주셨으면 해서 찾아왔습니다. 이 애가 앞을 못 봅니다."

약초 전문가는 램프로 내 눈을 자세히 들여다보며 어머니와 내 쪽으로 허리를 굽혔다.

"흠. 백내장 같구먼. 이렇게 어린데 백내장이라니 놀랍군. 아이의 눈 근육을 튼튼하게 해줄 수 있는 약은 있지만, 솔직히 말하면 백내장을 완전히 낫게 해줄 약은 없어. 가끔 눈에 레몬즙을 넣기도 하지만, 이 아이의 눈은 감염된 게 아니야. 레몬즙을 넣는 방법도 크게 해가 되진 않겠지만."

"그게…… 저…… 백내장을 완치시켜줄 약이 없다는 건 저희도 압니다. 그런 약을 달라는 건 아니고요. 애가 고통 없이 저세상으로 갈 수 있게 약을 지어주셨으면 합니다."

"진심인가?"

부모님은 향료와 약초 부스러기가 널려 있는 바닥을 내려다보며 선뜻 대답을 못했다.

"사람들은 암에 걸리거나 고혈압으로 갑자기 쓰러져 죽을까 봐 두려워서 나를 찾아온다네. 어떤 여자들은 임신이 안 돼서 오기도 하지. 그럼 나는 내 할아버지 때부터 전해 내려오는 지식을 총동원해서 그들을 도우려고 최선을 다해. 자네들이 요청한 그런 더러운 짓거리에는 관여할 수 없네. 자네들이 겪고 있는 고통이 이해는 돼. 진심으로. 하지만 난 그런 짓을 하면 안 된다고 믿는 사람이야. 미안하네."

약초 전문가의 나지막하지만 확고한 말에 어머니는 눈물을 흘렸다. 어머니는 나를 꼭 끌어안고 약초 전문가에게 말했다.

"고맙습니다, 삼촌! 정말 고맙습니다!"

그 눈물은 안도감과 기쁨에서 비롯된 것이었다. 약초 전문가야말로 세상에는 제정신인 사람들, 우리 부모가 하려는 짓이 잘못됐다고 생각하는 사람들, 내 할머니가 미쳤다고 생각하는 사람들이 있다는 증거였다. 나를 산 채로 데리고 돌아가면 할머니는 분명 화를 낼 테지만 부모님은 약초 전문가가 거절해서 하는 수 없이 돌아왔다고 핑계라도 댈 수 있었다.

아버지는 나를 처음으로 품에 안고 서둘러 문 쪽으로 걸어가며 어머니에게 어서 따라오라고 손짓했다. 약초 전문가가 마음을 바꾸기 전에 얼른 그 집을 떠나고 싶었던 것이다. 부모님은 해가 저물고도 한참이 지나서야 집에 도착했다. 문 앞에서 우리를 맞이한 할머니가 물었다.

"어떻게 된 게냐?"

"약초 전문가가 못 하겠대요."

"뭐야? 그 금을 다 준대도 못 하겠대?"

그날 아침 할머니는 집 뒤쪽에 숨겨두었던 몇 온스나 되는 금 막대기를 아버지에게 건넸다. 그 정도 금액이면 가난한 약초 전문가가 무슨 짓이든 할 거라고 믿은 것이다.

"아뇨, 그 말을 꺼낼 겨를도 없었어요. 아마 금을 줘도 소용없었을걸요. 그분은 아주 확고했어요."

"금 싫다는 사람 못 봤다. 내가 갔으면 어떻게든 해냈을 텐데!"

"그럼 직접 가시지 그랬어요!"

아버지의 날카로운 말투에 할머니는 잠시 물러섰다. 할머니는 자식들의 성격을 잘 알고 있었다. 언제, 어느 선까지 밀어붙여도 되는지도. 그래도 미련을 못 버리고 마지막 말을 덧붙였다.

"됐다. 내가 다른 방법을 찾아보마."

부모님은 못 들은 척하고 할머니를 피해 위층으로 올라갔다.

그때 할머니의 사악한 계획을 알게 된 증조할머니가 나를 건드리지 말라고 나서지 않았다면 할머니는 어떻게든 나를 죽일 다른 방법을 찾아냈을 것이다. 증조할머니는 '태어난 대로 어떻게든 살아질 거다'라며 나를 살려주셨다. 증조할머니의 말은 집안에서 곧 법이어서, 할머니는 더는 내 목숨을 끊으려는 시도를 할 수 없었다. 대신 어머니가 내게 젖을 못 물리게 하거나 내게 쌀죽 외에 다른 음식은 못 주게 했다. 물론 오빠와 언니는 제대로 된, 공산 정권에서 구할 수 있는 최대한의 영양분을 섭취할 수 있었다.

할머니는 나를 집안에 내린 저주이자 짐이며 앞으로 결혼도 못 하고 아이도 못 낳을 아무짝에도 쓸모없는 존재로 취급했다. 그런 나를 거둬주는 것만으로도 시혜를 베푸는 것이라 믿었다.

어린 아기였던 나를 죽이려 했던 이 사건은 어머니에게 수치스런 기억으로 남아 평생 가슴을 짓눌렀다. 내가 28년을 사는 동안이 사건은 우리 가족 중에서도 일부만 아는 비밀이었다. 본가를 방문했던 마지막 날 밤, 나는 어머니가 들려주는 가족 얘기를 녹음하며 듣고 있었다. 그러다 문득 어머니가 이제부터 중요한 얘기를 할 거라는 느낌을 받았다. 평생을 괴롭혔던 짐을 이제 그만 내려놓고 싶었던 어머니는 내게 비밀을 털어놓았고, 내 머릿속에는 당시의 장면이 선연하게 펼쳐졌다. 이 일을 계기로 나는 의식이 형성되기 훨씬 전에, 이미 영혼이 정신적 외상을 기억한다고 믿게 됐다.

자정이 지난 시각이라 다른 가족들은 모두 자고 있었고, 나는 아침에 뉴욕행 비행기를 탈 예정이었다. 이야기가 끝날 무렵이되자 어머니는 점차 지쳐갔다. 어머니는 이제야 그날의 진실을 말하는 이유는 내 친할머니가 그 무렵 세상을 떠났기 때문이라고 했다. 그리고 내가 '그 일'을 알고 있다는 사실을 아무한테도, 특히 할아버지와 아버지, 언니와 오빠에게 내색하지 말라고 덧붙였다. 하지만 그 후 몇 년에 걸쳐 나는 어머니의 바람을 저버렸다. 최근 언니 오빠에게 이 일을 얘기했고 당연히 조시에게도 말했다. 가까운 친구들에게도. 지금은 온 세상에 말하고 있다.

조만간 용기를 내어 아버지에게 답변을 요구할 작정이다. 분노가 아닌 용서하겠다는 마음으로, 그런 일이 있었던 이유를 좀 더잘 이해하기 위해, 그리고 아버지와 어머니가 나를 죽이려는 데 동의했던 사실을 용서한다고 말하기 위해. 하지만 난 아직 준비가 되지 않았다. 그날 밤 이후로 나는 어머니에게 그 사건에 대한 얘기를 딱 한 번 꺼냈다. 결장반절제술을 받고 나서, 내가 암에 걸렸다는 사실을 알린 지 닷새째 되던 날이었다. 어머니는 내가 암이라는 사실을 순순히 받아들이지 못했고 분노와 두려움, 죄책 감으로 괴로워했다.

"제가 암에 걸렸다는 사실을 사람들한테 말하셔야 돼요, 엄마. 그래야 응원을 받으면서 견디실 수 있을 거예요."

어머니는 대답이 없었다. 놀라지도 않으셨다. 어머니는 원래 감정을 무던히 억누르고 살아온 분이었다.

"엄마, 제가 얼마나 강한 사람인지 누구보다 잘 아시잖아요. 제 가 지금 이 자리까지 올라올 수 있었던 게 얼마나 꿈 같은 일인지 도 잘 아실 테고요. 제가 태어나고 얼마 안 있어 벌어진 '그 일'을 생각해보세요. 그때는 제가 이런 삶을 누리는 건 고사하고 살아 있는 것조차 상상하기 어려웠어요."

"그랬지."

어머니는 자리에 꼿꼿이 앉아 내 얘기를 듣더니 이 한마디만 했다. 마치 가면이라도 쓴 듯 속내를 알 수 없었다.

09.

좋은 사람과 친해지는 것 말고
뭐가 더 중요해?

처음 암 진단을 받았을 때 이제 다시는 진심으로 순수하게 행복을 만끽하지 못할 거라는 생각이 들었다. 미아가 태양계의 개념을 이해하는 모습을 지켜본다거나 초등학교에 입학한 벨이 씩씩하게 교문 안으로 걸어가는 모습을 볼 때처럼, 조금이나마 행복한 기분이 드는 순간이면 여지없이 암이 생각나 내 기분을 망칠 것이고, 그 불길한 그림자가 내 삶 곳곳을 침입할 것이라 확신했다.

내 예상은 여러 면에서 맞아떨어졌다. 두 딸이 다른 아이의 생일 파티에 놀러가 반짝이는 조명 아래서 신나게 춤추는 모습을 보며 기뻐하던 순간, 이렇게 행복해하는 아이들의 모습을 앞으로 몇 번 못 보겠구나 싶어 울적해졌다. 음악이 신나게 울려 퍼지고 다들 시끌벅적하게 노는데 나는 앞으로 영영 보지 못할 이 행복한 순간이 아쉬워 가슴 아파했다.

암의 그림자가 머리 위에 드리워져 있지 않아도, 행복은 뜻밖의 순간에 찾아와 의식을 스치고 지나가버린다. 어린 자녀를 키우는 사람이라면 누구나 때때로 영혼을 짓이기는 삶의 단조로움을 느낄 것이다. 아침마다 피곤함을 무릅쓰고 억지로 일어나고, 아이들을 서둘러 학교에 보내고, 돈을 벌기 위해 직장에서 스트레스를 견디고, 입맛 까다로운 아이들이 어차피 안 먹을 줄 알면서도 몸에 좋은 음식을 요리하고, 양치질을 언제 할지 다음날 무슨 옷을 입힐지, 내일 점심을 잘 먹으면 어떤 선물을 줄지 아이들과 끝없이 협상하는 일상을 매일같이 반복하는 삶. 사람들이 아이 덕분에 느낀다는 순수한 기쁨을 나도 암 진단을 받기 전에는 종종 느끼곤 했다.

미아가 영리하고 재치 있는 말을 할 때, 벨이 마치 세상에서 제일 소중한 사람을 대하듯 두 팔로 나를 꼭 안아줄 때 정말 행복했다. 조시와 단둘이 주말을 보낸다든가 아이들 없이 친구들과 저녁 시간을 함께 보낼 때도 즐거웠다. 하지만 암에 걸리기 전의 내 일상 대부분은 일과 부모 노릇이어서, 고된 일상에 지친 나머지 감사하다는 생각을 거의 하지 못했다.

오해하지 않길 바란다. 나는 내가 가진 것에 늘 감사했다. 아이들이 건강하게 자라는 것, 우리가 편안하고 안락하게 사는 것도 감사한 일이었다. 굳이 암이 아니어도 나는 삶의 모든 것에 감사한 마음을 갖고 있었다. 가난한 이민자 가정에서 시각장애인으로 태어나 살다보니, 주어진 삶에 감사하고 하루하루를 소중하게 여길 수밖에 없었다. 암 진단을 받기 전까지, 매 순간이 행복하고 기쁨과 즐거움, 희열로 넘쳐날 정도는 아니지만 일상에 적당히 만족하고 있었다. 하지만 암 진단을 받은 후로는 순수한 기쁨을 느끼는 몇 안 되는 순간마저 슬픔에 물들어, 이제 완전한 행복은 절대 느낄 수 없으리라 생각했다.

하지만 그 생각은 틀렸다.

가을의 붉은 기운이 잎사귀를 물들이기 시작한 어느 목요일, 나는 예전에 나를 담당했던 산부인과 전문의 C 박사를 만나 우중충한 로어 맨해튼의 어느 평범한 식당에서 함께 식사를 했다. 우리는 시금치와 현미, 구운 채소로 느지막한 점심을 먹었는데 어쩌다보니 전부 항암, 항당뇨병 재료였다. 우리는 내가 다니는 체육관 로비에서 만나 잠시 대화를 나누고 식당으로 자리를 옮겨 두 시간쯤 얘기를 하다가 두 시간가량 차이나타운 거리를 함께 걸었다.

박사와 시간을 보내는 동안 거의 모든 주제가 언급되었다. 내가 받은 암 진단부터 어쩌다 그런 진단을 받게 됐는지, 잠재적인 의학적 원인은 무엇인지, 내 CEA 수치가 어느 정도인지, 앞으로 수술 계획은 있는지, 추가 치료를 받기 위해 뉴욕을 떠날 경우 어떤 장점이 있는지도. 그녀는 내가 평범한 사람이 아닌 만큼 암도 충분히 이겨낼 수 있을 거라고 했다. 우리는 C 박사가 최근 다녀온 우간다 여행, 그곳에서 그녀가 체험한 역문화 쇼크(외국에서 오랫동안 생활한 사람이 고국으로 돌아왔을 때 느끼는 소외감 – 옮긴이), 그리고 그녀의 향후 계획에 관한 주제로 넘어갔다.

"있잖아요. 저 지금 정말 진심으로 행복해요."

대화 중에 나도 모르게 이런 말이 튀어나왔다. 내가 말해놓고도 살짝 놀랐다. 결장암 4기 환자가 어떻게 한순간이나마 행복하다 말할 수 있을까. 하지만 그날 오후에 보낸 수많은 순간 중 바로 그때, 나는 근심 걱정 없이 정말 순수한 기쁨을 느꼈다.

그건 상당 부분 C 박사 덕분이었다. C 박사 역시 평범하지 않은 사람이었다. 그녀는 6개월 동안 병상 550개를 갖춘 우간다의 병원에서 자원봉사를 하고 이틀 전에 돌아왔다. 우간다 사람들은 그 병원에 가기 위해 몇날며칠을 이동하고, 그 병원에서 수술을 받기 위해 소까지 판다고 했다. 그녀가 보여준 병원 사진에는, 탁자 하나만 덩그러니 놓여 있는 방에 제 엄마가 감싸준 담요를 감은 아기들이 누워 있었다. 이름이 적힌 팔찌가 없어서 누구네 집 아기인지는 담요로만 구분할 수 있었다. 황소 뿔에 들이받혀 괴사된 임신부의 팔을 절단해야 했던 얘기, 가정 분만 실패로 산모의 파열된 자궁과 죽은 태아를 함께 제거해야 했던 얘기도 들었다.

C 박사는 마취액과 전기, 자원, 전문 장비가 턱없이 부족한 참혹한 환경에서 그런 수술을 집도해야 했다. 25년 동안 산과 전문의로 일한 C 박사는 트라이베카(할리우드 스타들이 많이 거주하는 미국 로어 맨해튼의 한 지역 – 옮긴이)에서 태어난 거의 모든 아이들을 받았다고 해도 과언이 아닐 정도였다. 그녀는 의대를 졸업하면서 언젠가 의료 서비스가 부족한 지역에서 봉사하겠다고 다짐했는데, 그 다짐을 지키기 위해 우간다로 간 것이다.

C 박사가 병원 문을 닫고 우간다로 떠날 때 다시는 뉴욕으로 돌아오지 않을 것처럼 보여서 나는 그녀를 다시는 못 볼 거라 생

각했다. 2주 전에 그녀에게 이메일을 보내 암 진단을 받은 사실을 알리기는 했지만 답장을 받으리라는 기대는 하지 않았다. 그녀는 미국으로 돌아온 후에 내 이메일을 읽고 즉시 내게 연락했다. 충격을 받았다는 그녀의 말에 나는 한 번 뵈었으면 한다고, 꼭 뵙고 싶다고 답했다.

처음 만난 날부터 C 박사는 내게 늘 든든한 존재였다. 나는 두 번의 임신 기간 동안 C 박사에게 임신성당뇨병 진단을 받았다. 그녀의 지시에 따라 매일 섭취한 음식 목록과 매일 특정한 시간에 측정한 혈당 수치를 보냈다. 대부분의 산과 전문의들이 출산이 임박해서야 나타나는 반면 C 박사는 내가 출산일에 병원에 도착하자마자 왔는데, 그것은 다른 환자들을 대할 때도 마찬가지였다. 마취과 의사가 경막외 마취제를 처방했을 때도 그녀는 내 손을 잡아주었다. 진통을 겪는 동안 어떻게 하면 되는지 잘 안내해준 덕분에 미아와 벨을 건강하게 낳을 수 있었다. 개업의로 일했던 C 박사는 병원 문을 닫기 전까지 25년 동안 단 한 번도 휴가를 가지 않고 환자들을 지극정성으로 돌봤고, 환자들도 그녀를 굳게 믿고 따랐다.

C 박사가 뉴욕에 머무는 얼마 안 되는 기간 동안 나를 만나준 이유는 내가 뜻밖에도 암에 걸렸기 때문이었다. 그녀가 계속 뉴욕에서 개업의로 일하고 내가 암에 걸리지 않았다면 우리는 이토록 편안하게 삶에 대한 진솔한 대화를 주고받을 수 없었을 것이다. 나는 이 우정을 앞으로도 계속 이어가고 싶었다. C 박사에게

보살핌을 받는 것은 대단한 특권이니까.

죽음이 임박하면서 인생에 남은 시간이 얼마 되지 않는다는 걸 갑작스레 확인했지만, 그로 인해 좋은 점도 있었다. 관계의 진전 속도가 빨라져서 오후에 한 번 대화를 나눈 것만으로도 지인이 친구가 되었다. 낭비할 시간이 없기 때문이다. 인생에서 좋은 사람과 친해지는 것 말고 더 중요한 일이 있을까?

인생에서 제일 행복했던 순간을 많이 생각해보게 된다. 혹시 여러분은 내가 조시와 결혼했을 때, 꼼틀대는 어린 딸을 처음 품에 안았을 때가 제일 행복했을 거라 생각할지 모르겠다. 그런데 조시와 미아와 벨에게는 미안하지만 그렇지 않다.

솔직히 말하자면 결혼과 출산은 기쁜 일이었지만 걱정도 뒤따랐기에 마냥 행복했던 순간으로 꼽기에는 무리가 있다. 예쁜 흰 드레스를 입고 조시 옆에 서 있는 동안, 나는 우리의 관계가 과연 오래갈 수 있을지 무의식적으로 걱정했다. 첫 아이를 낳아 품에 안는 방법을 배울 때도, 이러다 이 연약한 아기를 다치게 하면 어쩌나 싶은 두려움을 느꼈다.

내 인생에서 제일 행복한 순간, 근심 걱정 하나 없던 순간을 꼽자면 열아홉 살 때 중국 간쑤성의 어느 외딴 산비탈에서 티벳 승려 세 사람과 나란히 앉아 저 아래 사원에서 들려오는 희미한 염불 소리에 귀를 기울였을 때다. 그리고 2005년 추수감사절에 수백 마리의 야생 펭귄을 만나기 위해 청명한 하늘과 눈부신 태양 아래서 조디악 보트를 타고 흰색과 초록색, 파란색으로 물든 바다를 가로질러 남극대륙으로 향하던 때다. 또한 별빛 가득한 하늘 아래에서 수백 마리의 반딧불이가 길을 밝히는 가운데, 차가 들어가기에는 너무 좁은 방글라데시의 어느 길을 인력거를 타고 지나가던 때였다.

모두 내 인생에서 다시 없을 행복한 순간이었다. 길지 않은 순간이지만 평화로웠고, 과거나 미래에 대한 근심도 없었다. 목적지를 향해 멀고 때로는 험한 길을 가면서도 숨 막히게 아름다운 풍경을 바라볼 수 있는 시간이 주어진 것에 감사했다. 내 영혼이 인간으로서 경험하기 힘든 신적인 영역까지 아우른다는 느낌을 받는 동시에 신의 손길이 닿았음이 분명한 경이로운 풍광들을 보고 느낄 수 있었다.

C 박사와 오후를 함께 보내면서 느낀 행복은 암에 걸리기 전 여행을 하면서 느낀 행복과는 분명 달랐다. 암은 아이들과 함께 하는 행복의 순간을 망가뜨리고 미래를 의심하게 만들지만, 한편으로는 인생에서 추하고 중요하지 않은 것들을 벗겨내고 모든 것을 남극 하늘처럼 또렷하게 볼 수 있게 해준다.

C 박사와 함께 있는 동안 나는 레스토랑의 따분한 분위기를 잊었다. 불확실한 내 미래에 대해서도 생각하지 않았다. 암은 내가 현재에 집중할 수 있게 해주고 C 박사가 하는 말 하나하나에 귀 기울이게 해주었으며 그녀가 들려주는 이야기를 감탄하며 즐기게 해주었고 그녀와 깊은 인간적 유대를 맺을 수 있게 해주었다. 덕분에 인생이라는 여정에서 진정 무엇이 중요한지, 내가 C 박사와

함께하는 동안 무엇을 발견했는지에 생각을 집중할 수 있었다.

마음을 강하게 다지면서 예전에 나를 담당했던 의사들, 고등학교 동창들, 학부모들, 멀리 사는 친구들, 한 번도 만나본 적 없는 사람들에 이르기까지 오래된 인연은 다시 돌아보고 새로운 인연을 맺으면서 살 수 있게 됐다. 좋은 쪽이든 나쁜 쪽이든, 암은 관계를 명확히 해주었고 홀로 여행할 때 느꼈던 눈부신 아름다움과 평안을 찾게 해주었다.

10.

자, 어디 한번 마셔보자!

10월 초, 치명적인 유방암을 앓고 있는 어머니를 둔 친구가 내게 G.W. 박사를 만나보라고 강하게 권했다. G.W. 박사는 약초를 가지고 암과 여러 질병을 치료하는 중국 전통 의학 전문가라고 했다.

처음에 나는 회의적이었다. 내가 좋아하는 내과 전문의가 약초 치료에 강하게 반대하는 것도 이유 중 하나였다. 그 내과 전문의는 무분별한 약초 치료의 심각한 위험성을 의학 교과서에 쓰기도 했다. 게다가 대부분의 종양 전문의들이 그렇듯 내 담당의가 대체의학이든 보충 치료든 중국 전통 의학에 반대할 거라고 생각했다. 무엇보다 임상 사례가 없으니 약초가 화학요법을 방해해 부정적인 결과를 초래할지도 모른다는 두려움이 컸다. 자칫 암 진행이 더 빨라질 수도 있었다.

하지만 친구는 꼭 한 번 찾아가보라며 간절하게 권했다. 알아보니 학력이며 경력이 대단한 분이기는 했다. 그는 35년 전 하버드대학교에서 박사 학위를 받았고 여러 명망 높은 기관에 재직했으며 슬로언 케터링 암센터에서도 수년간 암을 연구했고 약초 연구에 관한 논문과 자료를 무수히 발표한 분이었다. 게다가 여러 유방암 커뮤니티에서 G.W. 박사를 추앙하고 있었다. 그의 전문 분야는 유방암이지만 결장암을 비롯해 다른 암을 치료한 경험도 있었다.

결정적으로 내 친구의 어머니를 담당했던 의사들이 G.W. 박사를 극찬한다는 점, 내 담당의가 그분에게 약초 치료를 받는 것을 긍정적으로 평가한 점 때문에 결심을 굳혔다. 약초 치료 중에 혈액 검사를 한다는 것도 나와 내 담당의를 안심시켜주었다. 약초 때문에 부정적인 결과가 초래된다면 혈액에서 검출될 테니까.

나는 G.W. 박사에게 이메일을 보냈고 그는 퀸스 자치구 아스토리아 구역의 47번가와 브로드웨이 모퉁이에 있는 라이트에이드(미국의 약국 및 잡화점 체인 - 옮긴이) 앞에서 만나자고 했다. 다소 묘하게 느껴졌지만 상관없었다. 뉴욕 출신이 아닌 나 같은 사람에게, 퀸스는 좀처럼 가기 꺼려지는 지역이었다. 세련된 맨해튼 사람들에게 퀸스는 물론이고 브루클린도 그리 좋은 지역은 아니었다. 언니가 아스토리아 구역에 살고 있어서 퀸스에 몇 번 와보긴 했지만 퀸스에서만 먹을 수 있는 전통 음식을 먹어본 횟수는 그보다 더 적었다.

중국 의학 전문의를 만나기 위해 퀸스로 가는 여정이 어쩐지 모험처럼 느껴졌다. 그 무렵 내 집에서 머물던 부모님은 같이 가자며 언니까지 대동하고 따라나섰다.

우리 넷은 47번가와 브로드웨이가 교차하는 모퉁이에 있는, '라이트에이드' 간판을 내건 1층짜리 건물 앞에 서서 그분을 기다렸다. 부모님은 내게 계속 물었다. "왜 그 의사의 진료실로 안 가니? 왜 여기서 기다려야 해?" 나 역시 그가 합법적인 진료를 하는 게 맞는지 의아해지던 참이라 그 질문에 대답을 할 수 없었다.

의사를 기다리는 동안 중국에서 겪었던 특이한 모험이 생각났다. 중국인들은 세계 어느 곳에서 살든 어떤 일을 할 때 대충 하는 경향이 있다. 질서와 법 준수를 중요시하는 서양인들의 관점에서 보면 특히 이상하게 보일 것이다. 유명 브랜드의 짝퉁 옷과 신발, 액세서리를 엄청나게 싼 값에 파는 베이징의 노천 시장에서 나는 "CD 살래요? DVD 살래요?"를 묻는 상인에게 고개를 끄덕이곤 했다. 상인을 따라 폐건물 같은 곳으로 들어가면 약간의 돈으로 엄청난 해적판 CD와 DVD를 구입할 수 있었다.

1990년대 중반만 해도 적은 돈으로 값나가는 물건을 구입하려면 공공장소에서 상인을 만나 버려진 사무실 뒤쪽이나 후미진 계단통으로 자리를 옮겨야 했다. 그곳에서 불법 냄새를 풀풀 풍기며 호텔 객실을 예약하거나 표를 사거나 환전을 했다. 나는 그런 거래를 무척 좋아했다! 위험을 감수하고 모르는 사람을 만나 낯선 경험을 한다는 게 내 심장을 뛰게 했다. 흥분과 재미가 혈관을 타고 흐르는 기분이었다.

그때 아버지가 꽃무늬 셔츠를 입은 몸집이 작은 남자가 검은 가방을 들고 47번 거리를 느긋하게 걸어오는 모습을 보더니 퉁명스럽게 말했다.

"저 사람인가보구나. 퍽이나 하버드에서 배운 의사 같네."

그랬다. 그 남자가 바로 G.W.박사였다. 박사는 나와 신분을 확인한 후 미심쩍어하며 물었다.

"이분들은 누구신가요?"

그는 내 대답을 군말 없이 받아들였고 우리 일행은 함께 자리를 옮겼다.

만나는 방식이 특이하긴 했지만 나는 G.W.박사가 마음에 들었다. 그는 합법적인 의사가 맞았다. 그는 자기 진료실에서 나를 만날 수도 있었지만 그럴 경우 컴퓨터에 로그인해서 내 정보를 봐야 하고, 내게 해줄 수 있는 조언이 제한된다고 했다.

박사의 얘기를 들어보니 미국 의학계는 중국 전통 의학을 대체로 불신하는 분위기였다. 중국 전통 의학을 신뢰하는 사람들도 있지만 나중에 골치 아픈 일이 생길까 봐 대놓고 지지하지는 못했다. 약초의 종류는 수천 가지이고 제조 방식은 무한대다. 게다가 암을 비롯한 여타 질병의 치료 효과를 알아보는 실험을 하는 데는 비용이 거의 들지 않으므로 의사와 병원 측은 중국 전통 의학을 경원시하는 편이었다.

그는 내 최근 혈액 검사 결과를 읽고 맥박을 잰 후 혀를 들여다보면서 전반적인 상태를 살폈다. 그는 내 암이 4기로 분류된 것은 '형식적'이라고, 나는 체력이 좋아서 화학요법 부작용도 거의 나타나지 않고 있다고 했다. 그가 희망적이고 환자를 안심시키려는 태도를 보여주어 무척 고마웠다. 그날 내게 절박하게 필요했던 게 바로 희망과 안도감이었다. 그는 내가 치료를 받는 동안 화학요법의 부작용을 최소화하고 내 몸을 해독하며 면역 체계를 북돋우는 것(내 혈액 및 혈소판 수치를 정상 수준으로 유지해 고통스러운 화학요법을 덜 받게 하겠다는 뜻)이 자신의 치료 목적이라고 했다. 그리고 치료가 끝나면 (그 과정까지 갈 수 있다면) 암 재발을 막는 쪽으로 초점을 맞출 예정이라고 했다.

나는 메리 포핀스가 가방에서 램프를 꺼내듯 그가 검은 가방에서 약초를 한 묶음 꺼내줄 줄 알았다. 하지만 그런 일은 일어나지 않았다. 그는 차이나타운에 있는 약초 전문점을 찾아가라고 알려주었다. 장사한 지 40년이 다 됐고 품질 좋은 약초를 거래해서 유일하게 믿는 곳이라고 했다.

다음날 G.W.박사는 내가 마실 약초 목록을 보내주었다.

복령, 참마, 삽주, 사삼, 황기, 계피 가지, 뽕나무 가지, 깻잎, 맥문동 줄기, 오미자, 작약, 광나무, 우슬, 두충, 층층나무, 구기자 열매, 치코, 당후박, 로혼 열매, 귤피

나는 이 목록을 내 담당의에게 보냈다. 그의 허락을 받은 뒤 약초 전문점에 주문을 넣고 얼마 후 차를 찾으러 갔다. 약초 전문점은 뉴욕의 차이나타운에 있는 평판 좋은 가게답게 깔끔했다. 형광등을 켜놓은 유리 진열장 안에는 크림과 연고, 기름이 가득했고 선반에는 흑대추, 대추 꿀 절임, 나한과, 여러 과일, 나무껍질, 잎사귀, 버섯, 뿌리 등 세상에 존재하는 온갖 식물의 다양한 부위

가 수백 개의 커다란 유리 항아리에 담긴 채 진열돼 있었다.

카운터 뒤에서 일하던 십대 청소년 한 명이 뒷방으로 들어가더니 막 달인 차를 가지고 나왔다. 깔끔한 4온스짜리 비닐 파우치에 담긴 차는 얼마 전에 완성됐는지 손을 대기 힘들 정도로 뜨끈했다. 나는 16일치 분량을 받고 신용카드로 150달러를 결제한 후 가게를 나섰다. 참고로 차이나타운에서 신용카드 결제가 되는 곳이라면 합법적인 가게라는 뜻이다.

G.W. 박사는 16일 후에 약초 목록을 다시 검토하고 필요하면 조정하겠다고 했다. 나는 하루에 두 번씩 차를 마신 후 몸이 어떻게 반응하는지 이메일로 알려주면 되었다.

자, 마셔보자!

11.

캐서린이 나에게 일깨워준 것

2014년

당신이 어떤 병에 걸리면 친구들도 같은 병에 걸릴 수 있다. 즉, 당신 친구들도 한 명씩 죽기 시작할 것이라는 뜻이다. 기이한 우연이라고 해야 할까.

2014년의 첫 주에 나는 생생하게 그 경험을 했다. 그날 나는 내 서른여덟 번째 생일을 축하했고, 암 진단을 받은 지 6개월이 지났음을 인지했으며 지인 두 명이 암으로 세상을 떠났고 한 명은 죽음을 앞두고 있다는 사실을 알게 됐다. 사망한 이들 중 한 명은 결장암 환자 모임의 유명인사였고 다른 한 명은 내가 암 진단을 받기 직전까지 한 직장에서 같이 일했던 동료였다.

존은 내가 재직했던 로펌의 파트너였다. 오십대 중반의 나이에 품위 있게 생긴 남자인데, 전 세계를 무대로 일을 했다. 미국 중서부 억양을 고집스럽게 유지하는 사람이기도 했다. 나는 회사의 다른 여러 파트너들만큼 존을 잘 알지는 못했다. 내 몸에 이상 증상이 나타나기 시작했던 작년 6월에야 어떤 프로젝트에 존과 함께 배정되었다. 존은 모든 일을 꼼꼼히 챙기면서 관련 서류를 다

읽고 거래의 다양한 측면에 대한 검토를 요청하는 편이었다. 내가 6월 초에 로스앤젤레스로 휴가를 떠날 예정이었기 때문에 그는 나 대신 다른 직원을 프로젝트에 투입시키기로 결정했다.

그때 나와 존은 우리 몸에 치명적인 종양이 자라고 있다는 걸 모르고 있었다. 12월 초에 나는 존이 뇌종양 진단을 받았으며 예후가 좋지 않다는 얘기를 전해들었고 두 달 뒤 존은 세상을 떠났다. 나는 두 달 만에야 내가 암에 걸렸다는 사실을 겨우 받아들였는데 그에게는 싸울 기회조차 없었던 것이다.

존이 사망하기 전날, 글로리아도 결장암 합병증으로 세상을 떠났다. 글로리아는 결장암 환자 모임에서 제법 유명했는데 암 치료제를 찾는 연구를 후원하기 위해 기부금을 모으겠다며 비영리 단체를 만들어 운영하기도 했다. 스물여덟에 여러 곳에 암이 전이된, 공격적인 결장암 4기 진단을 받은 글로리아는 살날이 1년, 길어야 2년이었다. 하지만 전사처럼 용감했고 대단히 긍정적이었으며 암 투병에 열정을 다하는 모습이었다. 워낙 두려움 없고 적극적이며 열정적인데다 암에 대한 두려움이나 슬픔 같은 건 블로그에 쓰지 않았다. 오히려 암 덕분에 얻은 '기회'를 즐기는 듯했다. 거의 망상장애처럼 보일 정도였다.

나를 비롯해 글로리아를 오래 지켜본 사람들이 보기에 그녀는 암이 타깃을 잘못 골랐다고, 자신의 표현대로라면 "암, 넌 이제 끝났어"라고, 살아 있던 마지막 날까지 암을 이길 수 있다고 진심으로 믿는 것 같았다.

글로리아가 본인의 상태가 점점 나빠지는 것에 대해 입을 다문 것은, 그녀가 이 치명적인 질병에 굴복하지 않고 맹렬히 싸우고 있으니 언젠가 이길 수도 있지 않겠느냐는 사람들의 믿음 때문이었다. 그래서인지 글로리아가 세상을 떠났을 때, 그녀를 보며 힘을 얻던 많은 이들은 충격에 빠졌다. 다들 글로리아도 극복을 못 했는데 우리가 어떻게 극복하겠냐고들 했다.

곧 죽음을 앞두고 있다는 사람은 사랑스러운 캐서린이다. 키 큰 오십대 여성이자 미네소타 출신인 그녀는 암 진단을 받을 때 들은 예상 수명을 훌쩍 넘겨, 지금까지 살고 있다. 캐서린은 다른 사람들에게 힘을 주고 정보를 제공하는 데 열심이었고 나을 수 있다는 신념으로 결장암 환자 모임을 만들기도 했다. 나를 결장암 환자 모임인 콜론타운Colontown에 가입시킨 장본인이기도 했다.

나는 캐서린을 만나기는 했지만 그녀에 대해서는 잘 모른다. 캐서린이 콜론타운에 쓴 글을 읽어보면 그녀와 친해진 기분이 들기는 하지만 말이다. 다만 나는 수개월 전 일체의 화학요법을 중단한 그녀의 용감한 결정을 높이 평가한다. 또한 종양이 위장으로 이어지는 길목을 막고 있어 서서히 굶주려가는 상황에서도, 그녀가 호스피스에서 편안하게 지내면서 가족, 친구들과 마지막을 보내는 방식에 감탄하고 있다. 물을 마시는 족족 구토를 하면서도 캐서린은 지금까지 해왔던 대로 본인의 신체적, 정신적 상태를 인터넷에 올려 사람들에게 정보를 제공하는 수고를 멈추지 않는다.

그녀는 서서히 다가오는 죽음을 차분하고 품위 있게 받아들이고 있다. 언젠가 죽음을 맞이하게 될 우리의 두려움을 조금이라도 덜어주려는 듯했다. 덕분에 캐서린을 사랑하는 사람들은 그녀에게 작별 인사를 하고 각자 하고픈 얘기를 할 기회를 얻었다.

암에 걸린 사람들은 투병 방식을 설명할 때 전투에 비유하는 경향이 있다. 나 역시 화학요법이 내가 가진 제일 강력한 '무기'라고 말한다. 암에 관해 안 좋은 소식을 들으면 수많은 전투 중 한 번 패한 것이라 말하고, 나를 지지해주는 분들을 내 '군대'라고 표현한다. 지칠 수밖에 없는 길고 고된 여정을 비유하기에 '전투'는 꽤 적절하고 유용한 단어다. 전투와 관련된 단어를 쓰다보면 열정과 아드레날린이 솟구쳐서 지난한 과정을 견딜 힘이 생겨낸다. 하지만 몸이 더 이상 치료를 견디지 못하면 어떻게 될까? 그렇게 싸웠는데도 결국 죽음을 맞게 된다면? 그래도 사람들은 캐서린과 글로리아, 존이 결국 암과의 싸움에 '패배'했다고, 현실을 부정할 수 없다고 생각하고 싶어 하지 않는다.

암과의 싸움은 신체뿐 아니라 정신의 영역에서도 벌어진다. 우리의 정신과 영혼은 암과 싸워나가는 와중에, 우울한 가운데서도 행복을 느끼며 어둠 속에서 빛을 찾는다. 두려움을 느끼면서도 웃고, 죽음을 앞두고도 기뻐하며 살아갈 의지를 끝없이 요구받는다. 앞으로 내 몸이 얼마나 힘겨워질지, 내 정신과 영혼이 얼마나 잘 견뎌낼지 모르겠지만 캐서린이 보여준 용기와 정직, 품위, 받아들임의 정신을 잊지 않길 바란다. 캐서린은 본인의 병과 효과가 입증된 치료 및 실험에 관해 최대한 많은 정보를 사람들과 공유했고, 화학요법이 얼마 남지 않은 본인의 삶의 질을 떨어뜨린다고 인정했으며 암의 압도적인 위협을 품위 있게 받아들이기로 결정했다.

허리케인의 바람과 비가 땅에 작용하는 자연의 힘이듯, 암은 사람의 몸에 작용하는 자연의 힘이다. 아무리 대단한 안식처와 현대 의학의 도움을 받고 있어도, 무지막지한 힘 앞에서 우리는 작고 힘없고 보잘것없는 존재에 불과하다. 시간이 흐르면 더는 버틸 수 없으니 치명적인 허리케인을 피해 떠나야 한다는 사실을 인정해야 하는 시기가 온다. 괜히 버티다가 마지막에 속수무책으로 당하면서 허공에 대고 '엿 먹어'라고 손가락 욕을 날리는 것보다 품위 있게 물러나는 편이 낫기 때문이다.

마찬가지로, 암과 계속 싸우는 것이 어느 순간 쓸데없는 짓임을 인정하고, 화학요법이 더 이상 최선의 선택이 아니며 죽음 또한 삶의 다음 단계일 뿐이라는 점을 받아들이게 되는 시기가 온다. 그러면 자연스럽게 주변 사람들과 작별을 준비하게 된다. 우리는 각자 온 마음을 다해 그 시기를 언제로 할지 결정한다.

암으로 죽어가는 C라는 친구도 있다. 그 친구는 가족상담 치료사의 제안에 따라 '포 코너스Four Corners'에 자신의 심경을 담은 글을 올렸다. 포 코너스란 결장암 4기 환자들만 가입할 수 있는 콜론타운 내의 소모임으로, 자신들보다 상태가 덜 나쁜 다른 환자들에게 두려움을 불러일으키지 않고 본인들끼리 자유롭게 이야기를 나누는 공간이다. C는 지금 옆방에서 남편과 올케가 아이들에게 엄마의 암 치료가 더 이상 효과를 보지 못하고 있으며, 엄마가 머지않아 세상을 떠날 거라는 사실을 말해주고 있다고 밝혔다. 아이들이 우는 소리를 들으면서도 가서 위로할 수 없는 그녀의 심정은 오죽할까. 아이들을 위로하는 것은 그녀가 세상을 떠난 후 아이들을 보살필 사람들이 할 일이었다.

12.

나는 결함이 있는 존재가
아니었다

마지막 화학요법을 받던 1월 13일, 나는 마치 교차로에 선 기분이었다. 다들 알다시피, 교차로는 여러 갈래의 길이 엇갈리는 지점이다. 여정을 계속하려면 교차로에서 어느 길로 갈지 정해야 한다. 조시와 담당의와 나는 이제 어떤 검사를 할지, 이후에는 무엇을 어떻게 할지 결정해야 했다.

1월 13일은 내게 또 다른 의미에서 기념비적인 날이었다. 자매와도 같은 사촌 N이 전날 로스앤젤레스에서 비행기를 타고 우리 집으로 왔다. 다음날 마지막 화학요법을 받게 될 내 곁에서 일주일을 함께 보내기 위해서였다. 마찬가지로 나와는 자매나 다름없는 사촌 C도 어린 자녀들이 친구네 집에서 24시간 올나이트 파티를 하며 놀게 맡겨두고 마지막 화학요법을 받는 내 곁을 지켜주기 위해 코네티컷에서 우리 집에 왔다. 뉴욕에 사는 언니 라이나도 그날 밤 나와 함께 있어주기 위해 왔다. 라이나와 사촌 N은 대형 에어 매트리스에서, 사촌 C는 소파에서 잠을 자야 했다.

안정된 삶에 무료함을 느낄 때 우리는, 우리가 아무리 미국인이 다 됐어도 자꾸만 물 속으로 가라앉는 배를 타고 베트남에서 이 나라까지 어떻게 왔는지 잊지 말자고 서로에게 농담처럼 일깨우곤 했다. 지금도 우리는 소파든 에어 매트리스든 바닥이든 어디서 잠을 자도 아무 문제가 없다. 어린 시절에는 바닥에 얇은 면 시트 하나만 깔고도 잠을 잤으니까. 충전재가 든 침낭 같은 건 생각도 할 수 없었다. 베트남 난민에게 침낭이 다 뭐란 말인가?

그날 저녁 조시에게 미아와 벨을 맡기고 우리 입 씨 여자들은 〈탑 셰프〉(미국의 유명 요리 프로그램 – 옮긴이) 우승자가 개점한 레스토랑에서 멋진 아시아 퓨전 요리를 먹었다. 늙어가는 부모님, 남편, 아이들, 돈, 경력 혹은 갑작스런 경력 단절, 그리고 임박해오는 중년기가 주된 화젯거리라는 것을 제외하면 어릴 때처럼 웃고 떠드는 즐거운 시간이었다. 편안하면서도 한편으로는 가슴이 아렸다. 내가 악성 결장암으로 마지막 화학요법을 받는 지경이 되어서야 우리가 남자 친구와 남편, 아이들 없이 20여 년 만에 우리만의 시간을 즐기게 됐다는 사실이 서글펐다.

택시를 타고 레스토랑으로 가는 동안 우리는 그 추운 날씨에 거의 벗다시피 한 차림으로 가수 제이지의 콘서트를 보러 달려가는 젊은 여자들을 보며 웃었다. 문득 내 몸에서 영혼이 빠져나가 마치 연극 무대를 바라보듯 이 장면을 보고 있는 듯한 묘한 느낌을 받았다. 나는 '나'라는 등장인물이 이 연극의 대단원에서 비극적인 최후를 맞이할지 여부를 나름대로 추측하고 있었다. 그리 멀지 않은 미래에 자매들이 나 없이도 한자리에 모이게 될지, 만약 모인다면 웃음 가득한 지금 이 순간을 기억할지 궁금해졌다. 그때쯤 나는 어디에 있을까?

암에 걸린 후로 나는 인생의 이런 귀한 순간들을 소중하게 새기게 됐다. 추억을 간직하는 나만의 방식이랄까. 이러한 순간들은 더 살고 싶다는 갈망을 불러일으키는 동시에 비할 데 없는 기쁨과 감사함을 갖게 해주었다.

저녁을 먹으면서 N이 내일 오전 10시 30분에 타임스퀘어에서 업무 미팅이 있다고 말했다. 광고업계에서 일하는 N의 주요 업무는 대형 영화사를 위해 언론홍보 자리를 마련하고 홍보 계획을 짜는 것이었다. 블록버스터 영화를 비롯해 대형 영화사들이 만드는 온갖 영화를 어떤 매체(텔레비전, 라디오, 잡지, 지하철역 등)를 통해 알릴지 결정했다. 회사에서의 직급도 꽤 높아서 자기 밑에 팀을 여럿 두고 있었다.

"괜찮아. 일인데 당연히 가야지."

화학요법은 내일 오후 12시 30분으로 예정돼 있어서 시간 여유가 있었다.

다음날 아침, 내가 미아를 학교에 데려다줄 때 N과 C도 동행했다. 라이나 언니는 일 때문에 먼저 떠났다. 미아를 학교에 내려준 뒤 우리는 47번가와 브로드웨이 쪽으로 가서 유명한 TKTS 브로드웨이 티켓부스 남쪽에 있는 빨간 계단 앞에 섰다. 관광객들이 브로드웨이 쇼의 반값 할인표를 사려고 몇 시간씩 줄을 서서 기다리는 곳이었다. 타임스퀘어는 지나치게 천천히 걸으며 구경하는 관광객들 때문에 몹시 붐볐고 수시로 카메라 플래시가 터져 정신을 차리기 힘든 곳이라 나는 평소 그곳을 전염병처럼 피하곤 했다. 하지만 이날은 월요일 아침 이른 시각이어서인지 비교적 차분했다. 떼로 몰려다니는 사람도 없고 엘모와 도라 같은 캐릭터 코스튬을 입고 5달러에 기념사진을 찍어주겠다며 고래고래 소리를 지르는 사람들도 없었다. 한겨울에도 카우보이 부츠와 팬티, 카우보이 모자 차림으로 기타를 메고 다니는 이상한 사람들도 보이지 않았다. N이 저쪽에서 거래처 대표인 조엘 씨와 대화를 나누는 동안 나는 C와 대화를 나누었다. C가 어떻게 해야 조카들이 중국 전통 문화 유산을 적절하게 접할 수 있을지에 대해서였다.

그때 갑자기 어디선가 나의 절친인 S.J.가 나타났다. 엄청난 우연이었다! 나는 800만 명이나 산다는 뉴욕이 어쩜 이리 좁냐며 몇 번이나 감탄을 했다. 그런데 어디선가 등장한 조시까지 내 쪽으로 걸어오는 것이었다! "어머나! 타임스퀘어는 정말 세상의 교차로인가 봐!" 나는 깜짝 놀라 몇 번이고 감탄했다. 저쪽에서 라이나 언니까지 걸어오는 게 보였다. 이게 어떻게 된 일이냐고 반문하려는데 N이 내게 돌아서서 "저쪽을 봐!"라고 말했다.

여러분이 시각장애인, 아니면 적어도 나만큼 앞이 안 보이는 사람에게 뭔가를 보라고 말할 때는 상대가 크게 당황할 수 있다는 점을 알아두어야 한다. 특히 구경할 거리가 무한한 타임스퀘어에서라면 다들 보는 것을 나만 못 볼까 봐 두려워지기도 한다. 하지만 아무리 앞을 못 보는 나라도 거대한 광고판에 뜬 내 사진을 못 볼 수는 없었다.

사진에는 내 키만큼이나 커다란 글씨로 '오늘 마지막 화학요법을 받게 된 걸 축하해, 줄리! 우린 너를 사랑해!'라고 적혀 있었다. 이 사진은 장장 4분이나 화면에 나왔다. 나는 가슴이 너무 벅차 견딜 자신이 없었다! 조엘 씨가 저 위 어딘가에서 우리를 내려다보며 대형 광고판을 조정하는 사람들에게 두 엄지를 치켜들자 영상이 나왔다. 광고판에 나와 조시, N과 C, 라이나 언니, S.J.와 조엘 씨가 비쳤다. 타임스퀘어의 대형 광고판에서 자기 모습을 보고 싶은 주변 사람들이 마치 불나방처럼 우리 쪽으로 몰려왔다. 카메라가 나와 조시를 클로즈업했고, 나는 놀라서 손으로 얼굴을 가렸다. 윤기 나는 곱슬머리를 한 조시는 화면에서 마치 정치인처럼 멀쑥해 보였지만 나는 정치인의 아내와는 거리가 멀어서인지 한몸에 주목을 받는 상황이 썩 편하지 않았다.

알고 보니 이 모든 일은 N과 조엘 씨가 기획한 것이었다. 조엘 씨가 운영하는 회사는 타임스퀘어의 디지털 광고판을 관리하는 곳이었다. N에게서 나의 이야기를 전해들은 조엘 씨가 내게 특별한 선물을 하고 싶다고 해서 마련된 자리였다. 암 환자의 화학요법 마지막 날을 축하하는 광고를 올리느라 조엘 씨의 회사가 얼마나 손해를 입었을지 나는 상상조차 할 수 없었다. 나도 모르게 조엘 씨를 두 팔로 얼싸안고는 그의 울코트에 얼굴을 묻고 엉엉 울어버렸다.

나는 사람들이 원하지 않는 존재라는 생각을 오랫동안 갖고 있었고, 그 생각을 잊고 살 만큼 나이가 많지도 않았다. 그래서인지 남들이 다정하게 대해주면 아직도 어쩔 줄을 모른다. N과 조엘이 내게 보여준 친절은 너무도 감동적이었지만 대단한 시설까지 동원했다는 점 때문에 무릎의 힘이 죄다 풀리는 것 같았다.

어머니는 언니와 오빠에게는 중국어 학교에서 만다린어를 추가로 배우게 했지만 나는 예외였다. "넌 어차피 한자를 못 읽어." 다섯째 삼촌은 나만 빼고 언니 오빠와 사촌들을 데리고 〈스타워즈 에피소드 6 - 제다이의 귀환〉을 보러 갔다. "나는 왜 안 데려가요?" 내 질문에 어머니는 "어차피 가도 화면을 못 보잖니"라고 대답했다. 이 말은 아무도 나를 위해 헛돈을 쓰고 싶어 하지 않는다는 뜻이었다.

내가 아홉 살 때, 나만 빼고 사촌 N과 C 그리고 라이나 언니가 샌프란시스코에 있는 넷째 삼촌네 집에 놀러간 적이 있다. 왜 나는 데려가지 않느냐는 물음에 어머니는 이번에도 "넌 다른 사람들처럼 앞을 볼 수 없고, 아무도 널 따라다니면서 챙겨주고 싶어 하지 않아"라고 대답했다. 나는 어릴 때부터 무시당하는 하찮은 존재였다. 다들 내게 결함이 있다고 말했고 정말 나는 결함이 있는 존재라고 생각했다.

그래서 나는 영화관에서 영화를 볼 수 있고, 혼자 세계 여행을 할 수 있고, 중국어를 공부할 수 있다는 사실을 끊임없이 증명해 보였다. 다른 이유도 많았지만 무엇보다 나 자신과 가족에게 내 가치를 증명하고 싶었다. 태어날 때부터 존재 가치를 의심받던 아이는 매일 타인들에게 자신의 가치를 증명해야 했다. 그리고 어느 시점에 이르러, 꿈꿔온 모든 것을 이루고 모두가 한때는 불가능하다고 했던 일을 해내고서야 비로소 나 자신을 인정하고 사랑할 수 있었다. 하지만 워낙 어릴 때부터 뿌리박힌, 쓸모없고 사랑받을 수 없는 존재라는 느낌을 아주 떨쳐내지는 못했다.

존재의 불안정함은 거의 모든 사람이 느끼는 보편적인 감정이다. 내 두 아이도 자신들의 불안정함을 이미 느끼는 듯하다. 대단히 아름답고 지적인 사람들도 자신이 충분히 아름답고 지적이라고 느끼지 못한다는 얘기를 들으면 너무나 놀랍다. 사람들은 자신이 충분히 날씬하거나 매력적이지 않다며 괴로워한다. 사람들은 외모, 지능, 체중 등 스스로를 재단하는 수백 가지 항목에 따라 자신이 남들에게 호감을 사고 사랑받을 수 있는 존재인지를 구별하려 한다.

누구나 세상에 받아들여지고 사랑받기를 원한다. 가족과 친구들, 동료들, 교회 등 공동체의 일원이 되고 싶어 한다. 사랑받지 못할까 봐 두려워하는 마음은 마치 우리 유전자에 새겨진 코드 같다. 어쩌면 그보다 더 깊은 감정일 수도 있고, 이 작은 행성에 태어나 인간으로 살아가는 모든 이의 숙명일 수도 있다. 아무리 주변을 의식하지 않는 사람이라도 세상으로부터 거부당한다는 느낌을 받으면 불안해진다. 이것은 모든 사람이 짊어져야 할 몫일 것이다. 역설적이게도, 그리고 뜻밖에도 암은 나의 이런 불안을 가장 효과적으로 떨쳐내게 해주었다. 사랑받지 못하는 존재라는 오랜 고통을 암이 없애준 셈이다.

13.

희망보다 강력한
생존 본능

HIPEC를 받기 전이었던 3월의 어느 날, 문득 희망에 대해 쓰고 싶어졌다. 희망은 암 진단을 받으면 수없이 듣게 되는 단어다. 조시는 내게 "희망을 포기하면 안 돼"라고 수없이 말했다. 사람들은 내가 이미 읽은 《희망의 힘》이라는 책을 권했다. 제롬 그루프먼이라는 종양학자가 온갖 역경을 이겨내고 끝내 암을 이겨낸 환자들의 이야기를 소개하면서 희망을 갖는 것이 암을 극복하는데 얼마나 중요한지 강조한 책이다.

희망이라는 애매한 개념, 바라는 것을 이룰 수 있으리라는 기대는 거의 종교적인 믿음에 가까울 만큼 암 환자들에게 만연해 있다. 희망을 가지면 인생 최악의 시기를 버틸 수 있고 심지어 암이 치유될 수도 있을 거라는 확신 말이다. 워낙 자주 언급되는 단어라 거짓말처럼 느껴지기도 한다. 죽음이 임박했을 때도 언제나 희망이 있다는 말을 과연 할 수 있을까? 그 시기에 희망은 어디에서 찾아야 할까?

지난 8개월 동안 나는 희망의 가치를 따져보면서, 어머니에게 들었던 베트남에서의 삶과 우리 가족이 탈출하던 당시를 종종 떠올렸다. 어머니의 이야기에는 희망의 변덕스러운 속성이 담겨 있었다. 희망은 우리 영혼 안에 자리한 불꽃이다. 어두운 밤에 홀로 켜진 촛불처럼 미약하게 깜박일 때도 있고, 무한히 따뜻하고 눈부신 빛으로 격렬하게 타오를 때도 있다.

서른여덟이었던 어머니는 베트남 내전을 겪은 수많은 사람들 중 한 명이었다. 아는 미국인이 있든, 배짱이 좋든, 운이 따랐든, 돈을 바쳤든, 아니면 이 모두를 총동원했든 결국 베트남을 탈출한 사람들을 부러워한 이들 중 한 명이기도 했다. 남베트남에서 보낸 마지막 며칠 동안, 어머니는 아버지가 운전하는 차를 타고 인파로 붐비는 거리를 지나면서 정말 운이 좋은 사람들이 있다는 것을 직접 목격했다.

어머니가 가장 생생하게 기억하는 장면 중 하나는 이것이었다. 어떤 미군이 예쁘장하게 생긴 베트남 여자의 팔을 잡고 끌어당기는데, 그 여자의 어머니인 듯한 여자가 반대편에서 여자의 팔을 붙잡고 늘어졌다. 여자는 딸을 보내고 싶어 하지 않는 게 분명했다. 미군과 여자들의 줄다리기는 미국과 베트남, 구세대와 신세대, 밝음과 어둠, 성공과 실패, 생명과 죽음의 대립을 상징하는 듯했다. 줄다리기를 하다 지친 미군은 힘 좋은 두 팔로 두 여자를 모두 들어 안아 지프에 싣고는, 저무는 저녁 해를 향해 차를 몰았다.

어머니는 그들을 따라가고 싶었다. 언젠가 미국 영화에서 봤던, 마릴린 먼로와 재클린 케네디가 사는 화려하고 부유한 세상에서 살아보고 싶었다. 무엇보다 나처럼 시력에 이상이 있던 내 언니를 위해 더 나은 치료를 받을 수 있는 곳으로 떠나고 싶었다. 하지만 뭘 어떻게 해야 하는지는 생각해보지 않았다. 미국은 고사하고 어디로든 탈출하는 것 자체가 어머니에게는 불가능한 꿈이자 환상이고 희망이어서, 어머니는 마음 한구석에 그 바람을 처박아두었다. 하지만 모녀를 차에 태우고 떠난 미군을 본 그날, 어머니는 미약하게나마 지금과 다른 더 나은 삶을 살고 싶다는 희망을 갖게 됐다.

그리고 어느 날, 어머니의 비현실적인 희망이 이루어졌다. 지독한 가난에 시달리던 수십만 베트남인들이 한밤중에 목숨을 걸고 바다로 탈출할 준비를 했다. 점점 더 많은 이들이 베트남을 떠나 프랑스와 오스트레일리아, 미국에 도착했고 그들은 베트남에 남은 이들에게 편지와 사진을 보냈다. 낯선 땅에서 새로운 삶을 사는 게 가능하다는 증거였다.

어머니는 하루하루가 지날수록 본인이 처한 상황을 견뎌내기가 힘겨워졌지만, 그런 탈출은 딸린 자식이 없는 젊은 사람들에게나 가능한 일이었다. 혼자라서 쉽게 다른 곳에 가서도 살 수 있는 사람, 한밤중에 바닷가를 돌아다니다가 선주의 충동적인 결단에 따라 베트남을 떠나는 어선의 한두 개 비는 자리에 거리낌없이 낄 수 있는 사람 말이다. 어머니는 점점 희망을 키워갔지만 79세의 증조할머니를 포함한 대가족을 데리고 탈출할 방법은 없어 보였다.

그러다 베트남과 미국의 관계가 급랭하면서 결국은 베트남을 떠날 수밖에 없는 상황에 처하게 됐다. 새로 들어선 베트남 공산 정권은 모든 중국계 베트남인들에게 적당한 금을 내고 모든 재산을 국가에 넘기면 떠나게 해주겠다고 '제안'했다. 말이 제안이지 인종 청소나 다름없었다. 그렇게 해서 1979년 2월, 50여 명에 달하는 우리 가족은 어선 여러 대를 나눠 타고 홍콩과 마카오로 떠났다.

내가 탔던 길이 16미터, 폭 3.6미터의 곧 부서질 듯한 어선에는 300여 명이 빼곡하게 앉아 있었다. 홍콩까지는 한 달이 걸렸고 얼마 안 되는 음식과 물로 바다에서 11일을 버텨야 했는데 다행히 우리가 탔던 배는 가라앉지 않았다. 어떤 이들은 배가 고파 인육까지 먹었다는데 우리는 그렇게까지 극단으로 몰리지는 않았다. 우리가 홍콩에 도착하고 1년이 채 안 됐을 때 미국의 어느 성당에서 우리 가족이 미국으로 이주할 수 있도록 비용을 대주었다. 마침내 1979년 11월 30일, 우리가 미국 땅을 밟으면서 어머니의 오랜 희망이 마침내 이루어졌다. 그때 나는 세 살이었다.

바다의 신들 그리고 온 가족의 운명을 틀어쥔 수많은 신에게 목숨을 맡긴 채 위태로운 어선을 타고 이동하는 동안, 두렵지 않았느냐고 어머니에게 물어보았다. 몇 날 며칠 광활한 바다를 바라보면서 어머니가 무슨 생각을 했는지 궁금했다. 모두가 지독한 뱃멀미에 시달리던 그때, 본인은 물론 아이들까지 굶주리던 그때, 언제 피신처를 찾을 수 있을지 알 수 없는 끔찍하게 두렵던 그때, 어머니는 과연 어떤 희망을 품었을까? 어머니는 여전히 재클린 케네디를 꿈꾸었을까? 금으로 포장된 미국의 거리를 상상했을까? 그런 희망은 어머니가 가장 암울한 시간을 견뎌낼 수 있도록 힘을 주었을까?

"아무 기대도 없었기 때문에 오히려 두렵지 않았어. 순간순간을 살아내는 것 말고는 그냥 아무 생각이 없었다고나 할까. 내일이든 다음 달이든 내년이든, 미래에 대해서는 일체 생각을 안 했어."

어머니는 시련을 극복하기 위해 헛된 희망을 떠올리지 않았고 그 덕분에 무기력해지지 않을 수 있었다. 어머니는 생각을 멈추고 본능에 따라 매 순간을 살아냈다. 사람들이 말하는 소위 생존 모드였다.

나 역시 암과 싸우는 내내 생존 모드로 변화해야 한다는 필요성을 느낀다. 미래를 꿈꾸지 않는 것이 무엇보다 중요하다. 한번씩 가슴이 무너질 때면, 자기보호본능을 따라 다시는 내 의지를 약하게 만드는 실망, 충격, 고통을 느끼지 말자고 다짐한다. 희망이 꺾일 때마다 상처를 받으면 오래 견딜 수 없기 때문이다.

나는 지금 암과 싸우는 가장 우울한 시간을 보내고 있고, 바로 얼마 전에도 패배했다. 나는 나 자신을 추스르면서 "희망 따위 엿이나 먹어라"고 선언했다. 이루어질 것 같지 않은 먼 미래의 행복한 순간을 머리로든 마음으로든 다시는 떠올리지 말자고 결심했다. 희망을 갖는 게 두렵다. 많은 사람들이 내게 희망을 가지라고 말하지만 나는 희망에 의지하지 않는다. 오히려 희망을 거부한다.

희망은 참 웃기는 것이다. 자체적인 생명력과 의지가 있는 것 같기도 같다. 의지로 제어할 수 없으며 우리 영혼에서 완전히 떼어놓을 수도 없다. 희망의 불꽃은 아무리 미약해도 절대 꺼지지 않는다. CEA 검사 결과에 실망한 나는 암과의 전쟁 따위는 아무리 치러봤자 소용없는 짓이라고 생각하며 일주일을 보냈다. 그러고 나서는 좌절의 기억을 뒤로하고 그날과 그다음 주, 그다음 달에 대한 기대를 품었다. 그러다 문득 내게 현실적으로 남은 시간이 8년 정도이며 이 시간이면 내 아이들이 각각 열 살과 열두 살이 된다는 걸 깨닫게 됐다. 일단 8년으로 압축된 삶을 열심히 살고, 혹시 그보다 좀 더 살게 되면 덤이라고 기분 좋게 생각하자.

은퇴 후 조시와 함께 소박하게 사는 꿈은 더 이상 가질 수 없다. 손주들을 품에 안아보는 것도 불가능한 상상이다. 이제부터는 구체적이고 세밀하며 전적으로 실행 가능한 목표를 세워야 한다. 그 목표를 이루고 나서 다음 목표를 세우는 게 살길이다. 희망을 쳐낼 것이다. 희망이 다시는 나를 농락하지 못하게 할 것이다.

조시를 비롯한 여러 사람들은 내가 CEA 결과 때문에 너무 과민하게 반응한다고, 너무 성급하게 희망을 포기한다고 생각했다. 하지만 희망을 포기하는 것은 나만의 위기 대응법이다. 나는 강해져야 했다. 미래에 닥쳐올 불가피한 패배를 견뎌내려면 삶을 기대하지 말아야 했다. 그렇지 않으면 나는 감정에 시달리다 못해 더 빨리 죽을 것이다.

내 안의 살인자를 정면으로 마주하는 것이 바로 나다운 방식이었다. 나는 내 처지를 명확하게 인지하고 싶었다. 지금까지 냉혹하고 힘든 인생을 살아왔기에 현실을 부정하는 짓은 하지 않았다. 현실 부정은 희망의 사촌이다. 내 삶의 모든 좋은 것들, 이를 테면 조시와 함께 꾸린 불가능할 정도로 아름다운 이 삶은 잔혹한 진실을 의식적으로 대면해야 잃지 않을 수 있다. 이런 현실적인 생각이 나와 잘 맞았다. 희망 같은 마법은 매력적일 순 있지만 지금은 그런 매력에 굴복할 때가 아니다.

얼마 후 우리는 HIPEC 담당의인 D.L.박사를 만났다. 그때 조시는 나라면 절대 하지 않았을 질문을 했다. HIPEC로 효과를 볼 수 있습니까?

그 말을 듣는 순간, 희망을 갖지 않기로 결심했음에도 가슴속에서 희망의 불길이 확 커지는 것을 느꼈다. 이어서 8년으로 예상한 시점 이후에 펼쳐질 삶의 모습이 내 머릿속으로 물밀듯 밀려왔다. 사람들은 HIPEC로 내 암이 치료될 거라고, 나는 운 좋은 환자들 중 한 명이 될 거라고 말한다. 나는 상처받기 싫어서 그런 말을 믿고 싶지 않지만, 마음 한구석에서는 그 말이 맞았으면 좋겠다고 희망을 품는다.

암 진단을 받기 전까지 나는 희망의 오르내림이 무엇인지 알지 못했다. 희망이 불러일으키는 기쁨과 공포, 절망 그리고 희망의 엄청난 회복력을 이해하지 못했다. 암 환자들을 위해 비유하자면, 희망을 오르내림이란 오랫동안 지속될 낭만적인 사랑을 찾아 헤매는 과정이라 할 수 있다. 아마 누구나 경험해봤을 것이다. 나 역시 조시를 만나기 전까지 남자를 몇 명 사귀었고 그중 한두 명은 내 가슴을 몹시 아프게 했는데, 지금 생각해보면 어이가 없을 정도로 별것도 아닌 일로 나는 엉엉 울면서 우울해하곤 했다.

청춘의 사랑만큼 가슴 아픈 것은 없다. 나를 잔인하게 거절해서 나는 사랑받을 가치가 없는 여자라고 느끼게 만든 남자들 때문에, 나는 존재할 이유가 없다고 느낀 적도 있다. 그렇게 헤어지고 나면 나는 남자라면 지긋지긋하다고, 다시는 상처받을 일을 만들지 않겠다고, 행복해지기 위해 남자 따윈 필요 없다고 다짐했다. 그리고 시간은 매번 내가 그때의 고통을 잊게 만들었다. 시간과 경험으로 새로운 힘과 용기를 얻은 나는 의연함 또는 어리석음으로 무장한 채, 결국 상처받고 말 연애를 하고 또 했다. 그러다 마침내 조시를 만났다.

나는 앞으로도 이렇게 희망을 품었다가 좌절하기를 반복할 것같다. 시간이 지나면 또 오늘을, 8년 후를, 40년 후를 상상할 수도 있다. 이제 나는 희망이 내 영혼의 영원불멸한 일부임을 안다. 내가 절망에 빠져 있을 때도 희망은 영원히 꺼지지 않는 불처럼 내 가슴속에 남아 있을 것이다. 남아 있는 희망이 조금이라도 있다면 죄다 짓이기고 싶을 만큼 지독하게 암울했던 시기에도, 나는 희미하게나마 희망의 온기를 느꼈다. 내 인생이 끝나갈 때쯤, 더이상은 사는 것이 불가능하다는 것이 명확해질 때쯤 내 희망은 지금과는 또 다른 무엇으로 변해 있을 것이다. 내 아이들에 대한, 인류에 대한, 내 영혼에 대한 희망으로.

14.

"당신 인생을 망치게 해서 미안해."

2014년 늦봄, 나는 직접 만든 요리를 사진으로 찍어 페이스북에 올렸다. 갈비 라자냐 롤, 치킷팟파이, 케일과 여러 가지 채소를 넣은 칠면조 수프로, 이 사진들은 표면적으로나마 내가 이전으로 돌아갔음을 상징적으로 보여주었다.

나는 암 진단을 받기 전까지는 요리를 무척 좋아해서 식재료를 지나칠 정도로 많이 사두는 편이었다. 옷과 신발을 중독처럼 사들이는 사람들이 있듯이 나는 고급 요리 도구, 주방 기구, 요리책을 줄기차게 사들였다. 조시에게 받은 크리스마스 선물 중 내가 최고로 꼽는 것은 7.25쿼트짜리 르크루제 더치 오븐 냄비와 95달러짜리 즉석 디지털 온도계였다.

하지만 암 진단을 받고 수개월 동안 요리를 하지 않았다. 첫 번째 화학요법으로 인한 신경증 때문에 요리가 짜증스럽고 고통스러웠다. 무엇보다 지금까지 내가 먹은 음식들이 내 몸속에 암을 키웠다는 말도 안 되는 생각 때문에 음식에 흥미를 잃었다. 그런데 역설적이게도 최근 입원해 있던 4.5일 동안 금식을 하면서 창자가 쉬어서인지 장폐색 증상이 해소되었다. 허기에 지쳐 침대에 누운 채 아이패드로 PBS 요리 프로그램을 보는데 데이비드 장의 멋진 라멘 요리를 보면서 나도 모르게 군침을 흘렸다. 그때 앞으로 다시는 요리를 중단하지 않겠다고 다짐했다.

우리 부부가 새로 구입한 작은 SUV도 사진으로 찍어 페이스북에 올렸다. 그것도 이전으로 돌아왔음을 보여주는 사진이었다. 한 달에 두세 번밖에 안 탈 것 같은 차를 사는 데 들인 비용치고는 꽤 많았지만 우리가 삶을 계속 이어가기 위해 필요한 부분이라고 생각했다. 이제 우리 가족은 주말에 SUV를 타고 하이킹을 갈 수 있고 가을에 사과를 따러 갈 수 있으며 귀여운 마을을 구경 다닐 수 있게 됐다.

이런 사진과 부산스러운 일상, 내가 지금 병원에 있지 않고 고통 없이 똑바로 서 있을 수 있어서 얼마나 기쁜지를 주변 사람들에게 보여주기 위한 미소와 긍정적인 말들, 이런 허울의 이면에서 나는 내가 기억하는 어느 때보다 더 심하게 망가져 있었다. 천을 고르고, 자동차를 조사하고, 새로운 방식으로 요리하는 등 겉으로는 긍정적으로 행동했지만 마치 망망대해에서 나뭇조각을 붙잡고 안간힘을 쓰는 기분이었다. 내가 암에 걸렸다는 피할 수 없는 진실, 결국 암으로 죽을 거라는 어쩔 수 없는 사실을 당분간이라도 외면하고 싶은 마음에 하는 억지스러운 행동 같았다.

5월의 어느 아늑한 주말, 나는 두 딸을 데리고 생일 파티 두 곳에 참석했다. 첫 번째는 벨이 유치원에서 사귄 친구의 생일 파티였다. 그 반 부모들 중에 내가 암 진단을 받았다는 사실을 아는 이는 없었다. 나는 생일을 맞은 아이의 어머니, 프로스펙트 파크 근처의 아름다운 유리 건물에서 사는 키가 크고 아름다운 여성과 다정하게 서서 봄날의 아름답고 푸른 하늘 아래 모든 것이 아름답게 보이는 그 순간을 만끽했다. 문득 그녀에게 "제가 글쎄 결장암 4기랍니다! 혹시 눈치 채셨어요?"라고 묻고 싶었다.

두 번째는 미아의 반 친구 세 명이 합동으로 연 생일 파티였다. 파티 장소는 로어 맨해튼의 우뚝 솟은 고층 건물들 사이에 있는 브루클린 브리지 파크의 회전목마 앞이었다. 미아의 반 부모들은 내가 암 환자라는 것을 알고 있었기 때문에 나는 진심으로 걱정해주는 사람들과 실은 별 관심 없는 사람들로부터 요즘 어떠냐는 어색한 질문을 받아야 했다. 자신들은 흠 없는 완벽한 삶을 살면서 행복을 누리다 보니 속으로는 내 걱정이 되더라도 차마 묻고 싶어 하지는 않는 눈치였다. 나는 "아, 그럭저럭 지내고 있어요"라고 애매하게 대답했다. 속으로는 "이건 너무 부당해요! 나는 이런 고통을 받을 짓을 하지 않았어요. 내 아이들도 이런 고통을 당해야 할 이유가 없어요!"라고 소리치고 싶었지만, 분노로 가득 찬 수백만 가지 말을 꾹꾹 삼켰다. 체면을 지키며 끝까지 가짜 미소를 거두지 않았다.

요즘 나는 무의식적으로 내 주변에 담을 쌓고 있다. 이 담은 내가 세상에서 제일 사랑하는, 궁지에 몰려 상처받고 지치고 두려워 어쩔 줄 몰라 하는 가여운 조시까지 밀어내는 담이다. 나는 괜히 성질을 내며 그를 밀어낸다. 내가 무슨 생각을 하는지도 털어놓지 않는다. 지나치게 복잡하고 우울하고 슬프고 죄책감으로 물든 생각을 그에게 말할 수가 없다. 조시와 결혼해 그의 인생을 망친 게 죄스럽다. 조시는 물론이고 그의 가족들은 조시가 열 살, 열다섯 살, 열여덟 살, 심지어 스물다섯 살이었을 때도 훗날 나 같은 여자와 결혼할 줄은 꿈에도 생각 못 했을 것이다.

솔직히 말해보자. 그는 요즘도 주도에 남부연합기를 걸어두는 사우스캐롤라이나의 전형적인 백인 가정에서 나고 자랐다. 그는 유치원부터 12학년까지 줄곧 교회 학교를 다녔고 사우스캐롤라이나 주립대학교를 거쳐 나와 같은 하버드대학교 법학 대학원을 졸업했다. 그런 조시가 시각장애인이며 베트남에서 태어나고 로스앤젤레스에서 자란 중국계 미국인 여자, 불교식 전통으로 제사를 지내는 집안의 여자, 남부 사람들의 입장에서는 혐오스러운 진보 성향의 북동부 양키 학교를 다닌 여자와 결혼할 줄은 아무도 예상하지 못했을 것이다.

그가 만약 금발에 기독교인이고 남부 출신인 상류층 백인 여자와 결혼했다면 그의 인생이 망가질 일은 없었을 텐데. 물론 내가 조시를 만나지 않았다면 우리 삶의 가장 큰 기쁨인 벨과 미아는 세상에 태어나지 않았겠지만. 그야말로 아무 근거가 없는 죄책감이다.

조시는 나보다 더 분노하고 있다. 그의 분노는 대체로 이 모든 상황의 총체적인 부당함, 우리 삶을 결정짓는 보이지 않는 힘을 향해 있지만 내게도 벌컥 화를 낼 때가 있다. 왜 우리에게 이런 일이 생겼을까? 물론 그 역시 비합리적인 죄책감을 느낀다. 그는 나를 구할 수 있는 조치를 진즉에 취했어야 했다고, 내 몸속에서 암이 자라는 걸 미리 알았어야 했다고 자책한다.

그런 죄책감이 그를 기생충처럼 좀먹고 있다. 겉으로는 아무렇지 않은 척 일상을 살고 있다. 업무로 인한 압박감을 해소하기 위해 냉소적이 될 때도 있지만 평소처럼 장시간 근무를 하고, 내국세입법을 준수하는 복잡한 투자 구조에 대해 고민하고, 말쑥한 정장 차림으로 고객들을 만나 계약을 체결한다.

내가 암 진단을 받은 지 1년이 되자 그는 지금까지 우리가 쌓아온 추억 때문에 힘들어하는 눈치다. 올해의 NBA 결승전을 보면서 작년의 결승전을 떠올리듯이, 그는 우리가 바보 같을 정도로 아무것도 모른 채 살았던 1년 전을 떠올리며 괴로워한다. 내가 다시 요리를 하는 모습을 보면서도 그는 우리의 '평온했던 나날들', 암 진단을 받기 전까지 아무것도 모르고 하루하루를 속 편하게 살던 행복했던 시절을 떠올린다. 그가 제일 견디기 힘들어하는 것은 아무렇지 않은 척 평소처럼 살려고 애쓰는 내 모습을 보는 것이다.

그는 차를 사는 게 좋겠다는 내 생각에 동의했다. 그는 우리에게 차를 판매한 영업사원과 나란히 앉아 잡담을 나누다가 문득 "내 아내가 지금 죽어가고 있어요!"라고 외치면 어떻게 될지 궁금해했다. 물론 우리는 별다른 말을 하지 않고 기분 좋게 웃으며 대리점을 나섰지만.

15.

지금까지와는
완전히 다른 운명

2014년 7월 7일은 내가 암 진단을 받은 지 1년째 되는 날이다. 한밤중에 비명을 지르며 깨어나진 않지만 어떤 장소에 있거나 누군가가 하는 말을 들을 때, 혹은 아무것도 아닌 일을 계기로 갑자기 이 당시의 기억이 떠오르곤 한다. 그럴 때면 눈을 뜬 채로 악몽을 꾸는 기분이다.

이 기억은 마치 비극적인 그리스 신화처럼 내 머릿속에 펼쳐진다. 나는 두려움에 떨며 무대 위의 나를 보고 있다. 주인공인 나는 곧 끔찍한 최후를 맞을 예정인데도 아무것도 모른 채 내 통증이 과민성대장증후군이나 별 이유 없는 창자 때문일 거라고 믿고 있다. 암이라고는 생각도 못하고. 내가 주인공인 이 비극에서 나는 치명적 약점인 자만심 때문에 무너진다. 나는 젊고 강하며 일주일에 다섯 번씩 운동을 하니 암에 걸릴 리 없다는 자만심 말이다.

하지만 객석에 앉은 나는 앞으로 내게 닥쳐올 운명을 알고 있다. 무대 위의 또 다른 나에게 소리치고 싶다. 지금까지와는 완전히 다른 운명이 닥쳐오고 있다고 경고하고 싶다.

작년 6월의 첫째 주 금요일, 나는 좋아하는 요구르트를 먹은 후로 몸 상태가 나빠졌다. 그 후 4주 동안 몸이 붓고 수시로 트림이 나고 위경련이 생기고 속이 메슥거렸다. 위장에서 꾸르륵 소리가 났으며 심신이 지치는 빈도와 강도가 점점 늘었다. 다음주에 조시에게 퇴근길에 의사의 처방을 받아서 가스-X(가스로 인한 압박감이나 팽창감을 줄여주는 가스 방지제―옮긴이)를 사다 달라고 부탁했다. 별것 아닌 과민성대장증후군일 거라 생각했다. 아이들을 제대로 돌보지 못한 채 몇 번이나 침대에 널부러졌는데, 그런 날이면 늦게까지 일하고 퇴근한 조시는 아이들이 자지 않고 집 안 곳곳을 제멋대로 돌아다니는 모습을 봐야 했다.

그 무렵 나는 《프랑스 아이는 편식하지 않는다》라는 책을 읽고 아이들에게 뭐든 가리지 않고 먹이겠다고, 무엇보다 저녁 식사 때 아이들 옆에 꼭 앉아서 지켜보겠다고 결심했다. 하지만 나는 식탁에 앉아 함께 먹지도 못하고 소파에 늘어져버렸다.

사촌의 결혼식 겸 가족 모임을 위해 로스앤젤레스로 출발하기 정확히 일주일 전인 화요일 저녁, 나는 욕조에 누워 이 따뜻한 물이 통증을 완화시켜주기를 바랐다. 하지만 목욕 후 구토를 했고 델라웨어 주 법원 판결과 관련된 중요한 업무를 위한 메모를 쓸 기력조차 없었다. 나중에 나를 담당한 내과 전문의는 그때 연락했어야 했다고, 그때 응급실에 갔어야 했다고 말했다. '그때 어떻게 했어야 한다'는 말을 그 후로도 숱하게 들었다.

이틀 후 병원을 찾아갔더니 의사는 내가 3주 전 처음 병원을 찾았을 때보다 상태가 안 좋아졌다고 우려했다. 다음날 저녁에 휴가를 떠난다고 하자 그는 즉시 위장 전문의에게 나를 검진하게 했다. 위장 전문의는 혈액 검사 후 다음날 아침 초음파 검사 일정을 잡았다. 그는 초음파 검사에서 별다른 소견이 보이지 않고 오후에 나온 혈액 검사 결과도 이상이 없으니 휴가를 가도 좋다며, 여행을 마친 후에도 몸이 좋지 않으면 내시경과 결장경 검사를 해보자고 했다.

그날 저녁 조시와 나는 주말 주택 구입을 위해 매물을 확인하러 허드슨 리버 밸리로 갔다. 주말 내내 심한 변비 때문에 속이 좋지 않았지만 일정을 강행했다. 그다음 화요일인 7월 2일에는 좀비처럼 기운이 하나도 없었지만 두 아이를 데리고 로스앤젤레스행 비행기에 몸을 실었다. 오후의 지독한 교통 체증을 뚫고 몬테레이 파크에 있는 부모님 집에 도착했다. 제법 오랫동안 화장실에 가지 못했지만 아버지가 만든 양념 갈비를 굳이 먹었고, 결국 복통으로 기진맥진해져서 침대에 눕고 말았다. 그날 밤 퇴근하고 온 어머니는 내 얼굴이 녹색에 가까울 정도로 창백하고, 두 달 전보다 너무 말랐다며 크게 놀랐다. 나중에 생각해보니 어머니들에게는 자녀의 상태를 파악하는 육감이 있는 듯하다. 그때 어머니도…… 뭔가를 느끼신 것 같다.

다음날인 7월 3일 수요일, 조시와 나는 부동산 중개인에게 서류 몇 장을 보내려고 옆 동네에 있는 스테이플스 매장을 방문했다. 우리는 주말 주택 한 곳에 대해 가격을 제시했고 상대의 제안을 받아들여 계약을 하기로 한 상태였다. 조시가 팩스 보내는 법을 확인하는 동안 나는 계산원에게 비닐봉지를 얻어 아무도 나를 볼 수 없을 구석진 곳으로 가 구토를 했다. 누런 갈색 액체가 나왔다. 저녁에는 물까지 싹 토했다. 뉴욕에 있는 의사들에게 전화를 걸어 조언을 요청하자 나를 진료했던 내과 전문의와 위장 전문의 대신 다른 의사들이 내게 즉시 응급실로 가라고 했다. 나는 조시가 운전하는 차를 타고 부모님 집에서 몇 블록 떨어진 가필드 메디컬 센터로 갔다. 나이 지긋한 중국계 노인들이 차례를 기다리고 있었다.

"기다리지 않아도 될 것 같아. 조금 있으면 괜찮아질 거야."

나는 이렇게 말하며 조시와 잠시 주변을 산책했다. 걷다보면 속이 가라앉을 것 같았다. 일주일도 안 돼 뉴욕으로 돌아갈 테니 그때까지 버티고 싶었다. 그래도 그날 밤 그곳에서 차례를 기다렸어야 했을까. 하지만 어쩐지 응급실에 들어가면 한동안 그곳에서 나올 수 없을 거라는 예감이 들었다. 다음날 오빠의 집에서 열기로 한 가족 모임도 놓치고 싶지 않았다.

미국의 독립기념일인 7월 4일, 우리는 팰로스 버디스 에스테이츠에 있는 오빠의 집에 모였다. 뒷마당으로 태평양이 내다보였다. 두 딸이 사촌, 육촌들과 함께 수영장에서 놀며 뛰어다니는 모습을 보니 흐뭇했다. 부모님과 형제자매, 친척들이 한데 모여 내가 어렸을 때부터 들어온 다양한 언어로 웃고 떠드는 모습을 보니 행복했다. 짧은 순간이지만 어린 시절 가장 즐거웠던 때를 다시 살고 있는 듯했다.

사촌의 결혼식 당일 새벽 네 시, 나는 더 이상 버틸 수 없어 일흔인 아버지를 깨워 병원까지 가달라고 부탁했다. 일이 길어질 것 같은 예감에 조시가 몇 시간이라도 더 자게 둬야겠다고 판단했다. 그날은 물론이고 그 후 며칠 동안 우리에게 닥칠 일에 대비하려면 그가 지금 충분히 자둬야 한다는 것을 나는 본능적으로 느꼈다.

가필드 메디컬 센터 응급실에 대기 환자가 없어서 다행이었다. 초진 간호사가 내 상태를 확인할 때는 지독한 통증 때문에 똑바로 앉아 있을 수도 없었다. 모르핀을 맞는 순간 말로 다 못할 정도로 안도감이 들었는데 사람들이 마약을 하려고 강도짓에 살인까지 하는 이유를 이해할 것 같았다. 그날 응급실 당직의는 CT 스캔 결과를 보니 장이 막힌 것 같다고, 입원하라고 했다. 어디가 잘못돼서 이러는지 확인은 했구나 싶었다. 그때까지도 암 때문이라는 생각은 전혀 하지 못했다.

암일 수도 있다고 생각했다면 그날 가필드 메디컬 센터 응급실에 가지 않았을 것이다. 그 병원은 가난하고 보험을 제대로 들지 않은 대다수 이민자들을 대상으로 하는 곳이라 진료 수준이 낮고 실력이 미심쩍은 의사들이 수두룩했다. 나를 맡은 의사는 억양이 이상해서 말을 알아듣기조차 힘들었다. 중국계 의사의 괴상한 영어를 이해하려 애를 썼지만 꼭 술에 취한 사람 같았다. 그는 내 엑스레이를 들여다보며 아무것도 없는 것 같다고, 장을 좀 쉬게 하면 막힌 게 알아서 뚫릴 거라고 했다. 그러면서 나를 트란 박사에게 배정했는데 트란 박사는 그 병원에서 유일한 실력자였다. 트란 박사는 처음 나를 진료한 의사의 견해에 동의하지 않았고 장폐색의 근본 원인을 찾자고 했다. 트란 박사는 그날 저녁에 좀 더 자세한 이미지가 필요하다며 CT 스캔을 지시했고 7월 7일 오전에 결장경 검사를 하자고 했다.

CT 스캔을 마친 후 조시와 언니가 병실로 찾아왔다. 사촌 결혼식에 다녀온 터라 둘 다 멋진 옷을 입고 있었다. 둘은 결혼식이 어땠는지 말해주었고 춤추는 두 딸의 동영상을 보여주었으며 다들 걱정하고 있다고 알려주었다. 조시는 내게 사랑한다고, 병실에서 쉬고 있으면 내일 아침 결장경 검사를 하기 전에 다시 오겠다고 했다. 그날이 내가 암인 줄도 모르고 속 편하게 보낸 마지막 날이었다.

다음날 아침 트란 박사의 진료실로 갔다. 결장경 검사를 위해 마취약을 투약하고 몽롱한 상태에서 그의 희미한 얼굴을 보았다. 그가 "CT 스캔 결과 결장에서 덩어리가 발견됐어요"라고 말했고 나는 뭔가 잘못됐음을 직감했다.

결장경 검사가 끝나고 간호사들이 마취에서 덜 깬 나를 휠체어에 태워 병실로 옮겼다. 조시가 병실에서 나를 기다리고 있었다. 초췌해진 그를 보며 내 직감이 맞았다고 생각했다. 그는 침착하려고, 울지 않으려고 안간힘을 썼지만 속이 말이 아닌 듯했다. 그는 검사 결과지 사본을 보여주며 말했다.

"결장에서 암으로 의심되는 덩어리가 발견됐대…… 그 덩어리가 당신 결장의 75~99퍼센트를 막고 있대."

트란 박사는 조직 검사까지 해봐야 확실히 알 수 있다고 했지만 우리는 의사들이 '의심스럽다'고 하는 말의 의미를 알고 있었다. 우리는 혼란과 충격, 공포, 두려움으로 어쩔 줄 몰라 눈물을 흘렸다.

어느새 아버지와 언니도 병실로 들어왔다. 그들은 아무 말도 하지 않았지만 나는 표정만으로도 속내를 읽을 수 있었다. 어머니는 집에서 내 두 딸을 보고 있다고 했다. 아, 하느님, 제 귀엽고 예쁘고 어린 딸들은 이제 어떻게 살라는 말입니까? 소식을 들은 오빠가 만사를 제치고 몬테레이 파크까지 왔다. 오빠는 병상 옆에서 나를 안고 울었다. 오빠의 거친 머리카락이 온통 희끗희끗하게 세어 있었다. 나는 이미 실컷 울고 난 터라 차분하게 오빠의 손을 잡았다. 마지막으로 오빠의 손을 이렇게 잡은 게 언제인지 기억도 나지 않았다.

오빠가 언제 이렇게 어른이 되고 아버지가 되었지? 나는 언제 여자가 되고 어머니가 되었지? 언제 우리는 삶과 죽음을, 정확히 말하면 나의 삶과 죽음이라는 문제를 다루는 어른이 된 걸까? 어린 시절 남동생을 갖고 싶었던 오빠는 나를 남동생으로 만들려고 야구 방망이 잡는 방법을 가르쳐주기도 했다. 언니는 늘 나를 돌봐주었고 십대 시절에는 내게 옷을 사주기 위해 차를 운전했으며 함께 여행을 다닐 때는 낯선 지역을 안내해주었다.

나를 막내이자 제일 귀중한 자식이라고 망설임 없이 말하던, 조시와 자신 중 누가 나를 더 많이 사랑하는지 겨룰 수 있다는 아버지도 지금 내 곁에 있다. 나의 연인이자 제일 친한 친구이며 영혼의 단짝이고 내 아이들의 아버지인 조시도 있다.

어머니와 두 딸을 제외하고 그 병실에는 내가 세상에서 제일 사랑하는 사람들이 모여 있었다. 최악의 악몽을 꾸듯 이 순간이 비현실적으로 느껴졌다. 세상에서 나와 제일 가까운 사람들이 나 때문에 우는 이런 악몽은 이전에 꾼 적이 없지만 말이다.

내 몸을 꼬집어 이 악몽에서 깨어나고 싶었다. 눈을 뜨면 내게 너무나 익숙한, 사랑하는 뉴욕의 일상으로 돌아가 있을 것 같았다. 하지만 몸에서 느껴지는 묵지근한 통증과 팽창한 복부는 이것이 현실이며, 끝을 알 수 없는 살아 있는 악몽임을 절감하게 해 주었다.

16.

구급차에서 바라본
새로운 세상

나는 제도화된 종교를 믿지 않는다. 누군가의 전도를 참아줄 인내심도 없다. 하지만 일상을 살면서 보다 고차원적인 힘이 존재한다는 것은 믿는다. 뭐라고 정의하기 어려운 믿음이고 언어로 표현하기도 쉽지 않지만, 혼자 고요하게 있다보면 뭐라 설명할 수 없는 하느님의 손길이 내 인생 곳곳에 닿아 있음을 확실하게 느낄 수 있다.

암 진단 당시의 기억이 마음에 계속 상처를 내고 있지만, 아주 나쁘기만 했던 것은 아니다. 비할 데 없이 큰 사랑과 아름다움으로 가득한 마법 같은 기간이기도 했고, 가끔은 하느님의 섭리를 깨닫는 경이로운 나날을 보내기도 했다.

7월 7일 일요일 아침, 나와 우리 가족은 내가 암에 걸렸다는 사실을 받아들이고 충격에서 벗어나려 안간힘을 썼다. 이제 어떻게 해야 할지 생각할 여유는 없었다. 몇 분이 지나고 내 휴대폰이 울렸다. 뉴욕에서 걸려온 익숙한 번호였다.

"여보세요?"

"지난번에 응급실에 가보시라고 조언했던 F 박사입니다. 그쪽 병원에서 검사 결과가 어떻게 나왔는지 확인차 전화 드렸습니다."

그는 7월 4일부터 주말 동안 내 담당의인 N.L. 박사 대신 나를 맡아준 의사였다. 청천벽력 같은 소식을 들은 지 몇 분 만에 뉴욕에 있는 그의 전화를 받은 것이다. 그도 나에게 생긴 일을 직감했던 걸까?

내 '집'이자 내가 성인이 된 후로 줄곧 살아온 뉴욕에서 걸려온 전화를 받으니 반가웠다. 뉴욕에는 내 삶이 있고, 내가 신뢰하는 의사들이 있다. 나는 공황 상태에 빠져 눈물범벅이었지만 즉시 대답했다.

"전화 주셔서 감사합니다, F 박사님. 방금 결장경 검사 결과가 나왔어요. 횡행 결장의 75~99퍼센트가 막혀 있대요. 암인 것 같다고 해요!"

수화기 너머에서 잠시 침묵이 흐르더니 F 박사가 말했다.

"다시 전화 드리겠습니다."

잠시 후 다시 내 휴대폰이 울렸다.

"방금 N.L. 박사님과 통화했습니다. 저희 생각에는 거기서 퇴원하시고 로스앤젤레스에 있는 제대로 된 기관에서 결장, 직장 외과 전문의를 만나보시는 게 좋겠습니다."

결장, 직장 외과 전문의? 그게 뭐지? 난 평생 '결장, 직장 외과 전문의'라는 말은 들어본 적이 없다. 내가 무슨 수로 결장, 직장 외과 전문의이며 제대로 된 시설을 찾는단 말인가? 내 몸에는 영양분과 진통제, 구역질 예방제를 투여하는 정맥 주사가 연결돼 있고, 배는 임신부처럼 부풀어 거동도 쉽지 않았다. 이 병원에서 걸어 나갈 수 있을지조차 알 수 없는 상태였다. 머릿속에 온갖 생각이 스쳤다. 충격을 받은 상태였지만 한 가지는 분명히 알 수 있었다. 가필드 메디컬 센터에서 나를 담당했던, 말도 제대로 못하던 의사는 내 엑스레이 사진을 보고도 아무것도 없다고, 장을 좀 쉬게 하면 막힌 게 알아서 뚫릴 거라고 했다는 것. 나는 그 의사도, 병원도 싫어서 당장 떠나고 싶었지만 로스앤젤레스가 아니라 내가 아는 의사들이 있는 뉴욕으로 가고 싶었다. 내가 집으로 돌아가고 싶다고 하자 F 박사가 확고하게 말했다.

"수술을 받으러 뉴욕으로 돌아오는 건 좋은 생각이 아닙니다."

F 박사와 N.L. 박사는 로스앤젤레스에 아는 전문의가 없다고 했다. 내가 알아서 찾아야 하는 상황이었다.

나는 로스앤젤레스에서 어린 시절을 보내기는 했지만 무려 20년 전이었다. 내가 아는 로스앤젤레스의 대형 병원은 유명인사들이 많이 다닌다는 세다스-시나이 병원과 UCLA 병원 정도였고 아는 의사는 한 명도 없었다. 조시와 언니, 오빠가 나서서 친척들에게 연락을 하며 내 상황을 설명한 뒤 아는 의사가 있으면 알려달라고 했다. 중국식 전통 가치관을 갖고 살아온 어머니는 내가 암이라는 사실을 친척들에게 알리는 걸 질색했지만 결과적으로 잘한 일이었다. 한 시간 만에 사촌 C에게 답이 왔으니까. C도 결혼식 때문에 로스앤젤레스에 와 있었다.

어린 시절 자매처럼 자란 C는 감정 소모에 시간을 허비하지 않았다. C는 발등에 떨어진 불부터 끄고 싶어 했고 나도 마찬가지였다. 우리는 중국인이고 이민자다. 우리 조상들은 가난과 전쟁을 피해 중국에서 베트남으로 도망쳤고, 우리와 우리 부모님은 가라앉는 보트를 타고 베트남에서 미국으로 탈출했다. 우리의 몸에는 실용주의자의 피가 흘렀다. C는 코네티컷 웨스트포트에 살고 있지만 예전에 뉴저지 메이플우드에서 몇 년 산 적이 있다. 그때 옆집에 살았던 이가 현재 맨해튼에서 활동 중인 저명한 위장 전문의였다. C가 그와 연락을 안 한 지는 몇 년이 되었지만 좋은 의사를 소개받을 수 있을지 한번 연락해보겠다고 했다. 옆집에 살았다는 그 의사는 파올로라고 했다. 오랫동안 연락하지 않았음에도, 게다가 일요일에 연락했음에도 불구하고 파올로는 C의 연락에 곧장 답을 해주었다.

파올로는 작년에 자신의 환자 중 한 명이 UCLA 병원의 제임스 Y. 박사에게 수술을 받았는데 결과가 상당히 만족스러웠다고 했다. C는 그에게 조시의 연락처를 알려주었다.

두 시간 후, 조시가 오빠와 함께 차를 타고 가는 중에 Y. 박사에게 전화가 걸려왔다.

"안녕하세요, 조시. 저는 제임스라고 합니다. 파올로 씨에게 연락 받았습니다. 제가 도움을 드려도 되겠습니까?"

UCLA 병원 최고의 외과 전문의가 일요일에 직접 연락을 주다니. 외과 의사들은 죄다 오만하고 차갑다는 선입견이 한 방에 날라갔다. 제임스 Y. 박사는 내 조직 검사 결과를 보진 않았지만 이런 경우 십중팔구 암이라며 즉시 수술하자고 했다. 그는 나를 기꺼이 환자로 받을 것이며 전원轉院 절차에도 담당의로 이름을 올리겠다고 했다. 조시와 나는 너무나 마음이 놓이고 기뻤다. 그의 전화 덕분에 이 지옥 같은 병원에서 탈출할 수 있게 됐다.

　내 몸에 악성 종양이 자라고 있다는 것을 알게 된 데다 통증과 메스꺼움이 점점 심해지면서 그 병원에서 버티는 몇 시간이 며칠, 몇 주처럼 길게 느껴졌다. 우리는 병원과 보험사가 요구하는 온갖 서류를 제출하면서 전원 절차를 서둘렀다. '우리'라고 했지만 실질적으로 이 일을 한 사람은 조시였다. 원래 조시는 청구서 지불, 생필품 구입, 휴가 계획 세우기, 가전제품 수리 등 일상의 자질구레한 일을 처리하는 걸 좋아하지 않는다. 게다가 배달 음식을 주문하든 고장 난 전선을 수리하든 전화로 얘기하는 걸 질색하는 편이라 이런 일은 내가 주로 했다.
　하지만 전원 절차가 완료되기까지 24시간이 넘게, 평소에는 하지 않던 일을 일사천리로 해결하는 남편의 새로운 모습을 봤다. 조시는 여러 사람들 - 가필드 메디컬 센터 직원, UCLA 병원 직원, 그리고 보험사 직원 - 에게 전화를 걸어 반복해서 설명을 했고 내 보험사가 UCLA 병원 측에 병원비를 지불하리라는 것을 확인했다. 일련의 업무가 처리되는 동안 우리는 기다리고 기다리고 또 기다려야 했다.
　그 일요일 오후에, 나는 괴로운 심정으로 병원에 누워 상념에 잠겼다. 보험사에서 아무 연락이 없으니 아무래도 당일 전원은 어렵겠구나 싶었다. 그때 UCLA 병원에서 나를 찾는 전화가 왔다. 수화기 너머의 남자 직원이 내 신분을 확인했다.

"입－윌리엄스 부인, 저희 기록을 보니 부인의 사회보장번호로 된 이름이 리 탄 딥으로 되어 있네요……. 그리고 집 주소는 캘리포니아 로스앤젤레스 웨스트 칼리지 스트리트 911번지이고…… 전화번호는 (213) 250－0580로 돼 있습니다."

리 탄 딥은 예전 내 이름이고, 직원이 말한 집 주소와 전화번호는 33년 전의 것이다. 33년 전 나는 UCLA 병원에서 눈 수술을 받아 시력을 회복했다. 문득 내가 첫 수술을 받았던 곳, 어떤 면에서 내 인생을 구원해준 UCLA 병원으로 33년 만에 돌아가는 것이 인생을 돌고 돌아 원래 가야 할 곳으로 향하는 순리처럼 느껴졌다. 과거에 수술받은 곳에서 이번에 또 수술을 받게 되리라는 것만으로도 하느님의 손길이 닿은 듯했다.

이곳 시간으로 새벽 다섯 시부터 조시는 보험사에 전화를 걸어 닦달하기 시작했고, 점심 때가 되어서야 UCLA 병원 측이 내 재정 상태를 확인했다는 소식을 들었다. 장애물을 하나 넘은 셈이지만 아직 해결해야 할 것이 남아 있었다.

현재 UCLA 병원에는 내가 입원할 수 있는 병상이 없었다. 수요일이나 목요일은 되어야 자리가 날 거라는 말에 겁이 났다. 수요일이나 목요일? 그때쯤이면 통증이 더욱 심해져 죽을 수도 있는데 차라리 지금 내 팔에 연결된 정맥 주사를 빼버리고 조시가 직접 운전해 UCLA 병원 응급실로 가는 방법도 생각했다. 일단 응급실에 가면 어찌됐든 병상을 확보할 수 있을 것 같아서였다.

하지만 이성적으로 생각하니 상당한 위험하고 불확실한 방법인데다 거기까지 가는 동안 참을 수 없는 통증과 메슥거림이 덮칠 수도 있었다. 다급해진 조시는 Y.박사에게 전화를 걸어 도움을 청했지만 Y.박사는 현재 UCLA 로널드 레이건 병원에 입원하기 위해 대기 중인 환자가 내 앞에 스물여덟 명이나 있다고, 내가 급한 건 알지만 순서를 당겨줄 방법은 없다고, 다만 UCLA 병원 산하인 UCLA 산타 모니카 병원에는 병상이 있다고 알려주었다. Y.박사 본인은 UCLA 산타 모니카 병원에서 수술을 하진 않지만 그 병원에서 가장 실력이 좋은 외과 의사를 연결해주겠다고 했다.

UCLA에서 내 재정 상태를 확인했으니 나는 둘 중 어디라도 입원할 수 있었다. 더 이상 여기서 지체할 필요가 없었다. 우리는 급했다. 어서 여길 벗어나야 했다! 가필드 메디컬 센터에 1분이라도 더 머물수록 죽음에 가까워지는 기분이었다. 당시 우리는 Y.박사를 한 번도 만난 적이 없었고 그 후로도 만나지 못했다. 구글로 알아낸 정보 외에 그에 대해 아는 바가 없었지만, 그가 던져준 희망을 죽어라 붙들었다.

한 시간 후 구급대원 두 명이 바퀴 달린 들것을 밀고 내 병실로 들어왔다. 나는 기분 좋게, 하지만 상당히 어색한 자세로 들것에 올라가 누웠다. 들것에 실려 가는 것도, 구급차를 타는 것도 처음이었다. 이 병원에서 벗어난다는 사실만으로도 기분이 좋아서 아드레날린이 분비되는 듯했다. 들것에 누워 있는 동안 나는 세상을 완전히 다른, 흥미로운 시각으로 볼 수 있었다.

나는 1999년 법학 대학원 학기가 시작되기 전 여름에 5주일간 스페인 세비야에 머물며 스페인어 공부를 한 적이 있다. 이어서 5주간 유럽 곳곳을 돌아다니며 배낭여행을 했다.

누구나 그렇듯 처음에는 홀로 여행하는 것을 약간 걱정했는데, 꼭 시력 때문만은 아니었다. 나 홀로 여행은 내가 뭐든 할 수 있다는 걸 세상과 나 자신에게 증명하기 위해 꼭 해내야 하는 일 중 하나였다. 나는 숙소도 미리 예약하지 않았다. 기차를 타고 새로운 도시를 지나다가 마음이 내키면 홀쩍 내리곤 했다. 사전 지식이라고는 믿을만한 여행 안내서에 나와 있는 정보가 전부였다. 즉석에서 얻은 지도로 근처 유스 호스텔도 찾았다.

여행 초기의 어느 따뜻한 여름밤, 나는 프랑스 남부의 어디쯤에서 로마로 가는 기차를 기다리며 내가 좋아하는 보라색 배낭을 베개 삼아 기차 플랫폼에 누워 있었다. 주변에는 나처럼 홀로 여행하는 여행자들이 몇 명 있었다. 다음날 밤, 그다음 날 밤, 그리고 그다음 날 밤에 어디서 자게 될지도 모르면서 별이 빛나는 하늘을 올려다보던 그 시간을 아마 평생 잊지 못할 것이다. 약간 두렵기도 했지만 앞으로 펼쳐질 미래에 대한 기대감이 훨씬 컸다. 미래를 알지 못하는 데서 오는 순전한 기쁨이자, 어디로 가야 할지 누구와 있어야 할지 모르는 데서 오는 자유였다. 무한한 가능성이 보장된 시간이었다. 어떻게든 다 괜찮을 거라는 생각, 어떻게든 길을 찾으리라는 생각에 마음이 편안해지면서 소소한 두려움마저 사라졌다.

들것에 실려 구급차로 갈 때 내 옆을 지키던 조시를 올려다보면서도 그때처럼 편안한 마음이었다. 다음날, 그다음 날, 그리고 그다음 날 무슨 일이 일어날지 몰랐다. 앞으로 내 인생에 펼쳐질 새로운 모험이 기대되고 흥분되면서 한편으로는 미소가 지어졌다. 나는 구급차를 타고 가면서 구급대원들에게 온갖 질문을 했다. 어디 출신이냐, 사이렌을 켜고 갈 거냐, 지금까지 경험했던 가장 참혹한 구조 사례는 뭐냐 등등.

구급차가 서쪽 대양을 향해 10번 고속도로를 달리는 동안 나는 눈을 떴다. 악몽에서 깨어난 나는 빛을 향해 가고 있었다. 그리고 나의 암 일대기에서 가장 빛나는, 마법 같은 순간이 시작되었다.

17.

이렇게 보면 악몽,
저렇게 보면 사랑

구급차는 로스앤젤레스까지 빠르게 달려갔다. 운이 좋았는지 늦은 오후였는데도 막히는 구간이 없었다. 24분 만에 바다 냄새가 나서 고개를 돌려보니 크리스털처럼 맑은 하늘이 내다보였다. 구급대원들은 내가 지금까지 본 중 가장 아름다운 병원으로 들것을 밀고 갔다. 새로 단 간판, 영원히 이어질 것 같은 널찍하고 반짝이는 복도, 나를 보며 친절하게 미소 짓는 직원들과 간호사와 의사들. 입원 절차를 밟을 줄 알았는데 아니었다. 구급대원들은 곧장 내 개인 병실로 갔다.

산타 모니카 산이 내다보이는 전망 좋은 병실이었다. 창문 아래로는 조용하고 푸르른 앞마당이 내려다보였고 방 안에는 평면 텔레비전이 있었으며 진짜 나무로 된 인테리어가 돋보였다. 진청색 유니폼을 입은 간호사들이 나를 기다리고 있었다. 지옥에서 천국으로 옮겨온 기분이었다.

간호사들은 내 체중을 재고 환자복을 갈아입힌 후 정맥 주사를 꽂고 채혈을 했다. 내가 구역질 예방약을 달라고 하자, 고개를 편하게 숙이고 구토를 할 수 있는 의료용 통까지 갖다주었다. 따로 차를 타고 온 조시는 내가 도착하고 30분쯤 후에 병원에 도착했고 오후 다섯 시경 나를 담당하게 될 D.C.박사가 수석 레지던트인 O.박사와 함께 병실로 찾아와 앞으로 어떤 식으로 진행할지 설명해주었다. 빳빳한 흰 가운을 입은 두 의사에게서 위엄과 자신감이 엿보여 마음이 놓였다.

그날 저녁 전문의가 와서 막힌 결장의 변을 빼내기 위해 스텐트를 삽입할 거라고 했다. 수술 때는 가시성을 높이고 수술 후에는 감염을 예방하기 위한 중요한 절차였다. D.C.박사가 내 하얀 침대보에 그림을 그리며 설명하는 동안 나는 의료진이라면 이렇게 체계적으로 일을 해야 정상이라는 생각을 했다. 그들은 몇 시간 전까지만 해도 일면식도 없던 환자를 치료하기 위해 밤늦은 시간에도 수술할 준비가 되어 있는 헌신적인 의사였다.

속이 불편하고 구역질이 나서 기운이 없었다. 구토를 하면 튜브가 위장 속 내용물을 빨아 올릴 수 있다고 해서 구역질을 하지 않으려고 안간힘을 썼다. 스텐트 시술과 종양 수술에 대해서만 신경을 썼다. 그나마 내게 안도감을 주는 건 시술과 수술 관련 대화뿐이었다.

남편은 이미 그다음 단계를, 암 자체와 미래를 고민하고 있었다. 그는 가필드 메디컬 센터에서 촬영한 CT 결과를 볼 때 암이 다른 곳에 전이된 것 같지 않냐고 D.C.박사에게 물었다. 나는 정신이 혼미해서 질문을 간신히 알아들었다. D.C.박사는 아니라며 수술을 해봐야 알겠지만 나는 2기나 3기 정도로 보인다고 했다. 암 전이라든지 단계, 향후 치료, 이런저런 가정은 그만 얘기하고 어서 수술을 해줬으면 싶었다. 지금 그런 대화는 중요하지 않았다. 구역질과 통증을 멎게 하는 게 우선이었다.

D.C.박사가 병실에서 나가자 O.박사가 내게 동의서를 내밀며 수술의 위험성을 설명했다. 수술 중에 창자가 몸 안으로 들어가지 않을 가능성이 있고, 그럴 경우 인공 항문 성형술이나 결장 조루술을 할 수도 있다는 내용이 포함돼 있었다. 나는 무슨 말인지 이해가 안 됐지만 알아듣는 척 고개를 끄덕이고 동의서에 재빨리 서명했다. 지금은 무슨 말인지 다 알지만 당시에는 모르는 게 약이었다. 곧 초록색 셔츠를 입은 유쾌한 러시아인 직원이 들어와 나를 스텐트 수술실로 데려갔다. 다른 직원들처럼 그 직원도 무척 행복한 표정이라 나는 UCLA 병원이 직원들에게 월급을 넉넉하게 준다고 생각했다.

그날 저녁, 스텐트가 성공적으로 내 몸에 삽입됐다. 한 시간에 걸친 수술을 마치고 정신을 차리니 몸이 확연히 달라진 게 느껴졌다. 압박감과 통증이 현저히 줄었다. 그날 밤 나는 몇 번이나 기분 좋게 일어나 수액걸이대를 끌고 욕실을 들락거리느라 잠을 거의 자지 못했다. 조시도 그날 제대로 못 잤는데 내가 자주 화장실에 간데다 그가 며칠 동안 침대 대신 쓴 리클라이너가 편하지 않았기 때문이었다. 그는 나와 6년 동안 결혼 생활을 하면서 1.5미터 떨어진 곳에서 내가 똥 싸는 소리를 듣는 게 그렇게 기분 좋을 수 없었다 했고, 나는 웃을 수밖에 없었다.

아침이 되자 내 배는 예전처럼 꺼졌고 말랑말랑해졌다. 완전히 정상으로 돌아온 것 같아서 스트레칭도 하고 요가도 해보았다. 이상한 징후를 보이기 전처럼 1.5킬로미터나 3킬로미터, 길게는 5킬로미터까지도 거뜬히 뛸 수 있을 것 같았다. 지금 생각하면 그때가 내 인생에서 최상의 몸 상태였던 것 같다.

조시는 내 피부가 평소대로 돌아온 걸 알아챘다. 지난 2주일 동안 얼굴이 밀랍처럼 허옇게 떠 있었다. 장이 제 기능을 하게 되고 몸 상태가 평소대로 돌아오자 내 안에 무시무시한 종양이 있다는 사실이 믿어지지 않았지만, 종양은 분명히 있었다.

그날 아침, 결장경 검사 결과가 나오지는 않았지만 D.C.박사는 내 CEA 수치가 53이라고 알려주었다. CEA 수치는 5 미만이어야 정상이었다. 우리 중 누군가가 실은 내가 암이 아니길 희망했다면, 그 희망은 이 소식으로 인해 완전히 꺾인 셈이다.

나는 다음날인 7월 10일 수요일 오후에 수술을 받았다. 2시간 30분으로 예정됐던 수술이 네 시간 만에 끝이 났다. D.C.박사는 내 결장이 축구공만큼 커져 이미 파열되기 시작했다는 것, 부자연스럽게 부푼 결장이 자리를 차지하느라 위장을 원래 자리에서 밀어냈다는 것을 알아냈다. 그는 내 장기가 부푼 결장에 적응해 완전히 터지지 않게 자리 잡은 걸 보고 놀랐다고 했다. 결장이 그대로 터졌다면 대변과 결장 일부, 암세포가 사방으로 퍼져나가는 처참한 결과를 초래했을 터였다.

수술은 성공적이었다. 길이 3.5센티미터에 폭이 3.9센티미터에 달하는 결장 전체와 림프절 69개, 복막으로 전이된 암 덩어리

하나를 제거했다. 림프절 69개 중 12개는 암 림프절로 판명되었다. 복강경 수술이라 장 기능은 서른여섯 시간 만에 정상으로 돌아왔고 최소한의 통증만 남아서 무리 없이 공원을 산책할 수 있었다.

수술을 했으니 당장 급한 불은 끈 셈이었다. 수술 후 나는 늘어지게 눕거나 앉거나 때로는 산책을 나갔다. 하염없이 걸으며 주변을 둘러보려 했지만 눈에 잘 들어오지도, 귀에 잘 들리지도 않았다. 이미 내게 일어난 일과 지금 일어나고 있는 일, 앞으로 일어날 일을 이해하고 받아들이는 것만으로도 정신이 없었다.

내 감정을 받아들이는 일뿐 아니라 가족과 친구들의 반응을 받아들이고 이해하는 일도 수용 과정의 일부였다. 나는 그 감정과 반응을 받아들일 때도 있었지만 대개는 그들의 반응과 공포, 두려움, 슬픔, 기대를 피하고 싶었다. 대신 때로는 그들에게 의지해 힘과 위안을 받았고 때로는 그들에게 힘과 위안을 주기도 했다.

당장 걱정되는 건 조시였다. 옳은지 그른지 모르겠지만 나는 삶의 큰 난관을 대하는 데 있어서 조시가 나만큼 강하지 않다는 생각을 늘 해왔다. 그런 쪽으로는 내가 더 단련된 사람이었다. 나는 여자다. 나는 여자가 남자보다 더 강하고 회복력이 좋다고 믿는다. 조시는 내가 암에 걸렸다는 사실을 나보다 더 받아들이기 힘들어한다. 아마도 내가 저세상으로 떠나면, 그가 나 없는 세상에서 아이들을 키우고 삶을 추슬러야 하기 때문일 것이다. 삶은 언제나 남겨진 이들에게 더 버거운 법이다.

수술 후 며칠 동안 나는 그가 필요로 하는 만큼 힘이 되어주지 못했다. 그는 결장암 4기에 관한 논문을 샅샅이 뒤졌고, 긍정적인 사실들(비교적 젊은 나이와 체력, 세계 최고의 의료 기관을 이용한다는 점 등)을 열거하며 좋은 방향으로 해석하려 안간힘을 썼는데, 나는 그런 모습이 답답했다. 그래서 유행의 첨단을 걷는 멋진 산타 모니카에서 브런치를 먹고 오라고 그를 내보내곤 했다. 뉴욕과 사우스캐롤라이나에 사는 친구와 가족들을 만나 마음의 위안을 삼으라고 부탁하기도 했다. 우리 오빠랑 나가서 맥주를 마시라고, 두 딸을 데리고 해변에 놀러 가라고 그를 억지로 내보냈다. 저녁 때가 되면 나가서 산책이라도 하라고 했다. 이런 때일수록 운동을 하는 게 중요하다고.

수술 후 모든 가족이 내가 결장암 4기라는 사실을 알게 된 다음날, 가족 모임 겸 사촌 결혼식 참석차 뉴욕에서 왔던 라이나 언니가 나를 만나러 왔다. 언니는 전날 밤 잠이 안 와서 컴컴한 방에 가만히 앉아 있던 중 문득 내가 암을 이겨낼 거라는 느낌이 들었다고 했다. 그냥 그렇게 될 거라고 했다. 나도 언니처럼 그런 맹목적인 믿음이 있으면 얼마나 좋을까. 그런데 다음날 또다시 나를 방문한 언니는 병실로 들어서자마자 왈칵 눈물을 쏟았다. 지금까지 한 번도 운 적 없는 언니가 나를 껴안으며 넌 참 강한 사람이라고, 너처럼 강한 사람은 이렇게 병이 나면 안 되는 거였다고 탄식했다.

언니는 며칠째 내 딸들과 부모님 곁에서 힘이 돼주고 있었다.

며칠 동안 언니는 부모님 집에 머물면서 나 대신 두 딸에게 엄마 노릇을 해주고 있었는데, 가여운 언니는 부담감이 상당히 컸던 모양이다. 나는 언니를 안아주면서 난 강한 사람이 맞다고, 지금까지 그래왔고 앞으로도 그럴 거라고 말해주었다.

　사촌 N도 퇴근 후 나를 만나러 왔다. N은 평소 별것도 아닌 일로 툭하면 운다고 가족들 사이에서 핀잔을 듣곤 했는데 내가 암 진단을 받은 후 이상할 정도로 굳건히 버티고 있었다. N에게 네가 울지 않는 게 의외라고, 내가 생각하는 것만큼 네가 나를 아끼지 않나 싶었다고도 했다. 하지만 N은 아니라고, 전날 엄청 울었다고 했다. C와 통화를 하면서 울고, 전화를 끊은 후 책상 앞에서 울고 동료들 앞에서 울고, 병원까지 오는 동안에도 내내 울었다고 했다. 또다시 눈가에 차오르는 눈물을 감추려고 일부러 더 크게 미소 짓는 순간, 나는 전보다 N을 더 사랑하게 됐다.

　수시로 방문객이 찾아왔고 전화도 많이 받았다. 많은 사람들에게 사랑을 받았다. 하지만 모두가 일을 하는 시간에는 거의 혼자서 시간을 보내야 했다. 상념에 잠겨, 슬픔과 두려움과 충격을 곱씹으면서. 다행히 UCLA 병원은 나에게 천국이었고 주변에는 천사들이 넘쳐났다. 아이들을 출산했을 때도, HIPEC 수술을 받은 후에도 입원을 했지만 그 병원에는 이런 천사들이 없었다. 이렇게 훌륭하고 멋진 간호사들은 처음이었다. UCLA 병원은 내게 전무후무하게 특별한 곳이었다. 이런 병원에 입원하게 된 것도 하느님의 손길이 내 삶에 닿아 있다는 또 다른 징조일 것이다.

캐런, 노린, 레이, 록산, 코스타, 마누엘, 진저, 애니타, 대미언. 독자들에게는 아무 의미 없는 이름이겠지만 내게는 인생의 가장 암울한 시기에 위로와 위안을 주고, 손을 내밀어주고 포옹해주고 상냥한 말로 달래준 소중한 이름이다. 이 간호사들은 내가 감정이 격해졌을 때도 나를 강하게 떠받쳐주었다.

나는 감정이 격해지면 사람들이 알아채지 못하도록 감정을 숨기느라 애를 썼다. 그들이 내 격한 감정의 무게를 견디지 못할 것 같았다. 대신 간호사들에게 이런 감정을 종종 드러내곤 했다. 간호사들은 매일 두려움에 찬 내 얘기를 들어주었고 나를 안심시켰으며 긍정적인 모습을 보여주었다. 나는 간호사들의 태도에 매번 놀라고 감동받았다.

어느 이름 모를 젊은 남자 직원도 내게 큰 위안이 되어주었다. 그는 내 앞에서 영어를 한 마디도 하지 않았는데, 나는 뒤로 넘겨 묶은 그의 진갈색 머리카락과 언제든 휘두를 것 같은 울끈불끈한 팔뚝을 보며 그가 깡패 출신일 거라고 멋대로 오해했다. 어느 날 밤 내가 굴욕적인 실수를 했을 때 그는 조용히 다가와서 내 뒤를 닦아주었다. 비위가 상한다거나 기분 나쁘다는 티를 전혀 내지 않는 그의 다정한 손길에 나는 적잖이 놀랐고 고마웠다. 그동안 갖고 있던 기분 나쁜 선입견이 단번에 사라졌다. 그가 나한테 해준 것처럼 나도 낯선 사람을 다정하게 대할 수 있을지는 의문이지만, 그를 닮고 싶었다. 나는 그를 통해 타인에 대한 연민이 얼마나 깊고 강할 수 있는지 알았고, 단순히 아는 사이여서가 아니라 인류의 한 구성원이기 때문에 말보다 행동으로 사랑을 보여줄 수 있다는 점도 깨달았다.

데이비드 박사에 대한 고마움도 잊을 수 없다. 그는 날렵한 손길로 내 림프절 68개를 제거했는데, 그 엄청난 숫자는 그가 탁월한 집도 기술과 집요한 성격을 갖고 있음을 보여주는 증거였다. 그때까지 나는 복강경 수술로 림프절을 68개나 제거한 의사를 만나본 적이 없었다. 생존 확률을 최고로 높이려면 실력 있는 의사를 만나야 한다는 말을 자주 들었는데, 나야말로 최고의 의사를 만난 것이다.

그는 나와 나이가 비슷했고 본인은 물론 아내도 중국계 미국인이며 우리 미아, 벨과 나이가 같은 두 자녀를 두고 있었다. 데이비드는 몇 시간을 들여 우리의 질문에 대답을 해주었고, 이해할 수 없는 수술 사진들을 함께 봐주었으며, 병리 검사와 스캔 결과를 검토해주었다. 조시가 심란한 논문을 읽고 괴로워하면 그런 논문은 별것 아니니 '너무 신경 쓰지 말라'고 말해주었고, 모든 역경을 극복한 환자들 사례를 열심히 들려주었다.

아마 그는 자신과 비슷한 또래인 우리 부부가 로스앤젤레스에 휴가를 보내러 갔다가 말기암 진단을 받은 게 안타까운 모양이었다. 나라도 그랬을 것이다. 그렇다 해도 그는 여느 동정심 많은 의사들이 환자에게 해주는 것 이상으로 우리를 챙겨주었는데, 어쩌면 의사와 환자 관계에서 베풀 수 있는 최대한의 배려를 해준 것일 수도 있다. 우리가 병원 근처에서 지낼 단기 월세 집을 구한다는 얘기를 듣고 자기 집에 안 쓰는 별채가 있으니 와서 지내라고까지 했다. 그가 진심으로 한 말이라고 생각하지 않아서 그 제안은 고려하지도 않았지만.

로스앤젤레스에 머문 지 한 달째 되던 때, 뉴욕으로 돌아가기 전날 저녁에 우리는 박사의 초대로 그의 집을 방문한 적이 있다. 그는 아이들은 아이들끼리 놀게 하고 저녁도 함께 먹자고 했는데, 그의 집에 가서야 우리는 별채에서 지내라고 했던 제안이 농담이 아니었음을 깨달았다.

아이들이 무당벌레와 퍼즐을 가지고 노는 동안 우리는 술을 마시고 치즈와 홍합, 파스타, 아이스크림을 먹으며 즐거운 시간을 보냈다. 아름다운 저녁이었다. 우리 부부가 이 의사와 다른 상황에서 만났으면 진정한 친구가 될 수도 있었겠다는 생각이 들었다.

저녁 식사가 끝나고 작별 인사를 할 때, 나는 불확실하고 무시무시한 미래를 떠올리며 내 안에 있던 끔찍한 악성 종양을 제거해준 데이비드를 바라보았다. 어떤 말로 감사를 표해야 할까. 여러분이라면 자신의 내장을 들여다보고 목숨을 구해준 사람에게 어떤 말로 고마움을 표현하겠는가? 말로 표현할 수 있긴 할까? 어떤 말도 나오지 않았다. 나는 어쩔 줄 모르는 손짓으로 '고맙습니다'라고 말하는 대신 눈물을 흘렸다. 우리는 서로를 얼싸안았고 그도 울었다. 그는 내 눈을 바라보며 말했다.

"잘 이겨낼 겁니다. 잘 이겨낼 거예요."

내 성인 '입葉'은 잎사귀를 의미한다. 중국인들은 4음절로 된 사자성어로 심오한 의미를 표현한다. 내가 로스앤젤레스에서 보낸 시간을 표현할 만한 사자성어가 있다. 낙엽귀근落葉歸根, 잎이 떨어져 뿌리로 돌아간다는 뜻인데 모든 일은 결국 처음으로 돌아간다는 의미다. 그때의 나는 분명 떨어진 잎이었고 그 상태로 내가 어린 시절을 보냈던 곳으로 돌아갔다. 그곳은 가족들과 친구들이 살고 있는 곳이자 새로운 친구들이 있는 곳이며, 그 친구들이 나와 조시, 우리 딸들을 사랑으로 감싸고 보호해준 곳이자 내가 새로 태어난 곳이다. 부모님은 집과 병원을 수시로 왔다 갔다 하셨고, 나중에는 우리가 월세로 빌린 집을 수시로 드나들며 먹을 것과 세탁한 옷들, 크고 작은 접시들, 화장품 등 우리에게 필요한 물건들을 챙겨주셨다. 근처 아파트에 사는 사촌 N과 그녀의 남편은 자기네 집에서 조시가 씻고 잘 수 있게 배려해줬다. 덕분에 조시는 병원 욕실보다 편한 곳에서 씻고 매무새를 가다듬을 수 있었다.

가족과 친구들은 우리 딸들을 위해 아이들끼리 약속을 잡아주고 여러 재밌거리와 놀이를 준비해주었다. 나와 몇 년째 교류가 없던 고모들과 고모부들도 내게 사랑한다는 말을 해주기 위해 병실을 찾았다. 그렇다. 가족과 친척들은 내게 사랑한다고 말했고, 이 말은 내가 암이라는 얘기를 들었을 때만큼이나 내 마음에 큰 파장을 불러일으켰다. 그들은 사랑하는 나를 살찌우기 위해 줄기차게 요리를 해주었다. 우리 가족과 친구들은 벨의 두 번째 생일을 축하하고 내 인생을 기념하기 위해 성대한 파티를 열었다. 그 파티에는 가족들뿐 아니라 나와 인연이 있는 여러 친구들이 참석했는데 그중 몇 명은 수천 킬로미터를 이동해 왔다.

152

내가 암 진단을 받은 이야기는 어떤 면에서는 악몽이지만 궁극적으로는 나와 나를 지지해주는 사람들 사이의 사랑 이야기라고 생각한다. 믿음이 흔들리는 순간에도 나는 하느님의 손길 덕분에 로스앤젤레스에 왔으며 세상에 단 하나뿐인 마법 같은 사랑을 만났다. 이 사랑은 내가 한 번도 경험해보지 못했던 사랑, 나보다 훨씬 오랜 세월을 살았던 사람들도 별로 경험하지 못했고 앞으로도 경험할 가능성이 높지 않은 사랑이다.

안타깝게도 이런 사랑은 삶이 위협받는 순간이 되어야 드러난다. 누구든지 잠깐이라도, 몇 시간, 며칠, 몇 주만이라도 이런 사랑을 경험하면 그 순간 무엇이 진정 중요한지를 깨닫게 된다. 이런 사랑이 삶을 스치고 지나가면 아무리 냉소적인 사람이라도 강렬한 힘을 품은 채 남은 인생을 살아갈 수 있게 된다.

나는 암 때문에 얼마 살지 못하지만, 내가 어쩌다 암에 걸리게 됐는지를 글로 풀어놓으며 매일 깨닫고 있다. 암은 아무것도 모른 채 행복하기만 하던 예전의 삶을 앗아갔지만 대신 가족과 이웃들의 사랑을 선물로 안겨주었다는 것을. 이 사랑은 이제 내 영혼의 일부가 되어 나를 영원히 버티게 해줄 것이다.

18.

이렇게 빨리 죽게 할 거면
왜 지금까지 살게 했나요?

부모님과 조부모님이 어린 나를 죽이려 했다는 얘기를 들었을 때, 나는 온갖 감정에 휩싸였다. 그리고 방대한 사고를 거쳐, 수천 년 동안 무수한 신학자와 철학자 들이 제기해온 진부한 질문을 고민하기에 이르렀다. 다행히 내 안에 피어난 생경한 감정들과 달리 이런 생각과 질문은 지적인 속성을 갖고 있는데, 내가 어렸을 때부터 가져온 궁금증이기도 해서 오히려 내 마음을 차분하게 가라앉혀주었다.

나는 어느 정도 고차원적인 사고를 하면서부터 내가 그리 좋지 않은 쪽으로 남들과 다르다는 점을 알아챘다. 그래서 나는 불교의 신들과 내가 어렸을 때부터 알아온 중국의 토착 성인들, 죽어서 신이 되었다고 믿는 조상령들, 거의 모든 미국인이 믿고 있는 듯한 기독교의 신, 그리고 저 위에서 우리의 삶을 관장하는 어떤 존재에게 묻고 싶은 것들을 목록으로 만들기 시작했다. 시간이 갈수록 그 질문들은 점점 길어지고 복잡해졌다. 나는 예닐곱 살 때부터 질문 목록을 만들기 시작했고 그 후 수년간 좌절감으로 잠 못 이루는 밤이면 천장을 올려다보며 그동안 모아놓은 질문을 신에게 들이밀곤 했다.

부처님, 바다의 여신님, 먼 조상인 할아버지, 하느님, 전지전능한 신이시여, 여러분 중에 제 말을 들어주실 분이 있다면 제 질문에 답을 좀 해주시겠어요? 저는 정말이지 알고 싶습니다.

왜 저는 눈이 먼 채로 태어났습니까?

애초에 미국에서 태어났으면 의사들이 간단한 수술로 멀쩡하게 고쳐줬을 텐데 왜 저는 이곳에서 태어나지 못했을까요?

조금이라도 빨리 이민을 왔다면 시력이 좀 더 나아질 수 있었을 텐데 우리 가족은 왜 더 빨리 미국으로 오지 못했을까요?

이 세상에 태어나는 온갖 사람들 중에서 왜 하필 이렇게 시력장애가 있는 몸으로 태어났을까요?

어떤 대단한 목표나 이유가 있어서 제가 이런 몸으로, 가난한 나라에서, 격동의 시기에 태어나게 하셨나요? 목적이 있어야 제 망할 시력과 그로 인한 상처를 좀 더 쉽게 받아들을 수 있을 것 같아요.

어떤 대단한 목표가 있었던 거죠?

앞으로 제 삶은 어떻게 되나요? 제 미래는요? 저는 어떻게 해야 하죠?

이렇게 저를 빨리 죽게 할 거면 왜 지금까지 살게 했나요?

질문을 하나씩 던진 후 나는 신중하게 답변을 기다린다. 신의 대답으로 해석할만한 징후도 찾아본다. 하지만 여덟 살이었을 때도, 열여덟 살이었을 때도, 스물여덟 살이었을 때도 전혀 답을 듣지 못했다. 답을 듣지 못한 채 몇 년이 지나자 질문들은 점점 깊은 사색으로 이어졌고 머릿속에서는 온갖 형이상학적 논쟁이 벌어졌다. 나는 고민을 거듭했지만 답을 찾을 수 없었고 의문만 많아졌다.

어쩌면 모든 것이 그저 우연인지도 모른다. 내게 일어난 일에 아무 이유가 없을 수도 있다. 지금까지 일어난 일들에 감사해하며 살면 그뿐일 수도 있다.

하지만 어떻게 이 모든 일이, 온 세상이, 우리의 난해하고 복잡한 삶이 그저 거대한 우연일 수 있을까? 어떻게 사람들이 아무 이유 없이 장애로 고통받다가 죽을 수 있을까? 어떻게 고난과 죽음이 순전히 운이 없어서일 수 있을까?

아니, 분명한 이유가 있어야만 한다. 신이든 조상이든 우주든 누구든 혹은 무엇이든, 나를 위한 그리고 모두를 위한 계획이 있어야 한다. 우리가 살아가면서 최선의 선택을 했다면 모든 일이 술술 풀려야 한다…….

하지만 이것은 받아들일 수 없는 가설이다! 나는 물론이고 우리 모두가 신이 마련해둔 계획이 있을 거라 생각하면서 아무렇게나 살아도 되는 걸까? 무슨 짓을 해도 다 신의 계획이라고 믿으면 그뿐인가? 어떤 선택이 최선인지 내가 어떻게 알까? 신이 어떤 계획을 세웠는지 내가 어떻게 알지? 이 세상에서 일어나는 모든 끔찍한 일에 신의 계획과 이유가 있다면, 모든 것이 예정된 수

순대로 이루어지는 거라면 자유의지나 선택 자체가 없다는 건데, 그렇다면 우리가 살면서 뭔가를 한다는 것이 무슨 의미가 있을까? 어차피 예정된 대로 일어나게 될 끔찍한 일을 그나마 좀 덜 끔찍하게 만들자고 우리가 어떤 노력이라도 해야 하는 건가?

나는 다른 데서 답을 찾기 시작했다. 내가 열두 살 때쯤 오빠 아니면 언니가 잡지 〈타임〉 구독을 신청했는데 그때 《미지의 미스터리들Mysteries of the Unknown》 시리즈 한 권을 사은품으로 받은 적이 있다. 이 시리즈는 UFO, 귀신 출몰, 마법 같은 기묘하고 설명할 수 없는 현상을 주로 다루었고, 그중 우리가 받은 책은 심령력에 관한 것이었다. 그 책에는 손금에 관한 내용도 몇 페이지 담겨 있었는데, 나는 한 사람의 성격과 미래가 손바닥에 표시되어 있다는 개념에 위안을 받았다. 인생이 이미 정해진 계획대로 흘러간다는 것은, 최선의 선택을 하기 위해 헤맬 필요가 없다는 뜻이기도 했다.

나는 자칭 심령술사라는 사람들이 〈도너휴 쇼〉, 〈제랄도 쇼〉, 〈샐리 제시 라파엘 쇼〉, 〈래리 킹 라이브〉 같은 프로그램에 나오면 집중해서 보곤 했다. 그 사람들은 손금이나 타로카드, 찻잎을 읽는 방법으로 혹은 사람의 기운을 감지하거나 예지력을 갖춘 사자死者의 영혼을 불러내 질문하는 방식으로 인간의 미래를 읽을 수 있다고 했다. 나는 내가 그동안 차곡차곡 모아온 질문들에 이 사람들이 대답을 해줄 것이라고, 아니면 내 질문에 답할 수 있는 존재들과 나를 연결이라도 시켜줄 수 있을 것이라고 생각했다.

나는 세상에 사기꾼이 수두룩하다는 걸 알고 있지만, 약간의 불교에 대중적인 종교가 여럿 섞인 가정에서 자란 만큼 어쩌면 세상에는 진짜 천리안이 있을 수도 있겠다고 생각했다. 여기서 대중적인 종교란 조상 숭배와 옛날의 미신을 건전한 방향으로 조금씩 섞은 종교를 말한다.

캘리포니아 남부에서 어린 시절을 보낸 나는 점쟁이, 영혼과 유령, 보이지 않는 것들로 이루어진 초자연적인 세상이 진짜 있다고 믿었다. 어머니에게 수시로 베트남 이야기를 듣고 일상에서도 다양한 종교 의식을 치르며 자라다보니 그렇게 믿게 된 것일 수도 있다. 땀끼에 살 때 우리는 귀신들이 집 안을 돌아다니다가 한밤중에 설거지를 하거나 바닥 청소를 한다고 믿었다. 땀끼의 거리에서 담배를 팔던 여자와 그 여자의 돌아가신 할아버지의 영혼도 우리 가족 설화에서 빼놓을 수 없는 인물들이다.

우리 가족은 그 할아버지의 영혼이 살아 있는 자들에게 도움을 주기 위해 십대 소년의 몸을 빌려 이 세상으로 한 번씩 돌아온다고 믿었다. 우리에게 바로 그 시기에 베트남을 떠나라고 말해준 것도 그 할아버지의 영혼이었다. 할아버지 영혼이 실린 소년은 몸을 섬뜩하게 떨며 "너희가 탄 보트가 떠나고 나면 여기서는 어떤 보트도 떠나지 못한다. 이 보트를 놓치면 너희는 오랫동안, 어쩌면 영원히 떠날 기회를 잡지 못할 것이다"라고 내 할머니에게 경고했다. 내 외가 친척들은 우리가 떠나고 몇 주일 뒤에 출발하는 또 다른 보트를 타고 베트남을 떠나기로 했지만 결과적으로 그 보트는 출발하지 못했다. 외할머니가 그럼 자신들은 언제 떠날 수 있느냐고 묻자 그 할아버지 영혼은 "10년 후"라고 대답했다. 그리고 정확히 10년 후 나는 외할머니와 외가 친척들을 로스앤젤레스 국제공항에서 다시 만났다.

우리 가족은 산 자의 몸을 빌려 후손을 찾아와 조언해주는 자애로운 조상령들을 모실 만큼의 복은 없었지만 여전히 조상들의 도움을 갈구했다. 그래서 전지전능한 신 같은 존재가 된 먼 조상들, 오래전에 돌아가신 증조부모와 고조부모께 공물을 바치고 기도를 하며 제사를 지냈다.

어머니는 음력으로 매월 1일과 15일, 중국의 새해 명절인 춘절, 고인의 기일이 되면 우리 집 현관문 앞에 과일과 생선, 닭고기, 돼지고기, 밥, 차, 포도주를 올리고 초를 켠 제사상을 차려놓곤 했다. 제사상에 향을 꽂아 연기를 피우고 불교의 신들과 우리 조상령들을 불러, 그들이 음식을 먹고 마시면서 우리 기도를 들어주길 바랐다.

또한 우리는 조상령들이 살아생전 누리지 못한 재물 욕구를 충족시켜드리려고 노력했다. 우리와 제일 가까운 조상인 증조할머니와 할머니의 기일이면 그분들이 저승에서 돈으로 쓰실 반짝이는 금색 종이와, 그 종이로 만든 빨간색 대저택, 파란색 메르세데스 벤츠, 튼튼하게 생긴 하인들, 맞춤옷들을 불꽃이 이는 통에 던졌다. 불은 우리가 바친 종이 공물을 삽시간에 검은 재로 태우고 하늘로 시커먼 연기를 피워 올려, 사랑하는 조상들에게 전달해주었다.

"원하는 게 있으면 말씀드려. 신들과 우리 조상님들을 존경하고 공경하는 마음으로 빌면 네 말에 귀를 기울여주실 거야."

어머니는 내게 이렇게 가르치셨다. 나는 어머니가 가르쳐준 대로 향을 홀수로 들고 불을 붙인 뒤 연기를 내어, 공물을 얹은 제사상 뒤에 서서 눈을 감았다. 그리고 신들과 조상들에게 그동안 우리에게 베풀어주신 은혜에 감사드린 다음, 크고 작은 부탁을 드렸다. 온 가족이 건강하게 해주시고, 다음 춘절까지 돈을 많이 벌게 해주시고, 다음 성적표에서 올 A를 받게 해주시고, 정상적인 시력을 갖게 해달라고…… 나는 부탁드린 것의 대부분을 받았다.

우리 집안에서 신들과 조상령들은 언제나 우리 가족과 함께였다. 우리는 부처상의 눈길과 먼지 낀 액자에 담긴 흑백사진 속 조상들의 눈길 아래에서 위안을 받았다. 그 사진 중 일부는 베트남을 떠날 때 가져온 것이었다. 베트남의 가족 제단 위에 놓여 있던 부처상과 조상령들의 사진은 우리 가족이 이민을 온 후 벽난로 선반이나 받침대에 놓였다. 어머니는 벽난로 선반이나 받침대 위에 진짜 촛불 대신 촛불 모양의 붉은 전구를 늘 켜두었고, 그 부분의 천장이 갈색이 되도록 향도 늘 피워두었다. 할머니가 돌아가신 후 우리는 밤에 집에서 삐걱 소리가 나거나 누가 건드리지도 않았는데 문이 움직이거나 전등이 깜박거릴 때마다 할머니의 영혼을 느끼며 "할머니 오셨나보다"라고 말하곤 했다.

할머니가 돌아가시고 처음 6개월은 할머니의 영혼이 점차 다음 세상으로 나아가는 기간이고 할머니의 위패를 가족 제단에 모시기 전이었다. 그 기간 동안 우리는 식탁에 둘러앉을 때도 할머니가 여전히 우리와 함께 식사를 하는 것처럼 한 자리를 비웠고, 그 앞에는 하얀 쌀밥을 둥글게 가득 담아 젓가락 두 개를 똑바로 꽂아두었다.

우리는 조상령들을 기쁘게 해드리려고 애를 썼다. 그분들이 우리 목소리를 들을 수 있도록 소리 내어 기도했다. 하지만 수십 년 전 내 할머니와 어머니에게 나아갈 길을 인도해준 이웃 여자의 할아버지 영혼과는 달리, 우리 조상령들은 내가 원하는 방식으로 말을 해주거나 나아갈 길을 인도해주지 않았다. 내 조상령 중에 그런 능력을 가진 분은 어디 있을까? 나는 이 질문에 대한 답을 얻고 싶었다.

어린 시절부터 들어온 신들, 성인들, 영혼들에 대한 혼란과 좌절감은 나이가 들수록 심해졌고 대학 진학을 위해 집을 떠난 후로 더욱 커져갔다. 하지만 대학 생활을 시작할 무렵 문득 그들이 그리워졌다. 17년 동안 모셔왔지만 눈에 보이지도 않고 아무 반응도 없었던 그 존재들이 말이다. 사시사철 따뜻한 캘리포니아 남부의 집에서 4,800킬로미터나 떨어진 대학, 그것도 와스프WASP가 주류를 이루는 새로운 환경에서 살게 되면서 나는 종종 집의 안락함이 그리워졌다.

그 그리움에는 내가 항상 집에서 당연하게 접했던 공물과 기도로 이루어진 제사 의식도 포함돼 있었다. 당시 내가 살고 있던 매사추세츠 서부의 목가적인 대학 마을은 가을이면 붉은색, 오렌지

색, 노란색 낙엽으로 화려하게 물들고 겨울이면 눈이 부실 만큼 하얗게 물들었다. 나는 가을도, 겨울도 처음 경험했고 이런 아름다운 풍경을 지닌 캠퍼스 한가운데에 있는 200년 된 흰색 식민지 시대 건물이 회중파 교회이며 그보다 더 오래된 고딕풍 건물은 성공회 성당이라는 사실에 더욱 위화감을 느꼈다. 그곳에서 젓가락은 구경도 할 수 없었다. 1,000만 권에 달하는 도서관 장서 중 동아시아 구역에 꽂혀 있던 어느 책에 실린 부처상 외에는, 어디에서도 부처상을 볼 수 없었다.

처음에는 집에서 했던 것처럼, 다만 훨씬 소박하고 눈에 띄지 않는 규모로 기숙사 방에서 제사를 지내보려고 했다. 일단 담쟁이덩굴로 뒤덮인 벽돌 건물이 내다보이는 창턱에 생쌀을 가득 담은 작은 깡통을 올려두었다. 그 깡통 옆에는 몇 월 며칠에 신과 조상들에게 기도를 드려야 하는지를 한자로 적은, 양력과 음력이 모두 표시된 탁상용 달력을 두었다. 룸메이트가 없는 날이면 집에서 했던 대로 향을 홀수로 피운 뒤 기도를 하고 생쌀을 담은 깡통에 향을 꽂았다. 문득 어떤 식으로 제사를 해야 하는지, 어떤 말로 기도해야 하는지 어머니에게 배운 적이 없음을 깨달았다. 신들을 불러내려면 무슨 말을 해야 할까? 어떤 호칭으로 불러야 할까? 아는 게 없었다. 내가 불교 신자나 조상 숭배자, 대중 종교 수행자를 어설프게 흉내 내는 사기꾼이 된 기분이었다.

나는 이런 종교 의식에 담긴 철학이라든가, 우리가 공물을 바치고 기도를 해야 하는 이유라든가, 보이지 않는 신과 영혼들에

162

대한 믿음의 원천이 무엇인지 어머니에게 물어볼 생각을 한 번도 하지 않았다. 아마 어머니도 대답을 못할 것임을 막연하게 알고 있었기 때문이겠지. 어머니는 부처의 가르침에 대해 나보다도 아는 게 없었다. 그저 본인의 어머니가 그 어머니에게 배운 것을 본 따서 제사를 지낼 뿐이었다.

아무리 기숙사 방에서 소박하게 지내는 제사라도, 의미를 모른 채 전통을 답습하는 것은 공허할 뿐이었다. 처음에는 캠퍼스가 낯설었지만 시간이 갈수록 익숙해질 수 있었던 것은, 이곳에서 끝없이 사고하고 질문을 하도록 학생들을 독려한 덕분이다. 그러니 내가 무의미한 전통 답습을 거부하게 된 것은 어쩌면 정해진 수순이었다.

나는 첫 학기가 끝나자 규칙적으로 해오던 기도와 제사를 그만두었다. 아직까지 답을 얻지 못한 질문들을 혹시라도 듣고 있을지 모를 전지전능한 존재에게 들이미는 짓은 여전히 계속하고 있었지만.

공부와 일을 병행하며 고생스럽게 번 돈과 신용카드 덕분에, 나는 대학에서 새로운 자유를 만끽하고 다양한 가능성을 탐닉했다. 2학년 어느 토요일 밤에 나는 친구 수와 함께 밤늦게 텔레비전을 보다가 '영매 상담 전화' 광고를 보고 혹했다.

"해보자, 수. 재미있을 것 같아."

나는 친구를 꼬드겼다. 이런 광고를 내는 작자가 가짜일 가능성이 높다는 걸 알면서도, 어쩌면 진짜 영매와 통화를 할 수 있을

지 모른다는 생각에 슬쩍 기대를 해보았다. 수도 마찬가지였다.

"영매 상담 전화를 찾아주셔서 감사합니다. 여러분의 미래에 일어날 모든 비밀을 밝혀드리겠습니다."

반쯤 자는 것 같기도, 약이나 술에 취한 것 같기도 한 목소리였다. 괜히 전화했구나 싶었다. 남자는 내 기운을 보아하니 올해 안에 임신을 할 거라고 예언했다. 나는 어이가 없어서 말없이 수에게 전화기를 넘겼다. 그는 수에게 자궁이 틀어져 있어서 생리통이 심한 거라고 말했고 수는 그 말을 듣자마자 전화를 끊어버렸다. 요즘도 우리는 그때 바보처럼 20달러를 낭비했다며 웃곤 한다.

하지만 엉터리 전화도 나를 좌절시키지는 못했다. 수는 곧 그만두었지만 나는 계속해서 영험하다는 사람들을 만나고 다녔다.

형편없지는 않지만 그렇다고 특별할 것도 없는 그저 그런 심령술사들 중에 딱 한 명 기억에 남는 사람이 있다. 그 사람을 기억하는 이유는 내 미래를 예언했기 때문이 아니라 내 과거를 읽었기 때문이다.

그 사람은 손금을 읽는 여자였다. 어머니가 어린 나를 죽이려했다는 사실을 고백하기 5년 전에 그 여자를 만났는데, 나중에 어머니에게 내 어린 시절의 비밀을 듣고 그 여자의 말을 떠올리며 충격을 받았다. 그녀는 내 비밀을 나보다 먼저 알고 있었던 것이다.

나는 맨해튼의 미드타운 동쪽에서 그 여자를 만났다. 그녀의 아파트는 내가 생각했던 분위기와 많이 달랐다. 손금쟁이들이 흔히 갖춰두는 촛불이나 빨간 벨루어 천을 씌운 의자, 소파, 플라스틱 비즈발, 금술이 달린 테이블보와 쿠션, 수정구 따위는 없었다. 대신 부드러운 황갈색과 갈색이 주를 이루는 작은 쿠션들과 값비싸 보이는 깔개들의 색상을 세심하게 맞춘 인테리어가 인상적이었다. 이곳에서 살고 싶은 마음이 들 정도였다.

여자도 집안 분위기와 비슷한 분위기를 풍겼다. 크림색 바지와 하얀색 스웨터 차림에 깨끗하고 화장기 없는 얼굴을 한 중년 여자였는데 평범한 사람들은 못 보는 것을 볼 수 있는 재주가 있을 것 같지는 않았다.

나는 다가오는 주말에 룸메이트들과 파티를 할 예정이었고, 이 여자를 파티에 초대해 우리 손금을 봐달라고 요청하려 했다. 대학을 졸업하면 당분간은 주말을 즐겁게 지낼 수 없을 테니, 이번 주말을 거창하게 보내고 싶었다.

내 얘기를 들은 뒤 그녀는 90분에 25달러를 받고 내 손금을 봐주기로 했다. 적절한 가격이었다. 그 여자는 돈벌이에 급급한 사람 같지 않았다. 나는 그 점이 마음에 들어서 조심스럽게 낙관적인 결과를 기대해보았다.

우리는 불투명한 유리로 된 작은 테이블을 사이에 두고 마주 앉았다. 여자가 램프를 켜자, 밝은 빛이 어두침침하고 불가사의한 분위기를 몰아내는 듯했다. 여자는 테 없는 독서용 안경을 꺼내 쓴 뒤 탁 소리 나게 안경집을 닫고는 내 쪽으로 두 손을 뻗었다.

"양 손바닥을 좀 볼게요."

내가 손바닥을 펼쳐 보이자 그녀가 새롭고 흥미로운 관점으로 설명을 해주었다.

"여성의 경우 오른쪽 손금은 현재의 삶을 말해주고, 왼쪽 손금은 원래 예정됐던 삶, 즉 운명을 보여줍니다."

내 손을 잡은 그녀의 손은 희고 차가웠다. 연초록색 혈관이 두드러졌고, 타원형의 깔끔한 손톱에는 투명 매니큐어를 발랐다. 그녀는 손끝으로 한쪽 손바닥의 손금을 훑은 뒤 손가락을 최대한 뒤로 젖히라고 했다. 그러고는 고개를 숙여 손바닥을 내려다보며 자잘한 손금들을 세심하게 살폈다. 내 숨소리 외에는 아무 소리도 들리지 않는, 영원할 것 같은 침묵이 몇 분간 흘렀다. 그녀가 고개를 들고 의미심장하게 말했다.

"흐음, 손금이 아주 흥미롭네요."

암요. 거창한 말을 지어내려면 일단 그런 말로 시간을 벌어야겠죠. 그쪽은 좀 더 독창적인 방법을 쓰길 기대할게요. 안 그러면 내가 또다시 이런 데 헛돈을 쓰는 멍청이처럼 느껴질 테니까.

"양쪽 손금이 무척 달라요. 아주 극단적으로요. 오른 손금을 보면 무난히 장수할 게 보여요. 생명선이 여기서 아래로 진하게 쭉 내려가는 거 보이죠? 그런데 왼손의 생명선을 봐요. 짧은데다 여러 선이 생명선을 침범했어요. 이건 대체로 큰 병으로 고생하면서 불행하게 살다가 일찍 죽을 예정이었다는 걸 뜻합니다."

그래, 이건 좀 독창적이네.

"당신 인생에는 큰 변화가 있었을 거예요. 원래 인생의 방향을 바꿀 정도로 큰 변화요."

그녀는 내 손금에 무척 흥미를 느끼는 듯했다.

나는 점을 볼 때 가급적이면 내 정보를 알려주지 않는 편이지만, 가끔은 점쟁이들이 정확한 방향을 잡도록 구체적이고 상세한 정보를 줘야 할 때도 있다.

"제가 몇 년 전부터 가족들과 떨어져서 살고 있거든요."

"아뇨, 그게 아니라. 물론 그것도 이유가 될 수 있지만 제가 말하는 건 그게 아니에요. 좀 더 다른 건데, 아마 당신이 어렸을 때 일어난 일 같아요."

여자는 진심으로 의아해하며 고심하는 표정이었다. 안됐다는 생각에, 순간적으로 떠오른 얘기를 조금 해주기로 했다.

"저는 베트남에서 태어나서 네 살 때쯤 미국으로 왔어요. 그 정도면 엄청난 변화이긴 하죠."

여자가 안경 너머로 나를 다시 쳐다봤다. 어찌나 뚫어지게 보는지 살짝 불편해졌다.

"그렇군요. 그럼 말이 되네요. 그런데 그것보다 더 큰 게 있어요…… 당신 눈과 관련되는 것 같은데, 맞죠?"

여자는 혼잣말을 하듯 말끝을 흐렸다.

보통 사람들은 내가 두꺼운 안경을 낀다고만 생각하지 장애인이라고는 생각하지 않는다. 내가 시력이 나쁘긴 해도 거의 정상적으로 볼 수 있는 사람처럼 돌아다니기 때문이다. 하지만 관찰력이 좋은 사람들은 내 동공이 끝없이 흔들리는 걸 알아채고 일반적인 수준 이상으로 눈에 문제가 있을 거라고 추측한다. 물론 내 앞에서 직접 그런 말을 하는 사람은 없었다. 그래서 여자가 불쑥 내뱉은 말이 놀라우면서도 한편으로는 마음에 들었다. 손금을 보고 시력에 문제가 있다는 걸 알다니, 대단하다고 인정할 만했다.

"베트남에서 태어났을 때부터 앞을 볼 수 없었어요. 미국으로 와서 수술을 받았죠. 그때 최대한으로 고친 게 이거예요. 이미 많이 늦었다고 하더라고요. 그래도 미국으로 오지 못했으면 제 인생은 지금이랑 아주 많이 달랐을 거예요."

"그렇다면 당신은 운이 좋은 거네요."

그녀가 자신 있는 투로 말했다.

"그렇다고 볼 수도 있죠. 솔직히 제가 운이 좋다는 생각은 안 해봤어요. 남들처럼 앞을 보지 못하고 뭐든 할 수 없는 상태로 사는 게 많이 힘들어서요. 기분도 더럽고요."

놀랍게도 이 말을 하는데 목이 메었다. 그날 처음 본 사람 앞에서 눈물을 보이기 전에 자제해야 했다. 지금처럼 감정이 멋대로 차올라 내 마음이 온통 드러나 보일 것 같을 때가 가끔 있었다.

아예 모르는 사람에게 속내를 털어놓을 수 있다는 것은 참 희한한 일이다. 이렇게 내 얘기를 들어줄 사람이 필요한 순간이 있다. 앞으로 이 사람과 대면할 일이 없을 테니까, 이 사람은 나에 대한 선입견이 없을 테니까 좀 더 편하게 속을 털어놓을 수 있다.

"당신의 손금은 손금 읽는 법만 알면 누구나 알 수 있는 내용이에요. 태어나서부터 지금까지 본인의 인생이 얼마나 많이 달라졌는지 주목해서 보세요. 그럼 기분이 좋아질 거예요. 많은 사람들이 잘 모르는데 손금은 변할 수 있고 늘 변해요. 당신의 미래는 정해진 게 아니라는 거죠. 우리는 제어할 수 없는 조건을 잔뜩 안고 태어나죠. 어디서, 어떤 부모 밑에서 태어나느냐, 어떤 장애를 갖고 태어나느냐 같은 거예요. 하지만 주어진 조건으로 어떻게 살아갈지는 본인 선택에 달린 거예요."

내게 결정권이 없긴 하지만 만약 내 삶의 중요한 순간에 다른 선택을 할 수 있었다면, 물론 그 당시에는 그 순간이 얼마나 중요한지 몰랐겠지만 어쨌든 내 삶의 방향을 영원히 결정지을 수 있는 다른 선택을 할 수 있었다면, 내 삶이 대체 어떤 식으로 전개됐을까 상상해보곤 했다. 만약 어머니가 나를 임신했을 때 그 초록색 약을 드시지 않았다면? 우리가 외가 친척들과 함께 일주일 늦게 베트남을 탈출할 계획이었다면? 어머니가 아버지와 결혼을 안 했다면? 다낭의 약초 전문가가 나를 결국 죽이려 했다면? 우주를 이루는 요소는 너무나 많고 나는 처음에는 두 가지, 나중에는 세 가지 가설을 상상했다.

첫 번째 가설대로라면 나는 정상으로 태어나거나 미국에서 태어나거나 생후 6개월 이내에 미국으로 와서 시력을 완전히 회복한다. 전 세계의 대다수 사람들에게 미국 의사는 기적을 일으키는 인물이다.

이 가설대로라면 나는 완벽하게 앞을 볼 수 있다. 테니스든 운전이든 등산이든 원하는 건 뭐든지 할 수 있다. 난 엄청 두꺼운 안경을 쓰고 특대 사이즈로 인쇄한 책을 읽고 돋보기를 여러 개 갖고 다니는 별종이 아니라 예쁘고 인기 많은 여학생으로, 한마디로 정상적인 아이로 성장한다. 이 가설은 내게 가능했을지도 모르는 수많은 기회를 펼쳐 보이며 내게 상처를 주고 나를 서럽게 만든다.

화가 나고 좌절하고 자기연민에 빠질 때마다 나는 이 시나리오를 떠올렸다. 이 완벽한 세상에 대한 갈망을 어머니는 잘 알고 있었다. 내 성적이 4.0 아래로 떨어지거나 내가 계단을 내려가려고 애쓰는 모습을 볼 때마다 어머니는 탄식을 하셨다.

"마음이 아프구나. 네 시력이 정상이었다면 할 수 있는 일이 훨씬 많았을 텐데. 의사들이 네 눈을 완벽하게 고칠 수만 있었어도……."

두 번째 가설에서 나는 백내장으로 눈이 하얗게 되어 아예 앞을 못 보는 채로 혼자 살아간다. 우리 가족은 베트남을 떠나지 못했다. 나는 어머니가 기워주신 낡고 색 바랜 옷만 입는다. 내 몸은 영양 부족으로 앙상해서 옷은 늘 헐렁하다. 나는 지팡이가 없어서 어머니를 붙잡고 다닌다. 내가 밖에 나갔다가 차에 치일까 걱정하는 가족들 때문에 집에만 머문다. 베트남에는 맹인을 가르칠 수 있는 교사가 없어서 학교에도 가지 못한다. 이 가설을 생각하면 지금 내 상황이 감사할 따름이다.

마음속에 차오르는 분노와 좌절, 자기연민을 극복해야 할 때면 나는 이 가설을 떠올렸다. 어머니는 이런 상황을 가정한 적은 없지만, 어머니가 베트남을 간절히 떠나고 싶어 했던 이유가 경제적, 정치적 자유를 갈망해서라기보다는 나 때문이라는 걸 나는 너무나 잘 알고 있다. "네 눈을 고치고 싶어서 베트남을 떠났어"

라고 수시로 말씀하셨으니까.

이 손금쟁이 여자를 만나고 5년 뒤에 나는 어머니로부터 어린 나를 죽이려고 했다는 얘기를 들었고, 세 번째 가설을 떠올렸다. 내가 생후 2개월에 죽는 시나리오다. 세 번째 가설을 생각하면 가슴이 아프고 우울하고 겸손해진다. 이 가설은 내 영혼에 항상 새겨져 있다.

이후 나는 하루하루를 살아가면서, 공부하고 일하고 휴가를 떠나면서, 친구들과 저녁을 먹으면서, 우리 삶의 평범하고 특별한 일에 관해 사촌들과 통화를 하면서, 체육관에서 운동을 하고 남극에서 카약을 타면서, 사랑에 빠지고 결혼을 하면서 손금쟁이 여자가 했던 한마디 한마디가 내 완고한 뇌와 심장으로 스며드는 것을 느꼈다.

그리고 어느 시점부터 나는 오래전 신들에게 묻곤 하던 온갖 질문을 하지 않게 됐다. 어쩌면 나의 우주는 내 아쉬움과는 달리 아름답고 완벽하고 멋지지 않을 수도 있다. 오히려 두 번째와 세 번째 가설처럼 훨씬 더 비극적인 운명으로 전개됐을 수도 있었다. '병', '좌절', '불행' 그리고 '어린 나이에 사망.' 이것이 손금을 봐준 여자가 내 우주에 대해 한 말이었다. 그녀는 지금까지 내가 '운 좋은' 삶을 살아왔다고 했다. 우리는 주어진 조건을 갖고 어떻게 살아갈지를 결정한다. 그게 바로 우리의 선택이라고 그 여자가 말했다. 나는 내가 참담한 조건으로 태어난 이유를 알고, 나를 위해 준비된 우주의 계획이 뭔지 깨닫고, 앞으로 내 삶이 어떻게 전개될지 알아내는 데 집착한 나머지 자유로운 선택의 중요성을 간과하고 있었다.

그 여자는 내가 눈과 귀를 열면 손금이 내 인생을 들려줄 거라고, 내가 통제할 수 없는 불운이 가득한 곳에서 삶을 시작해 얼마나 멀리까지 왔는지를 알려줄 거라고 했다. 역사적 상황과 가족들의 결정에 떠밀려 이민을 왔지만 그 외에는 대부분 내가 결정한 삶이었다. 나는 지금까지 해온 좋은 선택과 힘겹게 얻은 교훈을 생각하며 위로를 받을 수 있었다. 오랫동안 보이지 않는 하늘의 신들에게 질문을 퍼부으며 얻으려 했던 인생의 답을, 결국 내 손금과 내면과 과거를 들여다보면서 얻은 셈이다.

그때 나는 알지 못했다. 앞으로 내가 어떤 선택을 할지, 그리고 얼마나 힘들게 교훈을 얻게 될지.

19.

더 많은 도미노를
쓰러뜨리기 위해서

　세상 어딘가에는 우리의 보잘것없는 삶을 포함해 세상의 모든 크고 작은 일에 대한 결과가 죄다 나와 있는 게 아닐까? 그래서 우리는 숫자로 미래를 계산하려 하는 게 아닐까?

　암과 싸우는 여정을 시작하면서 정신이 번쩍 들게 하는 통계치를 볼 때마다 나는 스스로를 보호하기 위해 본능적으로 그 숫자들을 피해버렸다. 나는 늘 예상을 깨고 불가능한 것을 이뤄낸 사람이니 암도 다르지 않을 거라고, 나 자신과 조시에게 장담하곤 했다. 나는 숫자가 아니라고, 숫자로 나를 규정할 수 없다고 믿었다.

　나는 조시를 과학과 논문과 통계를 맹신하는 사람으로, 나 자신을 자아와 믿음, 수량화할 수 없는 개념을 충실하게 믿는 사람으로 구분했다. 암 진단을 받은 지 16개월이 지나 또 한 번의 가을이 찾아왔고 나는 여전히 살아 있었다. 문득 이론상으로는 상반되는 입장에 있는 우리 두 사람이 실은 그렇게 정반대에 있지는 않다는 것을, 숫자는 알 필요가 없는 것이 아니라 유익하고 가치 있는 정보임을 깨달았다. 물론 '당신은 숫자가 아니다'라는 단순한 말로는 표현할 수 없는 복잡 미묘한 전후 사정 속에서 숫자의 의미를 이해해야 하지만 말이다.

2014년 10월의 그 화요일은 우리의 일곱 번째 결혼기념일이었다. 우리의 결혼은 아직까지는 굳건하고 괜찮다. 우리는 날이 갈수록 덜 싸우고 더 잘 소통한다. 1년 전보다 서로를 더 사랑하고 우리의 사랑은 결혼식을 올렸던 날보다 1,000배쯤 깊어졌다. 연애 편지에나 쓸 법한 재미있는 표현처럼 들리겠지만 나는 이번 결혼기념일을 맞아 우리가 통계의 장단점에 대해 몇 년간 벌여온 의견 차이를 해소하고 싶었다.

진단복강경검사를 받기 전날 밤, 내일은 어떻게 펼쳐지고 내 미래는 어떻게 될지 고민하던 나는 언제나 그렇듯 결장암 4기를 이겨낼 가능성을 떠올렸다. 그리고 결혼기념일에 대해 생각하며 조시에게 물었다.

"우리가 태어났을 때만 놓고 보면, 서로 결혼할 확률이 얼마나 됐을까?"

"0이지." 그는 단정하듯 말했다.

조시와 나는 너무도 다른 세계에서 태어났다. 물리적인 거리뿐만 아니라 문화, 전쟁, 정치, 교육 수준, 심지어 건강 문제까지. 완전히 다른 세계에서 살던 우리가 어떻게 서로를 알아보고 사랑에 빠지게 됐는지, 생각할수록 놀라웠다. 나는 우리가 서로를 모른 채 살던 시절의 여러 중요한 순간에 무엇을 했는지 궁금해졌다.

조시가 사우스캐롤라이나 그린빌의 비교적 편안하고 호화로운 집안에서 태어나 매력과 예의를 중시하는 배타적인 상류층 세계에서 자랄 때, 나는 장마와 논으로 대표되는 지구 반대편 아열대 지역에서 태어난 생후 10개월짜리 아기였다.

나는 극심한 빈곤과 인종차별, 경제적 어려움에 시달리며 고통스러운 시절을 보냈다. 공산주의자들은 내전 중에 자신들과 맞섰던 이들에게 보복을 했고, 우리의 집을 빼앗고 우리의 재산을 집단에 귀속시키려 했다. 조시의 할머니가 세 살밖에 안 된 손자가 벌써 글자를 읽는다고 자랑하는 동안, 나는 태어나서 글자라는 걸 한 번도 본 적 없는 채로 한밤중에 트럭에 태워졌고, 아무리 봐도 먼 항해를 떠나기에 적합하지 않은 어선이 300명의 승객을 기다리고 있는 항구로 향했으며 거의 1년에 걸친 여정 끝에 미국으로 건너왔다.

어머니가 첫 수술을 마친 내 눈에서 붕대를 떼어내고 내가 네 살이 되어서야 난생처음 비교적 덜 뿌연 세상을 보게 됐을 때, 조시는 4,800킬로미터 떨어진 자신의 아늑한 침대에서 곤히 잠들곤 했다. 뛰어난 지능과 잠재력을 가진 조시의 인생에서 빠진 것은 나뿐이었다. 매년 초, 내가 학교 수업을 하루 빼먹고 중국 전통 춘절을 축하하면서 돈이 담긴 빨간 봉투를 모으고, 탁 탁 탁 소리를 내며 최소 300번은 터지는 폭죽 소리에 귀를 기울이고, 조상들에게 기도를 올리기 위해 가족들과 함께 사원을 찾는 동안 조시는 교구 학교에서 평범한 하루를 보냈다. 아마 그는 집으로 돌아오면 그날 해야 할 숙제를 후다닥 끝마쳤을 것이다.

내가 로스앤젤레스의 열악한 공립학교에서 내준 숙제를 하는 속도보다 훨씬 빠르게. 그가 추수감사절에 칠면조 고기를 먹고 크리스마스에 선물을 여는 동안, 나는 학교를 마치고 집으로 돌아와 여느 날과 다름없이 텔레비전을 보거나 책을 읽거나 사촌들과 놀았다. 조시와 내가 속해 있던 이질적인 두 세계를 고려하면 그의 말이 맞다. 38년 전만 해도 우리가 이렇게 만나 부부로 살 확률은 완전한 0은 아닐지라도 0에 무척 가까웠다.

하지만 우리는 결국 만났고 결혼했다. 수많은 사람들과 무수한 길이 무작위로 스쳐가는 이 혼란스러운 우주에서, 우리는 인연의 끈이 닿아 하나가 됐다. 만약 우리가 태어났을 때 훗날 만나고 결혼할 확률이 0이었다면, 우리가 어떻게 결혼을 할 수 있었을까? 가능성이 0에 가까울 정도로 불가능해 보이는 일이 이루어진 것을 어떻게 숫자로 설명할 수 있을까? 우리의 결혼은 숫자가 실은 별 의미가 없으며 통계 역시 쓸데없는 자료에 불과하다는 걸 보여주는 증거가 아닐까?

예전에는 그렇다고 생각했는데 지금은 생각이 바뀌었다. 현관문 밖으로 나가거나 비행기를 탔을 때 죽을 확률이 별로 높지 않다는 통계를 내가 믿지 않았다면, 내 아이들이 학교에 침입한 어느 미친놈이 쏜 총에 맞을 확률이 높지 않다는 통계를 믿지 않았다면, 나는 집에서 한 발자국도 안 나갈 것이고 내 아이들도 못 나가게 했을 것이다. 우리가 잠자리에 들면서 다음날 해가 뜰 거라 예상하는 것은 확률의 법칙상 그리 될 것임을 알기 때문이다. 우리가 자녀의 대학 진학을 대비해 돈을 모으고 노후를 위해 저

축하하는 것은, 자녀들이 건강하게 자라 대학에 가고 우리가 은퇴 후에도 살아갈 확률이 높다고 예상하기 때문이다. 우리는 미래에 어떤 일이 일어날 것을 근거로 일상에서 뭔가를 실천하고, 이것을 '계획'이라고 부른다.

암 환자들은 생사 여부와 관련된 통계를 무시하면서 그런 숫자 따위 아무 의미 없다고 말하지만 위선일 뿐이다. 암에 걸렸어도 우리는 여전히 살아야 하며, 살아가려면 계획이 필요하다. 나는 여전히 숫자의 가치를 믿는다. 숫자를 믿지 않으면 난 아무것도 하지 않을 것이고 할 수도 없을 것이다. 거리를 건너지 못하고, 효과가 있다고 증명된 진 빠지는 치료도 견디지 못할 것이며 생일 파티나 휴가도 계획하지 못할 것이다. 암에 걸리지 않았어도 어차피 살아야 한다. 지구는 자전을 하고, 우주는 특정한 법칙에 따라 작동하며, 세상에는 통계적 예상에 따른 결과가 펼쳐진다. 예상되는 결과가 내 마음에 들지 않을 수도 있으므로 나는 어떤 숫자를 믿으며 살아갈지 선택할 수 없다.

확률은 예언이 아니다. 일어날 것으로 예상됐던 일이 일어나지 않기도 한다. 계획도 어그러질 수 있다. 부모가 아무리 최선을 다해 키워도 자식이 대학에 관심이 없을 수 있다. 은퇴 후에 쓰려고 모아둔 돈을 써보지도 못하고 죽을 수도 있다. 미치광이가 학교에 침입해 무고한 아이들을 살해할 수도 있다. 1기 암으로 진단받아 생존 확률이 높았던 사람들이 몇 년 후 암이 재발해 일찍 세상을 뜰 수도 있다.

반면에 4기 암이라고 진단받았지만 예상을 뛰어넘어 훨씬 오래 살기도 한다. 언젠가 지구가 거대한 소행성과 충돌해 모든 생명체가 사라질 수도 있다. 그런 일이 일어난다면, 확률은 결과적으로 100퍼센트가 된다.

조시가 태어났을 때는 그가 나를 만날 확률이 0퍼센트였지만 시간이 지나면서 확률이 달라졌다. 베트남 공산 정권이 정책을 수정해 중국계 베트남인들이 이민을 갈 수 있게 해주면서 확률이 조금 높아졌고, 내가 홍콩에 있는 난민 수용소에 들어가면서 또 한 번 높아졌다. 마침내 내가 미국 땅을 밟으면서, 약간이나마 시력을 회복하면서 확률은 또다시 크게 높아졌다.

내가 공부를 잘 해야겠다고 마음먹으면서, 북동부의 대학에 진학하면서, 법학 대학원을 졸업하고 뉴욕에서 살기로 결정하면서, 클리어리 가틀립에서 변호사로 일하게 되면서 확률은 꾸준히 높아졌다. 조시가 세금 전문 변호사가 되기로 결심하고 동기들과 달리 흥미진진하고 도전적인 세법을 다루겠다며 뉴욕으로 오면서, 그리고 클리어리 가틀립으로부터 함께 일하자는 제안을 받아들이면서 확률은 계속 높아졌다.

확률상의 숫자는 고정된 게 아니다. 꾸준히 조금씩 변한다. 내가 예비 수술을 받은 덕분에 생존 가능성이 높아졌다는 데는 모두 동의한다. 얼마나 높아졌냐고? 알 수 없다. 다양한 힘이 무작위로 작용해 일어날 것 같지 않던 비행기 사고가 나듯, 만날 가능성이 전혀 없을 것 같던 우리가 결국 이렇게 만났듯이, 여러 좋은 일들이 마치 도미노처럼 줄지어 일어나다보면 나도 암을 이겨낼 거라고, 조시는 말하곤 했다.

D.L. 박사는 조시의 의견에 동의했다. 조시는 처음부터 "우리에게 유리한 일이 자꾸 생기게 해야 해"라고 말했다. 그러려면 우선 내 몸이 화학요법에 잘 반응해야 했다. 내 CEA 수치가 신뢰할 수 있을 만큼 정확해져서, 나와 의료진이 몸속 어딘가에 숨어 있을 암 세포를 찾아낼 수 있게 경고해야 했다. 그리고 나는 HIPEC 분야에서 최고의 실력을 가진 의사를 찾아야 했다. HIPEC 수술과 예비 수술을 받기까지 여러 가지 사항과 시기를 잘 정해야 했다. 내 복막 안의 미세한 암종이 HIPEC에 반응해야 했다. 예비 수술에서 다른 병증이 나타나지 않아야 했다. 이 모든 일이 이루어져야 했다. 그리고 복막 세척 검사에서 미시적 질병에 대해 음성 반응이 나와야 했다.

지금까지는 모든 과정이 긍정적으로 진행됐지만 이중 내가 통제할 수 있는 것은 아무것도 없다. 암 투병이란 정보, 환경, 통제할 수 없는 사건을 다루는 과정이다. 진단 당시에 병이 진행된 정도, 건강보험 여부와 재정적 여유, 의학 정보를 이해하고 받아들일 수 있는 능력, 강한 정신력, 그리고 무엇보다 암이 치료에 반응하는지 여부가 중요하다.

이제부터는 도미노가 좋은 방향으로 더 많이 쓰러지게 만드는 방법을 찾는 것이 관건이다. 하지만 내가 통제할 수 있는 요소가 이렇게 적은데 뭘 어떻게 할 수 있을까? 나는 지금도 이 문제를 깊이 고민하고 있고, 그 때문에 수술이 잘됐다는 기쁨조차 제대로 누리지 못했다. 앞으로 어떻게 해야 할지, 암의 진행을 늦추기 위해 내가 할 수 있는 일은 무엇인지 지금도 생각하고 있다. 내가 처한 상황을 명확히 확인하고자 자꾸만 달라지는 수치를 가만히 보고 있으면 내 몸에 전이된 암이 교묘하게 남아 있음을 알 수 있다. 나는 암이 재발할 가능성은 따로 찾아보지 않았지만 결장암 4기 환자들이 으레 그렇듯 재발 가능성은 상당히 높은 편이다. D.L.박사에 따르면 앞으로 3년이 중요하다고, 내가 그동안 이 병증을 잘 억제한다면, 그 후 어느 시점에서 재발할 가능성이 있긴 하지만 오래 살 가능성이 현저히 높아진다.

처음 암 진단을 받았을 때 나는 전문의에게 이 병을 이기기 위해 내가 할 수 있는 일이 뭔지 다급히 물었다. 운동을 더 많이 한다든가, 식단을 바꾼다든가, 보충제를 먹는다든가 하는 방법이 있는지 물어보았다. 의사는 사람들이 암 진단을 받으면 어떻게든 진행을 늦추려고 애를 쓰는데 사실 뭘 어떻게 하든 별 차이는 없다고 말했다.

그래도 나는 더 많은 도미노를 쓰러뜨려야 한다. 그러려면 미약하더라도 변화를 일으킬 수 있는 요소를 다시 평가해야 한다. 내 생존 가능성에 극적인 영향을 미치는 요소들은 전부 내가 통제할 수 없는 것들이니, 개인적인 선택이 모여 중요한 티핑포인트를 가져온다는 이론에 집중해보기로 한다. 의학적 근거가 충분하지 않은 해결책을 따르기 위해 선뜻 생활을 변화시킨다든지 돈을 쓸

의향은 없다.

일단 학교에서 공부를 하던 때처럼, 회사에서 일을 하던 때처럼 열심히 자료를 조사하고 논문을 살펴보기로 한다. 저탄수화물 식단, 대마초 오일, 완전 채식, 보충제, 약초, FDA가 승인하지 않은 약품, 유지 항암 화학 요법, 실험 약물, 비통상적 치료제 등 의학적 근거가 확실하지 않은 방법이 눈에 띈다. 이런 방법이 약간이라도 내 몸에 긍정적으로 작용한다면 내가 암과의 전쟁에서 이길 가능성이 조금은 높아지지 않을까.

아무리 많은 도미노를 쓰러뜨리고 싶어도 더는 내가 할 수 있는 게 없다. 암으로 죽을지 살지를 결정짓는 중대한 요소들은 내가 통제할 수 없고, 더 많은 도미노가 쓰러질지 여부는 하느님과 믿음, 행운, 기도, 희망, 순전한 임의, 혹은 이런 것들이 어떻게 조합되는지 여부에 달려 있다. 과학과 논문, 통계를 믿는 조시와 예상할 수 없는 힘들을 믿는 내가 바로 여기서 엇갈린다. 우리가 효율적인 해결책을 찾아낸다면, 암을 극복할 수 있을지도 모른다.

결혼기념일 축하해, 여보.

20.

내가 숫자, 통계, 확률을
믿지 않는 이유

10월 초 MRI 스캔 결과가 깨끗하게 나오자 A.C. 박사가 내게 네 가지 선택지를 주었다. 첫째, 완전한 화학요법을 계속 진행한다. 둘째, 5-FU 유지 항암 화학요법과 아바스틴을 처방한다. 셋째, 화학요법을 중단하고 매월 CEA 검사와 분기별 스캔만 진행한다. 넷째, '다시 한 번' 예비 수술을 해서 스캔보다 더 정확하게 몸속을 확인한다. 나는 가장 덜 위험하고 정보도 많이 얻을 수 있는 네 번째를 선택했고, 재관찰 복강경술을 받기로 했다.

이 수술을 받은 날은 2014년 10월 할로윈 데이였다. 수술 결과, 복강 내에 눈에 띄는 암종은 없었다. 미세 전이도 없었다. 적어도 결과는 그렇게 나왔다.

나도 A.C.박사도 D.L.박사도 예상 못한 결과였다. 신뢰도는 50 대 50이지만 우리는 모두 감격했다. 두 박사는 나를 얼싸안고 환하게 웃었다. A.C. 박사는 마치 아버지가 딸을 자랑스러워하듯 "잘했어요"라고 칭찬해주었다. 두 사람의 기쁨은 자신들의 의술에 대한 만족감, 환자를 생각하는 인도적 차원에서 우러나는 기

뻠일 테지만 나의 기쁨은 경이로운 행복감 그리고 겸손과 감사함에서 우러나는 것이었다.

무엇보다 내 몸이 무려 스물다섯 번에 걸친 화학요법과 두 번의 수술에 따른 부작용을 견뎌내고 회복했다는 것이 자랑스러웠다. 종양학 전문의로 산다는 것은 참 무섭고 우울한 일일 텐데, 이렇게 환자가 차도를 보이면 전쟁에서 이긴 것처럼 기쁘겠구나 싶었다. 4기 암에 걸린 환자에게는 이러한 작은 승리도 소중했다.

D.L.박사는 나를 수술하면서 세포 검사 결과가 음성으로 나와서가 아니라 복강 내에 흉터 조직이 없어서 복강을 확실하게 볼 수 있었다며 그 점이 가장 놀라웠다고 했다. 예전에 나와 똑같은 HIPEC 수술을 받은 환자는 첫 결장 절제 때 천공에 상처가 나면서 흉터 조직이 잔뜩 생기는 바람에 복강경을 이리저리 돌려야 했다는 것이다.

흡착이라고도 불리는 흉터 조직은 장폐색의 주된 원인이다. 흉터 조직이 시멘트처럼 단단해지므로 향후 복강경 수술이 상당히 어려워진다. 나는 몸 내부가 공기에 노출되는 순간 흉터 조직이 생기는 것으로 알고 있었다. 왜 내 몸에는 흉터 조직이 안 생겼냐고 묻자 그는 HIPEC 수술 후 화학요법을 실시한 덕분일 수 있지만, 솔직히 말하면 자신도 원인을 모르겠다고 했다. 혹시 D.L.박사와 함께 내 몸에 흉터 조직이 생기지 않은 이유를 밝혀낸다면 제법 유명해지고 돈도 많이 벌 수 있지 않을까.

나는 여러 수술 자국으로 흉해져버린 불룩한 배를 내려다보았다. 배가 이렇게 되어버려 예전에 입던 옷을 못 입게 된 건 짜증나지만 그래도 내 배를 다정하게 쓰다듬어준다. 원인이 무엇인지 정확히는 알 수 없지만 흉터 조직이 생기지 않도록 막아준 몸이 자랑스럽다. 비록 이런저런 고생을 했어도 아직까지 몸매 유지를 잘한 편이라, 체육관에서 흔히 볼 수 있는 민소매 티셔츠에 엉덩이가 딱 붙는 요가 바지를 입은 이십대 여자들이 부럽지 않다. 내 정신과 영혼이 자랑스럽다. 내가 성취한 것들이 자랑스럽다. 훌륭한 의사들의 보살핌을 받을 수 있어 감사하다. 조시와 두 딸, 그리고 나를 도와주는 주변 사람들에게 너무 감사하다.

하지만 잠시 한숨을 돌린 것뿐임을 잘 안다. 이 기회에 마음을 가다듬고 다시 전략을 짜야 한다. 검사 결과가 좋게 나오긴 했지만 완치됐다고 생각하진 않는다. 전이성 암은 그렇게 쉽게 물러가지 않는다. 지금도 몸속에는 활성화되지 않은 미세한 암세포들이 있을 것이다.

아이러니하게도, 의학의 힘으로 몸이 깨끗한 상태임을 확인하니 굳이 화학요법을 또 받을 필요가 있을까 싶다. 기존의 화학요법은 증식 중인 암세포만 공격하기 때문이다. 내가 우려한 것은 비활성 암세포나 아직 초기 단계인 암세포였다.

나는 새로운 방법을 찾기로 했다. 우선 통상적이지 않은 치료법으로 유명한 내과 전문의인 데이비드 창 박사를 만났다. 창 박사는 의학박사이자 자연요법의醫인데, 그를 잘 모르는 사람들 중에는 정식으로 학위를 받은 박사가 아닐 수도 있다고 의심하는 경우가 있었다. 나는 창 박사를 극찬하는 암 환자 두 명을 이미 만나본데다, 내 담당의가 통합치료나 대체요법에 관심 있는 환자들에게 창 박사를 추천할 정도였기에 의심하진 않았다. 창 박사의 책을 읽어보니 정식 의사가 맞다는 확신도 들었다.

특히 창 박사가 인비트로in vitro나 동물실험에 반대하고 인체 연구에 중점을 두는 점이 마음에 들었다. 여러 가지를 고려해 그에게 시간당 875달러를 지불하기로 했다. 보험이 안 되는 항목이지만 돈 생각은 하지 않으려고 했다. 문득 내가 제대로 알아보지도 않고 다급하게 매달리는 부류가 됐구나 싶었다.

창 박사는 비타민과 보충제 외에도 메트로놈 화학요법 같은 대체요법(기존 약의 투약량을 줄이고 투약 빈도를 높이는 방법), 발열요법(마이크로파를 몸에 쏘아 열로 종양을 없애는 방법), FDA의 승인을 받지 않은 약물을 임상용으로 미리 수입해서 써보는 방법 등을 시도하면 어떻겠냐고 제안했다.

나는 약간의 조사와 한참의 숙고 끝에 내가 마음 편하게 먹을 수 있는 것은 제한된 비타민과 보충제뿐이라는 결론을 내렸다. 먹어봤자 몸에 큰 변화를 일으키지 못하겠지만 다른 건 자칫 몸에 해가 될 것 같았다. 그 이상은 무리였다. A.C.박사와 D.L.박사도 내 생각에 동의했다. A.C. 박사는 비타민과 보충제는 엉터리 만병통치약이나 다름없으니 먹으나 마나라고 했다.

본인이 엄격한 채식주의자든 알칼리 식이요법을 하든 저탄수화물 식이요법을 하든, 암에 걸리면 식단에 대해 얘기하지 않을

185

수 없다. 분명 어떤 분들은 내게 어떤 즙을 마셔라, 채식 위주로 먹어라, 설탕을 완전히 끊어라 등등의 충고를 할 것이다.

나는 처음 암 진단을 받고 채식 위주의 식단을 시도했었다. 지푸라기라도 잡고 싶은 심정으로 매달린 결과이지만, 채식은 정말이지 입에 맞지 않았다. 고기를 좋아해서가 아니라 계란과 우유, 버터, 치즈를 포기할 수 없어서였다. 나는 고기를 그다지 즐기지 않고 생선과 가금류, 유기농 육류를 약간 먹는 정도다. 동물성 식품이 암을 유발한다는 확실한 증거가 없으니 나는 계란, 우유, 버터, 치즈를 절대 포기하지 않을 것이다.

설탕과 탄수화물도 마찬가지다. 인간으로 살아가는 데 있어서 음식은 매우 중요한 부분을 차지한다. 음식을 즐기는 것은 삶에서 너무나 큰 부분이라, 합당한 이유와 근거 없이 좋아하는 음식을 포기하는 것은 내 삶의 질을 너무나 떨어뜨린다. 과일과 채소, 통밀을 많이 먹고 육류와 생선류 약간에 가끔 디저트도 즐기면서 최대한 가공하지 않은 음식을 먹으면 된다고 생각한다. 붉은 고기와 훈제 고기는 대체로 피하지만 돼지고기는 종종 먹는다. 중국인에게 돼지고기는 사랑이니까. 뭐든 적당한 게 좋다.

수술을 받기 전 나는 활성 암세포가 보이지 않아도 화학요법을 지속적으로 받은 환자가 있는지 인터넷에서 찾아본 적이 있다. 마침 암 환자 모임의 일원이라는 M이라는 여성이 내게 어댑트 프로토콜ADAPT protocol을 고려해보는 게 어떠냐고 연락해주었다. 워싱턴대학교의 에드워드 린 박사가 개발한 치료법으로, 현재 2상의 임상 실험이 진행 중이라고 했다. 앞으로 3단계 테스트만 거치면 FDA 승인을 받을 것이고, 1상과 2상에서 이 약물이 효과가 있다는 증거가 확실히 나온 만큼 3상은 자동으로 승인이 날 거라고 했다.

M은 임상 실험 모집 안내 사이트의 링크와 2007년부터 2012년에 걸친 실험 결과들을 소개한 학술지 링크를 보내주었다. 2상의 결과는 놀라웠다. 실험 집단 40퍼센트에서 전이성 결장암 생존 기간이 92개월로 나온 것이다. 참고로 전이성 결장암의 평균 생존 기간은 24개월이다. 이 프로토콜은 내가 줄곧 복용해온 5-FU의 경구약인 젤로다 정과 소염진통제인 세레브렉스를 투약한다. 린 박사는 암 줄기세포를 죽이기 위해 이 두 약제를 함께 사용하는데, 벌집을 쑤셔 벌들을 꺼낸 뒤 살충제를 뿌리는 것과 같은 원리다. 린 박사는 눈에 보이는 종양이 없거나 약간만 있는 환자들을 대상으로 이 프로토콜을 하고 싶어 했으므로 내가 적합한 듯했다. 한번 해볼까 하는 마음이 들었다.

A.C. 박사와 D.L. 박사에게 의견을 구했다. 두 사람은 내가 아무것도 안 하고 가만히 있는 사람이 아니라는 것을 알기에, 내가 택할 치료법으로 괜찮은 것 같다고 답변해주었다. 이 프로토콜을 받지 않았다가 암이 재발하면 나 자신을 백만 번도 더 원망할 것 같았다.

암 투병을 하는 동안 나는 여러 선택지 중 마음에 드는 게 없으면 굳이 억지로 고르지 말고 새로운 선택을 하는 게 낫다는 점을 깨달았다. 내가 인생에서 통제할 수 있는 부분이 그리 많지 않다는 걸 깨달은 후에는 제어할 수 있는 부분이라도 제어해보기로, 그런 다음에는 차분히 지켜보면서 우주가 알아서 하도록 내버려 두기로 했다.

21.

우리는 아무것도 제어하지 못한다

12월 말, 좋지 않은 소식을 들었다.

암도 살고 싶은가보다. CT 스캔 결과, 내 폐에 2~4밀리미터 크기의 결절 스무 개가 보였다. 우리는 이 결절이 암일 거라고 확신했다. 오른쪽 난소가 확장된 것도 암 전이를 의미했다. 정말 전이된 거라면 치료는 불가능하다. 화학요법이 효과가 있다 해도 남은 시간은 겨우 '몇 년'일 터였다.

나는 혼자 A.C.박사를 만나서 그 소식을 들었다. 그렇게 하길 잘했구나 싶었다. 아득한 상태로 병원을 나서, 크리스마스를 앞두고 한껏 단장한 도시를 걸으며 혼자 울 수 있었으니까. 아이들과 남편을 두고 떠날 것을 생각하니 마음이 아파 견딜 수가 없었다. 나 없이 가족들이 어떻게 살아갈까? 내가 없으면 누가 공과금을 낼까? 누가 코스트코에 가서 생필품을 살까? 누가 가족들을 위해 요리를 할까? 누가 아이들을 학교에 데려다줄까? 누가 아이들의 도시락을 챙겨줄까?

다시 폴폭스FOLFOX 요법을 받으며 끔찍한 신경장애를 견뎌야 하는 것도 걱정이지만, 나와 내 가족들이 앞으로 며칠, 몇 주, 몇 달, 몇 년을 어떻게 헤쳐 나갈지도 문제다. 그리고 부모님…… 내가 죽어가는 모습을 지켜볼 부모님을 생각하면 가슴이 찢어질 듯 아프다. 언니는 다시 원점으로 돌아간 것 같다고 했지만 나는 아니라고, 상황이 더 나빠진 거라고 대답했다. 폐로 전이된 것만 봐도 지금까지 해온 화학요법이 효과가 없었음이 증명됐다. 결장암 치료로 이미 두 가지 화학요법을 진행했던 후여서 많이 지쳐 있었다. 암과 싸우는 것도 힘들고 또다시 희망을 품었다가 고통스러운 좌절을 경험하는 것도 신물이 난다. 지긋지긋하다.

본능적으로 계획을 세워야겠다는 생각이 들었다. 매월 청구서를 어떻게 납부할지 기록해둬야 조시가 챙길 수 있을 것이다. 누가 내 아이들을 키우는 데 도움을 줄지, 누가 아이들의 피아노와 수영 레슨을 지도할지, 누가 아이들에게 세계 각국의 음식을 맛보게 하고 남편과 아이들이 좋아하는 먹거리를 구입할지 정해야 한다. 딸들을 위해 우리의 추억이 담긴 기념 책자도 만들어야 한다. 사람들에게 내가 그들을 얼마나 사랑하는지, 그들이 내 삶에 얼마나 큰 영향을 주었는지도 말해줘야 한다. 그리고 내가 떠난 후 두 딸을 잘 보살펴주겠다는 약속을 미리 받아둬야 한다.

나를 제일 잘 아는 사람들에게는 나에 대한 얘기를, 특히 내가 인생의 수많은 어려움을 어떻게 헤치고 살아왔는지를 딸들에게 꼭 해주겠다는 약속을 받아둬야 한다. 내가 인생에서 가장 소중하게 여겼던 중국의 전통 가치관을 두 딸이 배우기를 바랐다고,

미아와 이사벨에게 전해주길 바란다. 다같이 디즈니랜드도 가고 갈라파고스제도에 가서 300살 된 거북이와 함께 걸어봐야 한다. 작년 초에 조시와 파리에서 먹었던, 천국의 맛이었던 캐러멜 수플레도 만들어야 한다. 조시의 머리를 긁어주고 두 딸을 최대한 많이 안아줘야 한다. 할 일이 산더미다.

나는 곧 중심을 잡고 다시 일어나 싸울 것이다. 자료를 살펴보고 나 자신을 위해 힘을 낼 것이며 치료를 견딜 것이다. 하지만 남은 인생을 허비하지 않으려면, 피할 수 없는 죽음을 대비해 계획을 세워야 할 때가 됐음을 인정해야 한다. 그동안 막연하게 생각했던 것들을 하나씩 해두어야 한다. 조시는 나더러 포기하지 않고 싸우겠다고 약속하라 했고 여전히 희망을 놓지 않고 있다. 하지만 지금 내가 가장 바라는 것은 좀 더 많은 시간이다.

우리가 삶을 통제한다는 생각은 엉터리 같은 착각이자 잔인한 환상이다. 우리는 아무것도 제어하지 못한다.

아니, 꼭 그렇지만은 않다. 사람들에게 얼마나 상냥하게 대할지 정도는 스스로 정할 수 있다. 자신과 타인에게 얼마나 정직하게 대할지, 삶에 어느 정도의 노력을 쏟아 부을지, 불가능한 소식을 접했을 때 어떻게 반응할지, 마침내 때가 되었을 때 어떻게 죽음을 받아들일지도.

22.

기쁘게 이 삶을 살아내기

2015년

폐에 암이 전이됐다는 끔찍한 소식을 들은 날, 나는 독일과 런던에서 레이저 수술로 100퍼센트까지 진행됐던 폐 전이암을 제거했다는 소식을 들었다. 해외에서는 이미 10년째 진행되는 수술이지만 미국에서는 FDA가 기기를 승인하지 않아 불가능한 수술이었다.

나는 담당 전문의에게 그 수술에 대해 어떻게 생각하는지 물었다. 그는 내 폐의 결절들은 너무 작아서 의사가 제대로 볼 수 없으니 레이저 수술을 하기 어려울 거라 했다. 정체를 드러내지도 않고 목숨을 위협하는 적과의 싸움이라니, 뭐 이런 경우가 다 있담? 암은 정말이지 비열한 적이다.

A.C. 박사는 예전에 자신의 환자 한 명이 이 수술을 받았다며 그의 종양은 의사가 손으로 만질 수 있을 정도로 컸다고 했다. 그 수술은 폐 한쪽당 1만 1,000유로라고도 했다. 헉!

나는 재난과 다름없는 암 투병 과정을 글로 쓰면서 내가 어떤 사람이고 이 싸움을 어떤 식으로 해나가는지 가감 없이 적겠다고, 나를 타인에게 영감을 주는 강하고 현명한 사람으로 포장하는 이기적인 짓을 하지 않겠다고 맹세한 바 있다. 이 맹세가 중요한 이유는, 내가 죽고 나서 아이들이 내 글을 통해 엄마의 가장 내밀한 생각과 기분을 알게 될 것이기 때문이다.

나는 아이들에게 진정한 나를 보여주고 싶다. 삶에 기뻐하고 감사하며, 깨달음을 얻었을 뿐 아니라 종종 두려움과 분노, 상처와 절망과 어둠 앞에서 방황했던 나를 고스란히 보여주고 싶다. 목숨을 위협하는 병 앞에서 끝없는 확신과 결단력을 보여주려는 듯, 힘차게 주먹을 흔들어대며 밝게 웃는 블로거들이 너무 싫다. 그런 이미지 연출은 솔직하지 못한 태도이자 블로그 구독자들에 대한 모욕이며, 나처럼 암 진단을 받은 지 얼마 되지 않아 마음속에 빛보다는 어둠이 더 많은 사람들에게 혼란을 야기하고 피해를 주는 짓이다.

나는 내가 겪는 어둠을 상세히 분석해서 알려주고 싶다. 나처럼 황량하고 외로운 어둠 속에 있는 사람들에게 당신은 혼자가 아니라고 말해주고 싶다. 그러려면 내 안의 어둠을 솔직하게 드러내야 한다. 재미없고 비호감이라는 소리를 들을지도 모르지만 어쩔 수 없다.

암이 폐로 전이됐다는 소식을 듣고, 몇 주일 동안 나는 지금까지 겪어본 어둠과는 차원이 다른, 천배는 더 지독한 어둠 속에 떨어지고 말았다. 크리스마스 당일까지는 어찌어찌 버텨냈지만 다음날부터 어둠은 나를 완전히 뒤덮었다. 나는 비탄에 잠겨 바닥에 주저앉았다. 내가 분노에 차서 소리를 지르자, 남편과 아이들은 어떤 어려움도 꿋꿋하게 견뎌내던 아내이자 엄마가 처음으로 드러낸 광기에 심한 충격을 받았다.

조시는 이전에도 내가 화를 내고 절망하는 모습을 보긴 했지만, 내가 이 정도로 분노한 건 처음이어서 아마 기겁했을 것이다. 본인은 물론 아이들의 안전도 염려했던 것 같다. 내가 미친 짐승처럼 울부짖고 물건을 집어던졌으니까.

나는 조시와 아이들에게 악을 쓴 것이 아니라 나에게 이런 짓을 한 무정한 신들에게, 신이 존재하지 않는다면 불공평한 잔인함을 향해 악을 쓴 것이었다. 왜 하필 나입니까? 나는 이미 내 몫의 시련과 고난을 지고 태어나지 않았습니까? 지금까지 충분히 고생하지 않았습니까? 내가 나쁜 짓을 하기라도 했나요? 머릿속은 뒤죽박죽인데 신은 어떤 대답도 하지 않으니 더 미칠 지경이었다. 신들조차 나를 피하는 듯했다.

나는 흐느끼며 조시에게 나를 그만 놓아달라고, 가족을 떠나게 해달라고 애원했다. 진심으로 도망치고 싶었다. 낯선 곳으로 떠나 혼자 저무는 해를 바라보며 죽고 싶었다. 나는 좋은 엄마도 아내도 될 수 없었다. 한 인간으로서도 부족했다. 내가 이대로 떠나는 게 최선이라고, 당신은 아직 젊고 잘생겼으며 성공도 했으니 나를 대신할 여자를 쉽게 찾을 거라고, 어떤 여자가 오든 우리 딸들을 사랑해줄 거라고, 애들이 아직 어리니 쉽게 새엄마에게 정을 붙일 수 있을 거라고 그를 설득했다.

암과의 싸움이고 뭐고 죄다 때려치우고 죽을 곳을 찾아 도망치고 싶었다. 너무 많은 고통을 안겨주는 이런 병든 몸뚱이로 더는 살고 싶지 않다고, 이렇게 살기는 싫다고 말했다. 이런 삶을 더 살아서 뭐하냐고, 앞으로 좋은 일이나 웃을 일이 생겨도 곧 암이라는 독에 오염되고 말 텐데, 더는 암으로 오염된 삶을 살기를 원하지 않는다고 조시에게 말했다. 죽은 뒤에 다시 태어나고 싶었다. 다시 시작하고 싶었다.

그러다 문득 나 대신 조시와 두 딸과 함께 살게 될 정체 모를 여자에게 분노가 치밀었다. 알지도 못하는 그 여자가 지독하게 미웠다. 그 여자가 조시와 내 딸들에게 못되게 굴면 가만두지 않겠다고 다짐했다. 폴터가이스트(소란스러운 현상을 일으키는 정령 – 옮긴이)가 되어 그 여자의 머리에 책과 꽃병 같은 무거운 물건을 던져버리겠다고 마음먹었다.

그러면서도 그 여자가 내 가족의 삶으로 들어와 내 딸들을 보살펴주길 바랐다. 조시와 딸들만 괜찮다면 나도 괜찮을 테니까. 가족들이 한동안 내 죽음을 애도하고 나를 기억해주길 바라지만, 그 후에는 나를 잊고 행복하게 살아가길 바랐다. 내가 무엇보다 원하는 것이 바로 이것이었다.

잠을 자는 동안에는 깨어 있을 때의 악몽에서 잠시 벗어날 수 있었다. 꿈에서는 암에 걸리지 않았으니까. 꿈에서 나는 원하는 삶을 살았다. 어쩌면 죽음은 꿈 같은 것인지도 모른다고 나 자신을 설득했다. 죽으면 내 영혼이 다른 차원으로 이동해, 이상적인 삶을 살게 될지도 모른다고. 육신의 한계와 고통에 시달리지 않고, 연민과 지혜가 충만한 존재가 될 수도 있다고. 완전한 시력으로 세상을 보고 운전을 하고 비행기를 조종하고 테니스도 칠 수 있다고.

나는 수많은 생을 거듭하면서 만난 사람들 중 가장 사랑하는 조시와 온전하고 완전한 삶을 살 것이다. 그와 함께 더 많은 세상을 여행하면서 우리 두 딸을 낳고 더 많은 아이들을 낳을 것이다. 가족을 위해 온갖 맛있는 요리를 하고 막 구운 빵 냄새로 집 안을 가득 채울 것이다. 우리는 평범하지만 행복한 이야기꽃을 피우고 우리 집에는 따뜻한 웃음이 가득할 것이다. 언제나 사랑이 넘칠 것이다.

하지만 잠에서 깨면 내가 앞으로 겨우 몇 년밖에 살지 못하는 암 환자라는 사실을 직시한다. 암이 빠른 속도로 전이되고 있으니 어쩌면 남은 수명이 생각보다 더 짧을 수도 있다. 나는 깨어 있는 동안에는 상상할 수 없는 꿈을 향해 악을 썼다. 매번 잠에서 깰 때마다 애달파서 울고 또 울었다. 고문이었다. 지독한 고통이었다. 영혼이 바스러졌다. 차라리 얼른 죽어서 어느 정도 납득하게 된 저승의 삶으로 넘어가는 편이 낫겠다 싶을 만큼 괴로웠다.

조시는 내가 그렇게 망가진 채 널브러져 있게 두지 않았다. 그는 나를 일으켜 세우고 내게 소리를 질렀다.

"난 당신이 포기하게 둘 수 없어. 내 말 듣고 있지? 절대 포기는 없어!"

그는 내가 아니라 자신을 위해, 아이들을 위해 싸워달라고 애원했다.

하지만 조시와 딸들이 하루빨리 나 없이 새 출발을 하는 게 낫다는 것이 내 솔직한 생각이다. 누가 어떤 말을 해도 이 생각은 바뀌지 않을 것이다. 가족에게 짐이 되고 싶지 않다. 천천히 고통스럽게 죽어가는 모습을 가족들이 보게 하고 싶지 않다. 감정의 롤러코스터를 타는 꼴을 보게 하고 싶지도 않다. 물론 내가 어떻게 해도 조시의 사랑은 식지 않을 것이다. 진실되고 깊은 사랑이니까.

하지만 내가 떠난 후 그가 다른 누군가를 사랑할 수도 있다. 그래야 하고 그래야 할 필요도 있다. 그 사랑은 나와의 사랑보다 깊지는 않겠지만, 비슷하게 깊을 수도 있다. 그는 선하고 멋진 남자다. 나는 지나치게 운이 좋아서 그를 차지할 수 있었다. 딸들은 시간이 지나면 충격에서 회복될 것이고 엄마 없는 현실을 잘 견디며 살아갈 것이다. 내 아이들이고, 나의 최고의 장점이 아이들의 핏속에 흐르고 있으니까.

내가 떠난 후 많은 사람들이 조시의 양육을 도와줄 것이고, 딸들에게는 내 얘기를 들려줄 것이다. 우리 가족은 많은 사람들의 사랑을 받으며 살아갈 것이다.

그러니 내가 계속해서 암과 싸우기로 결정한다면, 그것은 조시와 두 딸이 나를 정말 필요로 한다거나 내가 조금이라도 더 살아서 가족의 삶을 긍정적인 쪽으로 바꾸고 싶어서가 아니다. 내가 기적적으로 암을 극복할 수 있다는, 예상 수명보다 더 살 수도 있다는 망상에 가까운 희망 때문도 아니다. 나는 희망이라는 것과 늘 격정적인 관계를 이어왔고 지금도 그렇다. 나는 희망을 믿지 않는다.

물론 나는 암과 싸울 것이다. 크리스마스 다음날 바닥을 친 감정에서 벗어나, 이런 선택을 하기까지 2주일이 걸렸다. 조시와 딸들, 나를 오랫동안 상담해준 고마운 심리치료사, 그리고 사랑하는 라이나 언니와 절친한 수의 도움이 있어 가능했다. 이들은 내가 나의 진실된 내면을 볼 수 있도록 도와주었다. 내가 세상을 떠난 후, 사람들의 기억 속에 내가 어떤 모습으로 남기를 원하는지 깨닫게 해주었다.

고등학교 시절 시험을 망치면, 그러니까 95점이 아니라 92점, 100점이 아니라 97점을 받으면 나는 도저히 받아들일 수 없는 그 점수를 내 인생 최대의 비극으로 여기고 울면서 집에 오곤 했다. 부모님은 우리 남매에게 좋은 성적을 받으라고 닦달하는 극성맞은 학부모는 아니었다. 아버지는 우리 성적표에 찍힌 A 개수만큼 용돈을 주셨지만, 그건 성적을 잘 받으라는 요구는 아니었다. 내가 울면 어머니는 서툰 영어로 물었다.

"할 수 있는 한 최선을 다했니?" 물론 나는 최선을 다했다.

"그럼 된 거야."

간단한 조언이지만 사실이었다. 최선의 노력이야말로 내가 나 자신에게 요구할 수 있는 전부였다. 그 이상도 그 이하도 아니다. 최선을 다했으면 후회도 없어야 한다. 나는 암과 계속 싸울 것이다. 암과 싸우던 초기처럼 죽을힘을 다해 이기자는 식은 아니지만 이 불치병을 보다 잘, 깊이, 현실적으로 이해하면서 계속 싸우려 한다. 나는 성취욕이 강하고 매사에 최선을 다하는 편이다. 물론 최선을 다해도 최고 성적을 받지 못할 때가 많았다.

암과의 싸움에서도 최선만으로는 부족할 수 있다. 그리 멀지 않은 미래에 죽게 되어도, 이 삶에서 조금이나마 더 시간을 벌고 최대한 잘 살아본다면, 그래서 어떤 후회도 남기지 않는다면 그것으로 충분하다. 포기하지 않고 싸우기로 선택한 것만으로도 딸들에게 인생에서 제일 중요한 교훈을 일깨울 수 있으니 마음이 평안할 것이다. 언제나 최선을 다하는 태도가 얼마나 중요한지 딸들이 깨닫길 바란다. 나는 두 딸의 외할머니이자 내 어머니가 가르쳐준 교훈을 내 딸들에게도 전해주고 싶다.

더 이상 육체적, 감정적 고통을 겪고 싶지 않다는 이기적인 이유로 삶을 끝내고 싶은 마음이 간절하지만, 나는 엄마이기에 아이들을 두고 스스로 떠나지는 않을 것이다. 나는 엄마가 되기로 선택한 순간부터 자녀에게 헌신하기로 마음먹었다. 엄마로서 제일 중요한 헌신은 자녀에게 인생에 꼭 필요한 도구를 주는 것이다. 먹이고 씻기고 입히는 것 이상으로 중요한 도구 말이다. 뻔히 보이는 결과를 앞에 두고도 이 병과 싸우면서 끝까지 살아내는 것, 이것이 내가 작고 연약한 딸을 처음 품에 안던 날, 나 자신에게 했던 가장 신성한 약속이었다.

그러니 신이시여, 나는 기쁘게 이 삶을 살아낼 것입니다.

존 던은 그의 시 〈혼자인 사람은 아무도 없다No man is an island〉에서 "나는 인류의 한 부분이므로 사람들의 죽음은 나를 힘들게 한다"라고 썼다. 그렇다. 내 죽음이 여러분을 힘들게 하겠지만, 내 삶은 여러분을 더욱 위대하게 만들어줄 것이다. 우리는 회복력이 좋은 존재이니까. 누군가 역경 속에서도 끝까지 싸우며 버텨낸다면, 그래서 인간의 위대함을 본보기로 보여준다면, 삶의 잔혹함에 굴복하지 않고 끈기 있게 버티는 결의를 보여준다면, 우리는 어마어마한 내면의 잠재력과 불굴의 용기를 다지며 강해질 것이다. 이러한 잠재력은 진정한 고난을 겪어야만 깨달을 수 있는 것이다.

그러므로 나는 나 자신과 가족을 위해, 놀라운 힘의 메시지를 여러분과 모든 인류에게 전하기 위해 끝까지 암과 싸울 것이다. 그리고 힘겨운 도전에 괴로워하며 어둠 속으로 스스로 뛰어내리고 싶은 유혹을 받는 모든 이에게 멈추지 말라고 격려하고 싶다. 여러분도 인류의 한 부분인 만큼 여러분의 싸움에는 중요한 의미가 있을 것이다. 나를 비롯한 많은 이들이 흔들릴 때마다 여러분을 보면서 힘을 낼 것이다.

새해가 시작되고 쇄도하는 메시지를 읽으면서 나는 내가 얼마나 용감하고 강한 사람인지를 다시금 떠올렸다. 몇 주일 동안 정말로 용감하고 강한 사람이 된 기분이었다. 용감하고 강한 사람이 겁에 질린 자녀들 앞에서 바닥에 쓰러져 마냥 울고 있을 수 있을까? 아니, 그건 용감하고 강한 사람에게 어울리는 이미지가 아니다. 지금부터라도 용기를 내고 강하게 나아가야 한다. 용감하고 강한 사람은 딸들을 껴안고 어린 시절 이야기를 들려준다. 딸들이 너무 어려 아직 이해하지 못해도, 결혼을 한다는 게 어떤 의미인지, 다른 사람을 사랑하는 것보다 자신을 우선 사랑하는 것이 얼마나 중요한지를 찬찬히 들려주어야 한다.

용감하고 강한 사람은 자신보다 더 큰 힘과 희망과 믿음을 가진 이들의 도움으로 심연에서 빠져나와야 한다. 굳이 살고 싶지 않은 삶이라도 열심히 살아야 한다. 앞으로 또 다른 심연과 암흑의 순간이 닥쳐올 것을 알면서도, 결국 죽을 거라는 점을 알면서도 이 모든 일을 꿋꿋이 해나가야 한다.

23.

할 말은 뱃속에 넣어두고

침울과 우울은 이만하면 충분하다. 그런 감정에 낭비할 시간이 어디 있을까?

나는 문제를 해결해야 한다. 이번에는 사랑에 대해, 내 어머니와 할머니에 대해 지금껏 입 밖으로 낸 말과 내지 않았던 말에 대해 쓰고 싶다. 어린 시절 나를 죽이려고 했던 할머니는 정말 대단한 여자였다. 나는 할머니의 지성과 불굴의 정신을 사랑했고 존경했다. 할머니가 일흔셋에 결장암으로 갑자기 돌아가셨을 때 나는 지독한 슬픔에 짓눌려 질식할 것만 같았다. 내가 사랑했던 분이, 그리고 그만큼 나를 사랑해주었다고 믿었던 분이 나를 두고 저세상으로 떠난 것이 이십 평생 처음 있는 일이었기 때문이었다.

그 후 어머니는 할머니가 나를 얼마나 싫어했는지 진실을 말해주었다. 할머니가 낯설게 느껴졌고, 할머니가 나를 미워했던 만큼 할머니를 미워하고 싶어서 증오심을 키워나갔다. 할머니를 좋게 여겼던 모든 기억을 지워버렸다. 할머니를 저승에서 끌어내 갓난아기였던 내게 저지르려 했던 범죄를 해명하라고 요구하고 싶었다.

끓어올랐던 분노가 어느 정도 가라앉자 이번에는 치유할 수 없는 깊은 상처가 남았다. 할머니와 가족들이 나를 진심으로 사랑했는지, 그들이 작당했던 짓에 대해 미안한 마음을 갖고는 있는지, 딸과 손녀에게 살아볼 기회조차 주지 않고 죽이려 했던 기억을 떠올리며 몸서리친 적은 있는지 묻고 싶었다.

대학 졸업 전날, 검은색 학사모와 졸업 가운을 입은 나를 보면서 아버지가 별안간 눈물을 흘린 이유가 혹시 그 때문이었을까? 아무리 대학을 졸업하는 딸이 자랑스럽다 해도 이건 좀 지나치다고 생각했었다. 나한테 미안해서 말 대신 눈물로 사과하셨던 걸까? 할머니는 땋은 머리에 두꺼운 안경을 낀 일곱 살 손녀의 손을 잡고 헌팅턴 도서관의 완벽하게 손질된 정원에서 함께 사진을 찍으며 무슨 생각을 했을까? 내가 처음 생리를 시작했을 때 내 옆에 앉아 다정하게 등을 토닥여주던 할머니는 무슨 생각을 했을까? 그때 분명 할머니는 자랑스럽다는 표정을 짓고 있었다. 10년 전만 해도 내가 나중에 생리를 시작하면 짐승처럼 아무데나 피를 흘리고 다닐 텐데 어쩔 거냐고 어머니에게 난리를 치던 분이.

그때 저를 광견병에 걸린 미친개처럼 처리할 생각이었나요?

불로 지진 듯한 상처에 연기와 재가 앉았다. 연기와 재를 치워야 앞으로 나아갈 수 있었다. 나는 혼란스러운 머릿속을 정리하면서, 지금껏 가족이라 불러온 이들의 입장을 이성적으로 판단하려고 노력했다. 생각할수록 안타까웠다. 그들은 낙후되고 절망적인 나라에 갇혀 미신에 사로잡힌 채 어려운 시기를 살아남으려 발버둥을 쳤다. 당시 베트남에서 여아 살해는 드문 일이 아니었다. 나도 그런 문화권에서 살았다면 장애인으로 태어난 여아는 죽여도 된다고…… 생각했을 수도 있다.

아니, 자신을 우롱하지 말자. 난 그런 짓을 하지 않았을 거야. 다낭의 약초 전문가도 그런 살인이 잘못이라고 했잖아.

나는 누구보다도 어머니가 안타까웠다. 알고 보면 어머니가 제일 큰 희생자였다. 어머니는 아름다운 여성이지만 겁이 많았다. 집안의 어른으로 군림하는 할머니에게 맞서기에는 적극적으로 자기주장을 하는 성격도 아니었다. 어머니는 어른들을 공경하고 순종해야 한다고, 가족 모두에게 도움이 되는 방향으로 살아야 하고 이기적인 목소리를 내서는 안 된다고 교육받으며 자랐다. 내 기억 속 어머니는 늘 할머니의 뜻에 휘둘리며 움츠러 있었다.

어린 시절 내내 어머니는 집이나 일터에서 남들과 부딪히지 않으려고 먼저 고개를 숙였다. 성질 사나운 아버지는 어머니가 잡다한 일 하나 제대로 못한다며 욕을 하고 고함을 지르곤 했다. 어머니가 접시에 남았을 세제가 걱정되어 두 번 행군다든가, 수프를 만들려고 물을 끓이는 동안 미리 채소를 다듬을 생각은 하지 않고 넋을 놓고 있다든가 하면 아버지는 버럭 소리를 질렀다. 아버지의 칼날처럼 날카로운 말로부터 어머니를 지키기 위해 내 작고 통통한 몸으로 어머니의 여윈 몸을 가로막고 싶을 정도였다.

나는 화가 나서 왜 함부로 말하는 사람들에게 반박하지 않고 속으로 구시렁대기만 하느냐고 어머니에게 따졌다. 어머니는 '할 말을 뱃속에 넣어두는 것'이 낫기 때문이라고 했다. 평화를 위해 '입 다물고 잠자코 있는 게 낫다'는 뜻의 베트남식 표현이었다.

어머니는 나를 죽이려고 했던 일이 있은 지 30년이 지나서야, 할머니가 돌아가시고 거의 10년이 지나서야 내게 비밀을 털어놓으면서도 오랜 세월 지켜온 비밀을 깨는 것이 두려운지 전전긍긍하셨다.

"네 할머니가 여태 살아 계셨으면 너한테 절대 이 얘기를 못했을 거야. 네 할아버지나 아버지가 알았다면 나나 자기네가 죽는 날까지 나한테 소리를 질러댔겠지."

비밀을 털어놓는 동안 어머니의 두 눈과 눈썹, 입술이 마치 공격에 대항하듯 단단한 가면처럼 굳어졌다. 어머니 입장에서는 위험을 무릅쓰고 내게 진실을 알려준 것이었다. 물론 나는 알 권리가 있었지만, 어머니가 단지 나의 알 권리 때문에 비밀을 털어놓은 건 아니었다.

어머니는 '할 말을 뱃속에 넣어두는' 행동의 가치를 믿는 만큼 부정적인 감정을 잘 억누르고 사는 분이다. 나는 어머니가 우는 모습을 딱 두 번 봤다. 한 번은 할머니의 장례식 때였고 한 번은 내가 대학에 입학해서 기숙사에 들어갔을 때다. 어머니는 나를 기숙사에 두고 떠날 때 눈물을 참으려고 눈썹이 떨어지겠다 싶을 만큼 심하게 눈을 깜박였다. 그러면서도 정작 감정을 표현할 때는 단어 선택에 몹시 인색했다.

어머니만 그런 것이 아니었다. 미국에서 성장한 우리 세대는 덜 하지만 우리 부모 세대는 '미안해', '사랑해', '고마워' 같은 말을 절대 하지 않았다. 그런 말을 하지 않는 대신 행동으로 보여주었으므로 우리는 비언어적 메시지를 해석하는 데 익숙해져야 했다.

부모님은 내가 집에 오면 내가 좋아하는 음식을 해주는 것으로 사랑을 표현했다. 단순히 사랑한다고 말해주는 것보다 훨씬 믿음이 가고 와닿기는 했다.

그래서 내게 비밀을 털어놓던 날, 어머니가 덤덤하게 얘기를 하고 있지만 속으로는 수많은 무언의 메시지를 보내고 있음을, 차마 말로 할 수 없지만 내가 알아주길 바라고 있음을 나는 느낄 수 있었다. 나중에 어머니의 목소리를 곰곰이 떠올리면서 어머니가 사용한 단어들의 미묘한 뉘앙스와 세세한 몸짓을 백만 번도 넘게 생각했다.

어머니의 다소 격앙된 목소리, 화난 것 같던 목소리는 어떤 잘못에 대해 자기 책임이 아니라고 부인하는 아이의 그것과 비슷했다. 어머니가 턱을 약간 내밀고 말한 것도 내 비난을 예상하고 미리 자신을 방어하는 자세인 듯했다. 어머니는 '내 생각이 아니었어. 난 정말 그러고 싶지 않았어'라고 말하려는 듯했는데 그런 모습에서 죄책감을 느낄 수 있었다. 죄책감이 없었으면 자기방어적인 태도도 취하지 않았을 테지.

어머니는 내가 선천성 백내장을 갖고 태어난 것이 본인 책임이라 여겨 "널 임신했을 때 내가 멍청하게 그 약을 먹는 게 아니었는데"라고 술하게 말했다. 어머니는 비난과 죄책감을 모두 받아들이는 부류였다. "네가 아기였을 때 소젖이라도 구해 먹이지 못한 게 한이야. 그랬다면 네 키가 훨씬 컸을 텐데"라는 말도 종종 했다. 내 피부가 까무잡잡한 것도 나에게 맞는 음식을 제대로 먹이지 못한 본인 탓이고, 내가 예일대학교에 가지 못한 것도 본인이 나를 더 강하게 밀어붙이지 못한 탓이라고 했다.

내 선천성 백내장과 작은 키, 짙은 피부색, 예일대에 입학하지 못한 것까지 전부 본인 탓이라고 생각하는 사람이니, 어린 나를 약초 전문가에게 데려간 일은 어머니에게 어마어마한 죄책감으로 남았을 것이다. 28년 동안 그 부담감을 꾹꾹 참고 살아온 어머니는 남편과 시아버지의 분노를 살 것을 무릅쓰고 내게 비밀을 털어놓은 것을 계기로 과거로부터 벗어났다. 내게 용서를 구하면서 용서할 권한을 내게 주었다.

용서는 쉽지 않다. 도저히 용서할 수 없는 경우도 있다. 동정할 수는 있지만 용서는 그것과 별개다.

그날 밤, 어머니는 "나를 용서해다오"라고 말하지는 않았다. 하지만 어머니가 비밀을 털어놓고 이 얘기를 아무한테도 하지 말라고 부탁했을 때, 어머니와 나 사이에는 '나를 용서해다오'라는 무언의 신호가 오갔다. 어머니는 내 용서를 기다렸다. 나는 어머니를 쳐다볼 수가 없었다. 어머니의 얘기를 듣는 동안 나도 모르게 울고 있었다.

나는 가족과 달랐다. 눈물을 감추거나 감정을 억누르는 데 익숙하지 않았다. 모든 진실을 알게 된 나는 분노와 상처, 혼란, 슬

품에 휩싸인 채 거의 박살이 난 심정으로 방을 나섰다. 앞으로 다시는 내 가족과 내 삶, 나 자신을 예전과 같은 시선으로 볼 수 없을 것 같았다.

어머니의 방을 나서기 전에 나는 사실대로 말해줘서 고맙다고 했다. 그 말은 진심이었다. 모르는 것보다는 아는 게 나으니까.

24.

뉴욕 한복판에서 만난 천사

나는 2002년 법학 대학원을 졸업하고 유명 로펌인 클리어리 가틀립에 입사했다. 이 로펌은 미국의 우량 기업과 투자사들을 대표해 적게는 수백만 달러에서 수십억 달러에 이르는 기업 간 거래와 소송을 주로 진행해, 월스트리트 전용 로펌이라고 불리곤 했다. 이 로펌에서 처리한 일은 〈월스트리트 저널〉 표제로도 자주 등장했다. 유수의 법학 대학원 졸업생 대부분은 학자금도 갚을 겸 다른 분야-자기 사업을 한다든지, 정부나 NGO에서 일한다든지, 사내 변호사로 일한다든지-로 진출하기 전에 경험도 쌓을 겸 이런 대형 로펌에서 몇 년 근무한다.

이런 유서 깊은 로펌에서 누구나 탐내는 파트너 자리까지 오르려면 치열한 경쟁에서 버틸 체력과 성공 욕구, 재능이 있어야 하는데 이걸 다 갖춘 사람은 많지가 않다.

나는 클리어리 가틀립에서 생각보다 오래 일을 했고 암 진단을 받을 당시에도 근무 중이었다. 파트너가 되기에는 체력과 재능이 부족해서 그 자리를 욕심내지는 않았다. 그저 클리어리 가틀립

소속 변호사로 계속 남기 위해 몇 년 동안 뼈 빠지게 일하고 툭하면 밤을 새고 심한 스트레스를 받으며 일하다가 어느 정도 편해졌다 싶을 때쯤 아이를 낳고 엄마가 됐다. 그리고 암이 찾아왔다.

암 진단을 받은 후로는 일을 하지 않았다. 회사에 다닐 때도 하루하루가 다사다난했지만 일을 안 하는 지금도 매일매일이 정신이 없어서 놀라울 정도다. 아침이면 두 딸을 깨워 등교 준비를 시킨 뒤 학교에 데려다주고 밤이 되면 시간 맞춰 재우는 것 외에는 정해진 일정이 없다. 두 일정 사이에 요리와 청소, 글쓰기, 자료 조사, 친구들과 연락하기, 텔레비전 보기, 사람들과 어울리기, 청구서 챙기기, 결장암 연구를 위한 모금 행사 등을 한 뒤 멍하니 천장을 올려다본다. 내 시간이 다 어디로 가버린 건지 알 수가 없다. 시간이 너무 제한적이라 겁이 더럭 났다.

4기 암을 앓으면서도 일을 하는 분들은 정말 대단하다. 어린 자녀를 키우는 분들은 더 대단하다. 일을 하고 안 하고를 선택할 형편이 안 되는 경우도 많지만 암에 걸려 감정적, 신체적으로 힘든 와중에도 일을 우선순위에 두고 효율적으로 해내는 분들은 존경받아 마땅하다.

2015년 1월 초의 어느 월요일, 그때도 예후가 좋지 않다는 충격적인 소식을 들은 지 얼마 되지 않아 마음이 착잡했다. 새벽이 밝아오기도 전에 잠에서 깼는데 기분이 좋지 않았다. 아직 답을 찾지 못한 질문들과 온갖 회의가 밀려들었다. 지금이라도 대마초 오일을 시도해야 할까? 보충제를 조절해야 하나? 다른 의사의 견해를 들어야 할까? 결장암을 잘 아는 다른 의사, 이왕이면 메모리얼 슬로언 케터링 암센터에서 일하는 의사를 찾아봐야 하나? 내 담당의의 의견을 따르기보다 지금이라도 독일에서 받을 수 있다는 레이저 수술을 적극적으로 알아볼까? 그날 아침엔 무슨 이유에서인지 온갖 걱정이 한꺼번에 밀려들었다.

세 살배기 딸 이사벨도 그날따라 일찍 깼다. 바깥의 어둠이 우리 마음속의 어둠을 알아봤던 걸까. 겨울은 유독 아침에 아이들을 데리고 나가기가 쉽지 않다. 어차피 늦겠지만 그래도 유치원 등원 시간 내에는 도착해야 하니 서둘러야 했다.

그런데 이날 아침은 유독 힘이 들었다. 이사벨은 좀처럼 말을 듣지 않았고 나한테서 떨어지려 하지 않았다. 아이가 유별나게 들러붙는 날이면 내가 모르는 뭔가를 아이가 알고 있는 것 같다는 생각도 든다. 내 안에서 자라는 암을 감지하기라도 한 걸까. 지난 12월에도 CEA 검사와 스캔 결과가 안 좋게 나오기 전 몇 주 동안 벨이 자꾸 보채곤 했다.

그때도 나는 조시에게 이사벨이 나의 상태를 감지하고 이렇게 보채는 것일 수도 있다고 했는데 그는 말도 안 되는 소리라고, 애가 보채는 이유는 무수히 많다고 했다. 그런데 검사 결과를 받아보니 정말 암이 전이돼 있었다.

큰딸 미아는 대단히 아름답고 똑똑한 아이다. 벌써부터 매력적인 얼굴과 우아한 태도로 사람들의 시선을 끈다. 미술관에 가서는 중세 시대 작품 속의 어떤 동물을 가리키며 "저건 일각 고래인데 바다의 유니콘이에요"라고 말해 사람들을 깜짝 놀라게 했다. 자라는 동안 타고난 불안감 때문에 자신의 내면과 싸워야 할 일이 많겠지만, 나를 닮아 새로운 요리를 즐기는 편이다. 아마 성인이 되면 나처럼 다양한 언어를 배우고 세계 곳곳으로 여행을 다닐 것 같다.

벨은 나이보다 조숙한 편이고 노새보다도 고집이 세다. 이 아이는 별로 좋아하지 않는 음식을 먹으니 차라리 굶다가 기절하는 쪽을 택할 것이다. 다른 사람들과 인생에 대한 직관력이 무서울 정도로 뛰어나 항상 나를 놀라게 한다. 벨이 30개월쯤 됐을 무렵, 어느 날 갑자기 "우리가 죽으면 어떻게 돼요, 엄마?"라고 묻기도 했다. 30개월 아기에게 이런 질문을 받을 줄은 전혀 예상을 못해서 어떻게 대답해야 할지 알 수 없었다.

그 무렵 미아가 말을 안 듣기 시작했다. 미아가 너무 심하게 엇나가서 마치 사춘기 딸을 둔 엄마처럼 격하게 말다툼을 하곤 했다. 나는 어머니와 그런 식으로 싸워본 적이 없었다.

미아에게 크게 화를 내고 소리를 질렀던 어느 일요일 저녁, 신경질적인 울음을 터뜨리면서 최악의 엄마가 되어버린 나 자신을 자책한 적이 있다. 조시는 내게 방으로 들어가자고, 벨에게 이렇게 화난 모습을 보이지 않는 게 좋겠다고 했다. 그때 벨이 아빠를 돌아보며 귀여운 목소리로 말했다. "엄마가 지금 많이 피곤해서 그래요. 좀 더 울고 나면 괜찮아질 거예요."

내가 암과 싸우는 동안 두 딸은 내가 울음과 고함, 분노로 감정을 표출하는 모습을 보곤 했다. 많은 아동심리학자들은 조시와 내가 아이들에게 감정과 진실을 감춰야 한다고, 아이들은 보호받아야 할 연약한 존재라고 말할지 모르겠다. 하지만 우리는 그런 생각에 동의하지 않는다. 숨기는 게 능사가 아니라고 생각한다. 내 딸들은 조금만 압박을 받아도 시들어버리고 마는 연약한 꽃이 아니다. 자신들 앞에 펼쳐질 냉엄한 현실을 이해하고 점점 강해질, 엄청난 잠재력을 가진 똑똑한 소녀들이다. 어려움에 직면하더라도 어릴 때부터 받아온 가족의 사랑을 바탕으로 더욱 강해질 것이다. 내가 그렇게 살아왔던 것처럼.

내가 방에서 울고 있으면 미아는 멀찍이 떨어지거나, 자기 동물 인형과 담요를 챙겨 들고 조용히 텔레비전을 본다. 미아는 두려움과 걱정, 슬픔을 잘 드러내지 않고 내면화하는 편이다. 반면에 벨은 몇 분에 한 번씩 내 방으로 들어와 내 상태를 확인한다. 소리 없이 문을 열고 머리를 빼꼼 들이밀며 걱정스런 눈으로 나를 바라본다. 때로는 침대로 올라와 나를 안고 뽀뽀를 해주며 다 안다는 듯이 "엄마, 괜찮아질 거예요"라며 나를 안심시킨다.

이날 월요일 아침에는 벨이 평소처럼 나를 안심시켜주지 않았다. 나는 벨의 교실 앞에서 아이를 무릎에 앉히고 껴안았다. 미아의 수업은 8시 30분에 시작되고 벨의 수업은 9시에 시작돼 남는 30분 동안 우리는 복도에서 시간을 보내곤 했다. 나는 복도에 앉아 다른 학부모들이 서로 반갑게 인사하면서 아무 근심 없이 휴가에 대해 얘기하는 걸 들었다. 우리 집 휴가는 나 때문에 엉망이 되어버렸는데. 평범한 일상을 보내는 사람들의 이야기가 정말 듣기 힘들었다.

나는 구석에 앉아 벨을 바짝 끌어안고 숨죽여 흐느꼈다. 벨은 "엄마, 왜 울어요?", "엄마, 괜찮을 거예요." 같은 말도 하지 않았다. 대신 내가 볼 수 없는 뭔가를 바라보듯 벽의 한 지점을 멍하니 바라보았다. 함께 갈 수 없는 어떤 곳을 응시하는 듯한 시선에 덜컥 겁이 났다. 내 상태가 악화되고 있음을 감지한 게 아닐까 싶었다.

앞으로 이렇게 유치원에 데려다줄 날이 얼마 남지 않았다는 생각에 벌써부터 아쉬워서 계속 눈물을 흘렸다. 모든 것이 공허했다. 아무리 발버둥을 쳐도 나는 결국 이 병 때문에 죽을 것이고, 남은 시간마저 예상보다 더 짧아질 수 있으며, 이 아이는 자신을 가장 사랑해주는 사람을 잃게 될 것이다. 벨은 이날도 나를 못 가게 했다. "가지 마요, 엄마! 가지 마요!" 나는 보조 교사의 도움을 받아 간신히 벨을 품에서 떼어놓았다. 벨이 우는 소리가 귓가에 맴돌아 도망치다시피 나와서는 뒤도 돌아보지 않았다.

유치원을 나서면서 나는 아무 신에게 빌었다. 이 병과 싸우는 노력과 내 남은 삶이 헛되지 않다는 표식, 이 비참한 기분 때문에 질식하지 않을 거란 표식, 이 삶에서 아직 오염되지 않은 행복을 느낄 수 있으리라는 표식, 내 마음 가득한 의심 속에서도 평안을 찾을 수 있으리라는 표식을 보여달라고 빌었다. 사람이 너무 깊은 절망에 빠지면 온갖 신에게 그런 식으로 빌게 된다.

다음 치료를 받기 전에 대충이라도 장을 봐둬야 해서 길을 가는데 누군가 나를 불렀다. 심란하던 상태라 당황해서 고개를 돌려보니 낯선 여성이 내 쪽으로 오고 있었다.

"우리가 도와드리고 싶은데 어떻게 도우면 좋을지 알려주세요."

누군지 알아볼 수 없어서 나는 더 어쩔 줄을 몰랐다. 시력이 좋지 않아 상대방을 알아보기가 쉽지 않은 탓도 있었다. 자세히 보니 이사벨과 같은 반 아이의 엄마였다. 그 엄마를 비롯해 여러 엄마들이 내 상황을 알고 있었다. 그들은 나를 돕고 싶어 했고 나는 무척 감동을 받았다. 나는 그분에게 지금 당장은 도움받을 게 없지만 늘 염두에 두고 있겠다고, 언젠가 도움이 필요한 순간이 올 수도 있다고 했다. 내가 눈물을 흘리자 그녀도 함께 울었다. 우리는 넓은 보도 한가운데서 서로를 부둥켜안았다. 혹시 이것이 신이 보여준 표식일까?

몇 가지 장을 봐서 버스를 타고 가는 길에, 한 시간 후면 커다란 바늘이 꽂힐 가슴의 메디포트 자리에 국소마취용 크림을 발랐다. 잠시 후 지하철로 갈아타고 우울한 상념에 잠긴 채 NYU 암센터로 향하는데 몸집이 작고 통통한 오십대 여자가 종이를 들고 내 쪽으로 다가왔다. 뭐지? 그녀는 영어를 잘 못하지만 길을 묻고 싶다며 종이를 내밀었다. NYU 암센터 주소가 적혀 있었다. 참 아이러니했다.

"저도 거기 가요. 따라오세요."

이 두려운 곳으로 가는 사람이 나 혼자가 아니라는 사실에 이상하게 기분이 들떴다.

215

"어떤 암에 걸리셨어요?" 나도 모르게 불쑥 물었다. 여자는 대답 대신 가슴을 손으로 가리켰다.

"저는 결장암이에요." 나는 내 아랫배를 가리키며 말했다. 여자의 혼란스런 표정을 보니 내 말을 못 알아들은 것 같았다.

"스페인어 할 줄 아세요?" 실력은 형편없지만 영어보다는 나을 수도 있겠다 싶었다. 여자는 고개를 저었다.

"어디서 오셨어요?" 나는 또박또박 발음하며 물었다.

"방글라데시요."

정말 이상했다. 아무리 다양한 사람들이 모여 사는 뉴욕이라지만 방글라데시에서 온 사람을 몇 명이나 만날 수 있을까? 나는 뉴욕에서 몇 년을 살면서 지금까지 방글라데시에서 온 사람을 딱 한 명 만났다.

방글라데시는 내게 특별한 나라다. 법학 대학원 1학년을 마치고 지역의 인권 NGO에서 인턴으로 일하느라 10주 동안 방글라데시에서 살았던 적이 있다. 나는 그 10주 동안 내 인생에서 다시 없을 풍성하고 심오한 경험을 했다. 지독한 더위와 장마, 지금까지 상상조차 해본 적 없는 수준의 빈곤, 문화적 낙후 등을 경험하며 불편한 생활을 했고, 불결하게 살아가는 매춘부 소녀들과 폭력적인 남편이 뿌린 황산 때문에 코가 타버린 여자들의 고통스런 삶을 목격했다.

나는 그곳에서 불편을 견디고 나름 잘 지내면서 자부심을 느낄 수 있었고 어디서도 볼 수 없는 아름답고 풍요로운 자연과 훼손되지 않은 시골 풍경, 사람들의 친절함과 유연함에 감탄하곤 했다.

내게 길을 물은 방글라데시 여성을 바라보며 예전에 방글라데시에서 경험한 추함과 아름다움, 고생과 기쁨, 빈곤과 너그러움의 기억이 한꺼번에 떠올랐다. 지금 나의 암 투병 여정도 방글라데시에서의 여정과 크게 다르지 않다. 암 투병 여정 또한 추함과 아름다움, 고통과 기쁨, 빈곤과 너그러움으로 가득하다. 이 여성이 잠시나마 내게 다가와준 것이 어떻게 순전한 우연이 아니라 할 수 있을까?

25.

더 이상 희망 고문에
속지 않겠다

A.C.박사를 만나러 가면 간호사 타냐가 검사를 해준다. 거침없이 말하는 중년 흑인 여성이자 두 아이의 엄마인 타냐는 다양한 만화 캐릭터가 그려진 수술복을 즐겨 입는다. 그녀의 재미난 수술복은 자칫 무거울 수 있는 병원 분위기를 밝게 해준다. 병원에 갈 때마다 타냐가 오늘은 어떤 캐릭터 수술복을 입고 있을지 기대하게 된다.

오지랖이 넓은 나는 만화와 아이들, 휴가 계획 등에 대해 타냐와 자주 수다를 떤다. 때로는 이곳 직원들이나 A.C.박사에 대해 얘기할 때도 있다. NYU 암센터에서 만나는 다양한 사람들과 대화를 나누다보면 기분이 좋아진다.

그들은 나를 단순한 암 환자가 아니라 자신들에게 중요한 가치가 있고 자신들의 삶과 연결되어 있으며 시간을 들여 애정을 쏟을만한 사회의 구성원으로, 암에 걸린 인간 이상으로 본다는 느낌을 받는다. 내가 암센터에서 이렇게 많이 웃으면서 대화하는 걸 알면 아마 놀라는 사람들이 많을 것이다.

그날도 나는 타냐와 평소처럼 얘기를 나누다가 무심코 물었다.

"증세가 심각한 분들도 많이 보겠네요."

환자들 중에서도 내가 제일 젊은 축에 속해서인지, 암의 진행과 상관없이 겉보기에는 내가 제일 건강해 보인다.

"맞아요. 살날이 이틀밖에 안 남은 분들도 치료를 받으러 오세요. 다른 병원에서 들은 소견을 못 믿겠다고 오시는 분들도 있고요." 타냐가 나지막하게 속삭였다.

죽음을 목전에 두고 세계 곳곳의 전문의들을 찾아가는 환자들을 생각하면 마음이 편하지 않다. 멕시코와 독일, 남아프리카공화국, 심지어 뉴욕에도 돌팔이 의사들과 뻔뻔한 사기꾼들이 얼마나 많은지, 미심쩍은 치료법을 내세워 수십만 달러를 요구하면서 환자들의 주머니를 터는 자들을 찾아갈 수밖에 없는 절박한 환자들을 생각하면 내 마음은 한층 더 우울해진다. 효과는 당연히 없을 테고, 환자들이 받을 정신적 외상 또한 엄청날 것이다. 환자들은 암이 완치될 거라 믿으며 어느 늪에서 퍼온 건지 알 수 없는 녹색 진흙을 먹고, 성분을 알 수 없는 투명한 액체를 혈관에 투여하면서 마지막 남은 돈과 얼마 남지 않은 시간을 사기꾼들에게 내준다. 기적을 바라는 절박한 사람들을 대상으로 얼토당토않은 사기를 치는 못된 사람들이 곳곳에 널렸다.

나는 친구 X에게, 거의 맹세에 가까운 말을 했다.

"난 그런 사람들처럼 살지 않을 거야. 무슨 일이 있어도 진흙을 먹으러 멕시코에 갈 일은 없어."

그러자 대단히 똑똑하고 예리한 친구가 말했다.

"나 같으면 벌써 그런 사람이 됐을 것 같은데."

친구의 대답에 놀랐다. 이렇게 똑똑한 사람이 그런 멍청한 말을 하다니? 하지만 암 환자들의 세계에서는 똑똑한 사람도 종종 이상한 짓을 한다. 몸이 아픈 사람들은 살기 위해 별 미친 짓을 다 한다. 이들 중 일부는 정신이 멀쩡한 수준을 넘어서서 다른 곳에서는 총명하다는 소리까지 듣는다. (영리한 사람이 이성을 잃고 이상한 결정을 한 예로 스티브 잡스를 들 수 있다. 췌장암에 걸린 그는 충분히 치료할 수 있었던 시기에 기존의 치료법을 거부하고 대체의학에 의존했다. 나중에 수술과 치료를 받았지만, 초기에 제대로 치료받지 않았기 때문에 수명이 단축됐다고 보는 사람들이 많다.)

어떻게든 낫고 싶은 절박한 마음으로 용기를 낸 사람들은 자신의 몸에 온갖 치료법을 적용하고, 수많은 고통에 맞서 싸운다. 치료 효과가 미미해도 모든 수단을 동원하며 마지막 순간까지 '생명의 빛을 꺼뜨리지 않으려' 안간힘을 쓴다. 그러다 결국 속수무책으로 생을 끝내고 마는 사람들을 우리는 칭찬해줘야 할까? 무통 주사를 맞지 않고 출산의 고통을 오롯이 견디기로 한 여성이나 약간의 음식과 물만으로 극한의 환경에서 살아남은 사람을 칭찬하는 것과 마찬가지 아닐까? 참고로, 나는 출산 때 진통이 시작되자마자 무통 주사를 놔달라고 소리를 질렀다.

암 발병 초기에는 나도 그렇게 강하게 버티는 사람이 되자고,

사라져가는 생명의 빛을 끝까지 사수하자고 다짐했다. 그때였다면 며칠 뒤에 죽는다는 사실을 알아도 화학요법을 받으러 쫓아다니고 녹색 진흙도 마다하지 않고 먹었겠지만, 지금은 아니다.

나는 이미 불합리와 맹신, 절박함을 모두 겪었다. 지금 생각해보면 어이없는 짓도 많이 했다.

통합 치료를 한다는 유명한 창 박사를 만나기 위해 1,800달러를 썼다. 창 박사가 추천했거나 인터넷에서 인기 있는 암 극복담 혹은 어떤 포럼에서 언급됐다는 온갖 보충제와 약초, 대마초 오일을 구입하느라 수천 달러를 쓰기도 했다. 하지만 결국 비타민 D와 코큐텐, 시메티딘 외에 다른 보충제에는 손도 대지 않았다. 그 약들은 지금도 내 주방 위에 고스란히 쌓여 있다.

마지막 보충제를 먹은 뒤 나는 보충제를 먹어도 괜찮다고 말했던 A.C.박사에게 창 박사가 추천해준 약제를 전부 끊었다고 말했다. 궁극적으로 믿음이 가지 않았고 믿지 못하는 것은 먹을 수 없다는 것이 이유였다. A.C.박사는 이렇게 대답했다.

"본인이 과학자라는 생각을 갖고 있어서 그런 것에 믿음이 가지 않는 겁니다."

이 말은 A.C.박사가 나한테 해준 가장 큰 칭찬이었다. 나는 대체의학에 늘 회의적이었는데, 암이 재발한 후 창 박사가 한 달치 전갈 독을 600달러에 사서 복용하라고 했을 때 회의는 불신으로 바뀌었다. 마침 그즈음 〈나이트라인〉 뉴스에서 전갈 독이 엉터리 약이라고 보도했다.

앞으로 희망고문을 하는 사람들은 나에게서 한 푼도 뜯어가지 못할 것이다. 또한 나는 희망을 잃지 않고 살아가는 사람들을 노리는 희망고문 산업을 더 이상 지지하지 않을 생각이다.

대체의학을 신뢰하는 사람들은 몸에 해롭지 않다면 뭐든 해볼 가치가 있지 않느냐고들 한다. A.C.박사도 그런 생각을 하고 있어서 환자들이 대체의학에 의존하는 걸 묵인한다. 그는 대체의학이 환자의 장기 기능에 부정적인 영향을 주지 않는 한 내버려두는 편이다. 물론 그는 대체의학 자체에 대해서는 회의적이지만, 대다수 환자들은 자신의 운명을 제어하고자 하는 욕구가 강하고 뭐든 시도하려 한다는 것을 알기에 환자들이 원하는 대로 하도록 내버려두는 것이다. A.C.박사를 비롯해 과학계 사람들은 그런 시도가 허상에 불과하지만 죽어가는 환자의 정신을 유지하는 데는 중요한 역할을 한다는 것을 잘 알고 있다.

하지만 심장이 뛰고 있다고 해서 살아 있다고 말할 수는 없다. 들것에 실려 온 환자는 무엇을 바라고 있을까? 만약 친구 X가 그런 지경이 된다면 그는 무엇을 원하게 될까? 기적? 치료? 더 많은 시간? 본인의 회복 가능성을 증명하는 것? 과연 무엇일까? 포식자에게 격렬하게 저항하는 야생 동물처럼, 무슨 일이 있어도 살아남고자 하는 본능이 발현되는 것일까? 그 정도로 죽음을 두려워하는 걸까? 아니면 그만큼 삶을 사랑하는 걸까? 아니면 그들에게 의존하는 사람들을 위해, 어떤 상황에서도 버티고 살아남으라는 주변 사람들의 부탁 때문에 어쩔 수 없이 버티는 걸까? 그토록 안간힘을 쓰게 만드는 것은 두려움일까 사랑일까, 죽음일까

삶일까?

나는 타냐와 대화를 나누면서 이 문제를 깊이 생각해보았다. 내 남은 날들을 끝까지 살아낼 것인지, 어떤 식으로 살 것인지를 고민하던 중이라 이 문제에 대한 답을 찾고 싶었다.

병원에서 만나는 다른 환자들을 보면 대체로 삶에 대한 사랑보다 죽음에 대한 두려움이 더 큰 것 같다. 죽음에 대한 동물적인 두려움이 합리적 지성을 압도하는 것 같다. 셰익스피어가 《햄릿》에서 언급한 '미지의 세계'에 대한 공포일 수도 있다.

신을 어느 정도 믿는다 해도 현실 세계 너머에 존재하는 무의 세계에 대해서는 두려움을 가질 수밖에 없다. 나라는 존재가 애초에 있었냐는 듯 사라져버리는데, 이 세계와 무관한 존재가 되어 영원히 잊혀지는데 어찌 두렵지 않을까. 간혹 죽음을 며칠 앞둔 사람이 자기는 반드시 살아남겠다고 SNS에 공개하는 것을 보는데, 비현실적인 희망에 집착하는 사람들은 자아가 너무 강해서 본인이 이 세상에 존재하지 않는다는 걸 상상조차 할 수 없는 경우가 많다. 전문가에 따르면 이런 사람들은 자신의 존재가 사라지는 것을 도저히 이해할 수 없어서 나중에 더는 현실을 부정할 수 없는 지경이 될 때까지 온 정신으로 거부하고 거부하고 또 거부한다고 한다.

프로이드의 학설을 신봉하는 내 심리치료사가 나보다 더 잘 알겠지만, 내 자아는 그 정도로 강하진 않다. 미지의 세계에서 무엇이 나를 기다리고 있을지가 두렵진 않다. 죽음 이후에는 또 다른 세계가 있으며 죽어서 무가 되는 게 아니라는 믿음을 갖고 있어 서일 수도 있다. 나에게 죽음은 새로운 모험으로 이끄는 출입문 이자 지금껏 해온 모험의 연장선이다. 이 새로운 모험을 통해 내 영원불멸한 영혼은 또 다른 지식을 습득하고 발전할 것이다.

그렇다고 나에게 자아가 없을 거라는 오해는 하지 말기 바란 다. 나의 자아는 때로는 잔인하기까지 했던 삶의 풍파를 견디게 해준 내밀한 힘과 용기, 타고난 존엄과 품위 속에 존재한다. 나의 자아는 힘과 용기와 존엄과 품위를 함양하려는 욕구, 한바탕 욕 을 쏟아내고 눈물을 흘린 뒤 미소를 지으며 다시 일어나게 해주 는 정신력을 기반으로 한다. 나는 미인이었던 적도 없고 학교나 회사에서 제일 똑똑한 사람이었던 적도 없지만, 내 인생의 여러 악조건을 딛고 이뤄낸 성취 덕분에 나는 강하고 회복력이 강한 사람이라 자부하게 되었다. 나는 현실의 엄혹함을 직시할 줄 안 다. 나는 불굴의 정신력을 가졌다는 믿음과 자부심을 갖고 있다.

겨울의 한복판에서 나는 내 안에 그 누구도 어쩔 수 없는 불굴의 여름이 있다는 것을 깨달았다.

알베르 카뮈의 이 구절을 떠올리면 기분이 좋아진다. 세상이 아무리 나를 독하게 밀어붙여도 내 안에는 더 강하고 훌륭한 정 신력이 있어서 버티게 해주기 때문이다.

짐승처럼 길길이 날뛰며 화를 내고, 본인이 언젠가 죽는 존재 라는 걸 부정하고, 망상과 거짓 희망에 집착하고, 오늘을 희생해

가며 치료를 받고, 인생의 질보다 양을 중시하는 것은 기품도, 품위도 없는 태도다. 이런 태도는 우리가 삶을 관조하고 발전시키지 못하게 한다. 이런 태도는 불굴의 정신을 함양하는 데 도움이 되지 않으며, 내적인 힘과 의연함을 기르지 못하게 한다. 진정한 내면의 힘은 죽음을 차분하게 대면하고, 죽음이 적이 아니라 삶의 불가피한 부분임을 인정하는 데서 비롯된다.

암이 폐로 전이되어 예후가 좋지 않다는 것을 알게 된 후, 나는 잘 모르겠지만 꽤 여러 사람에게 예전과 분위기가 달라졌으며 죽음을 어느 정도 정해진 결말로 받아들인 것 같다는 얘기를 들었다. 그들은 내가 이전의 맹렬한 기세를 잃은 것 같다고도 했다. 조시도 내게 패배주의자가 됐냐고, 운명에 순응하고 암에 굴복하기로 했냐고, 싸움을 그만둔 거냐고 비난했다.

사람들은 내 행동을 오해하고 있다. 지난 수개월 동안 나는 언젠가는 죽어야 할 몸이라는 사실을 부정하고 버티다가 최근에야 내 운명을 받아들이려고 애를 썼다. 하지만 조시와 사람들은 죽음을 평안하게 받아들임으로써 내가 지금 이 순간을 더욱 풍요롭고 완전하게 살게 됐음을, 과거 어느 때보다도 뜨거운 열정과 사랑으로 열심히 살아가고 있음을 이해하지 못한다. 대단히 역설적이지만, 나는 죽음을 받아들임으로써 비로소 삶의 아름다움을 깨닫게 됐다. 나는 어떤 일이든 이유가 있어서 일어난다고 믿기에, 암 투병을 통해 죽음과 삶의 역설을 영혼 깊숙이 이해할 수 있었다.

나는 더 이상 예전처럼 암 환자 모임을 즐겨 찾지 않는다. 대체의학 치료법을 검색하지도 않는다. 대체의학 치료법을 따르다보면 에너지가 많이 소모되어 지금 이 순간을 충실히 살고자 하는 나의 궁극적인 목표에서 벗어나게 된다. 요즘은 기존의 치료법도 별로 찾아보지 않는다. 지금을 살고 가족과 시간을 보내며 요리를 하고 집을 확장하기에도 바쁘다. 언젠가 다시 암과 임상 실험, 새로운 치료법에 골몰할 수도 있겠지만 적어도 지금은 아니다. 아직까지는 비교적 건강하고 통증도 없이 매 순간을 완전하게 살아가고 있다. 나에게 주어진 이 영광스런 깨달음을 온몸으로 흡수하고 있다.

삶이 이보다 더 단순할 수 있을까?

치료 방법을 변경하는 방안을 논의하기 위해 혼자 A.C.박사를 만나러 갔을 때 나는 그에게 소망을 털어놓았다.

"저는 조금이라도 더 살겠다고 아득바득 매달리고 싶지 않아요. 며칠을 더 사느냐보다 어떻게 사느냐가 더 중요하다고 생각하거든요. 살날을 며칠 더 늘리는 것보다 존엄하고 품위 있게 죽음을 맞이하고 싶어요."

그리고 지금까지 한 번도 입 밖으로 낸 적이 없는 말을 꺼냈다.

"하지만 이렇게 말하고 나니 남편과 어린 딸들을 배신한 것 같은 기분이 드네요. 가족을 위한다면 삶의 질을 포기하더라도 하루라도 더 살려고 해야 맞는 거겠죠. 가족과 함께하는 시간은 소중하니까요."

딸들은 나를 어떻게 생각할까? 나를 어떻게 평가할까? 그들도 나를 패배주의자라고 부를까? 더 오래 살기 위해 더 노력하

226

지 않았다고, 더 살 수 있는 방법을 고민하지 않았다고 나를 비난할까? 병마와 싸우면서도 삶을 즐기며 잘 살았던 여자로 나를 기억하고 존경해줄까, 아니면 들것에 실려 병원으로 오던 노인처럼 삶을 붙잡고 매달려야 나를 우러러봐볼까? 딸들에게 좋은 본보기가 되려면 죽지 않으려고 발악을 해야 할까, 아니면 조용히 죽음을 맞이해야 할까?

나는 아직도 이런 질문에 대한 답을 찾지 못했고, 답을 찾는다고 해서 그 답이 내 삶에 영향을 미칠지도 모르겠다. 내가 아는 건 그저 딸들을 사랑한다는 것뿐이다.

내가 A.C. 박사에게 심정을 털어놓은 그날, 언니가 두 딸을 데리고 가서 어머니의 날에 나에게 줄 선물을 고르게 했다. 나는 같이 가지 않았다. 나중에 언니한테 들으니, 이사벨에게 나한테 줄 카드를 고르라 했단다. 벨은 아직 어려서 글자를 읽을 줄 모르지만 벨이 나를 위해 고른 카드에는 황금색 나비가 그려져 있고, 이런 구절이 쓰여 있었다.

"우리 둘이 드리는 카드예요, 엄마. 우리가 함께 만든 추억, 우리가 함께 나눈 웃음…… 이 모든 순간은 우리 곁에 엄마가 계실 때 더 의미가 있어요."

이사벨은 내가 더 힘차게 싸우기를, 내가 최대한 오래 살기를 바라는 듯했다. 과연 내가 그렇게 할 수 있을지는 알 수 없었지만…….

26.

아파트 확장 공사를 하며
깨달은 것

'삶에 대한 헌신'을 이끌어내는 수단으로 담보 대출만한 것이 없다. 2015년 여름이 시작될 무렵, 조시와 나는 놀라운 소식을 들었다. 안타깝게도, 암이 폐로 전이된 스캔 이미지가 내 것이 아닌 다른 환자 것이었다는 소식은 아니었다. 바로 옆집인 아파트가 매물로 나왔다는 소식이었다. 조시와 나는 그 소식을 듣고 아파트 매매 계약서에 서명을 했다. 그 아파트와 현재 우리가 살고 있는 아파트를 합치면 방 4.5개에 화장실 3.5개, 면적은 70평에 달하는 넓은 집을 만들 수 있다.

뉴욕의 부동산 상황을 잘 모르는 분들을 위해 설명하자면, 뉴욕에서 옆집 아파트를 매매해 가족 수에 맞게 적절한 공간으로 리모델링할 수 있는 기회는 그리 많지 않다. 이곳처럼 건축이 잘 되어 있고 지역의 랜드마크라 할 수 있는 건물 내에서 그런 기회를 잡기란 더욱 힘들다. 자국의 은행보다 뉴욕의 부동산 시장에 돈을 묶어두는 편이 더 안전하다고 판단한 외국인 투자자들의 자금이 유입되면서, 뉴욕의 부동산 가격은 다른 지역 사람들에게는 이해가 되지 않을 정도로 어마어마하게 치솟았다. 덕분에 평범한 주택 구매자들은 맨해튼 외곽으로 밀려나 비교적 덜 비싼 지역, 특히 현재 우리가 살고 있는 브루클린으로 유입되었다.

두 딸이 성장하면서 더 넓은 공간이 필요하다고 판단한 조시와 나는 옆집을 구매할 수 있으면 좋겠다는 생각을 진즉부터 하고 있었다. 내가 암 진단을 받을 무렵부터 그 생각을 했는데 당시에는 꿈이 이루어질 가능성이 거의 없다고 여겼다. 그런데 2년이 지나자 옆집에 살던 사람들이 방 두 개짜리 아파트를 우리에게 팔게 된 것이다.

2년 넘게 품었던 꿈이 이뤄지게 됐지만 막상 옆집 사람들이 집을 팔겠다고 하자 그 집을 살 생각이 바로 들지는 않았다. '어떡하지? 미아와 벨이 같은 아파트에서 함께 놀 친구를 잃게 됐네' 하는 생각부터 들었다. 그 외에도 온갖 우려가 꼬리를 물고 이어졌다. 안전모를 쓰고 공사 과정을 지켜볼 사람은 조시가 아니라 내가 될 텐데, 확장 공사 중에 내가 수술을 받게 되어 공사를 감독하지 못하면 어떡하지? 공사가 끝나기 전에 내가 죽으면, 생활의 소소한 부분을 구체적으로 알지 못하는 조시가 끝까지 챙길 수 있을까? 이 아파트를 팔고 나가야 할 일이 생기면? 우리가 지게 될 부채는 얼마나 될까? 혹시 내가 보험 적용이 되지 않는 수술이나 치료를 받게 되면 당장 돈이 있어야 하지 않을까? 만약…… 만약…… 만약에…….

조시는 이번 공사로 우리가 얻을 이득이 많다고 했다. 그게 어떤 의미인지는 알 수 있었다. 아파트 확장은 집의 가치를 높일 수 있는 투자이고, 두 딸도 자기 방을 가질 수 있다. 내 몸이 더 나빠져서 가정용 의료 침대를 들이게 되면 부모님이나 친척들, 친구들이 와도 공간을 여유롭게 쓸 수 있다. 솔직히 그동안은, 사랑스럽긴 하지만 비좁은 이 집에서 내가 생의 마지막 나날을 편하게 보낼 수 있을지 걱정이 되곤 했다.

방이 네 개인 널찍한 아파트는 뉴욕 부동산 시장에서 꽤 탐나는 매물이 될 수도 있다. 공사만 잘 해놓으면 우리 아파트는 딸들이 성장하고 발전할 수 있는 멋진 공간이자 대대로 물려줄 수 있는 집이며 내가 애정을 담아 공사한, 두 딸과 남편에게 남겨줄 수 있는 가장 큰 유형 자산이 될 것이다. 무시무시한 암 진단을 받았고 치료도 불가능한 상태지만, 그럼에도 불구하고 삶을 계속 이어간다는 의지의 증거이기도 했다. 내가 공사에 참여하지 못할 수도 있지만 적어도 앞으로의 삶과 생활, 낙관적인 미래를 향한 강한 긍정의 상징이 될 수도 있었다.

만약 피치 못할 일들이 일어나면 어떻게 하지? 내 머릿속은 이내 문제 해결 모드에 돌입했다. 우리는 재정 전문가에게 자문을 구했고 우리 집의 현금 흐름을 상세히 분석했다. 건축가와 은행원, 변호사, 부동산 업자, 입주자 대표 등과 수차례 얘기를 나눈 끝에 두 아파트를 합치는 것이 디자인, 건축, 적법성, 재정 등 모든 면에서 가능하다는 결론을 내렸다. 옆집 내부 수리를 먼저 한 후 두 집 사이의 벽을 허물기만 하면 되니 우리는 공사가 진행되는 동안 지금 사는 집에 계속 머물 수 있었다.

나는 암 때문에 확장 공사를 끝까지 보지 못할 수도 있다는 가장 큰 걱정거리를 오빠와 언니에게 털어놓았다. 두 사람 모두 공사를 찬성한다며, 이 공사에 여러 장점이 있지만 무엇보다 내가 삶의 의지를 다지는 데 도움이 될 거라고 했다. 건축을 전공한 언니는 만약 내가 공사를 끝까지 보지 못할 상황이 되면 바로 도와주겠다고도 했다. 물론 공사는 초반에 결정한 디자인과 계획대로 이루어지니 나는 한번씩 들러서 계획대로 되고 있는지 점검만 하면 되었다.

언니 얘기로는 아파트 확장 공사에서 제일 중요한 것은 건축가라고 했다. 다행히 나는 무척 마음에 드는 건축가를 알고 있었다. 작년 12월에 우리 거실을 리모델링한 업자였다. 거실 리모델링이 끝나고 얼마 안 되었을 때 암이 재발했고 치료도 불가능하다는 걸 알게 됐는데, 며칠 뒤 그가 전화를 걸어 공사가 마음에 드냐고 묻는 바람에 나도 모르게 울음을 쏟아낸 적이 있다. 그는 무척 안타까워하며 우리 집에 들러 전구를 갈아주기까지 했다. 어떤 건축가가 리모델링을 끝마친 집에 다시 찾아와 전구를 갈아줄까?

나는 그에게 전화를 걸어 우리 옆집의 예비 견적을 뽑아달라고 요청했고, 그가 방문했을 때 솔직하게 내 상황을 털어놓고 상의를 했다. 내 병이 심해지거나 완공을 보지 못하고 죽을 경우를 대비해, 내가 원하는 대로 공사를 진행해줄 수 있는지 미리 확인해두고 싶었다. 그는 깜짝 놀라 내 눈을 바라보며 말했다.

"사모님한테는 아무 일도 일어나지 않을 겁니다. 그렇게 되도록 두지 않겠습니다." 그의 진심 어린 걱정과 응원이 무척이나 고마웠다.

암 진단을 받은 후 나는 격려와 응원과 사랑을 주는 사람들에게 의지하면, 내 곁을 지키고 도움을 주고자 하는 이런 사람들을 주변에 두면, 인생의 고난은 대부분 견딜 만하다는 것을 알게 됐다. 하지만 그러려면 먼저 그들을 내 삶으로 받아들여야 한다. 내가 겪는 고통과 아픔, 약한 모습을 숨기지 말고 보여주어야 한다. 그리고 그들이 나에게 내미는 도움의 손길을 받아들일 줄 알아야 한다.

마지막으로 나는 A.C.박사에게 공사를 해도 될지 의견을 구했다. 무엇보다도 그의 허락이 필요했다. 그가 내 몸 상태를 누구보다 잘 알기 때문이었다.

A.C.박사의 허락을 받은 후 우리는 거침없이 나아갔다. 디자인 콘셉트를 정하고 건축 허가를 받고 자금 문제를 마무리지어야 해서 몇 개월 후에나 공사를 시작할 수 있을 터였지만, 일단 계약서에 서명을 하니 한 걸음을 뗀 기분이었다.

전이암을 몸에 품은 채 2년 동안 굳건하게 살아오면서 깨달은 중요한 진실이 있다. 암이나 암 치료로 인한 육체적 고통 혹은 장애를 제외하면 내 꿈을 가로막는 것은 암 자체가 아니라는 것이다. 휴가를 가지 못하게, 새 집을 사지 못하게, 원하는 일을 못하게 막는 것은 암이 아니다. 암에 대한 두려움과 예측 불가능한 상황에 굴복해버린 정신이다.

정신의 마비는 사실상 수정할 수 있는 꿈, 심지어 암 진단 이후 생겨난 새로운 꿈까지 뭉뚱그려 죄다 이루어질 수 없는 꿈으로 여기도록 만든다. 정신적 마비 상태일 때는 사전 대책조차 세울 수가 없다. 용기를 내거나 대담한 결정을 하거나 장래를 고려할 수도 없다. 앞으로 일어날 일을 생각할 정신이 없으므로 현재의 일도 제대로 받아들이지 못한다.

예후가 좋지 않은 불치병의 여러 역설 중 하나는, 내가 이 병으로 죽을 거라고 인정하고 나니 정신적 마비 상태에서 벗어날 수 있었다는 것이다. 이제 나는 확신을 갖고 앞으로 나아갈 수 있으며 나와 내 가족을 위한 계획도 세울 수 있다. 지금 이곳에서 살아가려면, 사랑하는 사람들과 함께 살려면 어느 정도는 계획이 필요하다. 앞으로 어떤 일이 일어날지 생각하고, 굳이 나를 위해서가 아니어도 사랑하는 사람들을 위한 꿈을 꾸어야 살 수 있기 때문이다.

그러니 여러분도, 살아 있는 동안 삶에 충실하기를.

27.

네가 무엇을 할지는
네가 결정하는 거야

이 글에서 나는 팩트 폭력에 가까울 정도로 솔직한 심정을 털어놓고자 한다. 나 같은 입장에 있는 사람들을 대신해 목소리를 내고, 암의 어두운 면을 가감 없이 묘사하고 일부 암 환자들과 관련자들이 쏟아내는, 달콤하고 그럴듯하지만 혐오스러울 정도로 긍정적인 말들, 괴상한 희망, 헛소리의 실체도 폭로하고 싶다.

나는 예전에도 지금도, 솔직함의 가치를 믿는다. 언뜻 잔인하게 들릴 수도 있지만 솔직함이야말로 친절하고 사려 깊다. 나는 솔직함을 나약함과 부끄러움, 망신으로 여길 게 아니라 속박으로부터 해방되고 치유되며, 온전해질 수 있게 해주는 가치로 봐야 한다고 생각한다. 부디 가족과 친구들이 나의 솔직한 고백 때문에 기분이 상하지 않기를 바란다.

2015년 8월 초, 좋지 않은 스캔 결과를 받고 2주일 동안 힘든 시간을 보냈다. 나쁜 소식은 한꺼번에 온다고, 며칠 후에는 CEA 수치가 다시 올라갔다. 지난번 검사보다 7점이 올라가 29점이 됐는데 3주 만에 그렇게 많이 올라간 건 처음이었다. 나는 CEA 수

234

치를 꽤 신뢰하는데다 CEA 수치를 보면 스캔 결과가 자연스레 예상이 됐으므로, 의사에게 설명을 듣는 것보다 최근 CEA 결과를 보는 게 더 스트레스였다. CEA 수치가 어떤 의미인지 모르는 분들을 위해 설명하자면, 본인이 전이암을 갖고 있는데 CEA 수치가 좋지 않게 나올 경우 심장이 철렁하면서 원초적인 공포와 절박감이 밀려온다. 포식자에게 쫓기던 동물이 결국 붙잡혔을 때의 심정과 비슷할 것이다.

CEA 수치를 보고 나면 나는 침대에 태아 자세로 웅크려 있곤 했다. 어느 날 벨이 누워 있는 내게 다가와 왜 우느냐고 물었다.

"엄마가 좀 슬퍼서 그래."

그러자 귀엽고 직관력이 뛰어난 벨이 나를 안아주며 말했다.

"걱정하지 마요, 엄마. 저는 커서도 엄마를 계속 사랑할 거예요."

내가 세상을 떠나면 나에 대한 아이들의 기억은 점점 흐릿해질 테고 세월이 흐르면서 나를 사랑하던 마음도 줄어들겠지. 그게 두렵다. 벨의 말을 듣고 더욱 격하게 울었다. 그날 저녁에 퇴근한 조시에게 CEA 결과를 알려주고 그에게 안겨 더 울었다. 조시도 본인의 감정을 추스르기 버거울 텐데 내가 격한 감정을 쏟아내니 견디기 힘들었을 것이다. 그래도 그는 언니나 절친에게 전화라도 해서 마음을 풀라며 침착하고 강하게 위로해주었다.

나는 이런저런 생각이나 감정을 말과 글로 표현하는 것이 상처 회복에 도움이 된다는 걸 알고 있어서, 조시를 제외한 가까운 지인들에게 종종 심적 고통을 토로하곤 했다. 하지만 이제는 아니다. 내 병을 아는 사람들에게 더는 그런 얘기를 하고 싶지 않다. 특히 나보다 나은 위치에 있는 사람들에게는 더더욱 입을 다물게 된다. 나보다 힘든 사람들은 나와 그런 얘기를 나누고 싶지 않을 것이다. 내 스스로 주변에 벽을 쌓고 고립을 자초한 이유 중 하나는 질투와 증오였다.

막연히 도움을 주거나 위로하려는 말들이 편하게 들리지 않았다. 면역요법의 효과가 좋더라는 말도 듣고 싶지 않았다. 동정하는 말도, 남은 생을 어떻게 보낼 것인지에 대한 사려 깊은 조언도 귀에 들어오지 않았다. 그런 얘기 자체를 하고 싶지 않았고 질문에 대답도 하기 싫었다. 어떤 설명도 하고 싶은 생각이 없었다. 나에 관해 무슨 설명을 하거나 정보를 주어야 한다면, 그것은 누군가의 요청이나 사회적 관계를 위해서가 아니라 순전히 내 마음이 동하고 결심이 서야 가능했다.

사람은 죽음에 가까워질수록 신체적 고립까지는 아니어도 감정적 고립 상태에 빠지게 된다. 죽음을 향한 여정은 혼자 가야 하는 길임을 어느 때보다 절감하기 때문이다. 죽음에 가까워질수록 외부가 아닌 내면 깊숙한 곳에 자리한 자아와의 대화를 통해, 신앙이 있다면 신과의 대화를 통해 위안을 구하게 된다.

그 무렵 독일에 있는 외과 전문의에게 레이저 수술에 대한 답변을 받았다. 내 폐에는 전이암이 무척 많았다. 한쪽에 40개씩, 대부분이 한가운데에 몰려 있었다. 레이저 수술로 폐 한쪽당 전이암 100개 정도는 제거할 수 있다고 알려져 있지만 위치 때문에 수술은 불가능했다. 수술에 부적합하다는 얘기를 들으니 CEA 수치가 또 올라갔다는 얘기를 들을 때보다 더 울적했다. 나는 2만 4,000유로를 절약했고 몇 주 동안 아이들과 떨어져 지내지 않아도 되니 차라리 잘됐다며 마음을 달랬다.

나는 침대와 체육관에서 눈물을 흘렸다. 침을 맞으면서도 레스토랑에서 식사를 하면서도 울었다. 하지만 가장 암울했던 12월과 1월에 비하면 견딜 만했다. 나는 여전히 세상과 소통하고 있었다. 베스의 네 번째 생일 파티에서도 비교적 평상심을 유지했다. 친구도 만났다. 나는 여전히 사람들 앞에서 웃었고 암 외의 다른 것들에 대한 생각도 많이 했다.

독일 의사에게 답변을 받던 날, 미아와 이사벨을 양옆에 끼고 침대에 누웠다. 벨은 잠이 들었지만 미아는 이야기를 들려달라고 졸랐다. 미아는 우리가 베트남에서 탈출한 얘기를 듣는 걸 좋아했다. 그런데 그날 밤에는 감정적으로 격앙된 탓인지 다른 얘기를 해주고 싶었다. 이전까지는 미아에게 규율과 근면의 가치의 중요성에 대해 자주 들려주곤 했다. 미아가 바이올린을 배운 지 겨우 석 달째 되었을 때 바이올린 선생님이 미아에게 특별한 재능이 있다고 몇 번이나 말한 적 있기 때문이었다.

이제부터 엄마 이야기를 들려줄게. 네가 한 번도 들은 적이 없는 얘기야. 엄마가 베트남에서 태어났다는 건 너도 알 거야. 하지만 엄마가 앞을 못 보는 상태로 태어났다는 건 몰랐지? 전쟁이 끝난

직후라서 우리는 먹을 것도, 돈도 없었어. 외할머니와 외할아버지는 엄마 눈을 낫게 해주고 싶었지만 돈이 없었지. 돈이 있었어도 베트남에는 엄마 눈을 고칠 수 있는 의사가 없었어. 그래서 우리 가족은 베트남을 탈출했고 미국으로 왔지. 우리한테는 돈이 없었지만 좋은 분들이 도와주신 덕분에 엄마는 세계 최고의 안과 의사에게 진료를 받을 수가 있었단다. 그 의사 선생님이 엄마 눈을 낫게 해주셨지만 완벽하게 고쳐주시지는 못했어. 지금도 앞을 잘 보지는 못해. 그래서 너한테 늘 도와달라고 부탁하는 거야.

엄마가 어렸을 때는 너희 삼촌이나 이모들처럼 앞을 볼 수가 없어서 너무 슬펐어. 나도 자전거를 타고 테니스를 치고 운전을 하고 싶었거든. 글씨가 엄청 크게 인쇄된 커다란 교과서를 읽는 것도 싫었어. 아무도 내 심정을 이해하지 못했고, 반쯤은 맹인이나 다름없으니까 늘 외롭고 고독했지. 엄마가 앞을 못 보니까 가족들은 엄마가 똑똑하지 않다고 생각했어. 엄마가 아무것도 못할 거라고 생각한 거야. 그러니 엄청 화가 나더라고.
사람들이 엄마더러 뭘 할 수 있다거나 뭘 못할 거라고 말하는 걸 엄청 싫어했어. 그래서 원하는 건 뭐든지 할 수 있는 아이라는 걸 보여줘야겠다고 결심했지. 기억해둬, 미아. 네가 무엇을 할 수 있는지는 네가 결정하는 거야. 다른 사람이 아니라. 엄마도 아빠도 아닌 바로 네가 결정해야 해.
엄마는 엄청 열심히 노력했어. 공부도 많이 했지. 그제야 사람들은 내가 시력이 많이 나쁘긴 해도 멍청하거나 제대로 할 줄 아는 게 없는 아이는 아니라는 걸 알아주기 시작했어. 엄마는 성적도 잘 받았고 좋은 대학에도 들어갔어. 혼자 세계 여행도 했지. 세계 여행은 앞을 보지 못하는 사람이 하기에 쉬운 일은 아니란다. 참, 좋은 직업도 가졌구나.

엄마 인생에서 최고로 좋은 게 뭐였는지 알아? 아빠를 만나서 너와 벨을 낳은 거야. 엄마는 아빠처럼 엄마를 많이 사랑해주는 사람을 만날 줄은 생각도 못했어. 다른 사람들도 마찬가지였고. 결혼해서 너희를 낳는다는 건 더더욱 꿈도 못 꿨단다. 아무도 날 원하지 않을 거라고 생각했으니까.

너와 벨, 아빠는 엄마 인생에서 가장 큰 행복이야. 엄마가 이런 행복을 누리게 된 건 어렸을 때부터 원하는 걸 갖기 위해 굳게 결심하고 규율을 지키면서 열심히 노력한 덕분이란다. 그러니 너도 근면 성실한 것이 얼마나 중요한지 깨달으면 좋겠어. 엄마가 해준 이야기를 잊지 않을 거지? 네가 엄마의 이야기를 평생 기억하면 좋겠어.

미아는 한동안 말이 없다가 마침내 입을 열었다.

"안 잊어버릴게요, 엄마. 그래도 종이에 써주세요. 나중에 커서 지금보다 글자를 잘 읽게 되면 되새길 수 있게요."

나는 미아를 가까이 끌어당기고 모로 누웠다. 미아의 가늘고 긴 팔다리를 꼭 끌어안자 우리 두 사람이 마치 하나로 포개진 계량스푼이 된 듯했다. 복도의 조명등이 내 시선이 닿는 벽에 기분 좋은 빛을 드리웠다.

28.

통증이 이렇게 무서운 거였다니!

욕실 타일과 바닥과 금박 벽지를 고민하고, 비용을 계산하고, 설계도를 보고 인테리어의 세세한 부분을 따져보느라 한동안 정신없이 바빴다. 이렇게 일상적인 요소들만 고민하면서 살 수 있다면 얼마나 좋을까. 하지만 아아, 소박하고 정상적인 생활은 과거에도 그랬고 앞으로도 내 운명과는 거리가 멀다.

암이 내 인생을 온통 좌지우지하고 있다. 9월 초에 나는 비통함과 증오, 끔찍한 외로움으로 가득 찬 심연의 어둠 속에 빠지고 말았다. 최근에 받은 치료 때문에 무시무시한 부작용이 생긴 데다 친구 두 명이 세상을 떠나면서 극단적인 감정까지 밀려왔다.

크리스와 J는 자주 못 만나긴 했지만 몇 주 전까지만 해도 수다를 떨던 친구들이었다. 크리스는 가족에게 사랑받는 다정한 남편이자 아버지, 형제, 아들, 친구, 체스 선수, 선생님이며 나의 암 투병 여정에 든든한 멘토가 되어준 사람이기도 했다. 그는 종종 나와 점심을 같이 먹거나 차를 마셨는데 내가 두서없이 떠들어도 사려 깊게 들어주었고, 내가 암을 때려잡고 말겠다는 호기로운

240

전사에서 통제할 수 없는 인생의 의미와 평안을 찾고 받아들이는 관조적인 철학자로 변해가는 과정을 묵묵히 지켜보았다.

적어도 내게 암은 내가 강한 사람인지 약한 사람인지, 용감한 사람인지 비겁한 사람인지 온갖 의문을 안고 분석하게 만드는 존재가 되었다. 저 높은 곳에 계신 신과 그 신이 인류에게 미치는 영향에 관해, 가족을 향한 헌신과 사랑에 관해, 내 삶과는 다른 평범한 삶의 의미에 관해, 죽음과 그 이후에 관해 탐색하게 만드는 요소이기도 하다.

물론 불치의 암에 걸리는 정도의 충격을 받아야 이런 질문을 머릿속에 담고 진지하게 고민할 수 있다. 만약 여러분이 인내심을 발휘해 이런 복잡하고 이해할 수도 없고 고통스럽고 답을 찾기 힘든 의문을 숙고한다면, 아마 더 나은 방향으로 나아가고 지금보다 더 훌륭한 사람이 될 수도 있을 것이다.

크리스는 나보다 훨씬 오래전에 이 과정을 거쳤다. 우리는 불교의 영향을 많이 받아 비슷한 철학을 공유했지만 그는 나보다 현명해서 스승 노릇을 톡톡히 해주었다. 크리스가 호스피스 시설에 입소할 무렵 그를 만나러 갔다. 그의 방 테라스에 앉아 대서양을 바라보면서 그가 느끼는 슬픔과 예후에 대해 얘기를 나눴다. 놀랍게도 그는 어떤 비통함, 분노, 두려움도 갖지 않았다. 품위와 위엄 그 자체였다. 작별 인사를 하는데 그를 다시는 못 볼 것 같은 예감이 들었다. 그와 포옹을 하며 다음 세상에서 만나자 했고 그는 그러자 했다. 그 말이 내게 큰 위안이 됐다.

J도 가끔 만나던 친구다. 주로 J의 아파트에서 만났는데 그 집만 봐도 J가 얼마나 성공한 인생을 살아왔는지 짐작할 수 있었다. 나는 《뉴욕타임스》에 J의 사망 기사가 실린 걸 보고서야 그녀가 얼마나 유명한지 알았다. 평소 J가 내세우지 않아 몰랐는데, 알고 보니 그녀는 40년 동안 수많은 만화를 만든 유명한 만화 제작자였고 그녀의 작품은 뉴욕현대미술관과 메트로폴리탄 박물관에 전시되곤 했다. 하지만 둘이 있을 때 우리는 그저 같은 여성이자 아내이며 어머니이고 똑같은 병을 앓는 동지일 뿐이었다.

J는 암에 관해 매우 내성적이어서 그녀가 암 환자 모임에서 정기적으로 만나 얘기를 나누는 사람은 나뿐이었다. 나는 J의 비밀스러운 사생활을 알고 있는 몇 안 되는 친구 중 하나였다. J는 본인이 직접 쓰고 그린 책 두 권을 내 딸들에게 선물했고 아이들이 알파벳을 익힐 수 있도록 아이패드에 앱도 깔아주었다. 그런 그녀의 죽음은 내게 적지 않은 충격으로 다가왔다. 예상보다 너무 빠른 죽음이었다. 여름이 되기 직전에 마지막으로 만났을 때 J는 절대 곧 죽을 사람처럼 보이지 않았다. 하지만 2주일 후에 J의 병세는 의사들도 놀랄 만큼 빠르게 진행되었고, 그녀는 결국 세상을 떠났다. 나는 J와 제대로 작별 인사를 못 한 것이 두고두고 후회로 남았다.

내가 그렇게 후회한 것은 J가 소중한 친구이기도 하지만, 죽어가는 사람 곁에 있는 걸 두려워하는 보통 사람들과 달리 나 같은 사람들은 그런 상황을 두려워하지 않기 때문이기도 했다. 나도 두렵지 않았다. J는 내가 언젠가 가게 될 곳에 먼저 가 있고, 나보다 먼저 저승행 기차를 탄 것뿐이다. 죽음을 목전에 두고 살다보면 죽어가는 사람에게 심적으로 의지하게 된다. 죽음 곁에서 죽음과 교감하며 죽음으로 위안을 주고받고 싶은 마음 때문일 것이다.

친구들과의 이별은 도저히 익숙해지지 않지만, 4기 암의 리듬에 대해서만큼은 충분히 익숙해졌다. 환자는 투병이 길어지면 이 의사 저 의사와 사랑에 빠졌다가 빠져나오기를 되풀이한다. 다른 의사를 만나볼까, 더 큰 병원으로 갈아타볼까 하는 유혹에 이리저리 돌아다니다가 결국 담당 주치의에게 돌아가기도 한다. 온갖 치료법을 열정적으로 시도하다가 하나하나 무너지는 꼴도 경험한다.

다양한 약과 임상을 접하다보면 이번에는 꼭 완치될 것 같은 착각에 빠지지만 결과는 그렇지 않다. 이런저런 대체의학에 시간과 돈을 허비하다가 줄줄이 실망하고 결국 지독하게 좌절한다. 무기력증에 빠졌다가 악을 쓰고 울다가 정신을 차린 후에는 집 확장 공사를 위해 건축가를 만나고 새로운 침실 이미지를 확인한다. 그리고 친구들과 저녁 식사를 하러 외출한다. 남은 삶을 살아야 하기 때문에!

두 달여 전, 독일에 있는 의사로부터 내 폐는 레이저 수술이 불가능하다고 답변을 받은 후 나는 내 담당의인 A.C.박사의 지지를 받아 얼비툭스(세툭시맙이라고 널리 알려진 약제)를 투여하기 시작했다. 얼비툭스는 마사 스튜어트가 이 약을 생산하는 임클론 시스템즈의 내부 정보를 이용해 부당 주식거래를 한 혐의로 구속

되면서 유명해졌다. 종양 내에 KRAS 돌연변이가 없어야 얼비툭스를 투여할 수 있는데 돌연변이가 있는 환자에게는 득보다 실이 많다. 결장암 환자의 40~60퍼센트 정도가 이 돌연변이를 갖고 있다 하니 KRAS 정상형인 나는 운이 좋은 셈이다. 얼비툭스는 심한 발진과 여드름 같은 부작용도 갖고 있다. 하지만 표적 치료 제라서 혈구 수치와 혈소판에는 별다른 영향을 주지 않는다.

"저는 암 치료 부작용이 아니라 그냥 암으로 죽고 싶어요." 나는 A.C.박사에게 확실하게 못을 박았다.

"만약 치료가 돼서 죽지 않는다면요?"

A.C. 박사가 뜻밖에도 낙관적인 전망을 내놓자 나는 조심스럽게 미소를 지었다. 평소와 달리 내가 그런 말을 듣고 거부 반응을 보이지 않은 것은 그 말을 A.C.박사가 했기 때문이었다. 다른 사람이 한 말 같았으면 듣지도 않았을 것이다. 지난 12월만 해도 A.C. 박사는 면역요법에 부정적이었는데 그동안 이 요법에 대한 신뢰도가 높아졌는지 꽤 가능성이 있다고 판단하는 듯했다. 그가 그렇게 믿는다면 나도 용기를 내 조금이라도 믿어봐야겠다 싶었다. 그래도 내 생각을 분명하게 말해두었다.

"심하게 앓다가 죽은 모습으로 아이들에게 기억되고 싶지 않아요."

"아마 엄마 얼굴에 여드름이 났던 것만 기억할 겁니다."

나는 이미 2주일에 한 번씩 48시간 동안 휴대용 펌프로 5-FU 약제를 주입하는 유지항암 화학요법을 재개하기로 한 터였다. 하지만 솔직히 펌프를 차고 다니기 싫었다. 번거롭기도 하고 무엇보다 가족들이 내가 환자라는 걸 의식하고 동요하게 만들고 싶지 않았다. A.C. 박사는 내가 들어본 적 없는 새로운 방법을 제안했다. 일주일 단위로 얼비툭스를 맞고 그때마다 5-FU를 빠르게 투여하는 것이었다. 내게는 완벽한 해결책인 듯했다.

치료를 받기로 결정하니 마음이 놓였다. 치료법 자체는 무시무시했지만 내 의견에 귀를 기울여주고 치료법을 스스로 결정할 수 있게 해주는 의사를 만난 것은 정말 다행이었다. 그는 특이하고 비정통적인 방법이라도 기꺼이 실행할 의지가 있는 의사였고 "일반적이지 않은 방법이라고 할 수 없다는 것은 아니"라고 말했다. 무엇보다 나는 A.C.박사와 서로의 인스타그램을 팔로우하고, 서로의 사생활을 어느 정도 볼 수 있으며, 정원 가꾸기와 아이들에 대해 얘기할 수 있어서 좋았다.

일반적인 환자와 의사 관계와 달리, 전이암 환자와 담당 의사의 관계는 이렇게 특별한 것이 좋다고 생각한다. 종양학은 삶과 죽음이 맞닿아 있는 학문이므로 환자와 의사의 관계는 인간적인 신뢰를 바탕으로 해야 한다. 나는 내 목숨을 구해줄 의사, 어쩌면 죽음에 이를 때까지 내 곁을 지켜줄 의사와 유대감을 형성할 필요가 있었다.

하지만 새로운 치료법을 잘 선택했다는 생각은 그리 오래 가지 않았다. 일주일도 채 안 돼서 내 얼굴에는 예상대로 발진과 여드름이 올라왔는데, 피부과 전문의가 '농포'라고 부를 정도로 심각했다. 고름 물집이라는 뜻을 가진 농포라는 단어에 혐오감이 치밀었으나 내 얼굴이 고름이 난 건 사실이니 적절한 표현이기는 했다. 얼굴은 계속 벌겋게 상기되었지만 클린다마이신 크림과 경구 항생제인 독시사이클린 덕분에 다행히 발진과 여드름은 빨리 가라앉았다. 대신 두피가 간질거리고 따가웠으며 탈모의 기미가 보였다. 이미 몇 주 전부터 머리카락이 빠지기 시작한 터였다. 두피와 머리카락을 촉촉하게 하면 도움이 될까 싶어 헤어마스크를 쓰기 시작했다.

얼비툭스를 투여하고 일주일쯤 지나자 왼쪽 안구에 부유물이 생겼다. 안구 내에 부유물이 떠다니는 증상은 누구에게나 생길 수 있지만, 나는 눈 수술을 받은 전력 때문에 더 잘 생기는 편이었다. 이전에는 며칠 떠다니다가 사라졌는데 이번에는 사라지지 않았다. 이러다 시력이 더 나빠져 아예 못 보게 될까 봐 불안해졌다. 평생 가장 두려워한 것이 바로 시력을 완전히 잃는 것이었다. 어렸을 때 나는 그런 부유물을 눈앞에서 춤추는 파리들이라고 불렀다. 눈을 뜨고 있든 감고 있든 시야에 까맣게 떠다니는 점들을 달리 표현할 길이 없었다.

목덜미 아래쪽에는 괴상하고 물렁한 혹이 하나 생겼다. A.C. 박사는 내 뇌가 두개골 밖으로 흘러나오지 않은 이상 전이성 뇌종양일 리 없다고 했지만, 그 덩어리의 정체가 무엇인지는 그도 정확히 알지 못했다. 일단 손으로 그 주변을 마사지하며 지켜보기로 했다. 최근에 찍은 뇌 MRI에 별다른 증상이 없다는 걸 위안으로 삼았다.

여드름과 탈모, 눈앞에 떠다니는 짜증 나는 부유물과 목 아래의 괴상한 혹, 가끔 심하게 몰려오는 피로감은 손과 발, 입술이 극도로 건조해져 피부가 상하고 구강점막 질환이 생긴 것에 비하면 아무것도 아니었다. 로션과 크림을 자주 발라도 아침에 일어나면 입술이 갈라져 피가 말라 있었고 몸에는 피가 나도록 긁어댄 흔적이 남아 있었다.

손보다 입 안의 상처가 더 극심했다. 이건 결장암 치료를 받으면서 경험한 최악의 부작용이었다. 구역질, 변비, 설사, 신경장애 따위는 아무것도 아닐 정도였다! 입 안이 헐자 식욕이 떨어졌고, 먹질 못하니 꼭 필요한 영양분을 섭취하기가 어려워져서 의료진이 무척 우려했다. 구강청결제와 약물을 써도 별다른 효과를 보지 못했다. 혀와 잇몸, 입술과 볼 안쪽에 계속해서 염증이 생겨났다가 사라졌다. 혀 안쪽에 염증이 생기면서 음식을 먹을 때마다 외이도에 불로 지지는 것 같은 통증이 전해졌다. 입 안의 통증이 귀로 이동하는 기막힌 상황에 분노가 치밀었다. 아무리 암이 사람을 죽일 수도 있다지만 그래도 정도껏 해야지!

어느 시점부터는 입을 움직이는 것도 고통스러워서 말을 거의 안 하게 됐다. 딸들에게도 이제 자기 전에 동화책을 읽어줄 수 없다고 말해두었다. 물을 삼키는 것도 쉽지 않았고 음식을 먹는 것은 극도로 고통스러워서 천천히 조금씩 삼켜야 했다. 음식물이 들어가면 입 전체가 쓰라렸다. 아이스크림은 시원하고 부드러워서 화끈거리는 통증을 약간이나마 덜어주었다. 나처럼 요리와 먹는 것을 좋아하는 사람에게 입 안의 통증은 너무 지독한 고통이었다. 의사의 권고도 있어서 나는 입과 손가락 피부가 나을 시간을 주기 위해 노동절이 낀 일주일 동안 항암치료를 쉬기로 했다.

통증이 사람의 기력을 얼마나 쇠하게 하고 의지를 꺾는지 새삼 깨달았다. 부끄럽게도 나는 통증을 잘 견디지 못하는 편이다. 체질이 그러니 마음가짐을 바꾼다고 될 일이 아니다. 통증은 나뿐 아니라 모든 사람의 심신을 비참하게 만든다. 신체의 통증에 친구들을 떠나보낸 감정적 고통과 치료 부작용까지 밀려오자, 나는 가장 지독한 어둠의 구렁텅이로 빠지고 말았다.

항암치료를 재개하기 전날 밤, 입 안이 불붙은 것처럼 화끈거렸다. 이사벨이 자지 않고 보채자 나도 모르게 벌컥 화를 내고 말았다. 벨을 마구 혼내며 소리를 질렀다. 결국 조시가 말렸고, 끔찍한 엄마가 됐다는 생각에 충격을 받은 나는 소파에 앉아 울음을 터뜨렸다. 통증과 비참한 기분 때문에 나는 형편없는 엄마이자 아내가 되고 말았다. 한 번도 원치 않았던 일이다.

그날 새벽까지 어둠 속에 홀로 앉아 눈물을 흘렸다. 평생 그렇게 격하고 절망적으로 울어본 적이 없었다. 지독하게 약해진 기분이었고 너무나 외로웠다. 아이들의 기억 속에 영원히 이런 모습으로 남을까 봐 항암치료를 아예 중단하는 것도 진지하게 고려했다. 어디서든 도움을 받아야겠다는 생각에 결장암 포럼에 글을 올렸다.

지난번에 외로움과 고독에 관한 글을 올리고 나서 한동안 제 근황을 알리지 않았습니다. 누구에게 어떤 말을 들어도 위로가 되지 않을 것 같았거든요. 지금 제 마음은 질투와 비통함, 증오로 가득 차서 어쩌면 좋을지 모르겠습니다. 몇 개월 동안 마음의 평화를 찾았다고 생각했는데 얼마 전 스캔 결과를 확인한 후로 짧은 기간 이나마 유지해온 평정심이 무너져버렸어요. 이런 제 심정을 남편 과 친구들은 이해하지 못할 거예요. 저와 같은 처지에 있는 분들 만 저를 이해하실 수 있겠지만 오프라인에서는 만나기가 쉽지 않네요.

오랫동안 격조하다가, 위로받고 싶은 마음이 간절해져서 오늘 이 곳에 다시 로그인을 했습니다. 한 달째 얼비툭스를 투여하니 입 안에 염증이 생겨 많이 힘들고 우울해요. 발진은 어느 정도 잡았 지만 얼비툭스 때문에 왼쪽 눈에 계속 부유물이 떠다니는데, 눈알 을 뽑아버리고 싶을 만큼 갑갑합니다. 제가 태어날 때부터 시력장 애가 있었다는 걸 아시는 분은 이 부유물 때문에 제 기분이 얼마 나 바닥을 치는지, 아예 눈이 멀까 봐 얼마나 불안한지 이해하시 겠지요. 오늘 저녁에는 자지 않겠다고 버티는 네 살짜리 딸에게 심하게 화를 내고 말았네요. 가뜩이나 속이 상해 있던 터라 더 그 랬던 것 같습니다.

정말이지 이런 모습으로 살고 싶지 않아요. 딸들이 저를 고통스럽 고 우울하게 하루하루를 살다 죽은 못된 엄마로 기억하게 하고 싶 지 않습니다. 내일부터 다시 약물 치료를 해야 하는데 남편에게 그만두고 싶다고 말했습니다. 이런 식으로 사느니 죽는 게 낫겠다 싶어서요. 부작용으로 우울하게 사느니 아이들에게 잘해주는, 행복하고 좋은 엄마로 살다가 떠나고 싶습니다.

말은 이렇게 했지만 막상 용기가 나지는 않네요. 그래도 언젠가는 용기가 생기겠죠.

얼마 전부터 우리 가족은 큰딸 미아 때문에 성당에 나가기 시작했습니다. 저는 기독교인도 아니고 앞으로도 그렇게 될 일은 없겠지만, 어릴 때부터 교회에 다닌 남편과 아이들을 위해 따라 가고 있어요. 미사에는 참여하지 않지만 최대한 열린 마음으로 강론을 듣고 있습니다. 케이트 원장수녀님의 강론이 특히 마음에 남더군요. 우리는 평소에 빛의 힘과 장점을 강조하지만 때로는 어둠을 통해 경이로운 일이 일어날 수도 있다고 하셨거든요.

그날 저녁 계속 눈물이 흘렀습니다. 감정이 밑바닥까지 가라앉아 바닥에 쓰러진 채 깔개를 움켜쥐고 대성통곡을 했어요. 어두운 곳에서 혼자 울고 있는데 몇 시간 전에 저에게 혼이 났던 우리 딸 이사벨이 다가와, 말없이 제 머리에 손을 얹더라고요.

"엄마, 왜 바닥에 누워 있어요?"

"열이 나서."

우리 사이에 잠시 침묵이 흐르다가 제가 다시 입을 열었죠.

"이사벨, 이제 그만 가서 자렴."

"엄마, 나랑 같이 자요. 내 방에서 주무셔도 돼요."

자기도 무서웠을 텐데 어두운 곳까지 와서 형편없는 엄마를 챙겨 준 이 아이의 제안을 제가 어떻게 거절할 수 있었을까요? 이날 밤에는 아이들 침대에 함께 누워 벨과 미아를 양옆에 끼고 잤답니다.

29.

슬픔이 주는 선물

"잘 지내세요?"라는 인사말 다음으로 내가 자주 듣는 질문은 "딸들은 어떻게 지내요?"다.

딸들은 내가 아프다는 것, 내가 살날이 얼마 남지 않았다는 것을 알고 있다. 아이들은 자라면서 '죽음'의 의미를 조금씩 깨우치고 있다. 내 죽음이 자신들의 감정에 어떤 의미로 남을지는 아직 모르는 것 같지만.

이제 여섯 살이 된 영리한 미아는 이 모든 상황을 이해하려고 조용히 노력하고 있다. 이게 무슨 상황인지 나눠서 생각해보고 분석도 해보는 눈치다. 미아는 야생 동물들이 사냥하는 다큐멘터리를 즐겨 보고, 제 아빠의 무릎에 앉아 비행기 사고를 다룬 다큐멘터리도 자주 보는 편이다. 배우들이 사고 과정을 재연한 후, 조사관들이 나와서 비행기가 추락한 이유를 하나하나 풀어가는 내용이다. 과학이 섬뜩한 살인범들을 어떻게 찾아내는지를 다룬 법의학 다큐멘터리도 즐겨 본다. 조시는 그런 섬뜩한 다큐멘터리를 좋아하는데 미아도 잘 보는 걸 보니 취향이 비슷한 것 같다. 하지만 작은딸 벨은 미아와 조시가 비행기 사고나 법의학에 관한 다큐멘터리를 틀어놓으면 소리를 지르면서 싫어한다. "난 비행기 사고 같은 거 보기 싫어!" 그러면서 내 손을 잡고 다른 방으로 가 버린다.

조시와 미아는 그날도 함께 다큐멘터리를 시청하고 있었다. 조시는 다큐멘터리에서 언급한 'A.D. 1532'에서 'A.D.'가 십자가형을 받고 세상을 떠난 예수 그리스도와 관련 있다고 설명해주었다. 그러자 미아는 별안간 성당에 가서 예수에 대해 더 공부하고 싶다고, 기독교인이 되고 싶다고 말했다. 그때까지 우리는 미아에게 종교에 대해 별다른 얘기를 해준 적이 없고 미아도 성당에 가본 적이 없었다. 미아가 네 살 때부터 하느님에 대한 얘기를 한 적이 있어서 기독교 신앙을 배우고 싶다는 말이 크게 놀랍지는 않았다. 내가 암 진단을 받은 지 얼마 안 됐을 때 미아와 함께 어느 성당 앞을 지나가던 중 아이가 "저 건물은 뭐예요?", "누가 우리를 만들었어요?"라고 물은 적도 있었다.

미아는 벨과 함께 침대에 누워 있다가 이런 대화를 나누기도 했다.

벨: 하느님은 죽었어.
미아: 아냐, 안 죽었어. 하느님은 어디에나 계셔. 하느님이 우리를 만드셨어.

이런 이유로 우리 가족은 신앙 공동체의 일원이 되었다. 나는 기독교인이 아니지만 가족들이 신앙으로라도 힘든 시기에 위안을 받기를 바랐다. 내 아이들은 똑똑하고 분별력이 있으니 좀 더 나이를 먹고 세상을 알게 되면 기독교나 다른 종교를 믿는 것이 자신에게 맞는지 스스로 판단할 수 있을 것이다.

벨은 성당을 그다지 좋아하지 않는 눈치다. 벨은 주일학교에 가는 건 좋아했지만, 아무리 짧고 아이들의 취향에 맞춘 미사라도 한 시간 내내 앉아 있는 것을 지루해했다. 어느 날 아이와 함께 성당에 가던 중 이런 대화를 나눴다.

벨: 엄마, 왜 우린 매일 성당에 가야 돼요?
나: 매일 가지는 않아. 일요일에만 가잖아.
벨: 전 금요일이 제일 좋아요. 금요일마다 피자를 먹을 수 있고 성당에 안 가도 되니까!

벨은 내가 오래 살기를 바라면서도 한편으로는 내 죽음을 대비하는 듯했다. 나는 그런 준비가 두 아이에게 필요하고 유익하다고 생각한다. 나중에 한꺼번에 몰려올 고통과 슬픔을 미리 덜어주는 효과도 있고, 아이들이 나의 부재를 받아들이는 동안 내가 곁에서 도와줄 수도 있기 때문이다.

아이들은 나와 세상에 대한 분노를 미리 해소하고 나는 아이들을 달래줄 수 있다. 아이들은 이런 과정을 거치면서 내게 필요한 질문을 하고, 나는 대답을 해주면서 내가 자신들을 사랑하고 앞으로도 늘 사랑할 것임을 알려줄 수 있다.

나는 이것을 '슬픔이 주는 선물'이라 생각하기로 했다. 앞으로 닥칠 상실감과 내 죽음을 함께 대비시키면서 울다보면 내가 어느 날 갑자기 사라져도 아이들이 혼자 남겨졌다는 생각을 하지 않을 것이다. 아이들에게 죽음의 과정을 모르게 하는 편이 낫다는 전문가들도 있지만 내 생각은 다르다. 만약 그 의견을 따른다면 내 아이들은 그 무엇과도 비교할 수 없고 어디서도 느낄 수 없을 엄마의 사랑을 마음에 새길 기회를 놓치고 말 것이다.

벨은 때때로 묘한 행동을 한다. 어느 날은 조시와 차를 타고 가던 중 "엄마가 돌아가시면 제가 엄마 자리에 앉아도 돼요?"라고 묻기도 했다. 벨의 영원불멸한 영혼에 한두 번 놀란 게 아니다. 나는 하느님을 믿게 되면서 벨의 묘한 힘을 더욱 강하게 느꼈다. 하느님이 내가 병을 잘 견딜 수 있도록 이 아이를 보내주신 것 같다는 생각이 들 정도다. 벨이 마치 내 속을 꿰뚫어보듯 지혜로운 말을 할 때면 하느님이 벨을 통해 내게 말씀하신다는 느낌이 들어서 하느님의 존재를 더 믿게 된다.

미아가 긴 팔다리로 나를 껴안으면 아이의 사랑이 느껴진다. 내가 자기를 동생만큼 격려해주고 사랑해주길 바라는 마음이 느껴진다. 미아는 어리지만 품위 있고 똑똑하고 아름답고 다정한 아이다. 내가 이렇게 사랑스러운 아이를 낳았다는 것이 정말 뿌듯하다. 이런 훌륭한 아이의 엄마가 되었다는 사실이 경이롭다. 내가 누군가를 이렇게 깊게 사랑할 수 있을 줄 미처 몰랐다.

벨의 포옹은 미아와 느낌이 다르다. 제 언니는 팔다리가 길고 호리호리한 편인데 벨은 몸집이 작고 살이 탄탄한 편이다. 벨이 작고 다부진 몸으로 나를 꽉 안으면 나를 엄마로서 필요로 하는 것 이상의 사랑과 감정이 전해진다. 마치 자신의 무게로 나를 이 지구에, 이 삶에 붙잡아놓으려는 듯하다. 지독한 통증 때문에 세상을 떠나고 싶을 때 벨이 포옹해주면, 마치 벨이 내 영혼에게 당신은 아직 이 세상에서 해야 할 일과 배워야 할 일이 많이 있으니 더 살아야 한다고, 자신과 언니를 돌봐주는 것 외에도 더 큰 선행을 베풀어야 한다고 말하는 것 같다.

다음날 아침 눈을 뜨니, 몸은 지쳤지만 눈이 맑아지고 다시금 결의가 생겨났다. 지난 몇 주, 몇 개월 동안 내가 토해낸 자기연민의 언행이 나뿐 아니라 온 가족을 지치게 만들었다. 이제 스스로 어둠을 떨치고 나아가야겠다. 벨이 손을 내밀어줄 순 있어도 심연에서 빠져나오는 것은 내가 해야 할 일이니까.

30.

입 씨 가족이
미국에 정착하던 날

나는 할머니의 무릎에 앉아 있다. 보트가 흔들린다. 지금은 잔잔하지만 늘 그렇지는 않다. 배 위에 달아놓은 갓 없는 백열전구의 으스스한 빛, 새카맣지는 않지만 구름이 잔뜩 끼어 어두컴컴한 밤하늘이 보인다. 그리고 모터 소리가 터덕…… 터덕…… 터덕…… 들린다. 주변에 앉아 있는 사람들의 거친 목소리가 귀에 날아와 꽂힌다. 사람이 엄청 많다. 삶의 극한에 몰린 이들의 목소리는 모터 소리와 바다의 철썩거림보다 요란하다.

사람들은 밤하늘의 무언가에게, 누군가에게 말을 하고 있다. 그들이 내뱉는 소리가 들린다. "신이시여, 우리를 도와주십시오." "신이시여, 우리를 돌봐주십시오." 나는 할머니의 가슴에 기대어 회색과 검은색으로 물든 밤하늘을 바라본다. 구름 사이에서 문득 어떤 목소리가 들린 것 같지만 기도에 대한 응답을 듣고 싶은 환청일 뿐이다. 주변 사람들이 우리 모두를 위해 중요한 기도를 하고 있음을 본능적으로 느낀다. 죽고 싶지 않고, 살고 싶어서 내뱉는 기도임을 안다. 나도 살고 싶다.

문득 배가 고프면서 속이 쓰리다. 나는 빈 젖병으로 할머니의 무릎을 탁탁 치며 젖을 더 달라고 운다. 내가 할 수 있는 유일한 표현이다. 할머니는 고함을 지른다. 할머니는 나한테 화가 나 있다. "더 없어! 무슨 말인지 알아? 네가 아무리 울어도 지금 당장 줄 젖은 없어. 그러니까 그만 울어!" 할머니는 젖병을 빼앗아 검은 바다로 휙 던져버린다. 그렇게 하면 상황이 더 나아질 것처럼. 할머니가 젖병 대신 나를 바다로 던지고 싶어 한다는 것을 느낀다. 하지만 할머니는 나를 던지지는 않는다.

나는 더 크게 운다. 울음을 그칠 수가 없다.

이것이 내가 의식하는 최초의 세상에 대한 기억이다. 보트에서 보고 느낀 이미지와 감각은 흐릿한 색깔과 빛이 스쳐가는 수준 이상으로 뚜렷하다. 생애 초기의 이 기억에는 순간의 절박함과 언제 사그라질지 모르는 내 생명의 불안정함이 담겨 있다. 보트에서 나는 두려움과 배고픔, 살고자 하는 욕구를 배웠다.

보트를 타고 대양을 건너간 것은 너무도 원초적이고 끔찍한 경험이라, 우리 가족은 이 기억을 털어내고자 노력했고 다시는 입에 올리고 싶어 하지도 않았다. 몇 년이 지난 후에도 어머니는 끝없이 펼쳐진 바다를 볼 때면 그때의 원초적이고 무시무시한 기억이 떠올라 몸서리를 치면서 "미리 알았으면 절대 그 보트에 타지 않았을 거다……"라고 말하곤 했다. 당연한 얘기지만 어머니는 미리 알지 못했기에 보트를 탈 수 있었다.

출항 전부터 보트의 짐칸에는 물이 30센티미터쯤 차 있었고 낡은 선체 안으로 자꾸만 물이 들어오고 있었다. 시간이 갈수록 보트는 점점 더 물속으로 가라앉았다. 사람들은 빈자리를 찾기 위해 갑판을 두리번거릴 뿐, 짐칸에 물이 차오르는 걸 보면서도 아무 말도 하지 않았다. 보트에서 내리려는 사람도 없었다. 점점 더 많은 사람들이 승선했다. 용감한 건지 어리석은 건지 몰라도 아마 그들은 내 부모님과 마찬가지로 베트남에서 사느니 바다에서 죽는 편이 낫다고, 베트남에 한순간이라도 더 머무느니 가라앉는 보트를 타는 게 낫다고 여겼을 것이다.

그때 보트의 주인이자 이번 탈출을 주도적으로 계획한 깐이 소리쳤다.

"짐을 버려요! 보트의 무게를 줄여야 됩니다!"

깐은 보트에 타고 있던 백 명가량의 승객들에게 소리친 뒤, 보트와 부두를 잇는 두꺼운 널빤지 너머에서 대기 중이던 200여 명에게도 외쳤다.

"꼭 필요한 물건만 갖고 타세요. 다른 건 안 됩니다!"

"내 가방은 가져가지 말아요! 안 무겁다고요!"

머리가 희끗희끗한 여자가 항의와 애원이 섞인 말투로 소리쳤다. 여자와 한참 줄다리기를 한 끝에 깐은 그 여자의 체구보다 두 배는 큰 가방을 빼앗아 보트 너머로 던지고 고개를 돌렸다.

어머니는 등 뒤에 놓아둔 가방이 남자의 눈에 띄지 않도록 벽쪽으로 밀어붙였다. 할머니도 등 뒤에 놓아둔 본인 가방을 벽으로 슬쩍 밀었다.

어머니는 배 위에 매달려 이리저리 흔들거리는 갓 없는 백열전구 두 개와 그 희미한 빛 아래로 펼쳐진 비현실적인 광경을 눈에 담았다. 밤 아홉 시가 다 된 시각이었다. 공안은 중국계 베트남인들을 태운 보트가 밤에만 출항할 수 있도록 허락했는데, 이들의 출항을 보고 베트남 토착 민족들이 탈출할 마음을 먹지 않게 하기 위해서였다.

어머니는 점점 더 많은 사람들이 고함을 지르고 소리치고 따지고 협상하면서 꾸역꾸역 보트에 오르는 모습을 지켜보았다. 많은 이들의 삶의 흔적들, 그동안 모아온 재산들이 부두에 아무렇게나 던져졌다. 내일 아침이면 낯선 이들이 와서 저 물건들을 가져갈 것이다. 공산주의자들에게 이미 많은 재산을 빼앗긴 사람들이 그나마 갖고 있던 얼마 안 되는 재산마저 버리고 떠나야 하는 상황이, 어머니에게는 도저히 현실 같지 않았다. 어떤 이들은 겨우 입을 옷만 챙겼다. 물이 새어드는 이 작은 보트는 300여 명의 난민을 태우고 2,000킬로미터에 가까운 대양을 지나 홍콩으로 가야 했다.

겨울이라 그런지 베트남을 탈출하던 당시 상황이 자꾸만 떠오른다. 스캔 결과가 좋지 않아서일 수도 있고, 최근에 있었던 심각한 설사 때문에 이러다 죽겠다 싶은 기분을 느껴서일 수도 있다.

1975년 북베트남군의 무력 침공으로 남쪽의 수도 호찌민이 함락되면서 사람들은 베트남에서 도망치기 시작했다. 초기에는 남베트남 정부와 미군에 협력했던 베트남인들이 주로 탈출했지만, 1978년이 되자 경제적 자유를 빼앗긴 중국계들이 탈출하기 시작했다. 몰래 탈출하는 것이라 가족이 딸리지 않은 젊은 남녀가 대부분이었다. 셋째, 넷째, 다섯째 삼촌도 그때 탈출을 감행한 젊은 이들 중 하나였다.

하지만 우리 가족 중 제일 대담한 사람은 바로 어머니였다. 어머니는 먼저 탈출하기로 한 시동생에게 당시 여덟 살이던 라이나 언니를 데려가라고 부탁했다. 언니가 어떻게든 눈을 고칠 수 있는 나라에서 살기를 바라서였다. 우리는 나중에 따라가기로 했지만 언니와 다시 만날 수 있을지도 장담할 수 없었다. 내가 엄마가 되어보니 당시 어머니가 언니를 먼저 보내기로 한 것이 얼마나 어려운 결정이었는지 이해가 된다.

그렇게 라이나 언니는 삼촌들과 베트남을 떠났지만 몇 주, 몇 개월이 지나도록 삼촌들에게서 아무 소식도 오지 않았다. 당시만 해도 해외에서 우편물이 오기까지 6개월 이상 걸렸고 그마저도 제대로 도착하지 않는 경우가 많았다. 다행히 몇 주 후에 편지가 도착했고 편지에는 미국에서 산 옷을 입고 멋진 안경을 쓴 언니가 샌프란시스코의 금문교 앞에 서 있는 사진이 들어 있었다.

나는 암 진단을 받은 후 무슨 수를 써서라도 오래 살겠다고 외치는 사람들을 숱하게 봤다. 그들은 때로는 미친 듯이 삶에 집착하는 모습을 보였다. 나는 유령과 영혼, 환생을 확고히 믿기에 죽음이 두렵지 않다. 이런 확신 덕분에 나는 삶에 지나치게 집착하지 않으며, 어떤 면에서는 죽음을 기대한다. 죽음을 통해 한 단계 발전하는, 깊은 평안을 얻을 수 있으리라는 믿음이 있기 때문이다.

살아 있는 모든 것은 언젠가는 죽음이라는 불가피한 운명을 맞이한다. 그러니 마음에 위로가 되고 평안을 줄 수 있다면 무엇이든 믿어도 되지 않을까. 마지막 순간에 죽음이 두려워 도망칠 수도 있고 깊은 성찰 끝에 당당하게 죽음을 대면할 수도 있다. 죽음에 대해 깊게 생각할 수 있다면, 삶의 마지막 순간에 평안과 고요함을 누릴 수 있을 것이다.

31.

CT, MRI, PET······ 이 결과는 다 뭐죠?

봄의 첫날, 흉부 CT 스캔과 복부 및 골반 MRI 결과가 나왔다. 1월 초에 PET 스캔을 한 지 10주가 지난 시점이었는데, 결과는 복합적이었다. 폐에 있던 여러 개의 종양 중 어떤 것은 커졌고 어떤 것은 그대로였고 어떤 것은 작아졌다.

일부 종양이 커지긴 했지만 A.C.박사와 나는 당분간은 얼비툭스와 5-FU를 약하게 투여하기로 했다. 다만 지금까지는 스캔 주기를 3개월 이상으로 했지만 이제부터는 6주 간격으로 받기로 했다. 1월의 PET 결과에 비하면 2월 스캔 결과는 안정적이었지만, 작년 10월에 확인한 CT와 MRI 결과에 비하면 종양이 심각하게 커져 있어서 나는 충격을 받았다.

여러 스캔 기술마다 장단점이 있는데 하나하나를 자세하게 알지는 못한다. 다만 내 경우 암이 뼛속으로 침투했는지, 복막처럼 고정되지 않은 부분의 전이암 상태가 어떤지를 확인하고, 보다 넓은 부위를 보기 위해 6개월에서 9개월 주기로 PET 스캔을 받고 있다. CT-PET 스캔 이미지는 CT나 MRI 단독 스캔보다 떨어지므로, 이번 CT/MRI와 지난번 CT/MRI를 비교하는 것이 이번 PET와 지난번 CT/MRI를 비교하는 것보다 더 정확했다. 10월부터 2월까지의 변화를 보여주는 이번 결과는 비교적 정확한 것이어서 나는 더 불안했다.

2월의 스캔 결과를 보니 종양 두 개가 더 생겼고 기존의 종양은 1~3밀리미터 정도로 커진 상태였다. MRI 결과를 보니 후복막강 안의 림프절이 커져 있었는데 암일 수도 있고 양성 종양일 수도 있다고 했다. 방사선 전문의들도 둘 중 어느 쪽인지 의견을 모으지 못했다. 얼비툭스와 5-FU 투여는 이미 실패했거나 실패하고 있는 듯했지만, 그래도 A.C. 박사와 나는 내가 휴가를 떠나기 전까지 현 치료법을 유지하다가 그 후에 다른 치료법을 결정하기로 했다. 휴가 기간 동안 예측할 수 없는 부작용이나 합병증에 시달리고 싶지 않아서였다.

낙담하고 속상한 채로 집으로 돌아왔다. 나쁜 소식도 계속 들으면 익숙해지는지 예전처럼 심하게 속이 상하지는 않았다. 나는 소파에 쓰러져 벨에게 안아달라고 말했다.

나: 이사벨, 엄마 몸이 점점 안 좋아지고 있어.

벨: 엄마, 몇 살이에요?

나: 40살.

벨: 우와, 엄마 늙었다!

나: 아니, 늙지는 않았어. 80살이나 90살까지 사는 사람들도 많아.

벨: 그래도 엄마, 엄마는 아직 여기 있어요.

나는 벨을 꼭 안아주었다. 놀라운 아이였다. 평소에는 평범한 네 살짜리처럼 행동하지만 내가 감정적으로 동요할 때면 마치 세상을 다 산 현자처럼 말하곤 한다. 마치 벨의 영혼이 전생에서 얻은 깨우침을 기억하는 듯했다.

32.

광기와 질투,
분노의 소용돌이에서

처음으로 미쳐간다는 기분이 들었다. 암 투병 여정에서 나는 가장 고통스러운 사람들의 목소리를 대변하기 위해 내 안의 가장 구차하고 흉한 감정까지 모두 꺼내 보이고자 노력하고 있다. 분노와 질투, 비통함, 공포, 슬픔까지 모두 다.

말로는 정확하고 완전하게 표현하기 어려운 가장 추한 부분까지 굳이 글로 쓰고 공유하는 이유는, 어쩌면 다른 어떤 이유보다도 스스로 카타르시스를 느끼기 위해서일지도 모르겠다. 그리고 잔인할 정도로 내 감정을 솔직하게 드러내야, 암에 걸렸든 아니든 나처럼 힘들어하는 사람들의 어두운 감정을 제대로 알릴 수 있을 것 같기 때문이다. 그래야 우리는 개인적 친분과 상관없이 인종, 문화, 시간과 공간을 뛰어넘는 보편적인 인간의 고통을 공유하면서 하나로 이어질 수 있다.

내가 이 여정의 외로움에 압도되려 할 때마다 여러분과의 연대에 의지하며 버티고 있음을 알아주었으면 한다. 시칠리아에서 멋진 휴가를 보내면서 찍은 사진을 페이스북에 올릴 때도 마찬가지였다. 우리는 눈으로 뒤덮인 화산 꼭대기를 걸었고, 아이들은 이 광장에서 저 광장으로 돌아다니며 폴짝폴짝 춤을 추었다. 지중해의 태양을 쬐며 2,000년 전의 유적지를 돌아보았고 꽃이 활짝 핀 블러드 오렌지 나무 향기에 취했으며, 신선한 젤라토 아이스크림과 그래니타 음료를 즐겼다. 휴가를 마치고 돌아온 주말에는 남편과 아이들 없이 혼자 로스앤젤레스에 가서 사촌 N을 만나, 함께 즐거운 시간을 보내고 그 모습을 사진으로 찍어 페이스북에 올리기도 했다.

이렇게 살아야 마땅하지 않을까? 나 자신과 온 세상에게, 그리고 암에게 내가 잘 살고 있음을 보여줘야 한다. 암에게 나를 이겨먹을 생각을 하지 말라고 경고해야 한다. 아니, 이것도 다 헛소리일 뿐이다! 나는 나 자신과 페이스북으로 겉모습만 보는 사람들에게 헛소리를 지껄이는 것에 불과하다.

페이스북은 절반의 진실만 보여준다. 사진 속에서 나는 거짓된 모습을 보여주고 있다. 솔직하지 못하다. 억지로 미소를 짓고 입을 크게 벌리며 웃지만, 그 이면에는 어둠과 추함이 자리하고 있다. 오해는 하지 말기 바란다. 우리 가족이 시칠리아에서 멋진 시간을 보낸 것은 사실이니까. 나는 우리 가족을 처음으로 진짜 가족이라 여기게 됐다. 시칠리아 여행 전까지만 해도 나는 미아와 이사벨이 진짜 내 자식이라는 것, 조시와 함께하는 우리가 한 가족이라는 것을 실감하지 못했다. 그때까지도 내게 가족이란 내가 여전히 잘 이해하지 못하는 자기만의 인격을 가진 남편과 아이들

266

이 아니라, 내가 태어났을 때부터 함께했던 혈육이었다. 조시는 내 남편이자 연인이며 제일 친한 친구고 파트너지만 '가족'이라는 느낌은 없었다. 하지만 렌트카를 몰고 11일 넘게 시칠리아 섬을 구경하며 게임을 하는 동안, 문득 어린 시절 부모님과 언니 오빠와 함께 차를 타고 샌프란시스코와 라스베이거스로 여행을 갔던 추억이 떠올랐다. 단순히 피로 맺어진 것 외에 이런 추억을 공유해야 진짜 가족이 될 수 있는 게 아닐까?

앞으로 이런 시간을 몇 번이나 더 보낼 수 있을까, 신나는 모험을 몇 번이나 함께할 수 있을까, 함께 귀중한 추억을 얼마나 더만들 수 있을까. 이런 질문에 스스로 답하면서 문득 두려워졌다. 슬프고 억울하고 다른 가족들에게 질투가 났다. 그러면서도 어쩌면 이번이 미아와 이사벨과 함께하는 마지막 휴가일 수도 있으니최대한 많은 추억을 만들어줘야겠다는 생각이 들었다. 더 이상슬퍼할 시간이 없었다. 암에 대한 걱정은 옆으로 밀어놔야 했다.

하지만 나처럼 전이암을 앓는 사람은 암 생각을 안 하려고 애를 쓸수록 더 생각이 난다. 조시도 나처럼 압박감을 느꼈는지, 여행 중에 싸우다가 울기도 했다. 내가 페이스북에 올린 사진에는이런 모습은 담겨 있지 않다.

우리는 토요일에 뉴욕으로 돌아왔다. 월요일에 내가 제일 먼저한 일은 병원에 가서 복부 및 골반 MRI와 흉부 CT를 찍은 것이다. 휴가 기간 동안 항암치료를 중단했기 때문에 종양이 더 커졌을 거라 예상은 하고 있었다. 지난번 스캔과 비교해보니 6주 동안 폐 결절은 1~2밀리미터가량 더 커진 상태였다. 더 걱정스러운 것은 확장된 왼쪽 난소로, 암이 난소로 전이됐을 가능성이 있었다. A.C.박사가 산부인과 종양 전문의인 B 박사를 만나보라고 했는데, 난소가 확장됐다는 것을 알게 된 후부터 어쩐지 그 부위가 불편하고 아프기 시작했다. 정신이 육체에 미치는 영향은 정말 놀라운 것 같다.

그 후로 나는 머릿속으로 온갖 시나리오를 쓰며 걱정과 스트레스에 시달렸고 눈물을 흘렸다. 암이 복막까지 침투했으면 이제 살날이 몇 달밖에 안 남았겠구나, 휴가 때 항암치료를 중단한 바람에 암이 척추와 뇌까지 퍼졌으면 어쩌지, 암이 뇌까지 퍼져 감마나이프 방사선 수술을 받게 되면 딸들을 위해 쓰려던 이야기를 완성할 수 있을까. 이런 생각이 꼬리에 꼬리를 물고 폭주했다. 미칠 것 같은 지독한 고문이었다.

마음속에서는 동물적인 공포가 치솟았다. 높이 솟은 돌벽 위에서 괴물 석상들이 나를 향해 더 빨리 처형장으로 가라고 위협하는 듯했다. 괴물 석상들의 화살이 나를 겨냥했고, 그들의 몸뚱이는 금방이라도 살아 움직일 듯했다. 난소의 통증이 점점 심해지면서 언젠가 숨이 끊어지는 순간에 찾아올 고통이 처음으로 두려워졌다. 의사들이 통증을 제어해주지 못하면 어쩌지? 진통제 때문에 환각에 시달리다가 정신질환자처럼 내 피부를 스스로 찢는다면? 아이들에게 그런 모습을 보여주고 싶지 않았다. 숨이 막혀 당장 죽을 것 같았다. 점점 더 미쳐가는 듯했다.

로스앤젤레스에 머무는 동안 부모님과 오빠를 만났다. 아버지가 나를 태우고 몬테레이 파크에 있는 부모님의 집으로 향했다. 예전에 결장이 완전히 막힌 줄도 모른 채 극심한 통증에 시달렸던 바로 그 집이다. 그때 나는 통증을 참다못해 사촌의 결혼식 날 새벽에 아버지에게 병원 응급실로 데려가달라고 부탁했다. 내 입장에서 이 집은 암 선고를 받던 기억을 떠올리게 할 수밖에 없었고, 그래서 지난 3년 동안 부모님 집을 한 번도 찾지 않았다. 이번에도 한참 동안 집 안에 들어서지 못하고 차에 앉아 있었다.

조시에게 전화를 걸어 한참을 흐느꼈다. 암 진단을 받은 후 그렇게 발작하듯 지독하게 울음을 쏟아낸 건 처음이었다. 영혼의 발전을 논하던, 유구한 인류의 역사 속에서 내 삶은 미미할 뿐이라고 말하던 철학적이고 현명한 자아는 어디론가 사라졌다.

그 순간, 그리고 그 후에도 수차례에 걸쳐 나는 내 삶과 내 고통에 완전히 몰입했다. 그리고 이전에도 몇 번 했던 얘기를 또 시작했다. 당신과 두 딸만 없었으면, 최대한 오래 곁에 머물겠다는 약속만 하지 않았다면, 당장 항암치료를 중단하고 암이 온몸에 퍼지게 내버려두고 싶다고. 다른 나라로 가서 남은 시간 동안 제일 좋아하는 일을 하면서 살다가 가고 싶다고. 새로운 언어를 배우고 싶다고. 그러다 통증이 너무 심해 견딜 수 없을 지경이 되면 다리에서 뛰어내려 비참한 고통을 끝내고 싶다고. 사랑하는 반려동물들이 병들었을 때처럼 나 자신을 안락사시키고 싶다고. 나에게 그 정도의 친절은 베풀고 싶다고.

하지만 난 그럴 수가 없다. 난 그래서는 안 된다.

감정적 고통에 매몰되는 순간마다, 나는 비이성적이고 불가능한 소망을 품었다. 시간을 되돌려 어린 시절의 나에게 앞으로 닥쳐올 운명을 이야기해주고 미래를 바꾸고 싶다는 소망이었다. 나는 이성으로는 알 수 없는 것을 원했다. 시간이 선형이 아니라 원형이길 바랐다. 내가 만족할 때까지, 조시와 내가 꿈을 모두 이룰 때까지 이 삶을 몇 번이고 되풀이해서 살 수 있기를 바랐다. 무엇보다도 지금의 삶을 끝까지 살아낼 수 있기를 바랐다.

물론 이건 불가능한 바람이다. 나는 나 자신을 위한 기도를 해본 적이 없었다. 그게 지독하게 오만하고 이기적인 짓이라 생각했기 때문이다. 신이 있다면, 그리고 신이 우리의 삶에 정말 관여한다면 나보다 더 오래 살 자격이 있는 순진무구한 아이의 목숨이 아니라 어째서 내 목숨을 구해주려 할까?

나는 전능한 신에게 내가 다른 사람들보다 특별하니 살려달라고 말할 자신이 없었다. 하지만 고통스럽고 절박한 순간에, 나는 실제로 존재하는지 확신조차 할 수 없는 신에게 암을 낫게 해달라고 기도하기 시작했다. 내가 페이스북에 올린 사진에는 이런 이야기는 하나도 담겨 있지 않다.

4월 중순에 B 박사를 만났다. B 박사는 검진 후 내 왼쪽 난소가 커진 것은 낭종 때문이 아니며, 난소 안에서 자라고 있는 것이 암일 가능성이 있다고 했다. 암이 난소로만 전이됐으면 바로 수술로 제거할 수 있겠지만, 이미 폐에 전이된 상태라서 난소를 제거하는 것이 큰 의미가 없을 수도 있다고 했다. 만약 참을 수 없을 정도로 통증이 심해지면 오른쪽 난소까지 모두 제거하자고 덧붙였다. 당장 수술을 할 만큼 통증이 심하지는 않았지만 나는 잠시 생각한 끝에 수술을 하고 싶다고 말했고, A.C.박사에게 B 박사의 견해를 전했다.

"저는 B 박사님과 생각이 달라요. 이 수술이 어쩌면 저한테는 기회일 수도 있어요."

"그렇죠!" A.C.박사는 내가 더 설명을 하기도 전에 맞장구를 쳤다.

박사와 내 생각이 비슷하다는 걸 알고 나자 답답하던 속이 약간이나마 풀렸다. 난소를 제거해 조직 검사를 해봐야 알겠지만, 난소에 있을지도 모를 암 조직이 앞으로의 치료에 중요한 역할을 할 수도 있다고 생각했다. 현재 UCLA에 냉동 보관 중인 내 1차 종양의 유전자 검사를 업데이트할 기회가 될 수도 있었다. 최대한 빨리 왼쪽 난소를 제거하고 폐 결절의 성장을 둔화시키기 위한 항암치료를 재개해야 했다.

나는 살아 있는 암세포를 면역 체계를 억제한 쥐에게 주입하는 실험에 참여하기로 했다. 쥐에게 암세포를 주입한 다음 약을 투입해, 그 약이 효과가 있으면 내 몸에 적용하는 것이었다.

추가로 받을 화학요법이 난소에 영향을 미치지 않을 가능성도 있다. 어쩌면 작용하지 않을 가능성이 더욱 높았다. 그래도 종양이 더 커져 통증이 심해진 후에 수술을 받는 것은 피하고 싶었다. 수술을 받으려면 최소 4주 이상 화학요법을 중단해야 하기 때문

271

에 차라리 4주 동안 휴가를 보내면서 화학요법을 중단했던 지금이 수술을 받기에는 적기였다. 기회가 열려 있는 동안 어떻게든 기회를 잡아야 한다. 이성적으로 판단하더라도, 수명을 늘리고 싶으면 어떤 암이든 제거하는 편이 낫다. 위험성이 낮고 몸에 칼을 대지 않는 수술이라면 더더욱 해야 한다.

우리가 난소를 어떻게 할지 씨름하는 동안에도 폐의 전이암은 점점 커지고 있었다. A.C. 박사는 암이 뇌로 전이될 가능성은 매우 낮다고 했지만 내 생각은 확고했다.

"암이 난소로 옮겨갈 가능성도 원래 낮았잖아요. 간을 건너뛰고 폐로 전이될 가능성도 비교적 낮았고 제가 서른일곱에 결장암에 걸릴 가능성도 낮았다고요. 이제 가능성 따위는 신경 안 쓰려고요. 가능성이 얼마든 저한테는 적용이 안 돼요. 최대한 빨리 수술 일정을 잡아주세요."

마침내 수술 일정이 잡혔다. 내가 받을 수술은 복강경 양측 난소 절제술이었다. 예전처럼 복막 내에 흉터 조직이 별로 없다면 수술은 한 시간 정도면 끝날 테지만, 혹시라도 흉터 조직이 많으면 B 박사가 복막에 전이가 됐는지 확인한 뒤, 전이된 정도에 따라 눈에 띄는 대로 최대한 신속하게 암 조직을 제거하기로 했다. 그리고 일주일 뒤부터 다시 화학요법을 재개하기로 했다.

나는 인생을 좌지우지하는 큰 선택도 본능에 따라 신속하게 결정하는 편이다. 본능은 우주가 보내는 신호라고 믿기 때문이다. 이번에도 다르지 않았다. 조시는 확장된 난소에 별 문제가 없을

272

거라고 믿으면서도, 나의 빠른 결정으로 일이 갑작스레 새로운 방향으로 전개되자 당황하는 기색이 역력했다.

내가 희망을 갖는 걸 싫어하는 또 다른 이유는 사태에 빠르게 대응하지 못하고 현실에 안주하도록 만들기 때문이다. 희망은 우리가 아무 쓸모없는 망상 속에서 살게 한다. 이 수술을 놓고 조시와 나는 말다툼까지 했다. 그는 어떤 수술이든 중요한데 내가 너무 성급하게 결정했다며 타박했고, 나는 그가 늘 현실을 부정하고 현실을 대면할 준비를 하지 않는다고, 내 입장에서는 빈둥거리며 오랫동안 생각할 여유가 없다고 반박했다. 나는 최대한 오래 살기 위해 뭐든 하기로 한 약속을 지키려는 것뿐이며 당신과 그런 약속을 하지 않았다면 이런 엿 같은 짓도 하지 않을 거라고 덧붙였다. 수술 일정을 잡는 것도 골치가 아팠고, 수술 중에 발견될지도 모를 또 다른 사태를 대비해야 한다는 스트레스까지 겹치자 거의 벼랑 끝으로 몰리는 기분이었다. 정말로 미쳐버릴 지경이었다.

지금까지 나는 우리 관계에 대해, 우리의 관계가 암으로 인한 스트레스와 압박감을 어떻게 줄여주는지에 대해 구체적으로 쓰지 않았다. 조시는 나보다 사생활을 훨씬 중시하는 사람이고 나는 그의 이러한 면을 존중해주려고 노력하는 편이다. 그래도 친구들은 조시가 지금 어떻게 견디고 있는지, 우리가 여전히 부부로 잘 지내고 있는지 묻곤 한다.

암은 몸을 망가뜨릴 뿐 아니라 그 사람을 둘러싼 관계도 무너뜨리는 엄청난 힘을 갖고 있다. 암으로 인해 몸 상태가 최악으로 치달을 때 주변 사람들과 건강한 관계를 유지하는 일은 대단히 어렵고 어떤 사람들에게는 아예 불가능한 일이다.

암 진단을 받은 지 2년 만에 사망한 한 친구는 살아생전에 이런 말을 한 적이 있다. 때로는 자신과 남편이 한 집에 살고 있는 두 유령처럼 느껴진다고, 행복했던 예전의 모습을 닮은 희미한 그림자처럼 서로를 맴돌고는 있지만 무슨 말을 해야 할지 모르겠다고, 서로와 세상으로부터 단절된 채 각자 고통을 느끼며 외롭게 살아가고 있다고 했다.

그 말의 의미를 이제는 이해할 수 있다. 조시와 나는 서로 갈 길이 다르다. 나의 길은 죽음과 그 너머의 세계를 향해 있고, 그의 길은 아이들과 새 부인과 함께하는 새로운 생활을 향해 있다. 나는 고통스러운 죽음을 맞이하는 것, 하고 싶은 일을 다 못 해보고 죽는 것이 제일 두렵다. 그는 나 없이 남은 생을 살아가는 것을 제일 두려워한다. 나는 내가 떠난 후 그가 만들어갈 행복한 생활이 부러워 화가 난다. 그는 병들어 죽어가고 있는 내게 화가 나 있다. 나는 그를 젊은 나이에 홀아비로 만들고 딸들을 엄마 없이 자라게 만들게 된 것에 무한한 죄책감을 느낀다. 그는 내 목숨을 구할 수 없는 것에 깊은 죄책감을 갖고 있다. 우리는 두려움과 분노, 죄책감, 슬픔, 그리고 아무것도 할 수 없다는 데서 오는 무력감 속에서 외로워한다.

우리는 과거 어느 때보다 서로를 사랑하고 필요로 하면서도, 각자 외롭게 살아가고 있다.

그래서 나는 계획을 잘 짜려고 한다. 내가 떠난 후에도 언제 어떤 식으로 비용을 지불해야 하는지 알 수 있도록 우리 집의 지출 항목을 상세히 기록하려 한다. 조시의 상사에게는 내가 떠난 후에도 그가 경력을 잘 쌓을 수 있도록 몰래 메시지를 전해둘 것이다. 내가 신뢰하는 건축가에게는 나중에 조시가 아파트를 잘 관리할 수 있게 도와달라고 부탁할 것이다. 두 딸의 선생님과 교직원들에게는 조시가 조금이나마 부담을 덜 수 있도록 딸들이 좋은 고등학교에 진학할 수 있게 도와달라고 말해둘 것이다. 그리고 지금은 조시와 딸들을 위해 아름다운 집을 만들 것이다. 개도 한 마리 살 것이다.

조시는 그런 건 다 필요 없고 자기 곁에 있어만 달라고 하겠지만, 안타깝게도 내가 그에게 해줄 수 없는 유일한 한 가지가 바로 그의 곁에 머무는 것이다.

광기에 사로잡혀 지내면서도 나는 정기적으로 스케일링을 받기 위해 치과를 찾았다. 치아 하나가 이상해서 엑스레이를 찍어 보니 다섯 군데에 구멍이 나 있었다. 구멍이 다섯 개나 생기다니! 몸 곳곳이 망가지는 기분이었다. 한 군데를 그럭저럭 막으면 다른 곳이 와르르 무너졌다. 나는 오랫동안 알고 지낸 치과 전문의인 D. 박사에게 연락해 응급 진료를 요청했다. 조만간 수술을 받으니 이 구멍들을 최대한 빨리 치료해야 했다.

내 치아 엑스레이를 확인한 D. 박사는 치아 두 개에 근관 치료를 해야 한다고 했다. 근관 치료라니. 그는 항암치료나 어떤 약물 때문에 입 안이 만성적으로 건조해질 경우 이런 충치가 잘 생긴다고 설명해주었다. 다른 치아 두 개는 충치가 매우 깊게 진행됐지만 뿌리까지 닿지 않았으니 근관 치료는 안 해도 된다고 했다. 다행이었다.

"정말 운이 좋으시네요."

입 안에 치과 기구가 잔뜩 들어 있지 않았다면 나는 그의 말에 웃음을 터뜨렸을 것이다. 내 처지를 보고도 운이 좋다고 말하다니, 어불성설이 아닌가.

그런데 D.박사가 미켈란젤로처럼 내 치아에 꼼꼼히 충전을 하는 동안, 문득 내가 운이 좋은 사람이라는 생각이 들었다. 각 분야의 훌륭한 전문의들과 아파트 확장 공사를 맡아준 건축가, 그리고 곁에서 돌봐주는 여러 친구들과 가족들까지, 이런 선량하고 다정한 사람들을 곁에 두고 살 만큼 내가 좋은 일을 많이 했던가?

조는 나처럼 사람들과 소통을 많이 하고 정보를 공유하는 성격이 아니라 사람들에게 자신을 도울 기회를 잘 주지 않는다. 암 환자 가족도 환자 본인만큼 힘들고 외로운데 환자만큼의 관심과 지지를 받지 못하는 것이 걱정될 뿐이다.

33.

반려동물은 약물보다 강하다

나는 5월 20일에 발음하기도 힘든 복강경 난소 절제술을 받았다. 왼쪽 난소가 정상일 때보다 2~3센티미터 정도 커져 있었다. 수술 중 조직 검사를 해보니 난소 안의 종양은 전이성 결장암으로 밝혀졌다. 의료진은 그 암 조직을 1세제곱센티미터 정도로 절제해 즉시 실험실로 보냈고, 그중 일부를 쥐 다섯 마리에게 성공적으로 주입했다. 내 암세포를 주입받은 쥐들은 볼티모어에 있는 실험실로 이송됐다. 앞으로 2주 후면 그 쥐들에게 주입된 내 암세포가 잘 자라고 있는지 확인할 수 있다.

오른쪽 난소는 정상으로 보였지만 예방 차원에서 나팔관과 함께 제거했다. 내 몸의 일부가 뭉텅뭉텅 잘려나갔다. 최종 병리 검사 보고서를 보니, 정상으로 보였던 오른쪽 난소에도 이미 결장암이 전이돼 있었다. 복막을 비롯해 복부의 다른 장기들은 모두 정상으로 보였지만 복수가 40밀리리터 정도 차 있었다. '복수'라는 단어를 들으니 더럭 겁이 났다. 복수가 차는 것이 말기 암과 관련이 있으며, 복부에 수백 밀리리터의 복수가 차면 암세포가 온몸에 급속히 퍼진다고 들었다.

다행히 병리 검사 보고서에는 복수가 음성으로 나와 있었다. 수술을 집도한 의사는 내 복강을 생리식염수로 채웠다가 빼내서 암 검사를 진행했다. 예전에 온열항암 화학요법 이후 진단복강경 검사를 했을 때와 같은 방법이었다. 검사 결과 2014년 10월과 마찬가지로 음성으로 나왔다. 복강 내에 암이 침투하지 못했다는 건 2014년 3월에 받은 온열항암 화학요법이 암의 공격을 잘 막아냈다는 의미일 것이다.

오른쪽 난소에도 암이 전이되긴 했지만 지금으로서는 더할 나위 없이 좋은 소식이었다. 난소로 암이 전이될 경우 양쪽 다 전이가 되는 경우가 많다. 전이암 환자로 살다보면 한쪽에만 전이되든 양쪽 다 전이되든 무슨 차이가 있나 싶은 생각을 하게 된다. 종양이 하나 더 있는 게 뭐가 대수야? 아, 이번에는 또 어떤 장기에 종양이 생겼지?

수술 후에는 특별한 부작용이나 통증 없이 잘 회복되었다. 마약성 진통제인 퍼코셋도 먹을 필요가 없었다. 수술은 오후 한 시에 시작됐고 나는 저녁 여덟 시에 집으로 돌아갔다. 여러 시간 수술을 받은 흔적을 보려고 구부정하게 서서 내려다보니 배에 작은 구멍 세 개가 뚫려 있고 그 위에 작은 밴드 세 개가 붙어 있었다. 수술할 때 꽂은 도뇨관의 후유증으로 열두 시간 동안 소변을 보는 게 좀 불편하기는 했다.

그들은 놀라운 방법으로 몸 안의 장기 두 개를 제거했다. 난소

하나는 상당히 커져 있었는데 이 작은 구멍을 통해 꺼낸 것이다. 의학 기술은 정말이지 놀랍기만 하다.

왼쪽 난소에 그렇게 커다란 종양이 있었는데 그동안 스캔에서 놓친 것인지 아니면 마지막 복부 MRI를 찍고 나서 6주 만에 암이 그 정도로 커진 것인지는 의문이었다. 의사들은 그 질문에 대답하지 못했다. A.C.박사는 암이 단기간에 그렇게 빨리 커진 것 같지는 않고 스캔에서 놓친 것 같다고 했다. 분명한 것은 난소 안의 암 덩어리가 몇 개월의 항암치료에도 불구하고 죽지 않고 버텼다는 것이다.

수술 후 열흘째 되던 날 화학요법을 재개했다. 수술 후에 투여한 세 가지 약은 별다른 부작용이 없었다. 엉덩이와 무릎에 약간의 통증은 있었지만 아픈 게 뼈인지 근육인지는 잘 판단이 서지 않았다. 난소를 제거해 에스트로겐이 더 이상 분비되지 않아서일 수도 있다. 스테로이드 때문에 체중이 늘어난 데다 몇 달 동안 체육관에 가지 못해서일 수도 있다. 아니면 개를 산책시킨다고 밖으로 데리고 나가서 몇 시간씩 서 있어서일 수도 있다.

수술 후 5주 동안 나는 SNS에서 악성 종양의 위험도를 판단하는 MIA(다지표검사용 의료기기) 검사에 관한 글을 읽고 가족, 친구들과 얘기하며 지냈다. 예전에도 집에 틀어박힌 채 지낸 적이 있지만 이번에는 그러지 않았다. 지난 3년 동안 나는 암을 정면으로 마주하고 포용했으며 불 같은 고난을 딛고 통증을 이겨내며 살아남았다. 언젠가는 더 강하고 현명한 모습으로 이 고난을 이겨낼 수 있으리라 믿으면서. 하지만 이번에는 아니었다. 그저 도망쳐서 숨고만 싶었다. 내 정신과 감정의 회복을 위해 어느 정도 필요한 시간이기도 했다.

나는 비숑 프리제 종인 반려견 치퍼 덕분에 그 시기를 잘 버틸 수 있었다. 수술한 지 이틀째 되던 날, 나는 스테로이드에 취한 채 조시와 딸들과 함께 라 구아르디아 공항 안쪽에 있는 건물에서 어린 치퍼를 만났다. 보송보송한 하얀 솜털, 새까만 눈동자, 살짝 늘어진 벨벳처럼 부드러운 귀를 가진 정말 귀여운 강아지였다. 하지만 조수석에 실어둔 개장을 꺼내며 내가 과연 또 다른 생명을 돌볼 여력이 있을지 의문이 들었다. 개를 한 번도 키워본 적이 없는 터라 내게 치퍼는 갓난아기보다 더 낯선 생물이었다. 치퍼는 집에 도착하자마자 내가 대변 패드를 깔아주기도 전에 마룻바닥에 똥을 싸버렸다. 그날 밤에는 치퍼가 계속 낑낑대서 한 시간에 한 번씩 잠에서 깨어 치퍼를 개장 밖으로 꺼내주곤 했다.

치퍼는 툭하면 나한테서 도망쳐서 후다닥 뛰어갔고 내가 아무리 대변 패드를 들고 쫓아가도 엉뚱한 곳에 대소변을 지려놓기 일쑤였다. 나는 한두 시간 간격으로 치퍼를 쫓아다니며 바닥을 닦고 치퍼를 다시 개장 안에 넣기를 반복했다. 가뜩이나 약물 치료 때문에 기운이 빠지는데 잠조차 제대로 잘 수 없어서 눈물이 날 지경이었다. 이 개를 데려온 게 큰 실수였다는 생각이 들면서, 지금이라도 도로 데려가게 해야 하지 않을까 싶었다.

우리 집이 아파트인데다 치퍼는 아직 예방접종을 하지 않아서 수의사가 집 밖에 내놓지 말라고 당부했던 터라 더욱 힘에 부쳤다. 예방접종을 완전히 마치려면 앞으로 7주는 더 걸릴 터였다. 이 상태에서 밖에 데리고 나갔다가는 감염이 될 수도 있었다. 나는 개 훈련사가 추천한 대로 두 시간에 한 번꼴로 치퍼를 개장에 넣어 현관문 앞 계단통에 내려놓았다. 계단통에는 대변 패드 두 장을 깔아두었다. 하지만 치퍼는 지루해하며 대변 패드 위에 누워 있기만 할 뿐 좀처럼 거기에 대소변을 볼 생각을 안 했다. 나는 목줄을 잡고 계단에 앉아 잠자코 기다리곤 했다.

그 상태로 일주일이 지났고, 나는 더 이상 수의사의 지시를 따를 수 없다고 판단해 치퍼를 데리고 나갔다. 그런데 개가 주인의 뜻을 아주 무시하지는 않는 건지, 밖으로 나오자마자 기적처럼 바로 대소변을 보았다! 나는 근처에 다른 개가 별로 없고, 있다 해도 우리 아파트에 사는 개들이 있는 몇 군데로만 치퍼를 데리고 다녔다. 내가 제정신을 유지하려면 이 정도 위험은 감수할 수밖에 없었다.

그런데 치퍼를 데리고 나가면서부터 나는 특별한 경험을 하게 됐다. 나는 동물을 별로 좋아하지 않아서 몰랐는데 대부분의 사람들이 개를 무척 좋아한다는 걸 알게 됐다. 우리 딸들이 갓난아기였을 때 낯선 사람이 아이를 보고 귀엽다며 미소를 짓는 경우가 더러 있었지만, 모두가 그런 것은 아니었다. 모든 사람들이 아기를 예뻐하는 것은 아니니까.

하지만 강아지는 달랐다! 믿을 수 없을 정도였다! 남녀노소, 피부색을 막론하고 직장인이든 청소부든 공사장 인부든 고스족 여자든 깡패처럼 우락부락한 남자든, 정말 다양한 사람들이 치퍼를 보려고 걸음을 멈추었다. 사람들은 자신이 키우는 개에 대해, 사랑하는 개가 세상을 떠나 가슴 아팠던 일에 대해, 자신도 개를 키우고 싶다는 바람에 대해 얘기했다.

아기보다 개를 더 좋아하는 내 담당 간호사는 내가 강아지를 키운다는 말을 하자마자 암센터에 올 때 꼭 한 번 데려오라고 했다. 나는 A.C.박사를 비롯한 다른 분들이 불편할 수도 있지 않느냐고 했지만 간호사는 A.C.박사는 걱정할 필요 없다며 데리고 오라고 했다. 암센터에서 치료를 받는 동안 치퍼를 혼자 오랫동안 두는 게 마음에 걸리기도 해서, 다음 방문 때는 치퍼를 작은 케이지에 넣어 데리고 갔다.

그날 대기실에는 여느 때처럼 50명이 넘는 사람들이 있었는데 치퍼를 데리고 들어서는 순간 안쪽 진료실과 검사실에 있던 직원들까지 환호하며 치퍼에게 다가왔다. 물론 치퍼를 별로 좋아하지 않는 이들도 있었지만, 환자들과 보호자들은 미소를 지으며 바라보았고 몇몇은 가까이 와서 치퍼를 쓰다듬고 안기도 했다. 치퍼는 사람들의 사랑을 편하게 받아들이며 재롱을 떨었고 내가 약물을 투약하는 동안 내 무릎 위에서 잠을 잤다. 암센터에 있는 동안 치퍼는 한 번도 짖거나 낑낑대거나 말썽을 부리지 않았다.

방법을 알고 나니 실내 훈련도 어려움 없이 잘 진행할 수 있었다. 치퍼는 우리 집에 온 지 사흘째부터 밤중에 낑낑대지 않고 말썽 없이 잘 잤다. 사람들이 강아지를 키우는 게 갓난아기를 키우는 것과 비슷하다고 하던데 막상 키워보니 꼭 그렇지도 않았다. 개는 개장에 넣어두면 혼자서도 잘 놀고, 한밤중에 깨거나 끝없는 모유 수유를 요구하지도 않는다. 기저귀를 갈아줄 필요도 없다. 울거나 악을 쓰지도 않는다. 외출할 때 산더미 같은 아기 용품을 들고 나가지 않아도 된다. 아기를 키우는 것보다 훨씬 수월하다.

　무엇보다 치퍼의 좋은 점은 단순하다는 것이다. 나는 치퍼가 언젠가 로즈 장학생(옥스퍼드대학교에서 공부하는 미국, 독일, 영연방 공화국 출신 학생들에게 주는 로즈 장학금을 받는 학생 - 옮긴이)이나 바이올린 연주자가 되기를 기대하지 않는다. 치퍼는 내 지시에 짜증이나 화를 내지 않는다. 치퍼에게는 돈의 가치에 대해서 잔소리를 할 필요가 없고, 매번 장난감을 사주지 않아도 된다. 치퍼의 요구는 모두 들어주기 쉬운 기본적인 것들이라 충분히 해줄 수 있다. 그러니 우리 사이에는 문제랄 것이 없다.

　무엇보다 치퍼는 조건 없는 순수한 사랑을 준다. 너무도 아름답고 기운을 북돋워주는 사랑이다. 치퍼가 싼 똥을 치우기 위해 비닐봉지를 들고 쪼그려 앉거나, 놀아달라고 조르는 치퍼에게 인형을 던져주거나, 눈처럼 하얗고 이리저리 엉킨 털을 빗질해주는 동안 나는 지금 당장 생각하고 싶지 않은 문제들을 잊어버리고 아무렇지 않게 시간을 보낼 수 있다. 치퍼와 함께할 때는 암도 인생도 죽음도 미래도 과거도 없다. 하루도, 시도, 분도, 조시도, 두 딸도, 나 자신도 없다. 바로 그 순간과 그다음 순간, 또 그다음 순간이 있을 뿐이다. 모두 치퍼 덕분이다.

34.

사는 게 용감한 걸까,
죽는 게 용감한 걸까?

둘 중 누가 더 용기 있는 사람일까? 첫째, 버티다보면 더 나은 방법이 나올 거라며 끝까지 항암치료를 고집하는 암 환자. 둘째, 통증을 완화시켜주는 약만 투여하며 최대한 사람답게 살다 가기를 선택한 암 환자.

나는 암에 걸렸다는 사실을 알게 된 후로 계속 이 문제를 고민해왔다. 나는 용기와 담력을 중시한다. 암과 죽음에서 도망치기 위해 발광하는 짐승처럼 목숨을 구걸하기보다 현실을 인정하고 두려움과 분노, 슬픔을 포용하면서 의연하게 살아가는 용감한 사람으로 기억되고 싶다. 내적인 힘, 존엄과 품위, 아름다움을 지향하는 사람으로 살아가고 싶다.

하지만 어떤 길을 택해야 그런 결과를 낳을 수 있을까? 우리 사회는 불가능을 극복하는 주인공들이 등장하는 스포츠와 영화에 열광한다. 그러니 사람들에게 위의 둘 중 하나를 고르라고 하면 거의 만장일치로 첫 번째를 고르지 않을까?

이해는 한다. 사랑하는 사람과 하루라도 더 같이 있고 싶어서 오랜 기간 엄청난 감정적, 신체적 고통을 감내하는 암 환자는 분명 감동을 주는 존재일 것이다. 하지만 모든 치료를 중단하고 병이 자연스럽게 진행되도록 두는 것도 큰 용기를 필요로 한다. 그의 입장에서 죽음을 향해 가는 속도를 늦추지 않는 일은 그동안 죽음을 막기 위해 설치했던 안전망을 없애는 일이기 때문이다. 그렇다면 이런 환자야말로 죽음을 진정으로 대면하는 게 아닐까? 품위와 존엄으로 스스로 죽음을 선택하는 셈이 아닐까? 나는 치료를 포기했으니 겁쟁이에 형편없는 아내이자 어머니이며, 약해빠진 패배주의자이고 싸우다가 도망친 사람이 되는 걸까? 사랑이 부족해서 아이들 곁에 하루라도 더 오래 머물겠다는 약속조차 지키지 못하는 사람이 되는 걸까?

어떤 길이 더 쉬운지는 각자 상황에 따라 다르므로 주관적인 판단에 맡길 수밖에 없지 않을까? 본인 입장에서 더 어려운 길을 택한 사람을 진정 용기 있는 사람이라고 말해야 한다면 말이다.

내 입장에서 더 쉬운 길, 조금 덜 고생스러운 길은 두 번째 길이다. 만약 내가 두 번째를 택한다면 한때 '전사'처럼 '싸우자'고 마음먹었던 결심을 저버린 셈이니 겁쟁이가 됐다고 할 수도 있겠다. 나는 암 환자의 세계에서 널리 쓰이는 전투 용어를 무척 싫어한다. 한때는 나도 그런 표현을 자주 썼지만 지금은 아니다. 내가 암에 굴복해 죽는다면 패배자로 낙인찍혀야 마땅할까? 항암치료를 중단하고 '전투적으로' 살기를 그만두면 패배자가 되는 걸까? 여러분이 그렇다고 한다면 어쩔 수 없겠지만.

견딜 수 있는 항암치료는 거의 다 받았고 지금은 막바지에 이르렀다. 6월 중순에 스캔 결과를 보니 양쪽 폐는 대체로 안정적이었다. 종양 하나는 눈에 띄게 줄었고 다른 하나는 커졌으며 그외에는 예전과 비슷했다. 복부와 골반 MRI 결과, 복막 림프절이 확장되었고 자궁 주변에 의심스러운 점이 보였다. 의사는 그 점이 수술 흔적일 수도 있다고 했지만 또다시 수술을 하지 않는 한 정확하게 알 수는 없었다. 게다가 내 CEA 수치는 계속 올라가고 있었다.

A.C. 박사는 현재 내가 투약하고 있는 이리노테칸과 아바스틴을 탐탁지 않아 했다. 누가 A.C. 박사를 탓할 수 있을까? 예전에 썼던 항암제를 다시 쓰는 것은 내 암세포가 이전에 썼던 항암제에 내성이 생기지 않았고, 그나마 효과가 있었던 항암제에 마지막 희망을 걸어보기 위해서였다. A.C. 박사는 이리노테칸과 아바스틴을 계속 투여하는 것은 그래도 '뭐든' 하고 있으니 마음을 편하게 해주는 효과는 있겠지만, 장기적으로 도움이 되지는 않을 것이라고 했다.

FDA 승인을 받은 결장암 치료제 중 내 몸에 투여해보지 않은 것은 이제 두 개밖에 남지 않았다. 하나는 독성이 너무 강해서 도저히 엄두가 나지 않았고 다른 하나는 효과가 없다고 하니 시간 낭비일 것 같았다.

그때 A.C. 박사가 '정신 나간' 방법을 시도해보겠냐고 물었다. 그는 단일 제제 면역요법으로는 치료에 도움이 될 것 같지 않으니 복합 면역요법을 시도해보자고 했다. 그가 염두에 두고 있는 약물 중에 수입할 수 있는 치료제는 여보이(이필리무맙)와 옵디보(니볼루맙)였다. 둘 다 FDA 승인을 받은 약품으로 전이성 흑색종 치료에 효과가 있다고 했다. A.C.박사는 초기 면역 반응을 유도하고 면역체계를 활성화시키기 위해 복막 림프절에 방사선 치료를 병행할 생각이라고 했다. 이건 임상 실험과 별개로 진행되는 '비임상적 실험'이었다.

정신 나간 아이디어는 사람을 흥분시킨다. 나는 무척 흥미진진했다. 하지만 몇 가지 복잡한 문제가 얽혀 있었다. 첫째, FDA가 승인하지 않은 약제를 어떻게 입수할지 여부였다. 다행히 A.C.박사는 제약회사와 인연이 있으니 어떻게든 약제를 입수할 수는 있을 듯했다.

그보다 더 걱정인 것은 이번에 항-PD1, 항-CTLA4 억제제로 알려진 약물을 사용했다간 나중에 정식으로 그 약을 사용하는 임상에서 배제될 수도 있다는 점이었다. 물론 이 걱정은 내가 A.C.박사가 제안한 실험에 참여하기로 결정한 후에 할 일이었지만.

A.C.박사는 정신 나간 방법보다는 정식 임상 실험을 더 선호하는 편이었지만 내가 어떤 실험에 참여하든 복합 면역요법을 쓰는 것이 낫다는 의견이었다. 그는 내가 의향만 있으면 메모리얼 슬로언 케터링 암센터와 콜롬비아 의과대학센터, 존스홉킨스 병원에 연락하겠다고 했다. 모두 탁월한 면역요법으로 유명한 병원이다. 이 실험에 참여한다면 나도 관련 정보를 조사해야 할 텐데 생각만 해도 버거웠다.

내가 참여할 수 있는 임상 실험은 대부분 1상이었다. 1상 단계에서는 약제의 효과보다 안전성을 확인하는 실험이 진행된다. 섬뜩하지 않은가? 사람들은 임상 실험에서 효과를 볼 가능성을 5퍼센트 정도라고 하지만 내가 보기엔 0.1퍼센트쯤 될 것 같다.

조시는 0.1퍼센트의 확률이라도 '싸워볼 만한' 가치가 있다고 여겼지만 내 생각은 달랐다. 왜 내가 실험용 쥐처럼 온몸에 각종 주사와 약을 투여하고, 관찰당하고, 정밀 검사를 받으면서 정체 모를 부작용을 감당해야 할까? 왜 성공 확률이 희박한 실험에 참여하느라 내 아이들과 함께할 수 있는 얼마 남지 않은 삶의 수준을 떨어뜨려야 할까? 어차피 삶의 마지막 단계에 이르렀는데 왜 굳이 그래야 할까?

지쳤다. 너무너무. '정신 나간' 약제건 임상 실험이건 더는 아무것도 하고 싶지 않을 만큼 지쳐버렸다. 나처럼 전이암에 걸리지 않은 분들, 온갖 수술과 항암치료를 겪어보지 않은 분들이 내가 얼마나 지독한 육체적, 감정적, 정신적 피로를 느끼는지 짐작할 수 있을까?

언제 죽을지 모르는 상황에서 최대한 정상적인 생활을 해보려고 안간힘을 쓰는 것도 지쳤다. 손자를 학교에 데려오는 특권을 누리는 어느 할머니에 대한 질투와 분노, 친구들과 함께 속 편하게 웃는 어느 여자에 대한 부러움을 억누르는데도 지쳤다. 내가 사망한 후 조시와 결혼하게 될 여자, 내가 꾸민 이 집에 살면서 내 사랑스러운 아이들을 기르는 특권을 누리게 될 여자, 내 옷장에 자기 옷을 걸 여자, 내 것이었어야 마땅할 삶을 살아갈 여자를 증오하는 것도 그만두고 싶다.

일주일에 한 번씩 바이올린 수업을 받는 동안 나를 쳐다보면서 용기를 얻던 미아가 나 없는 세상에서 오도카니 있을 것을 생각하면 차오르는 슬픔도 그만 내려놓고 싶다. 가족들의 앞날이 걱정되어 이런저런 계획을 세우는 것도 지쳤다.

나는 조시에게 나중에 다른 여자와 결혼해 아이를 낳더라도 내 아이들보다 그 아이들에게 더 많은 것을 지원한다면 무덤에서 기어 나와 당신을 죽여버리겠다고 말한 적이 있다. 질투와 증오, 걱정, 사랑에 사로잡힌 나머지 내뱉은 말이었다. 나는 내 흔적을 모두 치워버리고 싶어 하는 못된 둘째 부인이 요구하더라도, 내가 딸들을 위해 엄청난 시간과 공을 들여 리모델링한 이 아파트에서 이사 가지 않겠다는 약속도 받아두었다.

지금 이 글을 쓰고 있는 내 정신 상태는 상당히 불안정하다. 거의 미친 사람이나 다름없다. 어쩌면 조시는 내가 원래 미친 사람인데 암 때문에 증상이 더 심해진 거라고 말할지도 모르겠다.

가여운 조시는 내 히스테리와 분노, 슬픔, 눈물, 어둠을 모두 감내해주었다. 이제 그도 지쳤을 것이다. 이런 상태로 사는 생활에 신물이 났을 것이다. 그를 사랑한다면 하루라도 빨리 내가 이 세상을 떠나는 게 맞다. 조시와 아이들을 자유롭게 해주어야 하니까. 조시가 다시 정상적이고 행복한 생활을 하기를 바란다. 당연히 조시의 가족들도 그런 바람을 갖고 있을 것이다. 나는 그를 짓누르는 짐이다. 가족 모임에서 피폐해진 몸뚱이로 그의 옆에 서서 그를 창피하게 만들고 싶지 않다. 사람들은 나를 보면서 조시를 동정할 것이다. 내가 얼른 사라지고 조시가 남은 생을 함께할 새로운 여자를 만나는 것이 조시를 위해 백번 낫다. 그의 상처를 낫게 하고 고통을 잊게 해줄 여자 말이다.

이런 상황에서 계속 살아가는 게 용감한 것일까 아니면 그만 사는 게 용감한 것일까? 내가 떠나주는 게 맞는 걸까 아니면 곁에 머무는 게 더 큰 사랑일까? 난 아직 모르겠다.

35.

'우리는 언젠가 죽는다'라는 뻔한 말은 그만!

나는 툭하면 사람들을 증오하는 부류는 아니었다. 하지만 지금은 온갖 사람들을 증오한다. 내가 누구를 제일 미워할까?

일단 내가 미아의 바이올린 수업을 참관하고 나올 때마다 만나는, 손자를 바이올린 수업에 데리고 오는 할머니는 아니다. 그 할머니는 자신이 얼마나 대단한 특권을 누리고 사는지조차 모르는 것 같다.

버스 장애인석에 앉았다는 이유로 나를 비난했던, 손에 지팡이를 든 노부인도 아니다. 노부인이 나더러 멀쩡한 사람이 왜 장애인석에 앉아 있냐고 난리를 피웠을 때 내 근처에 앉아 있던 어떤 남자가 일어나서 뒷자리로 절뚝절뚝 옮겨갔다. 분노가 치민 나는 그 노부인에게 난 4기 암 환자라고 소리치면서, 셔츠 목 부분을 확 잡아내려 버스에 탄 모든 사람들에게 메디포트가 꽂힌 가슴 윗부분을 보여주었다. 나는 법적으로 시각장애인이라 이 자리에 앉을 자격이 차고 넘친다고, 그러니 입 닥치라고 악을 쓰려다가 말았다. 옆에 큰딸이 있어서 그렇게까지 할 수는 없었다. 내

가여운 아이들. 안 그래도 아이들은 나 때문에 마음의 상처가 큰데, 분노한 엄마가 툭하면 미쳐 날뛰는 꼴을 보여주고 싶지 않았다. 이렇게 혼란스럽고 창피한 기억을 안고 살게 할 수는 없었다. 다만 엄마의 분노가 자신들에 대한 깊은 사랑에 뿌리를 두고 있음을 알아주길 바란다.

한번은 우리 아파트 앞에서 키가 크고 옷을 잘 차려입은 여자가 정신없이 걸어오던 중에 치퍼 때문에 깜짝 놀라 주인인 나에게 한소리 한 적이 있다. 어찌나 화가 치미는지 당장 그 여자를 쫓아가 내 안의 분노가 모두 가라앉을 때까지 흠씬 두들겨 패고 싶었다. 눈알을 파내고 목을 졸라 죽이고 싶었다. 지금도 마찬가지다. 하지만 곁에 아이들이 있어서 조용히 넘겼다. 그 여자를 죽이고 싶었지만 내가 지금 가장 증오하는 사람은 그 여자가 아니다.

다른 엄마들을 증오하는 것도 아니다. 그 엄마들은 개학식에 참석해 새로운 선생님들이 아이들에게 숙제를 내주는 방식을 지켜보았다. 그 엄마들은 자기네가 죽은 후에 누가 아이들의 숙제를 봐줄지 고민하지 않아도 되고 엄마의 죽음으로 아이들이 얼마나 큰 충격을 받을지 걱정하지 않아도 된다.

암에 걸렸지만 1기나 2기, 3기 정도이고 결국 완치된 엄마들을 증오하는 것도 아니다.

오해하지 말기 바란다. 나는 이 사람들을 추상적으로나마 어느 정도씩은 다 미워한다. 하지만 내가 제일 증오하는 건 4기 암 진단을 받았다가 완치된 엄마들, 알 수 없는 이유로 죽음을 피한 엄마들이다. 나는 내 질문에 한 번도 대답하지 않은 신에게 묻곤 한다. 어째서죠? 어째서 그들은 되고 나는 안 됩니까? 하지만 내 아이들을 생각하면 다 부질없는 질문이다. 내 아이들을 위해서라면 백만 번도 넘게 나를 희생할 수 있다. 그 엄마들의 아이들이 내 아이들보다 더 오래 엄마를 곁에 둘 자격이 있는 걸까?

내 아이들은 정말이지 놀라운 품성을 지녔다. 미아는 똑똑하고 호기심이 많으며 음악적 재능을 타고났다. 이사벨은 정이 많고 재미있으며 품위 있다. 만약 그 엄마들이 자기네 목숨이 내 목숨보다 가치 있다고 믿는다면, 자기네 아이들이 내 아이들보다 더 오래 엄마를 곁에 둘 자격이 있다고 생각한다면 난 기꺼이 그들을 다 죽여버릴 것이다.

내가 지금까지 쓴 글들 중 이 글이 제일 암울할 것이다. 분노와 증오, 폭력을 다루고 있기 때문이다. 나는 이것이 인간으로 태어난 이상 누구나 느끼는 보편적인 감정이라고 생각한다. 자식을 낳고 엄마가 되어 뉴욕에서 살다보면, 타고난 기질과 사회적 상호관계가 온통 뒤섞여 부정적인 감정의 부산물이 생겨나게 마련이다. 암에 걸려 스트레스를 많이 받는 상황이 되면 그런 감정은 한층 강하고 독해진다. 하지만 추하고 나쁜 감정에 대해 얘기하고 싶어 하는 사람도 없고, 불편하고 당혹스럽고 창피한 일을 겪고 싶은 사람도 없으므로 대개 그런 감정을 잘 드러내지 않는다.

요즘 나는 불편하고 당혹스럽고 창피한 상황에 처하지 않도록 막아주는 사회적 품위를 점점 잃어가는 듯하다. 어차피 죽어가고 있는데 품위 따위 아무래도 상관없다는 생각이 든다. A.C. 박사는 9월 중순 마지막 스캔을 한 후 방사선 면역요법을 함께 쓴 것이 큰 패착이었다고 했다. 내 폐와 복부, 골반 곳곳에 종양이 자라 있었다. 지금까지 본 스캔 결과 중 최악이었다. A.C.박사는 새로 생겨난 더 큰 종양에 대해서도 언급했다. 나는 스스로를 똑똑한 사람이라고 여기면서 지금까지 관련 자료를 모두 읽어왔지만, 이번에는 너무 끔찍해서 도저히 스캔 보고서를 읽을 엄두가 나지 않았다.

A.C.박사는 치료를 중단할 경우 내게 남은 시간은 1년 정도라고 했다. 1차, 2차, 3차 치료를 거치면서 기력이 고갈된 상태라 이제 어떤 방법을 동원해도 그 이상으로 수명을 늘려주지는 못할 거라 했다. 지금까지의 치료 경험에 비춰보건대 여기서 치료를 계속했다가는 몸 상태를 더 악화시켜 남은 수명마저 더 줄일 수도 있었다.

'죽는 날은 신만이 아신다'거나 '의사들은 아무것도 모른다' 같은 진부한 말은 내게 하지 말기를. 의사들은 의학 분야에서 많은 교육을 받았고 환자들을 치료한 경험이 많으니 내 남은 수명이 어느 정도인지는 당연히 나보다 잘 알 테지만 나는 '우리는 모두 죽는다' 같은 틀에 박힌 말을 더 이상 듣고 싶지 않다.

나는 스캔 결과를 보고 일주일 동안 거의 넋을 놓았다. 3년 동안 이러고 살았는데 어떻게 더 충격을 받을 수가 있는지 의아할 지경이었다. 제대로 잘 수가 없었고, 종양이 계속 커지면서 복부와 골반 통증이 심해져서 약에 취해 하루하루를 멍하니 보냈다. 하지만 굼뜨게 움직이면서도 계속 삶을 살아갔다.

어떻게 이 상황에서 개를 산책시키고 아이들의 등교를 돕고 미아의 바이올린 수업을 살필 수 있었을까? 어떻게 조시의 상사 집에서 열리는 바비큐 파티에 참석해 아무렇지 않게 미소를 지으며 평소처럼 행동할 수 있었을까? 어떻게 다른 아이들의 생일 파티에 딸들을 데려가고 코스트코에 가서 장을 볼 수 있었을까? 어떻게 몇 달에 걸친 아파트 확장 공사가 끝낼 수 있었을까? 내 안의 생명이 죽음을 향해 가고 있는데도 어떻게 이 모든 일을 해낼 수 있었을까?

본능이었다. 근육 기억(특정한 활동을 반복함으로써 그 활동을 할 때 나타나는 신체의 생리적 적응 – 옮긴이)이었다. 강력한 의무감이었다. 무엇보다 실용주의적인 성격 덕분이었다. 나는 A.C. 박사의 진료실에서 나와 언니에게 전화로 스캔 결과를 전했다. 눈물도 흘리지 않고 담담하게. 듣고 싶지 않겠지만 이제 어쩔 수 없이 '그것'을 시작할 때가 됐다고 말했다. 이제 언니가 내 딸들의 대모가 되어달라고, 조시가 언젠가 다른 여자를 만나 결혼할 수도 있겠지만 그 여자보다는 언니가 내 딸들의 엄마 역할을 해주면 좋겠다고 말했다. 내 아이들이 숙제를 제대로 하고 악기 연습을 잘하는지 확인하고, 아이들의 과외 활동과 여름 캠프 정보를 조시에게 전해주고, 집안이 잘 굴러가도록 살펴달라고 부탁했다. 굳이 이 말까지 하진 않았지만 언니가 딸들에게 같은 여성으로서 정서적인 뒷받침을 해주었으면 하는 바람이 컸다. 나는 자기 자식이 없는 언니를 도와줄 친구들과 다른 엄마들, 필요할 때 언니에게 적절한 조언을 해줄 수 있는 여자들을 간단히 정리해두었다고 말했다. 그리고 어차피 이렇게 됐으니, 하나뿐인 여동생이 죽으면서 언니에게 엄마 노릇을 해볼 수 있는 특별한 기회를 준다고 생각해줬으면 한다고 덧붙였다. 언니는 내 상황을 받아들이기 어려워했고 그런 얘기를 하고 싶어 하지 않았지만 내 뜻을 받아주었다.

지금 언니가 살고 있는 퀸스에서 더 가까운 지역으로 이사를 오는 방안도 논의했다. 연로하신 부모님을 돌보는 일을 언니와 오빠가 어떤 식으로 나눌지, 일을 수월하게 진행하기 위해 언니가 우리 집에서 한동안 같이 사는 것은 어떨지도 논의했다. 내가 부모님과 언니 오빠에 관해 자랑스러워하는 점이 하나 있다면 바로 우리가 대단히 실용적인 사람들이라는 것이다. 아무리 무시무시하고 비극적인 일이 생겨도 우리는 각자 해야 할 일을 묵묵히 한다. 주눅 들고 우울해하며 위축되지 않는다. 우리는 가난한 이민자의 뿌리를 가진 사람들이라 생존에 필요한 기술을 자연스럽게 익혔다. 나는 우리에 비해 한층 유복하게 자란 내 딸들이 이런 태도와 접근법, 세계관을 물려받기를 바란다.

하지만 조시는 큰 충격을 받았고, 나는 그를 보며 그만해, 라고 생각했다. 3년이나 비슷한 과정을 되풀이하며 병원으로부터 수시로 나쁜 소식을 전해 들었는데 어떻게 더 큰 충격을 받을 수 있을까? 나는 그에게 무엇이 두려운지 말해보라고 했다. 그는 본인에게 큰 의미가 있는 현재 경력을 유지하면서도 혼자 가정을 잘 이끌어갈 수 있을지 모르겠다고 했다. 나처럼 이 집안을 잘 이끌 수 있는 사람이 어디 있을지도 의문이라고 했다. 그는 우리에게 남은 시간을 함께 보내기 위해 언제쯤 일을 그만둬야 할지도 고민하고 있었다. 이런 고민이 그를 두려움으로 몰아넣었고 나는 그의 두려움을 해소해주려고 최선을 다했다. 나는 지난 3년 동안 내 죽음을 대비해 계획을 세웠고, 비상사태를 대비한 계획도 여러 개 세워두었다.

내 머릿속에는 온갖 목록이 들어 있고, 기록으로 남겨둬야 할 사항도 한두 가지가 아니었다. 이런저런 내용을 모두 적어둬야 했다. 할 수만 있다면 조시의 두 번째 아내도 내 손으로 골라주고 싶지만, 안타깝게도 그런 대책까지는 아직 세워두지 않았다.

나는 조시에게 나를 화장해서 태평양에 뿌려달라고 부탁했다. 지난여름 오빠네 집에 머물면서 뒷마당에 앉아 태평양을 바라보며 이런 결정을 내렸다. 태평양은 내가 태어난 땅과 현재 유별난 삶을 살고 있는 이 미국 땅 사이에 위치해 있다. 추도식은 1년 전 미아가 졸라서 다니기 시작한 성당에서 치르되 내가 죽고 나서 3개월 뒤에 해달라고 했다. 그 정도면 멀리서 참석할 친척들이 일정을 잡는 데 무리가 없을 것이고, 조시와 딸들도 충분한 애도 기간을 거친 뒤 새 삶을 시작할 준비가 돼 있을 거라 판단했다.

미아의 바이올린 선생님에게 추도식 때 연주를 해달라고 미리 부탁해두라고도 일렀다. 추도식 계획을 세울 때 누구와 상의해야 할지, 내 옛날 사진들을 어디에 보관해두었는지도 알려주었다. 조시는 이 모든 상황이 너무 부당하다고 한탄하면서 내 옛날 사진들을 보며 주말 내내 울었다.

주말 동안 나는 공사 때문에 어질러두었던 물건들을 훨씬 넓어진 벽장 안에 정리했고, 오래된 식기들을 치우고 새로 구입한 식기들을 준비해두었다. 양념들을 정리하고 청소를 한 다음, 이런저런 생각을 하며 몇 가지 계획을 추가로 더 세워두었다.

A.C.박사가 앞으로 남은 기간이 1년 밖에 안 된다는 암울한 예후를 전했을 때 나는 1년으로는 모자랄 것 같다는 생각을 했다. 필요한 계획을 마저 세우고 아이들에게 엄마 노릇을 제대로 해주려면 시간이 더 필요했다. 딸들에게는 아무리 시간을 내주어도 부족할 터였다. 몇 주일 동안 항암제를 맞지 않았더니 몸 상태가 좋아져서 다시 항암제를 투여해도 될 것 같았다.

나는 다음 주에 워싱턴 D.C.의 저명한 소화기내과 종양 전문의인 M. 박사와 면담을 할 수 있게 해달라고 친구에게 부탁했다. M. 박사는 2년 전 내가 모금 행사를 할 때 도움을 주신 분인데 환자 자격으로 그분을 만난 적은 없었다. 일반적인 경로로 진료를 요청하면 6주나 기다려야 했지만 친구에게 부탁한 덕분에 다음 주 목요일에 약속을 잡을 수 있었다.

메모리얼 슬로언 케터링에도 전화를 걸어 종양 전문의인 V. 박사와도 면담 약속을 잡았다. 본능적으로 다른 의사들의 의견도 듣고 싶었다. V. 박사는 예전에 2차 의견을 구하기 위해 두 번 정도 만난 적이 있다. 그녀는 젊은 편이라 아직 메모리얼 슬로언 케터링에서 이름을 날릴 정도는 아니었지만 나는 그분에게 호감을 갖고 있었고 그분의 진료하에 메모리얼 슬로언 케터링에서 임상 실험을 받아보고 싶다는 생각을 해왔다. 어떤 임상 실험을 받을지도 이미 정해두었다.

메모리얼 슬로언 케터링은 미국에서도 알아주는 암센터이고 다행히 우리 집에서 지하철로 35분 거리에 있었다. A.C. 박사는 최근에 결장암 치료제로 승인을 받은 론서프와 스티바가를 내게 투여하고 있었는데 V. 박사도 그 약제에 대해 알고 있었다. 그녀는 내가 이미 상당 기간 투여했던 이리노테칸과 더불어 SGI-110이라는 항암제를 복합 투여하는 2상 임상 실험을 권했다. 참고로 2상이라는 것은 실험용 약이 안전성 검사를 마쳤음을 의미했다.

V. 박사는 환자들을 임의로 두 그룹으로 나누어 한 그룹에는 SGI-110과 이리노테칸을 투여하고 다른 그룹에는 론서프나 스티바가를 투여할 예정이었다. 론서프나 스티바가를 투여하는 그룹이 별 효과를 얻지 못하면 SGI-110과 이리노테칸 그룹으로 옮기게 되므로 어느 그룹에 있든 조만간 양쪽 약을 다 투여받는 셈이었다.

다음 날 아침에는 M. 박사를 만났다. 병원 분위기는 낯설었지만 그를 만나자 안심이 됐다. M.박사는 환자를 태하는 태도가 좋고 다정하며 실력 또한 출중한 분이었다. 그는 내가 감정을 어떻게 추스르고 있는지부터 물었다. 내 몸 상태는 스캔 결과로 파악할 수 있지만 그는 환자의 심정까지 헤아리고자 했다. 나는 지금 많이 지친 상태라고, 어떤 결정을 내리는 것도 힘에 부친다고, 믿을만한 분이 내가 앞으로 어떻게 해야 할지 알려주면 좋겠다고 말했다.

M. 박사는 내가 지칠 수밖에 없는 상황임을 이해했다. 그는 종이 한 장을 꺼내 내가 해야 할 일을 적어주었다. 5월에 수술로 제거한 난소 종양에 대해 캐리스Caris 유전 검사를 해보면 향후 어떤 임상 실험을 받을지 결정하는 데 어느 정도 도움을 받을 수 있을 거라고 했다.

M. 박사는 내가 서류만 작성하면 바로 처리해서 최대한 빨리 검사를 받을 수 있게 해주겠다고 했다. 론서프와 스티바가는 평균 6개월 동안 40퍼센트의 효과를 보이고 일부 환자들에게는 효과가 꽤 오래 나타난다고 했다. 특히 스티바가는 적정량만 투여하면 블로그와 인터넷에서 떠드는 것처럼 그렇게 무시무시한 약이 아니라며 120밀리그램부터 시작하자고 했다.

그는 아바스틴과 론서프를 함께 쓰는 경우는 있어도 아바스틴과 스티바가를 같이 쓰지는 않는다고 했다. 둘 중 어떤 약제를 선택하느냐는 내가 어떤 부작용을 더 잘 견디느냐에 달려 있었다. 메스꺼움과 피로감을 견딜 것인가 수족증후군을 견딜 것인가의 문제였다. 그는 SGI-110 실험을 잘 알고 있었고 내가 받기에 '타당'하다고 여겼다. 뽑기의 신이 나를 위해 결정을 잘해주기를 바랄 뿐이었다.

나에게 남은 시간이 어느 정도인지는 그도 알지 못했다. 하지만 당장 위험한 상태는 아니었다. 그는 내게 스캔 결과를 제대로 본 적이 있느냐고 물었고 나는 겁이 나서 제대로 볼 수가 없었다고 대답했다. 그는 내 스캔 결과를 보여주면서 아직 병증이 많이 심한 건 아니라고 설명해주었다. 어떤 부위에서 나타나는 암이 더 위험한지를 보니 폐와 복막 쪽이었다. 어떤 부위에서 발생한 암이 실제로 나를 죽일 수 있을지에 대해서도 논의했다.

나는 복막 내 종양이 커지는 속도가 무척 빠르다는 점 때문에 늘 복막암을 두려워했다. 그도 복막암이 더 위험하다고 했는데 그건 진행 속도 때문이 아니라 삶의 질에 미치는 영향 때문이라고 했다. 복막암으로 인한 장폐색은 통증, 음식이나 물을 삼킬 수 없는 증상 등을 야기해 삶의 질을 확연히 떨어뜨린다. 하지만 만약 그런 증상이 생기면 정맥 주사로 영양분을 공급할 수 있다. 내 폐 여기저기에 퍼져 있는 암은 아직 크기가 1센티미터 정도로 작지만, 지금보다 커지면 폐가 제 기능을 할 수 없어서 결국 사망한다고 했다. 폐가 멈추면 영양 공급도 소용이 없을 것이다.

결론적으로 M.박사와의 만남은 종양학 측면에서 내가 받았던 최고의 상담이었다. M.박사와 상담을 하면서 내가 한동안 A.C.박사의 판단에 의구심을 품어온 이유, A.C.박사가 내 질문에 대답을 해주지 않거나 질문을 회피해온 이유를 알게 됐다. A.C.박사는 내가 의지하고 편하게 연락하기 좋은 의사이지만 더 이상은 따를 수 없겠다는 판단이 섰다.

M.박사는 어떻게 방사선 치료와 면역요법을 같이 할 수 있느냐며 A.C.박사를 비판했다. A.C.박사가 그런 치료법을 쓰는 바람에 나는 비슷한 효과가 있는 다른 면역약제를 쓰는 임상 실험에 참여할 수 없게 됐다고도 했다. A.C. 박사와 나는 그 위험성을 알

고는 있었지만 A.C.박사가 대수롭지 않게 말해서 나도 크게 위험성을 인지하지 못했던 것이다.

A.C. 박사의 '정신 나간' 아이디어를 괜히 따랐다는 후회가 밀려왔다. 하지만 친구가 말했듯이, 암 투병 여정을 하는 동안 우리는 매순간 수많은 결정을 내려야 하기에 아무런 후회도 없을 수는 없다. 어차피 다른 길로 갔어도 궁극적으로 큰 차이는 없었을 것이다. 나는 결국 죽을 테니까.

SGI-110 임상 실험 동의서에 서명을 하기 위해 V.박사를 만나러 갔다. 나는 임상 실험을 마친 후에도 그에게 계속 진료를 받고 싶다고 말했다. 나는 메모리얼 슬로언 케터링의 규격화된 운영 방식과 긴 대기 시간, 승강기 앞에 늘어선 사람들, 인간미 없어 보이는 분위기 때문에 한동안 이곳을 꺼렸지만 더 이상은 그럴 필요가 없었다. 나는 규격화된 지원을 받아야 했다. 내 수명이 몇 년이 아니라 몇 개월 밖에 안 남았을지도 모르니 메모리얼 슬로언 케터링 같은 기관에서 진료를 받는 것이 든든할 것 같았다.

계획을 세워놓으니 마음이 한결 편안하다. 최근에 일어난 일들이 이상하게도 내 마음을 평화롭고 차분하게 만들어주었다. 복부 통증도 사라졌다. 나는 몇 년 만에 처음으로 수영장에 가서 트랙을 왕복하며 수영을 했다. 수영을 하면서 적절한 기술로 호흡하기 위해 늘 안간힘을 썼는데 그날은 옆 라인에 있던 친구와 어떤 분의 도움으로 호흡법을 제대로 배울 수 있었다.

앞에서 온갖 살벌한 내용으로 글을 썼지만, 사실 나는 아무도 증오하지 않는다.

36.

추억 없이 살 수 있는 사람은 없으니까

2016년이 끝나서 기뻤다. 2016년이 끝났다는 것은 내 인생의 끝이 가까워졌다는 것을 의미했지만 상관없었다. 2016년에는 온갖 안 좋은 일이 가득했으니 이제는 미아와 벨을 위한 추억 만들기에 다시 집중하려 한다.

칠레 작가이자 《영혼의 집》이라는 소설로 잘 알려진 작가 이사벨 아옌데는 회고록 《파울라》에서 딸 파울라에게 보내는 편지 형식으로 자신의 특별한 인생을 풀어놓았다. 파울라는 포르피린증을 앓다가 코마 상태에 빠져 영영 깨어나지 못했다. 《파울라》를 읽은 지 15년도 더 됐는데 23페이지에 적혀 있던 문장들은 내 기억에 깊게 새겨져 있다. 요즘 따라 그 문장들이 한층 강하게 마음에 와 닿는다.

《파울라》에서 아옌데는 딸에게 자신의 과거를 털어놓고, 그 과거를 아옌데는 "나와 가장 가까운 사이인 연인도 들여다본 적 없는 가장 내밀한 정원"이라 부른다. "내 기억을 받아, 파울라. 네 기억은 너의 기나긴 잠 어디쯤에서 사라져 더 이상 존재하지 않

303

으니 내 기억이 너에게 약간은 쓸모가 있을 거야. 기억 없이 살 수 있는 사람은 아무도 없으니까."

나는 추억과 과거, 역사를 좋아한다. 대학에서도 역사를 전공했고 미국, 중국, 유럽, 아프리카 역사와 경제사, 정치사, 문화사를 공부했다. 특히 예수 그리스도와 마오쩌둥 같은 독특하고 카리스마 있는 인물들, 토머스 에디슨과 스티브 잡스 같은 혁신자들이 인류 역사의 흐름을 어떻게 바꿨는지 살펴보는 것을 좋아한다. 그런 사람들 외에 우리 같은 평범한 사람들은 과거에도 지금도 위대한 사람들이 만든 온갖 사건들, 우리가 제어할 수 없는 힘(내가 어떤 종교와 철학을 가졌느냐와 상관없이 자연재해와 질병을 불러일으키는 신과 대자연, 우주의 무작위한 힘)이 야기한 사건에 휩쓸릴 뿐이다.

우리 같은 평범한 사람들의 이야기들 중 내가 가장 흥미롭고 가치 있게 여기는 이야기들이 있다. 폭력적인 남편을 피해 세 자녀를 데리고 뉴욕의 쉼터로 도망쳐온 어느 카리브해 지역 출신의 흑인 여성 이야기, 제2차 세계대전 당시 홀로 망망대해에서 수개월을 떠다녔고 그 후 일본군에게 포로로 붙잡혀 몇 년간 고문을 당하면서도 살아남은 미국인 이야기, 비행기가 안데스 산맥에 추락했지만 놀라운 의지력으로 끝까지 살아남은 우루과이 럭비 팀 이야기, 그리고 전이성 결장암 진단을 받고도 15년 동안 생존한 여성의 믿기지 않는 이야기 등이다.

그 외에도 수많은 이야기가 있다. 최고의 소설가가 엮어낸 가상의 이야기보다 사람들이 실제로 겪은 이야기는 진실성 때문에 우리 마음에 더 큰 반향을 불러일으킨다.

아옌데는 우리의 추억과 과거, 역사가 나름의 가치를 갖고 있음을 일깨운다. 결국 우리는 각자 살아낸 경험의 산물이 아닐까? 그러니 외부에서 영감과 힘, 희망을 찾으려 하기보다 내면에서 각자의 이야기를 발견하고 그 가치를 판별해야 한다. 기적은 도처에 있다. 물론 자신의 고통스러운 실수, 두려움, 나약함, 불안정성, 추함을 마주해야 하니 내면을 들여다보는 일은 훨씬 힘들다.

내가 처음 암 진단을 받았을 때 조시는 내 수술 및 병리 보고서를 백 번도 넘게 읽었다. 나는 내 몸속의 일부를 제거한다는 걸 상상만 해도 속이 메슥거려서 도저히 제대로 읽을 수가 없었다. 조시는 낯선 의학 용어를 익혀가며 온라인에서 관련 논문을 모조리 찾아 수도 없이 읽었고 내 예후에 대해 나름 희망적이고 합리적인 결론을 내렸지만, 나는 한 줄을 읽자마자 잠이 쏟아져서 그때부터 간병 문제는 손에서 놓았다. 조시는 숫자와 이성을 중시하고 과학의 힘을 신뢰하지만 나는 나 자신과 보다 높은 힘, 누군가는 말도 안 된다고 주장할 수 있는 형체 없는 힘을 믿었다.

이상하게 들릴지 모르지만 내 믿음은 내 기억과 지금까지 살아온 환경, 부모님과 조상들의 역사에 뿌리를 두고 있다. 내 최초의 기억은 베트남 땅끼에 있던 우리 집의 좁은 계단을 기어 올라가던 것이다. 그 계단에는 흙투성이가 시멘트 바닥으로 떨어지지 않게 막아줄 난간이 없었다. 두 번째 기억은 남중국해를 떠나는 어선에서 할아버지의 무릎에 앉아 있던 것이다. 머리 위에서 흔들거리던 갓 없는 희미한 전구 불빛과 300여 명이 홍콩의 난민 수용소까지 무사히 갈 수 있게 해달라고 신에게 빌던 애절한 기도 소리도 기억난다. 1년 후 UCLA의 줄 스타인 안과 연구소에서 수술을 받기 전, 간호사가 전신 마취를 위해 마스크를 씌우려 할 때 손을 휘저으며 버둥거렸던 기억도 난다. 학교에서 큰 활자로 인쇄된 교과서를 꺼내는데 아이들이 나를 괴물 보듯 했던 것도 기억난다. 고등학교 2학년 때 PSAT(미국 대학 입학시험인 SAT의 모의시험 – 옮긴이) 시험을 치르던 중 정답 표기 부분이 너무 작아서 확대경으로도 볼 수가 없어 결국 답을 쓰지 못했고, 주말 내내 울었던 기억도 있다. 하버드대학교 법학 대학원에 합격해 뿌듯한 마음으로 부모님께 전화를 드렸을 때 아버지가 마치 원하는 크리스마스 선물을 받은 소년처럼 기뻐하며 손뼉을 치신 것도 기억한다.

이 외에도 기쁘고 고통스러운 온갖 기억이 있다. 이 정도면 여러분도 내가 왜 나 자신과 보이지 않는 존재의 힘을 믿는지 이해할 것이다. 나는 살면서 신의 존재를 몇 번이나 느꼈고 신의 부재도 느꼈다. 창피함과 좌절, 심적 고통, 자기연민, 자기혐오에 빠져 허우적대면서도 신이 함께한다고 느낀 순간에는 나도 모르는 힘과 결의가 솟는 걸 느끼곤 했다.

가필드 메디컬 센터에서 결장암에 걸렸다는 사실을 알게 된 다음 날이자 수술을 받기 위해 UCLA 병원으로 이송되기 전날 새벽 네 시, 자다가 눈을 떴는데 이 상황이 악몽이 아니라 현실임을 깨달았을 때 두려움이 밀려와 숨이 쉬어지지 않았다. 내 인생에서 가장 암울했던 그때, 나는 초라한 병원의 어둠 속에서 홀로 펑펑 울었다. 긴지 짧은지 알 수 없는 미래가 내 앞에 펼쳐져 있었으나 내 안에는 온통 어둠뿐이었다. 그때와 비슷한 두려움을 느꼈던 순간을 찾아보기 위해 나는 더 깊숙한 과거로 파고들었다. 그때처럼 지독한 두려움을 느낀 순간은 없었지만 비슷하게 두려웠던 적은 있었다.

법학 대학원 1학년 여름 방학 동안 방글라데시로 여행을 갔을 때였다. 한편으로는 기대하면서도 한편으로는 겁이 났다. 앞도 제대로 못 보는 자그마한 아시아계 여자가 그 나라의 언어와 문화도 제대로 모른 채 세계에서 제일 가난한 나라 중 한 곳을 홀로 여행한다는 것은 생각만 해도 주눅 드는 일이었다. 혹시 강도를 만나거나 사고를 당하거나 뎅기열에 걸리면 어떡하지? 나는 내 안의 두려움을 인정하고 최대한 안전장치를 마련하기로 했다. 비밀 주머니를 만들어 속옷에 넣었고 운동도 열심히 했다. 여행 보험에도 가입했다. 그러고 나서 모든 근심을 뒤로하고 내면의 힘과 신의 존재를 믿으며 두려움 속으로, 놀라운 모험 속으로 발을 내디뎠을 때 내 암울한 예상은 완전히 빗나갔다.

가필드 메디컬 센터 병실에서 밤을 보내며 나는 다시 한 번 내 안의 두려움을 인정하고, 내 운명을 제어하기 위해 할 수 있는 모든 일을 해본 뒤 마음을 비우자고 결심했다. 나 자신에게 앞을 똑바로 보고 두려움을 헤치고 나아가라고 명령했다.

아옌데는 자신의 인생을 이렇게 묘사했다. "나만이 해독할 수 있으며 그 비밀은 온전히 나만의 것인, 다층적이고 계속해서 변하는 프레스코화. 내 마음은 기억을 선택하고 더 좋게 개칠하고 수면 위로 끌어올린다. 사건들은 기억 속에서 바래고 사람들은 서로를 잊는다. 남는 것은 영혼의 여정, 드물게 찾아오는 영적 계시의 순간이다. 실제로 일어난 일보다 그 일로 인해 생겨난 상처와 뚜렷한 표식이 중요하다.

내 과거는 별 의미가 없다. 어떤 질서도 명확함도 목적도 길도 없다. 내가 제어할 수 없는 사건들로 인해 우회하며, 본능에 의지해 나아가야 했던 눈먼 여정에 불과하다. 내 과거에는 계획이 없었고 오로지 선한 의도와 내 걸음걸음을 결정하는, 희미하지만 더 큰 설계가 있었을 뿐이다."

우리 모두는 자기만의 이야기를 갖고 있다. 우리는 각자의 경험을 통해 힘을 발휘하고 믿음의 기초를 다진다. 중요한 것은 불쾌한 기억을 반추하면서도 본인의 역사에서 교훈을 얻고 영혼의 여정이 품은 비밀을 발견할 수 있느냐이다. 아옌데가 딸에게 자신의 인생과 과거, 기억에 얽힌 비밀을 털어놓았듯이 나 역시 내 딸들을 위해 그렇게 해주고 싶다.

37.

내 손으로 꾸미는
내 생의 마지막 공간

2017년이 되자마자 좋지 않은 스캔 결과가 나왔다. 나는 메모리얼 슬로언 케터링 암센터에서 진행한 임상 실험에서 원하던 결과를 받지 못했다. 보다 정확히 말하자면 임상 실험이 아무 효과가 없었다. 스캔 결과, 복부 림프절이 비대해졌고 간 바깥쪽에 새로운 병변 두 개가 보였다. 물론 안쪽에 생긴 것보다는 나았다. 예상을 전혀 못했던 건 아니지만 마음이 좋지 않았다. 다른 주요 장기로 전이됐으니 암이 이제 정말로 나를 죽일 수 있게 된 것이다. 폐가 먼저일까 간이 먼저일까? 폐 속의 일부 종양은 줄어들었고 일부는 커졌지만 흉부의 종양들은 그대로였다. 독한 약제를 투여한 바람에 머리카락이 빠졌고, 믿을 수 없을 만큼 심한 피로감에 시달렸으며, 힘겨운 폐생검까지 버텨내야 했다. 이제 뭐가 남았을까? 아무것도 없었다.

V.박사는 표준 약제인 론서프를 투여하자고 제안했다. 론서프는 결장암 환자들 중 일부에게만 제한된 효과가 있는 경구 항암제로, 겨우 몇 개월 동안만 안정적인 효과를 보여준다. M.박사를

만나 설명을 들어보니 M.박사 자신은 보통 아바스틴과 론서프를 함께 처방하는데 두 약제가 각기 다른 경로로 작용하기 때문이라고 설명해주었다. 나는 M.박사의 권고도 있고 아바스틴 부작용도 견딜 수 있을 것 같아서 V.박사에게 론서프와 아바스틴을 같이 처방해달라고 했지만 그녀는 메모리얼 슬로언 케터링에서는 그렇게 해줄 수가 없다고 했다. 나는 V.박사의 진료실을 나와 A.C.박사에게 다시 연락했고 A.C. 박사는 보험사에서 반대할 것 같지는 않으니 자신이 아바스틴과 론서프를 처방해주겠다고 했다.

나는 열일곱 살에 대학에 진학하면서 부모님 집을 떠났다. 그 후 집에 잠깐씩 들르기는 했지만 고향으로 아주 돌아가서 산 적은 없다. 몇 년 동안 기숙사 방과 해외 호스트 가족의 집, 렌탈한 집, 단기 임대 아파트에서 머물렀다. 학교에 다니고 해외 유학을 가고 여행을 떠나고 일을 하면서 이곳저곳에서 살다가 다시 학교로 돌아갔다. 그리고 일을 더 하고 여행도 더 다녔다. 나는 늘 새로움을 갈망했다. 새로운 장소에서 새로운 사람들을 만나고 새로운 도전을 하고 싶었다. 낯설다는 것은 두려움과 짜릿한 흥분을 동시에 불러일으켰다. 그때까지 내 집이라고 부를 만한 장소는 없었지만 상관없었다. 나는 줄곧 가난했다. 머무는 곳이 불편할수록 돈을 절약할 수 있어 더 좋았던 시절이었다.

그때까지만 해도 영원히 살 줄 알았다. 나는 천하무적이었다. 젊은이답게 마음껏 자유를 누렸다. 여느 젊은이들과 다르지 않았다. 하지만 나이를 먹고 아이들을 낳고 남부럽지 않은 삶을 누리게 되면서, 그리고 암이라는 시련을 겪으면서 인생관이 크게 바뀌었다. 나는 편안함과 안정감, 나만의 집을 원하는 생물이 되어 갔다. 메모리얼 슬로언 케터링이라는 낯선 병원에서 발작적으로 울어댄 것, 그러다 NYU 암센터로 돌아오면서 안도한 것도 익숙함을 추구한 덕분이다. 지금도 나는 늘 집에 있고 싶어 한다.

8개월의 확장 공사를 마치고 2개월에 걸쳐 마무리 작업을 한 뒤 벽에 물건을 걸고 피아노까지 구입하자 조시와 내가 2015년 여름부터 꿈꿨던 집이 완성됐다. 암이라는 먹구름이 드리우긴 했지만 기쁘기 그지없었다. 새로 꾸민 집에서 제일 마음에 드는 부분을 꼽기 어려울 정도로 모든 게 좋았다.

침실 한쪽 벽에 발라놓은 오크나무 무늬의 금박 벽지, 새 전기 벽난로 위에 설치한 재생 호두나무 원목 선반, 문을 열 때마다 자동으로 조명이 켜지는 맞춤형 옷장, 욕실 바닥의 방사 난방, 자동 창문 블라인드. 전부 내가 결정한 디자인이었다. (내가 마음껏 꾸밀 수 있게 해줘서 고마워, 조시.) 내가 살게 될 마지막 거주지이자 내 마지막 나날에 가족과 친구들이 나를 만나러 올 장소이며, 내가 죽을 곳이다. 나는 우리 부부가 할 수 있는 최대한으로 화려하고 편안하게 이 집을 꾸몄다.

설계를 하면서 무엇보다 중요하게 생각했던 점은, 이 집이 내 딸들이 성장할 터전이라는 사실이다. 옷장을 가변적으로 활용할 수 있을지, 나중에 샤워부스 대신 욕조를 설치할 수 있을지, 지금은 놀이방으로 쓰는 방을 나중에는 친구들과 모여 놀 수 있는 방으로 바꿀 수 있을지 등을 고려했다. 이 아파트는 딸들에게 주는 선물이자 딸들이 오랫동안 보물처럼 간직할 유형의 자산이다.

나는 요즘도 밤이면 아이들의 침대에 함께 누워 천장에 매달린 공주풍 샹들리에를 올려다보며 어린 시절 잠들기 위해 누웠던 밤을 떠올리곤 한다. 내가 어린 시절 썼던 매트리스는 울퉁불퉁하고 여기저기가 꺼져 있었다. 나는 낡은 매트리스에 누워 우둘투둘한 천장과 흉하게 생긴 네모난 천장 조명과 그 한가운데에 박혀 있던 커다란 검은색 나사를 올려다보곤 했다.

그 침실에서 미래를, 언젠가 결혼하게 될 얼굴도 이름도 모르는 남자를, 집에서 멀리 떨어진 대학에서 보내게 될 4년이란 시간을 상상하곤 했다. 세상 구경과 여행, 모험, 낭만을 꿈꾸었다. 시험 때문에 스트레스를 받고 지금은 기억도 나지 않는 친구들과의 관계 때문에 고민했다.

지금은 예전의 나와 똑같은 자세로 자리에 누워 있는 두 딸을 바라보며 어떤 생각과 두려움과 꿈을 갖고 있을지 상상해본다. 딸들을 위해 지은 이 집을 바라보며 상상해본다. 온힘을 다해 이 집에 내 정신의 일부를 남겨두면 나중에 딸들이 지치고 힘들 때, 걱정이 있거나 어떤 기대를 품고 자리에 누웠을 때 내가 그 생각과 기분에 조금이나마 공감해줄 수 있지 않을까. 내 영혼의 일부를 아이들 곁에 머물게 할 수 있지 않을까.

두 딸의 침실과 욕실이, 이 아파트가 내 마음을 일부라도 품어주기를. 가족을 너무나도 사랑했던 내 마음을 잊지 않게 해주길 바랄 뿐이다.

38.

페더러 선수와 나의 평생 이론

나는 역대 최고의 남자 테니스 선수인 로저 페더러의 팬이다. 나는 테니스 팬이라기보다는 페더러의 팬이다. 조시를 만나면서 로저 페더러를 좋아하기 시작했는데, 조시는 그때도 지금도 하키와 축구를 제외한 모든 스포츠를 좋아한다. 그는 테니스 경기를 보면서 속을 끓이거나 미친 듯이 즐거워했다. 로저 페더러의 경기를 볼 때면 특히 더 그랬다.

그는 윔블던 테니스 대회나 호주 오픈 테니스 대회를 녹화까지 하면서 챙겨봤고, 페더러가 한 세트라도 지면 기분이 확 가라앉았다. 그때 나는 페더러에 대해 아무것도 몰랐기 때문에 조시가 정신이 나간 줄 알았다. 남자 둘이 이리 뛰고 저리 뛰며 조그마한 공을 치는 경기를 보면서 흥분하는 게 바보 같아 보였다. 나는 페더러가 경기에서 이겼는지 슬쩍 인터넷으로 검색해보고 그에게 다정하게 말해주곤 했다. "좋은 결과가 있을 거야, 여보."

당시 전성기였던 페더러는 통산 14회 그랜드슬램 우승을 달성한 피트 샘프라스 선수의 기록을 뛰어넘기 위해 파죽지세로 그랜드 슬램 타이틀을 수집하고 있었다.

대부분의 사람들이 그렇지만, 조시도 압도적인 기량으로 인간의 뛰어난 신체 능력을 보여주는 경기를 좋아했고 로저 페더러는 인간의 신체가 얼마나 대단한 업적을 이룩할 수 있는지를 보여주는 좋은 예였다. 나는 연애 때는 농구와 풋볼에 관심이 있는 척했지만 조시와 결혼한 후로는 심드렁해졌는데, 페더러에 대한 사랑만은 그 후로도 꾸준히 지속됐다.

우리 부부가 결혼한 2007년 가을, 페더러의 신체 능력은 하향 곡선을 그리기 시작했다. 그 후 몇 년에 걸쳐 페더러의 우승 확률이 계속 떨어지는 걸 보면서 조시와 나는 경기를 볼 때마다 점점 스트레스가 쌓여갔다. 2009년 호주 오픈 테니스 대회에서 페더러가 피트 샘프라스의 대기록에 도전하자 우리는 경기를 보기 위해 새벽 세 시에 일어났다. 페더러의 결승전 상대는 최대의 라이벌인 라파엘 나달로, 라파엘 역시 사상 최고 선수들 중 한 명이었다. 하지만 페더러는 그간의 업적이 무색하게도 라파엘 나달에게 크게 밀렸고 그날 우리 집은 초상집이나 다름없었다. 그런데 그날 밤, 패배의 잿더미 속에서 우리 미아가 임신되었으니…….

미아를 임신하고 7개월쯤 됐을 때 우리는 노동절에 열린 US 오픈 테니스 대회의 4라운드 경기를 관람하기 위해 비싼 표를 사서 경기장에 입장했다. 페더러가 출전했기 때문이다. 우리 자리는 서비스라인 바로 뒤의 맨 앞줄이었는데 그날 사람들은 텔레비전을 통해 관람석에 앉은 우리 모습을 종일 볼 수 있었을 것이다. 테니스의 신을 가까이서 보게 되어 무척 황홀했다.

그 대회에서 페더러는 결승전까지 올라갔지만 아르헨티나의 후안 마르틴 델 포트로 선수에게 패했다. 조시는 결승전을 본다며 또 경기장에 갔지만 나는 결승전은 집에서 텔레비전으로 보았다. 조시는 중간 광고 시간마다 내게 경기장 분위기를 전해주었고, 나는 해설자로 나선 존 매켄로(1970년대 말과 1980년대에 명성이 높았던 미국의 테니스 선수─옮긴이)가 하는 해설을 그에게 들려주었다. 나도 조시만큼이나 흥분한 상태였다.

페더러는 그 경기에는 패했지만 그 후 다른 경기에서 몇 번 더 우승을 거머쥐었다. 그리고 2012년 윔블던 테니스 대회에서 통산 열일곱 번째 그랜드 슬램을 달성했다. 내가 결장경 검사를 통해 결장암 진단을 받은 2013년 7월 7일, 윔블던 결승전에서 노박 조코비치는 증오해 마지않던 앤디 머레이에게 패했다. 페더러는 이미 전 라운드에서 패해 결승전에 오르지도 못했다.

그날 조시는 아침 일찍 경기를 지켜본 뒤 가필드 메디컬 센터로 와서 내 전원 절차를 지켜보았다. 우리는 캘리포니아에 있었기 때문에 시차가 생겨 경기 결과를 미리 알 수 있었지만 나는 굳이 찾아보지 않았다. 더는 윔블던에 관심을 가질 여유가 없었다.

다음 해에 페더러는 또다시 윔블던 결승전까지 올라갔다. 예전과 마찬가지로, 나는 잔뜩 긴장한 채 담요를 머리에 뒤집어쓰고 텔레비전 앞에 앉아 경기를 지켜보았다. 터무니없는 망상인 줄 알면서도 나는 이렇게 혼잣말을 했다. 테니스 선수를 기준으로 이미 노장이 된 로저 페더러가 여기서 한 번 더 우승한다면 나도 암을 이길 수 있을 거라고. 그때는 암이 폐로 전이되지 않은 상태였다. 하지만 페더러는 조코비치에게 5세트를 내주며 패했다.

그 후 몇 년 동안 페더러는 우승을 하지 못했다. 그랜드 슬램 경기에서 수차례 준준결승과 준결승까지 올라갔지만 결승전까지 가지는 못했다. 삼십대 중반에 접어들면서 무릎 부상으로 발목이 잡히기 시작했다. 나는 그의 경기를 그만 보기로 했다. 조시에게도 우리가 사랑했던 페더러는 이제 끝났다고, 품위 있게 은퇴할 때가 됐다고, 그가 젊은 선수들에게 수모를 당하는 꼴을 더는 못 보겠다고 말했다.

하지만 조시는 페더러를 포기하지 않았다. 단 한 번도. 조시처럼 굳건한 믿음을 가진 사람을 나는 처음 봤다. 조시는 페더러가 그랜드 슬램 경기에서 어느 선까지 계속 올라갈 수만 있으면 우승 기회가 있는 거라고 줄기차게 주장했다.

페더러는 무릎 수술 후 회복을 위해 2016년 시즌을 6개월 먼저 종료하겠다고 발표했다. 그래서인지 그해의 첫 그랜드 슬램인 호주 오픈 테니스 대회에서 페더러 본인은 물론이고 어느 누구도 그에게 큰 기대를 걸지 않았다. 하지만 그는 호조를 보이며 결승전에 진출했다.

나는 차마 경기를 볼 수 없었다. 조시는 페더러가 결승까지 올라갈지 의문이라고 했다. 결승에 가면 나달을 만날 텐데, 페더러는 나달에게 수차례 패한 전적이 있었고 나달은 페더러의 전략을 오래전에 간파했기 때문이다. 페더러가 또 한 번의 패배를 감당할 수 있을까? 우리는 감당할 수 있을까? 나는 페더러가 또 지는 건 도저히 못 보겠다고, 나달에게 지는 꼴은 더더욱 못 보겠다고 말했다. 그랬다간 내 속이 바스러질 것 같았다.

하지만 조시가 결승전을 예약 녹화해두고 아침 일찍 일어나는 바람에 나까지 깨어버렸고, 결국 남편과 함께 경기를 지켜보았다.

페더러는 불리한 상황에서도 온힘을 다해 서브를 넣으며 나달을 공격해 동점을 만들었고, 다시 서브권을 가져와 나달을 뭉개놓았다. 얼마 안 있어 페더러의 우승이 확정되자 심장이 쿵쾅쿵쾅 뛰었다. 우리는 미친 듯이 방방 뛰면서 춤을 추고 얼싸안고 키스를 하고 하이파이브를 했다. 딸들이 그 소리를 들었으면 저희 부모가 미친 줄 알았을 것이다.

경기 후 인터뷰에서 페더러는 오랫동안 기다려왔고 열심히 노력했다고, 자신의 나이와 비관론자들의 부정적인 견해에도 불구하고 우승을 거머쥐어 더욱 값지게 생각한다고 말했다.

조시는 페더러에 대한 믿음을 한 번도 놓지 않았다. 나에게도 마찬가지였다. 나는 이제 끝났다고, 죽는 수밖에 없다고 말했을 때도 그는 살 수 있다고 믿었다. 나는 그에게 지난번 생일이 내 마지막 생일이 될 것 같다고 말했다. 내 단호한 말을 듣고 실망스러운 스캔 결과까지 봤으니 흔들릴 법도 한데 그의 믿음은 굳건했다.

나는 그에게 헛된 믿음은 망상일 뿐이라고, 당신은 내 죽음을 받아들일 수 없어서 그러는 거라고, 당신이 미치지 않으려고 그렇게 믿는 거라고 짚어주었다. 그는 내 피폐해진 피부와 쇠약해진 움직임을 보면서도 당신은 죽지 않는다고, 경기에 나갈 수 있는 한 기회는 있는 거라고 말했다.

페더러는 우승했다. 1월 말에 페더러의 승리를 지켜보면서 나는 어쩌면 좋은 징조일 수 있다고, 남편 말이 맞을 수도 있다고 생각했다.

39.

이만하면 잘 살았다고
말하고 싶지만

지난 일주일 동안 글을 쓰려고 노력했지만 한 글자도 쓸 수 없었다. 일관성 있는 글이 나오지 않았다. 문장도 좋지 않았다. 머릿속이 뒤죽박죽하니 좋은 글이 써질 리 없었다.

방사선 종양 전문의인 Y.박사에게 방사선 치료 범위를 척추까지 올려달라고 부탁했지만 그는 받아주지 않았다. 당장 급박해 보이지 않는다는 것이 이유였다. 그는 척수보다는 뼈 안에서 종양이 자라고 있는 것 같다고 했다. 6월 5일까지 마비 증상 없이 방사선 치료를 받았으니 그의 말이 맞을 것이다. 중간에 통증이 완화된 것처럼 느껴지기도 했다. 나는 적절한 시간에 잠을 잘 자려고 의식적으로 노력한 덕분이라고 기뻐하며 세 번에 걸쳐 연속으로 방사선 치료를 받았다.

방사선 치료 자체는 별다른 문제없이 빠르고 수월하게 진행됐다. 하지만 그 후 예상치 못한 후유증이 밀려왔다. 통증이었다. 등의 오른쪽 윗부분이 지독하게 아프고 욱신거려서, 자다가 벌떡 일어나 그 부위를 떼어버리고 싶을 정도였다. 마약성 진통제

319

인 옥시코돈 덕에 통증은 줄어들었지만 다음 날 기운이 하나도 없었다. 열두 시간 동안 한숨도 잘 수 없었고 속이 메슥거려 수차 례 구토를 했다. 방사선 치료를 받고 나면 통증이 확 심해졌다가 차차 완화되는 게 일반적이라고 했지만, 지금까지 나는 이런 후 유증에 대해 들어본 적이 없었다. 더 못 견딜 것 같으면 응급실로 가야겠다고 몇 번이나 생각했다. 그 정도로 통증이 극심했다. 다 행히 일주일쯤 지나자 통증이 완화됐고 지금은 완전히 사라졌다.

그래도 몸 곳곳이 여전히 아프다. 지난 몇 주 동안 왼쪽 엉덩 이와 다리 통증이 꾸준히 심해졌다. 요추에도 암이 전이된 모양 이다. 간간이 질 출혈도 일어났다. 지나치게 자세한 얘기를 하게 되어 유감이지만, 그동안 온갖 얘기를 다 했는데 새삼스레 감출 필요가 있을까? 혹시 2차 원발암의 징조일까 봐 겁이 났다. 메모 리얼 슬로언 케터링의 산부인과 종양 전문의와 약속을 잡는 데만 몇 주가 걸렸다. 그녀는 자궁 경부 세포진 검사와 자궁 조직 검사 를 실시했다. 결과가 나오기 전까지 확신할 수는 없지만 그녀는 전이암의 위치 때문에 출혈이 생겼을 가능성이 높다고 보는 듯했 다. 2차 원발암이라는 생각은 하기도 싫었지만, 지난 4년 동안 이 미 생각도 하기 싫은 일을 수차례 겪은 터였다.

배꼽 옆에 생긴 종양도 굉장히 신경이 쓰였다. 체중이 갑자기 줄면서 종양이 손으로 만져질 정도로 뱃속에서 두드려졌다. 그 무렵 약물 검사 때문에 몇 주 동안 미각을 잃어서 허기를 면할 정 도로만 먹었더니 살이 많이 빠진 상태였다. 지금도 미각이며 식욕이 아직 회복되지 않은 상태다. 게다가 마약성 진통제 때문에 속이 계속 메슥거리니 입맛이 날 리 없었다.

나는 종양을 만지고 문지르고 상상해보며 나름대로 크기를 측정해봤다. 엄지와 검지로 종양의 길이를 잰 뒤 자에 대보니 대략 2센티미터로, 지난번 스캔 결과와 비슷했다. 토끼발(행운의 부적 삼아 가지고 다니는 토끼의 왼쪽 뒷발―옮긴이)을 만지듯이 그 부위에 손을 얹고 살살 문지르고 쓰다듬으며 신이 나를 구원해주길 기도했다. 때로는 종양이 내 기도에 응답하듯 가라앉거나 심지어 줄어드는 것 같았고 때로는 내게 화를 내며 더 커지는 듯했다. 종양이 내 기분을 좌지우지하다보니 종양이 가라앉으면 내 기분도 차분해졌고 종양이 화가 나면 나도 화가 났다.

6월 중순에 또 한 차례 스캔을 받았다. 지금의 통증과 전반적인 몸 상태로 예측하자면 스캔 결과가 상당히 나쁘게 나올 것 같다. 최악의 결과가 나올 수도 있으니 준비를 해야 한다. 그런데 무슨 준비를 어떻게 해야 할지 모르겠다. 일단은 죽음을 의연하게 맞이하자고 마음을 달래고 있다. 이만하면 좋은 삶을 살았다고 말하고 있다. 죽음이 두렵지 않다고, 고통 속에 사는 삶에 지쳐서 이제는 그만 죽고 싶다고 나 자신을 타이르고 있다.

대부분은 사실이지만 아직 내 마음은 확실히 이 수준까지는 이르지 못했다. 죽음이 갑작스레 빠르게 다가온 지금, 나는 아직까지는 간절히 바라온 마음의 평안을 찾지 못했다. 좋지 않은 스캔 결과가 나와도 끄떡없이 받아들일 수 있는 평안 말이다. 진심으로 평안해지고 싶다. 문제는 그것을 어떻게 찾느냐다.

40.

그리워질 사람들,
그리워질 순간

나는 아버지가 제일 예뻐하고 아끼고 소중히 여기는 딸이다. 아버지는 만나는 모든 사람들에게 베트남어와 중국어로 그렇게 말하곤 했다. 십대 시절에는 아버지가 그런 말을 하는 게 당황스러웠지만 나도 아버지를 무척 사랑했다. 아버지의 목소리가 지나치게 크고 여러 가지 면에서 짜증 나게 할 때도 있었지만 말이다.

아버지가 나를 그렇게 예뻐한 것은 내가 본인을 꼭 빼닮았기 때문이다. 나는 세상과 다른 사람들을 늘 궁금해했고 호기심이 왕성했다. 아버지는 그런 내게서 이루지 못한 본인의 잠재력과 꿈을 보았을 것이다. 많이 배우고 겁 없이 세계 여행을 하고 돈도 잘 벌며 전문직에 종사하는 막내딸.

아버지는 나를 깊이 사랑했다. 고등학교 시절 각종 경연 대회에 참석하느라, 스터디 그룹에 가느라, 치과에 가느라 공항과 집을 오갈 때 아버지는 몇 시간씩 교통 체증에 시달리면서도 꼬박꼬박 나를 차로 데려다주셨다. 아버지는 내가 원한다면 달에도 갈 수 있는 아이라고 믿었다. 아버지가 너무 그러시니 언니와 오빠에게 다소 미안해질 때도 있었다. 아버지는 언니와 오빠도 사랑했지만 나만큼 유별나게 사랑하지는 않았다. 대신 오빠는 어머니가 제일 아끼는 자식이었고 언니는 할머니와 삼촌들이 제일 예뻐하는 아이였으니 조금은 덜 미안해도 될 것 같다.

어느 날, 나는 여느 때처럼 아버지가 운전하는 차를 타고 가다가 물어보았다.

"언니랑 오빠보다 저를 더 사랑하는 게 잘못이란 생각은 안 드세요?"

그러자 아버지는 운전대에서 오른손을 떼고 손가락을 쫙 펼치며 말씀하셨다.

"어때? 손가락이 다 똑같니? 다르지? 자식들을 똑같이 사랑하는 건 불가능하단다."

아버지가 나를 많이 사랑하시는 만큼 아버지에게 죄송한 일이 많았다. 집에서 4,800킬로미터나 떨어진 대학에 진학하기 위해 집을 떠날 때, 우리 가족이 목숨 걸고 탈출했던 베트남만큼이나 미국에서 멀리 떨어진 빈곤국으로 수차례 여행을 떠날 때가 그랬다. 아버지는 예전에도 지금도 용감한 전사이시다. 하지만 다음 모험을 떠나기 위해 짐을 싸는 나를 바라볼 때면 축 처진 어깨로 두 손을 초조하게 비비다가, 얼마 남지 않은 머리카락을 손가락으로 쓸어 올리곤 하신다. 나는 여행을 갈 때마다 어떤 상황을 맞닥뜨릴지 몰라 두렵기도 하지만 한편으로는 새로운 것들을 보고 경험하리라는 기대감에 설렜다. 여행지에서 재미있는 시간을 보내고, 많이 성장하고 배우고 변화하며 이런저런 도전을 하고 싶었다. 하지만 그런 나를 걱정하며 집에 남아 있는 사람은 아버지였다. 아버지의 삶은 나를 중심으로 돌아가는데 중심이 자꾸 떠나려 하니 상심이 크셨을 것이다. 그때 나는 아버지처럼 뒤에 남겨지는 사람이 되지 말자고 다짐했다. 나중에 아이를 낳더라도 늘 용감한 여행자이자 모험가로 살자고 다짐했다.

좋지 않은 스캔 결과를 받고 보니, 오래전 스스로에게 다짐했던 이 약속을 지키게 될 듯하다. 젊은 나이에 죽게 될 테니 말이다. 아마 가족들과 친구들 중에 인간이 할 수 있는 최고로 대단한 모험, 이승에서 저승으로 건너가는 여행을 제일 먼저 할 사람이 나인 것 같다. 선택할 수만 있다면 이 세상에 오래 남아 아이들이 자라는 모습을 지켜보고 남편과 함께 나이 들고 싶다. 부모님을 땅에 묻어드리고 내가 사랑해 마지않는 이 삶을 더 많이 누리고 싶다. 하지만 내게 선택권은 없다. 살면서 선택권이 있었던 적은 한 번도 없었다.

이제 나는 바삐 짐을 싸고 있다. 남겨질 이들을 위해 목록을 만들고, 지침을 남기고, 마지막으로 유산과 관련된 서류를 작성해야 한다. 그리고 마지막 추억을 쌓고 작별 인사를 해야 한다. 사랑하는 사람들에게 하고픈 말을 하고 마지막 글을 남겨야 한다.

그리워질 사람들, 그리워질 삶의 요소 하나하나를 꼽아보겠다. 식기세척기에 그릇을 넣고 빼던 단순한 동작, 수많은 요리를 만들어낸 무쇠 냄비의 그윽한 멋, 코스트코에서 장 보기, 조시와 함께 텔레비전 보기, 아이들을 학교에 데려다주기, 그리고 이 삶.

나는 이 모든 것을 몹시 그리워할 것이다. 사람들은 젊은 시절에 젊음을 낭비한다고 말한다. 삶의 마지막을 향해 가는 지금, 문득 생각해보니 우리는 건강한 시절에 건강을 낭비하고 살아 있는 동안 삶을 낭비한다. 이 삶을 떠나기 위한 준비를 하기 전까지는 이런 진실을 미처 깨닫지 못했다.

이제 잠은 중요하지 않다. 저승으로 가야 할 시간이 시시각각 다가오고 있다. 다시 통증이 시작되면, 마약성 진통제로 머릿속이 엉망진창이 되면, 그때는 실컷 자도 된다. 가슴 아프게도 지금 내 곁에 무력하게 앉아 있는 사람은 아버지뿐만이 아니다. 조시와 두 딸, 어머니와 언니와 오빠, 사촌들과 수많은 친구들이 내 곁에 있다. 이런 자리에 오게 만들어 미안하다. 슬픔의 조각들을 주워 담는 일을 하게 만들어 가슴이 아프다. 어쩌면 나는 오래전 스스로에게 다짐했던 이기적인 약속 때문에 이렇게 먼저 떠나게 된 것인지도 모른다. 하지만 내가 이렇게 빨리 떠나는 것이 의식적으로 선택한 결과가 아님을 믿어주기 바란다.

이제 나는 인간이 이해할 수 있는 한계를 넘어서는 특별한 세상의 문턱에 서게 될 것이다. 나는 신에 대한 믿음보다 이승 너머에 또 다른 삶이 있다는 믿음을 더 확고하게 간직해왔다. 나는 저승이 있다는 것을 전적으로 믿는다. 4년 전 암 진단을 받은 후 먼저 떠나보낸 사람들, 데비, 칼라일, 레이첼, 콜린, 크리스, 제인을 비롯한 수많은 지인들이 자꾸 생각난다. 나는 그들을 통해 죽음을 맞이하는 방법을 배웠다. 이제 그들의 발자취를 따라갈 것이다. 그들과 먼저 간 조상님들이 나를 반겨주고, 내가 저승으로 건너갈 수 있도록 도와줄 것이다. 그런 생각을 하면 기분이 좋아진다. 미아를 임신했을 때, 출산이 두려워질 때마다 나는 수천 년 동안 출산을 해온 수십억 명의 여성들을 생각하며 마음을 달래곤 했다. 지금은 나보다 먼저 세상을 떠난 지인들, 그리고 수천 년 동안 죽어간 수십억 명의 사람들을 떠올린다. 그들도 다 했는데 내가 저승으로 건너가는 의식을 치르지 못할 이유는 없다.

삶에 대한 후회 없이 자신감 있고 만족스럽게 잘 죽는 것, 평화롭게 눈을 감는 것이 내 절대적인 목표다. 왜 우리는 장수하는 삶을 이상적인 삶으로 꼽을까? 왜 젊어서 죽는 것을 흉하다고 생각할까? 젊어서 죽은 사람이 장수한 사람보다 더 잘 살았을 수도 있지 않을까? 삶보다 죽음이 인간에게 더 큰 지혜와 기쁨을 준다면, 젊어서 죽은 사람은 그 선물을 더 빨리 받게 되니 운이 좋은 것 아닐까?

어쩌면 이런 생각이 젊은 나이에 죽음을 맞게 된 내가 현실을 받아들이려 애쓰느라 만들어낸 망상일 수도 있다. 그렇지만 나는 너무 늦기 전에 모든 준비를 마쳐야 한다는 절박감 외에는 어떤 절박감도 느끼지 않는다. 오히려 완전하고 전적인 평안을 느낀다.

이런 평안이 누구에게나 찾아오는지 아니면 갈구하는 이들에게만 찾아오는지, 분노한 이들에게 찾아오는지 아니면 상황에 굴복한 이들에게 찾아오는지 모르겠다. 분명한 사실은 나는 2017년 수개월에 걸쳐 평안을 찾았다는 점이다.

41.

오늘,
내가 묻힐 매장지를 예약했다

미아는 초등학교 3학년, 벨은 1학년이 됐다. 학년이 올라가자 학부모들은 제일 멋지고 좋은 옷을 입고 모여, 서로 내가 더 잘났다고 주장하는 게임을 시작했다. 여름 방학 때 프랑스로 여행을 다녀왔네, 우린 스페인에 갔네, 우린 이탈리아에 갔네, 어쩌고저쩌고 떠들며 자랑이 한창이다. 물론 나도 그 게임에 참여한다. 내 두 딸이 여느 아이들 못지않은 어린 시절을 누리게 하기 위해, 그리고 남들보다 뒤처지지 않는 멋진 여름을 보냈음을 알리기 위해.

"우리 애들은 사우스캐롤라이나에 있는 저희 조부모님 집에 갔다 왔어요. 거기서 일식을 봤다면서 무척 좋아하더라고요. 아마 평생 잊지 못할 거예요."

자랑을 하면서도 속으로는 어이가 없다. 나는 왜 인생의 마지막 단계에 와서까지 이런 짓을 하고 있을까? 왜 이런 바보 같고 웃긴 게임에 참여하고 있을까? 이런 게 도대체 뭐가 중요하다고? 차라리 진실을 말해 그들의 입을 닥치게 만드는 편이 나았을 텐데.

"우리 애들은 사우스캐롤라이나에 있는 저희 조부모님 집에 놀러가서 일식을 봤어요. 사실 애들을 거기 보낼지 말지 고민했어요. 12일이나 떨어져 있기가 아쉬워서요. 혹시 애들이 거기 가 있는 동안 제가 세상을 떠날 수도 있으니까요. 하지만 이것도 죽음을 준비하는 과정의 일부라 생각하고 보내야 한다는 걸 깨달았어요. 올 여름에 제가 한 일은 죽음을 준비한 거예요. 애들은 몰랐겠지만 결과적으로는 애들도 제 죽음을 준비한 것이나 마찬가지예요. 저를 떠나보낼 준비, 엄마 없이 세상을 굳건히 살아가기 위한 준비인 거죠. 올 여름에 우리 가족은 바로 그걸 했답니다. 이만하면 우리가 최고죠?"

아, 이 말을 듣고 아연실색한 다른 부모들을 표정을 봤어야 했는데. 완전한 날것의 불편한 진실을 듣고 충격받았을 그들의 표정을 말이다.

나는 여름 방학이 시작되던 6월 말에 스캔을 받았다. 스캔 결과는 내 삶이 정말 끝을 향해 가고 있음을 보여주었다. 나도 알고 있었다. 지난 2개월 동안 가장 유망한 임상 실험에 참여했고, 그 실험의 1상 데이터가 올 6월 임상 종양학자의 연례 회의에서 발표되었고, 가장 흥미로운 효과를 나타냈던 약제가 내 몸에도 어느 정도 효과가 있는 듯했다. 그 약들이 종양 크기를 현저하게 줄여준 것도 같았다. 그전까지 나는 전이암이 있는 몸이 한동안 균형을 잡아가는 양상을 종종 본 적이 있다. 여기서 균형이란 안정 혹은 더딘 진행과 치료의 중간쯤을 의미한다. 한마디로 암과 몸이 당분간 서로를 공격하지 않고 비교적 평화롭게 공존하는 상태다.

하지만 나는 이 약제를 투여해 암을 화나게 했다. 감히 나를 건드려? 암은 분노했다. 내 공격에 대한 응답으로 암은 크기를 마구 키워나갔다. 배꼽 옆의 종양은 골프공만큼 커졌고 주변에 다른 종양이 몇 개 더 생겼다. 골반의 전이암들도 크기가 급속도로 커져서 어느 시점이 되면 소화관을 틀어막을 듯했다. 그렇게 되면 더 이상 음식을 먹을 수 없으니 생존을 위해 영양분을 주입하는 방법까지 고려해야 한다.

어차피 주요 장기가 망가지면 죽음이 임박한다. 얼마나 더 버텨줄지 모르겠지만 아직까지 폐와 간은 제대로 기능하고 있다. 그동안 관찰한 결과 끝이 보이면 암은 더욱 공격적이 되어 크기를 빠르게 불려나갔다. 생기를 빨아먹고 있는 신체를 완전히 집어삼킬 때까지 커질 모양이다. 이런 어리석은 암을 봤나. 할 수만 있다면 암과 휴전 협상이라도 하고 싶지만 암은 지성이나 이성을 가진 존재가 아니니 말이 통할 리 없다.

애도는 죽음을 준비하는 과정의 일부다. 나는 올 여름에 애도를 진행했다. 스캔 결과를 받고 나서 살아보지 못할 앞날, 꿈으로만 남게 될 조시와의 타히티 섬 여행, 나 없이 조시가 딸들과 하게 될 아프리카 사파리 여행, 나 대신 언니가 내 딸들을 데리고 떠나게 될 베트남 여행을 생각하니 마음이 아팠다. 시들어가는 몸뚱이 때문에 바로 옆 매장이나 은행에 가는 일조차 힘겨워진 현실, 위축되는 근육과 축 처지는 피부, 집과 침대 혹은 소파와 멀어지는 데 대한 두려움, 근처에 벤치가 보이지 않으면 남들이 뭐라 생각하든 아랑곳하지 않고 복통을 가라앉히기 위해 길바닥에라도 주저앉으려 하는 몸 상태 때문에 슬펐다. 빠르게 진행된다는 점 말고는 노화와 비슷하다는 생각도 종종 들었다.

부모님께 집으로 와달라고 했다. 어머니가 오셔서 내가 좋아하는 수프를 만들어주시기를, 아버지가 오셔서 내가 좋아하는 중국식 빵을 사다 주시기를 바랐다. 죽어가는 모습을 보여드리는 게 모진 일 같아 처음엔 망설였다. 자식이 죽어가는 모습을 지켜보는 일보다 더 잔혹한 일이 어디 있을까. 내가 엄마가 되니 어떤 심정일지 상상이 되었다. 하지만 언니는 가족이 떨어져 있는 것보다 함께 모여 슬퍼하는 쪽이 낫다고, 부모님도 나와 함께 있기를 더 원하실 거라고 했다. 결국 우리 삼남매가 돈을 모아 부모님을 이곳으로 오시게 했다. 언제까지 머무르실지는 미정이었다.

한동안 어머니는 효과가 입증되지도 않은 괴상한 중국 민간약을 먹으라 요구하고, 아버지가 나를 위해 그다지 몸에 좋지는 않은 중국식 빵을 사오는 것을 타박하셔서 나를 미치게 만들었다. 나는 참다못해 이제 먹고 싶은 건 뭐든 먹어도 상관없다고 말해버렸다. 부모님은 낮에는 우리 집에 계시다가 밤이면 언니의 아파트로 돌아갔는데, 언니와 아버지는 밤마다 어머니에게 나를 내버려두라고, 남은 시간 동안 하고 싶은 걸 하게 두라고, 본인이 원하는 건 본인이 제일 잘 알 테니 믿으라고 설득했다.

생각해보니 올 여름 내내 작별 인사를 하며 보냈다. 오빠를 집으로 불러 우리 집 칼을 갈아달라고, 도마에 기름칠을 하고 싱크대 아래에 있는 급수 필터도 교체해달라고 부탁했다. 오빠와 함께 마지막으로 코스트코에도 가고 싶었다. 오빠는 7월 말에 우리 집에 와서 주말 동안 머물렀다. 오빠가 돌아가기 전날 저녁, 부모님과 우리 삼남매는 한자리에 모여 앉았다. 많은 대화를 하진 않았지만 지금이 우리가 함께할 수 있는 마지막 시간임을, 다음에 오빠가 수천 킬로미터를 날아 뉴욕까지 올 때는 내 숨이 끊어지기 며칠 전 혹은 몇 시간 전일 거라는 사실을 다들 알고 있었다. 오빠와 나는 언니에게 대모 역할을 어떻게 해야 하는지 이런저런 지침을 주었다.

그날은 속 깊은 무언의 말들이 오갔다. 지금 이 순간이 얼마나 소중하고 덧없는지 공감한 우리는 말없이 휴대폰과 카메라를 꺼냈다. 우리 다섯 명은 41년 동안 가족이었다. 삼남매가 성장해 각자의 삶을 이루고 가정을 꾸렸지만 우리는 여전히 가족이었다. 나중에는 다들 가족사진을 볼 때마다 내 빈자리에 기가 막혀 심장에 구멍이 뚫린 듯 아파하겠지. 부모님이 딸을 더 낳지 않으실 테니 언니 오빠에게 더 이상 여동생은 없을 것이다. 41년 동안 유지된 한 가족은 그날 밤 끝이 났다.

그리고 나는 올 여름을 계획을 세우며 보냈다. 미아가 쓰던 매트리스가 울퉁불퉁해져서 새 매트리스를 샀다. 지금 바꿔주지 않으면 미아가 얼마나 오랫동안 불편한 침대에서 자게 될지 알 수 없었다. 딸들을 위해 아동심리학자를 알아두고, 딸들과 조시를 위해 식사를 준비해줄 요리사도 물색해두었다. 딸들의 음악 수업에 참관해 연습을 지켜봐줄 도우미도 찾기 시작했다. 딸들의 음악적 성장을 이렇게라도 지켜주지 않으면 나는 진정으로 극성맞은 중국 엄마가 아닐 것이다.

내가 묻힐 매장지도 계약했다. 나는 브루클린 한가운데에 있는, 유서 깊고 아름다운 그린 우드 묘지에 묻힐 것이다. 이곳에는 유명인도 몇 명 묻혀 있다고 한다. 지난 4년 동안 나는 화장을 하길 원했다. 그래서 조시에게 화장해달라고, 암을 태워버리고 싶다고, 죽은 뒤에 이 몸은 아무 가치가 없다고 말했다. 하지만 막상 마지막 준비를 시작하고 보니 내 시신을 불에 태우기가 꺼려졌다. 처음에는 암에 대한 증오와 분노 때문에 내 몸을 태워 암까지 같이 없애버리고 싶었지만, 다시 생각하니 마지막을 그런 식으로 마무리하고 싶지 않았다.

나는 암을 증오하지만 내 몸을 증오하지는 않는다. 내 몸은 37년 동안 나를 잘 지켜주었다. 세계 곳곳을 누빌 수 있게 해주었고 아름다운 두 딸을 낳게 해주었다. 내 몸이 해준 좋은 일들을 암 때문에 묻히게 하고 싶지 않았다. 무엇보다 나는 항상 불이 싫었다. 나는 성냥을 켜는 것도 좋아하지 않는다. 싸늘한 화장터로 내 시신을 실어가는 모습을 생각하니 기분이 나빴다.

무엇보다 조시가 나를 찾아오고 싶어 했다. 그는 아이들과 나를 보러 오고 싶다 했고, 나중에 내 옆에 묻히길 바랐다. 생각해 보니 그의 바람이 곧 내 바람이기도 했다.

또한 올 여름 내내 나는 남은 몇 개월을 어떻게 살지 고민했다. 2년 전 여름에는 갈라파고스 섬에 갔다. 조시와 나, 그리고 서른 명의 승객들은 보트를 타고 이 섬 저 섬을 다니며 물갈퀴 달린 파란 발과 가슴에 거대한 심장 같기도 하고 붉은 풍선 같기도 한 주머니를 매단 괴상한 새들, 정처 없이 돌아다니는 백 살 된 코끼리거북, 스노클링을 하는 사람들 곁을 헤엄쳐다니는 바다사자를 보았다.

어느 섬에서는 오래전에 죽은 물개의 뼈를 보았고, 그 뼈가 있는 곳에서 불과 백 걸음쯤 떨어진 곳에는 어미 물개와 새끼들이 놀고 있었다. 말 그대로 생명의 원초적 뿌리를 볼 수 있었다. 원시의 모습을 간직한 대자연, 수백만 년 동안 인간의 발길이 닿지 않은 야생 그대로의 삶이 그 섬에 있었다. 무엇보다 그 섬은 찰스 다윈에게 적자 생존론과 진화론의 단초를 제공한 곳이었다.

섬을 여행하던 어느 날 저녁, 식사를 마치고 보트에 앉아 있는데 물속에서 미끄러지듯 헤엄치는 상어를 보았다. 보트 조명등이 상어의 미끈한 몸뚱이를 희미하게 비췄고, 그 상어가 물고기를 좇는다는 걸 알게 됐다. 날치였던 것 같다. 상어로부터 도망치려고 물에서 날아오른 날치는 우리가 탄 보트의 갑판 한가운데에 툭 떨어져 살겠다고 파닥거렸다. 지켜보던 가이드가 날치를 검은 바다로 던졌다. 상어는 날치를 한입에 삼켰고 바다는 다시 잠잠해졌다.

그 후로 종종 그 날치가 생각났다. 살고자 하는, 제 목숨을 이어가고자 하는 날치의 원초적 본능은 내 안에도 있다. 날치가 얼마나 절박하게 살려고 했는지 나는 잘 안다. 내 몸의 종양이 커진 걸 확인할 때마다 나 역시 공포에 질리고 절박하게 살고 싶어지니까. 죽음에 직면한 다른 사람들에게서도 똑같은 본능을 본다. 예전에 만난 어느 남성 환자는 폐가 거의 끝장난 상태인데도 가능성 있는 임상 실험에 대해 얘기하며 삶의 미련을 버리지 못했다. 암 환자 모임에서 지독히 어리석고 생각 없는 조언을 해대는 일부 환자들도 빼놓을 수 없다. 그런 사람들의 조언은 무슨 수를 써서라도 살아남아야 한다는 본능을 기반으로 한다. 그런 사람들은 치료를 중단하고 호스피스로 가려는 사람들에게 이렇게 말하곤 한다. "치료를 계속 받으셔야죠. 우리의 선택지에 포기란 없어요."

하지만 현실적으로 말하면 죽음은 피할 수 없고 삶은 선택할 수 있다. 이런 사람들은 언제나 희망이 있다는 터무니없는 주장을 마구 내뱉는다. 본인들은 제한된 부위에만 암이 생겼겠지만 나 같은 사람들은 어디서 희망을 찾으라고? 암 진단을 받고 불과 1년 뒤에 두 살배기 딸을 두고 세상을 떠난 내 친구 에이미는? 이미 암으로 사망한 수백만 명에겐 어떤 희망이 있었을까?

언젠가는 죽음이 현실임을 인정하고 받아들여야 하는 때가 온다. 생각 없는 말을 배설하다가 죽음을 맞이하는 사람들은 본능이 자신을 지배하도록 한 경우일 것이다. 그런 사람들은 진화된 인간이라기보다 본능대로 살아가는 물고기와 같다고 생각한다. 죽음이 너무 두려운 나머지 인간의 영혼이 갖춰야 할 자존감도 품위도 없이 무작정 죽음을 거부하려고만 든다.

나 역시 원초적 본능을 일부 갖고 있지만, 본능에 전적으로 휘둘리지는 않는다. 인간은 물고기와 다르다. 우리는 진화했고 이성을 갖고 있다. 원초적 본능을 초월한, 사고력이 있고 의미 있는 존재다. 그것이 내가 지향하는 바이자 모든 사람이 나아가야 할 방향일 것이다. 본능을 제어할 줄 알고 공포와 두려움을 억누를 줄 알며 이성과 지성, 동정심, 솔직함, 신념, 사랑으로 난관을 극복할 줄 알아야 인간이라 할 수 있다.

본능의 지배를 받는 물고기와 인간을 구분하는 또 다른 특징은 우리가 운명을 선택할 수 있다는 점이다. 독자적 의지와 자결 능력은 인간으로서 갖춰야 할 기본적 요소이자, 우리가 소중히 여겨야 할 가치이다. 옴짝달싹하기 힘들고 제어할 수 있는 게 거의 없는 상황에서도 우리는 운명을 선택한다. 만약 누군가 내게 선택지가 없다고, 아무 생각 없이 본능에 따라 행동해야 한다고 말한다면, 그것은 인간으로서 나의 미덕과 개인적 선택권을 빼앗는 행위다.

이것은 암뿐 아니라 전반적인 삶에도 적용된다. 우울증과 맞서 싸우며 아침마다 일어나려고 안간힘을 쓰는 사람, 그리고 결국 일어난 사람에게 나는 박수를 쳐주고 싶다. 우울증과 싸우면서 줄곧 자살을 생각하면서 결국 목숨을 계속 이어갈지 여부를 스스로 결정한 사람에게도, 그것이 설득력 있는 선택이라면 박수를 보낸다. 깊은 생각과 명확한 결단을 통해 항암치료를 중단하고 호스피스를 선택한 분, 혹은 호스피스 대신 항암치료를 선택한 분에게도 나는 똑같이 박수를 보낸다. 축하합니다. 잘하셨습니다!

내가 죽은 뒤 세상과 두 딸이 나를 어떻게 기억할지 모르겠다. 다만 아무 생각도 배려심도 없이 오직 살기 위해 발악한 사람으로 기억하지는 말았으면 좋겠다. 내가 맑은 정신으로 죽음을 향해 나아갔음을 알아주면 좋겠다. 공포에 떠밀려서가 아니라 인간으로서 내가 가진 최고의 자질인 이성과 지성, 동정심, 솔직함, 사랑을 바탕으로 내린 결정임을 알아주면 좋겠다. 적어도 그게 내 목표다.

스캔 결과를 받고 일주일 뒤에 나는 마운트 시나이 병원과 약속을 잡았다. 그동안 참여했던 초파리 연구 결과를 논의하기 위해서였다. 지난 18개월 동안 마운트 시나이 병원 연구원들은 내 몸에서 꺼낸 1차 원발성 결장암을 초파리에게 주입하고 어떤 약제를 조합할 때 효과가 있는지 찾아내는 작업을 해왔다.

그들은 가능성 있는 조합을 딱 하나 찾아냈다. FDA가 인증한 1,200개 약제 중 단 두 가지 약제로 구성된 조합이었다. 이 약제들을 복합 투여하니 초파리들이 아직 살아 있었다. 초파리 안에 생겨난 종양의 크기는 줄어들지 않았지만 어쨌든 목숨은 붙어 있었다. 암에 걸린 초파리들이 오직 이 약제의 힘으로 생존해 있는 것이다.

그중 한 약제는 보험사에서 쉽게 승인을 해줄 듯했다. 하지만 두 번째 약제는 원래 흑색종 치료제여서 결장암 치료용으로는 승인이 나지 않은 상태였고, 따라서 보험사도 보험료를 지급하려 하지 않았다. 제약회사에서도 내가 자신들의 소득 제한 기준에 맞지 않다며 약을 줄 수 없다고 했다. 결국 나는 매달 7,000달러로 그 약을 공급해주겠다는 약국을 찾아냈다. 따져보니 2개월치 비용을 지불할 능력은 되었다. 만약 이 두 약제가 효과가 있는 것으로 드러나면 보험사에 비용 상환을 요구할 예정이었다. 나와 조시의 기준에서 한 달에 7,000달러가 큰돈은 아니었다.

하지만 연구원들이 그 약제를 환자들에게 처방할 때 비용을 낮출 수 있는 방법을 아직까지 찾아내지 못했다는 점이 마음에 걸렸다. 연구원들 스스로가 자신들이 찾아낸 결과물에 그만큼 자신 없어한다는 뜻으로 들렸으니까. 무엇보다 이런저런 실험에 소요될 시간과 에너지가 아까웠다. 나는 세 가지 실험 치료에 참여해왔고 그중 두 가지는 임상 실험이었다. 실험에 한 번 참여하려면 광범위한 검사를 받게 되는데 지금 시점에서는 99.9퍼센트 실패할 것이 뻔한 실험에 쏟을 시간도, 힘도 없었다. 차라리 아이들과 함께 집에 있거나 친구들과 어울리거나 글을 쓰거나 소파에 누워 텔레비전을 보는 게 낫겠다 싶었다.

언제부턴가 저명한 병원들이 제안하는 임상 실험이 멕시코의 어느 늪에서 퍼온 정체 모를 녹색 진흙, 내가 절대 먹지 않을 엉터리 약처럼 느껴졌다. 낫고 싶은 마음은 간절했지만 동물을 대상으로 하는 얄팍한 실험에 더는 놀아나고 싶지 않았다. 임상 실험은 모두 그런 식이니까. 지금까지 온갖 임상 실험에 참여하면서 질린 건지도 모르겠다.

결국 나는 더 이상의 임상 실험을 거부하고, 제일 처음 받았던 화학요법인 폴폭스를 저용량으로 재개하기로 했다. 그나마 치료 가능성이 제일 높은 방법이었다. 내가 마지막에 완전히 포기한 것이 아님을 나중에 딸들이 알아주길 바라는 마음으로 내린 결정이기도 했다.

이 시점에서는 치료 효과를 확인하기 위해 굳이 스캔을 받을 필요도 없었다. 암이 커지는 게 확실하게 느껴지니까. 어차피 약은 효과가 없고 조만간 호스피스 서비스를 요청할 때가 올 것이다. 물론 그때 가서 그동안 최선을 다했다는 생각 대신 살아야겠다는 본능이 더 크게 작용한다면 생각이 바뀌겠지만 말이다.

호스피스 서비스를 신청해야겠다는 생각은 전부터 일찌감치 해왔다. 호스피스 팀원들이 나와 우리 가족과 미리 안면을 트고 지내면 좋을 것 같았다. 나는 병원이 아닌 집에서 죽고 싶었고 그러려면 시간 여유를 두고 호스피스를 요청해야 했다. 증상이 심해져서 입원했다가 그 길로 퇴원을 못 하고 사망하는 환자들을 나는 숱하게 봤다. 암 말기로 병원에 있다보면 특유의 온갖 합병증과 병원에서 취하는 조치들 때문에 정신없는 하루를 보내게 되고, 그래서 가족들이 죽어가는 환자 곁에서 오붓한 시간을 보내게 해달라고 병원 측에 부탁하기도 한다.

나는 이것이 죽음을 두려워하는 문화, 마지막 순간까지 현실을 부정하면서 죽음을 꺼리고 죽음으로부터 도망치는 문화에서 비롯됐다고 생각한다. 나는 그런 선택이 내게 맞지 않다는 것을 전부터 알고 있었다. 나는 사람들을 사랑하고 삶을 사랑하기에, 사람들에게 둘러싸인 채 마지막 인사를 하고 싶다. 내가 제어할 수 있는 한, 내가 생각한 방법대로 죽고 싶다. 이것은 나 자신과의 약속이기도 하다. 아이들 곁에서 마지막 순간을 맞이하고 싶다. 그 순간에 우리 집이 가족과 친구들, 웃음, 눈물, 이야기, 음식 등 삶의 가장 좋은 요소들로 채워지길 바란다.

딸들이 내 죽음을 보면서 죽음을 두려워할 필요가 없고 죽음이 삶의 한 부분일 뿐임을 깨닫길 바란다. 내가 자신들을 얼마나 사랑하는지, 나아가 자신들이 얼마나 안전하게 사랑받고 있는 존재인지 알기를 바란다. 활기차고 평화로운 분위기, 사랑으로 가득한 분위기에서 맞이하는 죽음은 내가 딸들에게 줄 수 있는 가장 큰 선물이 될 것이다.

42.

당신도 언젠가는 나를 잊겠지만

조시에게

가끔 잠에서 완전히 깨기 전에 통증을 느끼면서 눈을 감고 있으면, 당신이 나를 바라보는 시선이 느껴져. 내 손을 잡은 당신 손에 힘이 들어가 있어. 어쩌면 그 힘 때문에 내가 잠에서 깼는지도 몰라. 난 언제나 당신의 사랑을 느끼고 있어. 당신이 시간이 지나도 절대 잊히지 않을 마음속 특별한 곳에 내 얼굴을 새겨두려고 안간힘을 쓰는 게 느껴져.

당신이 나 없는 삶을 상상하면서 느끼는 두려움도 고스란히 전해져. 나만큼 우리 아이들을 위로할 수 있을지, 아이들의 생일 파티를 계획하고 학사 일정을 챙길 수 있을지, 우리 집의 어떤 부분이 고장 나면 잘 고칠 수 있을지, 빛나는 경력을 유지하고 힘들게 일하면서도 이 모든 일을 다 해낼 수 있을지 걱정하고 있잖아.

당신이 우리 옷장과 화장실 서랍에서 내 물건을 치우는 모습이 상상이 돼. 당신이 꽃을 들고 내 무덤을 찾아오는 모습, 당신이 아이들을 재우고 나서 우리가 즐겨 보던 프로그램을 보는 모습도 그려져. 텔레비전에서 나오는 푸른 불빛을 받은 당신 얼굴에는 영원히 가시지 않을 슬픔이 새겨져 있겠지. 그런 당신을 생각하면 가슴이 아파. 내가 어떻게 해줘야 될지 모르겠어. 내가 죽고 나서 집안에 문제가 생기면 어떻게 해결할지 나름대로 정리해두었지만, 지금 어떻게 해줘야 당신이 느끼는 고통을 덜어줄 수 있을지는 모르겠어.

어떻게 해야 당신이 나를 좀 더 편하게 보내줄 수 있을까? 그게 과연 가능하기는 할까? 아이들에게 편지를 남기듯이 당신에게도 편지를 남겨야 조금이나마 당신에게 도움이 될 것 같아. 그렇게 하지 않는다면 난 아내로서 해야 할 의무를 저버리는 것이겠지.

지금 당신을 안고 당신 머리를 쓰다듬고 당신의 팔에 기대어 있으니까, 이번 삶에서 우리가 함께 보낸 시간이 얼마나 짧았는지가 확실히 느껴져. 이렇게 당신을 쓰다듬으면서 오직 당신에게만 열린 내 몸과 영혼에 당신의 모든 느낌과 기억을 담아둘 거야. 당신의 피부와 머리카락, 당신의 정수를 내 영혼에 담아 그 기억만이라도 저승으로 가져갈 수 있도록.

이 말을 들으니까 좀 도움이 돼? 서른 살에 당신을 만나기 전까지 난 평생 당신을 기다렸어. 이 말을 들으니까 기분이 좀 좋아지지? 나는 늘 영혼의 단짝이 존재한다고 믿었어. 늘 내 곁에 있었던 것처럼 아무렇지 않게 내 삶으로 쑤욱 들어올 단 한 사람이 어딘가에 있을 거라고 생각했어. 열 살, 열두 살, 열네 살, 열여섯 살, 열여덟 살 때 자리에 누워 내 단짝은 어디 있을지 상상했지. 내 평생의 사랑이 될 남자, 키 크고 구릿빛 피부에 잘생긴 나의 다르시 씨(제인 오스틴의《오만과 편견》의 남자 주인공이자 부유한 상류층 출신의 잘생긴 신사 – 옮긴이)는 어디 있을까 생각했어. 이 해가 돼? 알다시피 난 늘 구제불능일 정도의 낭만주의자잖아.

내가 무슨 말을 하고 어떤 행동을 해도 세월이 흐르면 당신에게 도움이 되지는 못할 거야. 시간은 초, 분, 시간, 일, 주, 월, 년, 10년 단위로 표시되지만 뭐라 정의하기 힘든 개념이잖아. 때로는 고통스러울 정도로 길게 느껴지지만 때로는 잔인할 정도로 빨리 지나가버리는 시간. 아무도, 아무것도 기다려주지 않고 때가 되면 예외 없이 떠나버리는 시간. 좋은 기억이든 나쁜 기억이든 잊게 해주거나 적어도 무디게는 해주는 시간.

미아가 출산 예정일을 하루 넘겼는데도 나오지 않으니 당신이 깜짝 놀라서 유도 분만을 해야 하는 것 아니냐고 했지? 그 미아가 이제 곧 여덟 살이 돼. 그동안 우리 얼굴은 하루하루 조금씩 나이를 먹었어. 각각 다른 시기에 찍은 사진을 보면 세월의 흔적이 고스란히 기록돼 있지.

세월이 흐르면서 당신도 나도 예전에 함께 브루클린 다리를 건넜던 기억, 서로에게 빠져들었던 그날 밤에 대한 세세한 기억을 거의 잊고 살았잖아. 그날 기온이 14도였나 15도였나? 우리가 맨해튼을 장식한 수백만 개의 반짝이는 불빛들을 바라볼 때 바람이 불었던가? 그때 당신이 무슨 옷을 입고 있었지?

시간은 아름답고 풍성하고 세세한 온갖 기억을 우리 머릿속에서 지우고 있어. 우리가 사랑에 빠졌을 때의 놀라운 행복감도 마찬가지야. 사랑에 빠졌을 때 느꼈던 강렬한 흥분과 설렘은 이제 담담하게 돌이켜보는 추억이 됐지. 마치 다른 사람의 연애사를 들을 때처럼.

가끔은 그 순간을 다시 살 수 있으면 좋겠다는 생각이 들어. 단추를 누르면 그 당시로 돌아가서, 꿈꿔왔던 남자와 사랑에 빠져 어쩔 줄 몰라 하는 젊은 여자로 돌아가서 그 아름답던 순간을 다시 한번 살아보는 거야. 하지만 불가능하겠지.

우리가 했던 수많은 싸움, 이혼하자는 말까지 나왔던 최악의 싸움도 이제는 생각이 잘 안 나. 그때 왜 싸웠는지도 모르겠어. 엄청 화가 나서 당신 뺨을 때리고 싶었던 때도 있었는데 그때 느꼈던 분노가 지금은 떠오르질 않아.

시간은 당신이 내 이상형이라는 것도, 우리가 서로에게 저지른 최악의 잘못도, 우리가 과거의 경험과 감정을 간직하고 싶어 하는지 여부도, 사랑과 증오도 상관하지 않아. 아무것도 차별하지 않고 모든 것을 무디게 만들어. 가장 순수한 기쁨과 가장 강렬한 분노도, 가슴 아픈 슬픔도 닳아지게 해.

스무 살 때 우리 할머니가 돌아가셨어. 할머니의 죽음은 내가 젊은 시절에 겪은 제일 큰 고통이었어. 대학으로 돌아가는 비행기 안에서 계속 울었던 기억이 나. 중간고사 기간에도 내내 울었어. 그 후 집에 돌아올 때면 가족들과 함께 할머니의 무덤을 찾곤 했지. 할머니는 우리 가족의 중심이었고 나는 그분을 무척 그리워했어. 하지만 세월이 흐르면서 할머니의 무덤을 찾는 횟수가 줄어들었어. 일주일에 한 번이 한 달에 한 번이 되고, 그 후 휴가 때만 찾다가 1년에 한 번으로 줄었고 어느새 아예 찾지 않게 됐어. 지난 15년 동안에는 한 번도 찾지 않았지. 나도 그렇고 다들 먹고살기 바빴으니까. 우리 모두 나이를 먹으면서 결혼도 했고 아이도 낳았잖아.

그리 멀지 않은 언젠가 나라는 존재, 지금과 과거의 나를 이루었던 모든 것은 추억으로 남아 세월과 함께 바랠 거야. 그리고 어느 날은 당신이 잠에서 깼을 때 내 얼굴도 쉽게 떠올리지 못하게 되겠지. 내 체취도, 내가 초콜릿 아이스크림을 좋아했던 것도 기억이 안 날 거야. 절대 잊지 않겠다고 다짐했던 수많은 것도 떠오르지 않을 거고. 내 생각을 하지 않는 때가 한 시간에서 두 시간, 세 시간으로 늘어나고 하루 종일 생각을 안 할 때도 올 거고 정기적으로 내 무덤을 찾는 일도 그만두겠지. 그래도 괜찮아. 원래 그래야 하는 거야. 내가 원하는 바이기도 하고.

사람이 건강하게 살려면 과거를 망각하게 해주는 시간의 힘이 필요해. 그 힘은 사람이 계속 살아갈 수 있게 해주고 새로운 경험과 감정이 들어올 자리를 만들어줘. 현재에 충실하게 살면서 미래를 꿈꿀 수 있게 해줘. 우리의 기억을 원래 있어야 할 곳인 과거에 담아 정리해주고 우리가 필요로 하고 원할 때 꺼내볼 수 있게 해줘.

그리고 당신에게 무엇보다 중요하고 필요한 말일 텐데, 시간은 과거의 상처를 아물게 해서 우리가 앞으로 나아갈 수 있게 해줘. 가장 고통스러웠던 경험도 시간이 흐르면 객관화가 되니까 그 경험을 돌아보면서 배움을 얻고 성장할 수 있지.

난 당신이 계속 살아가길 원해, 조시. 당신이 다시 스포츠에 빠져들면 좋겠어. 당신이 멋진 레스토랑에 가서 식사를 하면 좋겠어. 당신이 세계 여행을 하면 좋겠어. 당신이 최선을 다해 우리 아이들을 키워주면 좋겠어. 그래야 당신도 현실적이 되고 현재에 집중할 수 있을 테니까.

그리고 언젠가는 다시 누군가를 만나 사랑을 하길 바라. 이 말을 하기가 정말 쉽지 않지만 진심이야.

지난 4년 동안 당신이 얻게 될 더러운 둘째 부인에 대해 오래 얘기했잖아. 암 진단을 받고 며칠 안 됐을 때. 당신은 어이없어 했지만 내가 굳이 먼저 그 얘길 꺼냈지. 욕과 위협, 고함에 가까웠으니 얘기라고 하기도 민망하네. 어떤 여자들은 자신이 세상을 떠난 후 두 번째 아내로 들어올 여자에게 잘살라는 편지도 남긴다는데, 난 그렇게까지는 못하겠어. 난 그렇게 관대하질 못하니까.

다만 그 여자가 꽃뱀일까 봐 걱정은 돼. 당신 마음이 약해진 틈을 노리고 들어올까 봐, 신데렐라의 사악한 계모 같은 여자일까봐, 당신과 아이들의 삶에서 내 흔적을 모조리 지워버리려고 할까 봐. 난 무엇보다 아이들이 우리 친정 식구들과 인연을 이어가길 바라는데 그 여자가 못하게 할 수도 있잖아. 내가 남긴 유산을 소중히 보존하지 않을 수도 있겠지. 그 여자가 당신을 세뇌시켜서 당신이 스트레스를 받고 일에 치인 나머지 내가 소중히 여겼던 것들을 모두 잊을까 봐, 아이들을 잘 돌봐주기로 한 약속마저 잊을까 봐 두려워.

어쩌면 그 여자가 내가 당신과 아이들을 위해 만든 이 집에서 내 흔적을 최대한 지우려고 이 아파트를 완전히 리모델링하려 하지 않을까? 앞으로 오랜 세월 당신과 아이들이 행복하게 살도록 만들어놓은 이 아파트를 팔아버리자고 당신을 압박하지 않을까? 그래, 난 이런 오만가지 걱정을 하고 있어. 당신은 당신을 믿으라고, 당신이 올바른 결정을 내릴 사람이라는 걸 믿으라고 하지만, 그래도 난 힘이 들어.

내가 죽고 나서 당신이 얼마쯤 있다가 누군가를 만나 데이트를 하고 결혼을 할지 함께 얘기했던 거 기억나? 그때 당신이 구글에서 자료를 찾아서 통계와 백분율을 읽어줬어. 배우자가 사망한 후 남은 배우자가 결혼하기까지 걸리는 시간에 관해서였지. 그때 보니 과부와 홀아비는 차이가 많이 나더라. 홀아비는 과부에 비해 훨씬 빨리 다른 사람과 관계를 맺었는데, 그 통계를 들으면서 경악한 나머지 속이 메슥거렸어. 남자들은 태생적으로 혼자 살면서 자신을 돌보는 일을 잘 못하는 모양이야.

당신이 오랜 시간 내 죽음을 대비해 마음의 준비를 해온 건 인정해. 내 죽음이 어느 날 갑자기 닥치진 않을 테니까. 그래도 나를 존중하는 의미에서 최소한의 시간은 지켜주길 바라. 물론 어느 정도라야 적당한 시간이라고 말할 수 있을진 모르겠어.

아까도 말했듯이 난 구제불능일 정도로 낭만주의자야. 어린 시절 낭만이라고는 눈 씻고 찾아볼 수도 없는 환경에서 자랐기 때문에 그에 대한 반작용일 수도 있어. 텔레비전에서 본 연애 얘기와 아버지 몰래 읽은 연애소설은 예외로 하고. 이민자 가정에서 사랑과 결혼을 이루는 원칙은 실용주의야.

우리 부모님이 서로 볼에 키스하는 걸 본 적 있어? 당연히 없을 거야. 나도 본 적 없거든. 두 분이 다정한 손길로 서로를 만지는 걸 본 것도 다섯 손가락 안에 꼽을 정도로 적고, 어린 시절에 함께 살았던 조부모님이 그러는 건 아예 본 적이 없어. 우리 가족의 전통 속에 낭만적인 사랑은 없었던 거야.

어머니에게 아버지와 결혼할 때 아버지를 사랑했냐고 물어보니 아니라고 하셨어. 세월이 지나면서 사랑하게 됐다고 하셨지. 두 분의 사랑도 익숙함, 습관, 의무감에서 비롯된 거였어. 내전과 공산주의 정권을 견디고 이민 온 땅에서 함께 살아남는 과정에서 생겨난 사랑.

하지만 나는 자라는 동안 두 분 사이에서 어떤 사랑도 느낄 수가 없었어. 두 분은 엄청 싸우셨거든. 주로 아버지가 어머니에게 고함을 질러댔는데, 싸운 이유도 아버지가 험한 말을 했기 때문이었어. 아버지는 새로운 나라에 정착하느라 스트레스를 엄청 받으셨거든. 예전에는 대단한 집 아들이었지만 이 나라에 와서는 아무것도 아닌 존재가 되니 화가 많이 나셨던 것 같아.

그래도 세월이 흐르면서 분위기가 조금씩 나아지긴 했어. 어머니도 새로운 나라에 적응해 자신감을 많이 찾으셨고 아버지한테 반격하는 방법도 배우셨으니까. 그래도 난 두 분 같은 결혼이나 사랑은 절대 하지 않겠다고 맹세했어.

아버지는 내가 아예 연애를 하지 않길 바라셨던 것 같아. 고등학교 때 아버지한테 남자 친구를 사귀어도 되냐고 물어본 적이 있거든. 그때 내 주변에 있던 아시아계 친구들은 대부분 부모님 몰래 데이트를 했는데 아버지는 대학을 졸업할 때까지는 안 된다고 하셨지. '남자 친구니 여자 친구니 하는 것'은 공부에 방해만 될 뿐이고 그런 불량한 짓거리는 용납할 수 없다고 하셨어. 버클리대학교에 입학한 언니를 차로 태워다주고 오던 날 아버지가 노출 심한 민소매 티셔츠에 화장을 한 여학생들을 가리키면서 욕하듯이 말했어. "저 더러운 년들 좀 봐." 그때 나는 8학년에 막 올라갔지만 아버지가 무슨 말을 하고 싶은지 확실하게 알아들었어. 나더러 저런 더러운 년들 중 하나가 되지 말라는 경고였지. 남자 친구도 사귀지 말라는 뜻이었고.

그래서 학업에 집중할 수밖에 없었어. 내가 시력이 나빠서 운전을 못 하니까 아버지가 나를 차에 태워서 데리고 다니는 계획을 혼자 다 짜놓으셨어. 내가 나중에 돈을 벌어 아버지에게 휴대폰과 자동차를 사드리면 내가 원할 때 언제든 나를 태우고 어디든 다니실 생각까지 하셨어. 그런데 그 시나리오에 내 남편이나 아이들에 대한 내용은 없었지. 그때 문득 그런 생각이 들더라. 만약 내가 데이트를 하거나 친구들과 함께 놀러 간다고 해도, 만약 더러운 년처럼 옷을 입어도, 그래도 아버지가 과연 나를 데려다 주실까.

나는 훨씬 나중에야 왜 아버지가 내 미래의 남편이나 아이들에 대한 얘길 한 번도 안 하셨는지, 왜 공부를 잘해야 한다고 강조하셨는지, 경제적으로 독립해야 한다고 말씀하셨는지 알게 됐어. 아버지는 언니, 오빠보다 나한테 더 공부를 강조하셨거든. 내가 태어난 지 2개월이 됐을 때 할머니가 부모님을 시켜 나를 죽이려다 실패했다는 얘길 어머니한테 들은 거야.

그분들이 나를 죽이려고 하신 건 어차피 결혼도 못하고 자식도 못 낳는 비참한 삶을 살게 될 나를 구원해주기 위해서였어. 여자의 가치는 결혼해서 자식을 낳을 수 있는지에 전적으로 달려 있었거든. 미국으로 건너와 내가 약간이나마 시력을 되찾고, 이런저런 도움을 받으면서 좋은 기회도 누리는 걸 보셨지만 부모님은 여전히 나를 무력한 눈 먼 아이, 결함이 있어서 아무도 원치 않는 아이로 여기신 거야. 그분들에게 나는 여전히 결혼할 수 없는 아이였어.

나는 열일곱 살에 집을 떠나 대학에 다니면서 크게 좌절했고 그 후 몇 년 동안 온갖 실패를 겪었어. 온 우주에 화가 나더라. 왜 하필 저예요? 왜 하필 제가 시력장애로 태어났죠? 왜 저는 이 두껍고 흉한 안경을 써야 해요? 사방을 둘러봐도 온통 내가 할 수 없는 일투성이였으니까 어쩔 수 없이 내가 결함이 있고 불완전한 인간이라고 믿게 됐어.

이런 나를 세상에 태어나 살게 한 부모님도 원망했어. 한번은 아버지에게 왜 나를 이런 세상에 태어나게 했냐고 악을 쓰고 따진 적도 있지. 그런데 역설적이게도 나를 달래준 건 할머니였어. 당시 나는 나를 증오했거든.

낭만적인 자아로는 당신 같은 남자를 꿈꿨지만 실제로 그런 남자를 만날 수 있으리라고는 생각하지 않았어. 그런 남자를 찾는다 해도 나를 원할 것 같지도 않았고. 당신이 내 예전 남자 친구들에 대해 몇 번 물었잖아. 그때마다 어물쩍 대답을 피했는데 사실 당신을 만나기 전에 사귄 남자 친구가 없었어. 같이 어울리거나 주말에 잠깐씩 만난 사람은 있지만 몇 주 이상 내 옆에 붙어 있는 남자는 없었거든. 그 남자들이 월리엄스대학교에 하버드대학교 법학 대학원까지 나온 여자를 부담스러워 했을 수도 있어. 하지만 그때는 나처럼 결함 있는 여자를 원하는 남자는 없을 거라던 할머니와 부모님의 생각이 맞다고 여겼지. 내가 시각장애인인 걸 알고 나면 남자들이 심하게 불편해하면서 나를 피했거든. 그래서 난 사랑받을 자격이 없는 사람이구나, 할머니와 부모님 말이 맞구나 했지.

그래서 아버지가 바란 대로 공부에 매진했어. 그리고 내 안의 망가진 부분을 바로잡기 위해 노력했지. 우선 집에서 4,800킬로미터나 떨어진 곳에 있는 월리엄스대학교에 진학하면서 집을 떠났어. 아버지는 딸을 그렇게 먼 곳까지 보내 인생을 망칠 위험을 감수하게 하면서까지 교육시킬 필요는 없다고 생각하셨을지 몰

라. 하지만 윌리엄스대학교가 미국 대학 순위에서 1위를 차지했다는 데 솔깃하셨고 내가 전액 장학금까지 받으니까 반대를 안 하셨어.

대학에서는 중국어를 공부했어. 어머니가 나는 시력 때문에 절대 배우지 못할 거라고 생각하신 언어였지. 그리고 3학년 방학 때 가진 돈을 모두 갖고 중국으로 가서 공부를 했어. 대학을 졸업하고 세비야에 5주간 동안 머물면서 스페인어를 공부했고 유럽에 5주를 더 머물면서 나 홀로 여행도 했고. 법학 대학원 1학년을 마친 후 여름에는 방글라데시에서 인턴으로 일했지. 변호사 시험을 보고 나서는 칠레와 페루, 태국을 여행했고 23년 만에 부모님과 함께 베트남을 다시 찾았어. 일을 시작한 후에도 남아프리카공화국과 뉴질랜드로 몇 번 더 떠났고 당신을 만나기 직전에 남극에 갔으니까, 서른 살 이전에 7개 대륙에 다 가봤다고 자랑스럽게 말할 수 있는 거야.

이런 경험을 하는 동안 내 안에서 망가졌던 부분이 치유됐어. 세계 여행을 하면서 온갖 한계 상황에 맞닥뜨리다보니 못 할 일이 없겠다는 생각이 들더라. 로마 한복판에서 밤에 잘 곳을 찾느라 지도와 확대경을 들고 고민하는 것보다 더 좌절되고 나 자신이 싫어지는 일이 또 어디 있겠어.

남극에서 카약을 타는 동안 내가 무척 자랑스러웠고 나를 사랑하게 됐고 내가 할 수 있는 모든 일에 깊이 감사하게 됐어. 그러면서 이제 아무도 나한테 무언가를 할 수 있니 없니 말할 자격이 없다는 걸 깨닫게 됐지. 내 한계를 정할 수 있는 건 오직 나뿐이라고 생각하니 내가 할 수 있는 일들에 감사하게 되더라. 시력이 정상이어도 나처럼 혼자 세계 여행을 다닐 수 있는 사람은 많지 않으니까. 나는 나 자신을 있는 그대로 받아들이게 됐고, 자신에게 너그러워졌고, 나를 사랑하게 됐어.

그렇게 단짝을 만날 준비가 된 상태에서, 단짝을 맞이할 자격이 있다는 마음을 갖게 됐을 때 당신을 만난 거야. 당신과 함께하고 당신을 사랑하게 된 건 내가 그때까지 해온 일들 중 가장 쉬웠어. 당신을 사랑하는 건 너무나 당연한 일이었거든. 당신은 나보다 더는 아니지만, 나 못지않게 똑똑했어. 당신을 통해 새로운 깨우침을 얻었고, 가끔은 무척 짜증도 났지만 도전하고픈 마음도 생겼어.

하지만 내 마음에 가장 와닿았던 게 뭔지 알아? 함께 계단을 내려갈 때 당신이 말없이 내 손을 잡아주고, 자연스럽게 메뉴판을 읽어주고, 기분 좋게 내 운전기사 노릇을 해준 거였어. 당신은 내 능력을 의심하지 않았어. 당신이 결혼 허락을 받으려고 우리 부모님에게 연락하기 전에, 언니가 당신한테 미리 경고했다고 들었어. 내 시력을 비롯해서 내 모습을 있는 그대로 받아들이고 사랑해달라고. 그리고 당신은 늘 그렇게 나를 사랑해주고 나를 받아들여줬어.

내가 이런 얘기를 하는 건 내가 죽고 나서 몇 개월 있다가 다른 여자를 만나라는 말을 하기 위해서가 아니야. 오히려 당신에 관해 얘기하기 위해서지. 내가 죽으면 당신은 망가질 거야. 수백만 개의 파편으로 산산조각 날 거야. 부디 당신이 심지를 굳건히 하고 잘 추스르길 바라. 내가 있는 동안에는 만날 수 없었던 여자들과 데이트도 하면서 멋진 인연을 만들면 좋겠어. 때로는 외롭겠지만 잘 견디면서 아이들과 이 집, 당신의 경력을 잘 관리할 방법을 찾길 바라. 단순히 아내 혹은 아이들에게 엄마가 필요할 것 같아서 여자를 만나지는 마. 당신과 아이들과 함께 살 자격과 가치가 충분한 여자를 만나길 바라. 혹시 알아? 내 마음에 들 만한 사람일지.

사랑해, 여보. 잘 지내. 언젠가 다시 만날 때까지 안녕…….

줄리

43.

그 찬란한 빛들 모두 사라진다 해도

　작년 5월, 우리 가족은 오스틴을 출발해 뉴욕으로 돌아가는 비행기에 몸을 실었다. 조시와 미아는 다른 구역에 앉아 있었고 나는 이사벨과 나란히 앉아 창밖을 내다보고 있었다.

　"벨, 우리가 밖으로 나가서 구름 위에 앉아 있으면 재미있지 않을까?"

　"엄마, 바보 같은 소리 마세요. 그랬다가는 아래로 뚝 떨어져요. 허공이잖아요."

　"정말 그렇게 생각하니, 벨? 엄마 생각에는 구름 위에 천사들이 앉아 있을 것 같은데?"

　"천사들이 진짜 있다고 생각해요, 엄마?"

　"글쎄. 어쩌면⋯⋯."

　"우리가 죽으면 천사가 된다고 생각하세요?" 벨은 잠시 생각하다가 덧붙였다. "그럼 저는 천사가 되고 싶어요."

　"어째서?"

　"안 그러면 죽으면 끝이니까요."

"어머, 그럴듯한 이유구나." 나는 웃으며 말했다. 다섯 살 벨이 진지한 표정으로 하는 말에 나는 겸허해지고 감동을 받았다.

"하지만 엄마는 천사가 되지 말고 다른 아줌마 뱃속에 들어가서 다시 자랐으면 좋겠어요."

나는 놀라 잠시 아무 말도 하지 못하다가 나지막하게 속삭였다.

"정말 좋은 아이디어구나, 벨. 그렇게 되길 바랄게."

"하지만 엄마, 무사히 잘 돌아오셔야 돼요."

이제 여섯 살과 여덟 살이 된 딸들은 내가 어떻게 태어났고 자신들은 어떻게 태어났는지 듣는 것을 좋아한다. 아이들은 똑같은 얘기를 아무리 들어도 지루해하지 않는다. 생각해보면 나도 어렸을 때 어머니에게 내가 태어나던 얘기를 해달라고 졸랐던 것 같다.

두 딸은 모두 맨해튼의 어퍼 웨스트사이드에 있는 세인트 루크 루즈벨트 병원에서 태어났다. 첫째 미아를 낳을 때는 무통 주사를 맞고 열두 시간을 기다리며 한 시간 반 동안 힘을 주었지만 나오지 않아서, 결국 의사가 흡입기로 아기를 꺼냈다. 흡입기를 쓰자 아기가 쑥 빠져나왔고 나는 오후 5시 56분에 꼬물거리는 아기의 미끌미끌한 작은 몸을 안을 수 있었다.

이사벨은 찌는 듯한 무더위에 비교적 쉽게 태어났다. 이사벨이 태어난 날은 기온이 무려 37도에 달해서 나는 병원까지 가는 동안 더위에 지쳐 죽을 것 같았다. 하지만 택시를 타지는 않았다. 택시 교대 시간에 걸리거나 택시 안에서 아이를 낳을지도 모른다는 불안함 때문이었다. 조시와 나는 업타운으로 향하는 지하철을 탔고 같은 칸에 있던 사람들은 극심한 고통으로 헉헉대는 나를 걱정스런 눈으로 바라보았다. 지하철에서 내린 후에도 두 블록을 걸어야 했고 그곳에서 겨우 병원 경비원이 가져온 휠체어에 앉을 수 있었다. 경비원이 내게 바다의 푸른 파도를 떠올리라고 말하는 순간, 쓸데없는 소리는 집어치우라고 소리를 지를 뻔했다. 자궁이 8센티미터쯤 열려 있던 상태라 바로 분만실로 들어가 무통주사를 맞았다. 의사가 양수를 터뜨리고 20분쯤 지난 오후 6시 23분에 이사벨이 건강한 울음을 터트리며 태어났다.

아이의 탄생은 평범하고 뻔한 일 같아도 결코 그렇지 않다. 내 어린 딸들조차 자신들이 태어난 과정을 들으면서 한 인간이 세상에 태어난다는 것은 평범하지도 뻔하지도 않다는 것을 느낀다. 두 아이는 자신이 태어나던 당시의 이야기를 들으면서 자신의 존재를 경이롭게 여겼다. 진부하게 들리겠지만 우리는 이 모든 것을 생명의 기적이라고 부른다.

과학으로 설명할 수 없는 현상 혹은 자연의 법칙을 거스르는 모든 현상을 우리는 기적이라고 부른다. 과학의 발전으로 생명의 탄생 과정은 충분히 밝혀졌으니 생명의 기적은 어떤 면에서 보면 기적이라고 할 수는 없다. 나는 베이비센터닷컴babycenter.com에서 보내주는 이메일을 통해 임신 기간 동안 내 자궁에서 벌어지는 일을 매주 확인할 수 있었다. 난자와 정자가 만나고, 세포가 분열하고, 수많은 장기가 생겨나고, 수많은 체계가 자리 잡는 과정 속에 불가사의라고 부를 만한 일은 없었다. 하지만 누군가를 만나 사랑의 불꽃이 튀고 이 모든 과정이 시작되는 것 자체는 기적이다. 그 후로도 수많은 과정이 제대로 진행돼야 건강한 아이를 낳을 수 있는데, 나는 다행히 두 딸 모두를 건강하게 만날 수 있었다. 헤아릴 수 없이 많은 과정이 모두 순서에 맞게 진행된 것 자체가 기적이다. 태어날 때부터 맹인이나 다름없었던 나는 남들은 당연하게 생각하는 이런 과정에 상당히 민감했다. 조금만 어긋나도 훗날 얼마나 큰 차이가 생기는지 잘 알고 있었으니까. 당연히 평범한 산모보다 모든 과정에 집착할 수밖에 없었다.

2013년, 결장암 4기 진단을 받은 후로 나는 생명의 기적에 대해 꼭 글을 남기고 싶었다. 남기고픈 얘기는 수없이 많지만 그중에서도 이 얘기는 꼭 남기고 싶었다. 아이의 손가락, 발가락이 모두 제자리에 있는지 확인하기 위해 그 작은 손가락과 발가락들을 하나하나 세었던 것을 나 말고 누가 딸들에게 얘기해줄 수 있을까? 아이가 처음 태어나던 때의 마법처럼 경이로운 순간, 외계인 같던 얼굴, 축축하지만 더없이 부드럽고 내 체취가 묘하게 섞인 피부, 따뜻하게 감싸줘야 할 것 같은 머리, 영양분을 요구하는 연약한 몸에 대해 나 말고 누가 딸들에게 들려줄 수 있을까?
내게는 두 아이의 탄생이 너무나 특별하다. 세상 모든 엄마들과 마찬가지로 내게도 딸들은 작은 기적이다. 아이의 피부에서 느껴지는 감촉, 작은 팔다리의 움직임, 몇 초 전까지만 해도 세상에 존재하지 않았던 새로운 생명의 심장 소리에 나는 경이로움을 느꼈다.

이것 말고도 딸들이 들었으면 하는 얘기가 있다. 딸들의 존재와 삶이 녹아 있는, 오직 나만이 해줄 수 있는 딸들의 탄생에 얽힌 기적적인 얘기. 우리 힘만으로는 어찌할 수 없었던 역사와 가족사가 얽힌 딸들의 삶과 나의 삶을 나 말고 누가 딸들에게 전해줄 수 있을까? 내 탄생이 그랬듯 딸들의 탄생도 결코 쉽게 이루어질 수 없었음을 나 말고 누가 딸들에게 말해줄 수 있을까?

부모님과 조부모님, 특히 할머니는 내 존재를 현실적으로든 영적으로든 기적이라 여기지 않으셨다. 오히려 그 반대였다. 극단적으로 표현하자면 나라는 존재는 우리 가족에게 심각한 결점이었고 자연의 섭리에서 벗어난 커다란 실패작이었으며 혐오스러운 저주의 대상이었다.

나를 영원히 잠재울 약을 구하기 위해 다낭으로 가는 동안 어머니는 나를 품에 안고 조용히 흐느꼈다. 내 얼굴을 쓰다듬으며 어머니는 생각했다. 왜 내가 이 예쁜 아기에게 그런 몹쓸 짓을 해야 하지? 주변에는 이 아기에게 어떤 끔찍한 일이 벌어질지 전혀 알지 못한 채 태평하게 자신의 일상을 살아가는 사람들이 가득했다. 어머니는 이 모든 일이 너무나 불합리하게 느껴져 눈물을 쏟았다.

하지만 양심적인 약초 전문가와 "태어난 대로 어떻게든 살아질 거"라며 나를 내버려두라고 하신 증조할머니 덕분에 나는 목숨을 건질 수 있었다. 지금은 기억조차 가물가물한 증조할머니와 얼굴도 모르는 약초 전문가 덕분에 나는 살아남을 수 있었다.

그리고 얼마 후, 태어날 때만 해도 불가능하다고 여겨졌던 일이 벌어졌다. 완벽하지는 않지만 일부 시력을 되찾은 것이다. 어머니는 나를 UCLA 병원으로 데려갔고, 미주리 출신의 젊은 소아안과 의사는 이런 사례는 처음이라 시력이 얼마나 회복될지 장담할 수 없지만 일단 백내장을 제거하는 수술을 하겠다고 했다. 내가 미국에서 태어났다면 쉽게 해결했을 문제였다. 백내장 때문에 너무 오랫동안 시야가 막혀 있어서, 뇌는 뇌와 눈을 잇는 시신경을 찾지 못했고 눈을 통해 들어온 시각 정보를 제대로 처리하지도 못했다.

하지만 그 정도로 보이는 것도 내게는 감지덕지였다. 색깔과 모양을 구분했고 혼자 걸을 수 있었으며 보조 장치를 사용하면 책도 읽고 텔레비전도 볼 수 있었다. 나는 내게 주어진 시력으로 세상을 사는 법을 배웠고 심각한 제약에도 불구하고 꽤 많은 것을 이루었다. 새로운 땅에서 비교적 평범하게 보낸 어린 시절, 가족, 친구들, 우수한 성적, 장학금, 명문 대학교에서 받은 고등교육, 영향력 있는 직업, 많은 돈, 세계 여행, 잘생긴 남편과 아름다운 두 딸.

어린 시절 할머니가 예상했던 것과 달리 나는 이 모든 것을 얻었다. 누군가는 이런 나와 내 삶 자체를 기적이라고 부를 수도 있다. 암에 걸리지만 않았다면 말이다.

나는 기적에 대해 자주 생각한다. 하지만 내가 생각하는 기적은 암 환자 모임 사람들이 말하는 기적적인 치유와는 다르다. 나는 불가능을 가능으로 바꾸는 인생을 살아왔다. 그래서인지 내가 전이성 결장암 진단을 받았을 때 사람들은 넌 기적적으로 나을 수 있을 거라고 말했다.

하지만 나는 암에 걸렸다는 사실을 알았을 때 17년 전에 돌아가신 할머니가 다시 나를 죽이려 한다는 느낌을 받았다. 내 목숨을 살려준 약초 전문가에 대해 듣기 훨씬 전부터 나는 인생을 덤으로 살고 있다고 생각했다. 나는 이미 한번 구원받았다. 그리고 일부 시력을 되찾았을 때 두 번째로 구원받았다.

세 번이나 구원을 받을 수는 없다고, 세상의 순리가 그렇다고 나는 본능적으로 느꼈다. 나는 더 이상의 기적을 바라지 않았다. 기적은 이미 넘치도록 받았다. 나는 삶 자체를 통해 기적이라는 개념을 생각해보았다. 삶의 시작과 끝, 나의 시작과 끝, 모두의 시작과 끝, 그리고 모든 이들의 삶에서 벌어지는 기적에 대해 숙고했다.

태어날 때부터 주어졌던 조건을 돌이켜보면 나는 지금까지 덤으로 얻은 삶을 살아온 셈이다. 그러니 나라는 존재와 내 아이들의 존재는 과거에도, 지금도, 앞으로도 늘 기적일 수밖에 없다. 비록 40년은 더 살 수 있었을 인생이 암 때문에 여기서 이대로 끝난다 해도, 내 삶의 기적이 퇴색되지는 않는다. 살아 있는 모든 것은 죽는다. 어떤 것들은 예상보다 일찍 죽기도 한다. 딸들도 이런 자연의 섭리를 알고 있다.

삶의 기적은 언젠가 반드시 끝이 난다. 나는 내 삶이라는 기적이 어떻게 끝날지 알게 되어 고통스러울 뿐이다. 인생의 끝은 무엇이며 어떤 느낌일지, 죽음의 과정은 어떨지, 삶이라는 실타래를 원래대로 되감는 일을 얼마나 깔끔하고 아름답게 할 수 있을지, 흉하게 뒤엉킨 실을 풀어내는 일은 얼마나 혼란스러울지, 나는 지난 5년 내내 생각했다. 끝이 가까워져오는 요즘은 이런 생각을 더 자주 한다. 하지만 이런 과정조차도 기적일 것이다.

우리는 삶이라는 기적의 실타래를 되감는 일을 꺼리는 문화 속에서 살고 있다. 죽음은 어둡고 무섭고 비극적인 일이다. 죽음이 예상보다 일찍 찾아올 때는 더욱 그렇다. 처음 암 진단을 받았을 때 나는 어둠과 두려움, 비극을 함께 헤쳐나갈 수 있는, 나와 비슷한 처지에 놓인 사람들을 찾았다. 힘든 과정을 겪으면서도 엄혹한 현실을 수긍하고 받아들여야 구원받을 수 있다는데, 대부분의 사람들은 그렇지 않았다. 충격적인 진단을 받은 사람들은 죽음과 두려움으로부터 어떻게든 벗어나려 안간힘을 썼다. 그리고 어떻게든 나을 것이라는 착각과 거짓된 낙관주의, 주변 사람들의 터무니없는 응원에 끝없이 의지하려 했다.

물론 좋은 의도로 한 말이겠지만 환자 가족과 친구들, 그리고 증상이 가장 심각한 환자들과 그 보호자들까지도 진실을 외면하는 진부한 말들을 끝없이 늘어놓았다. "언제나 희망은 있어요. 마음을 긍정적으로 가져요. 끝까지 싸워야 됩니다. 다른 선택지는 없어요." 하지만 나는 이를 악물고 생각했다. 살 수 있다는 희망마저 사라질 때가 있잖아요. 그게 사실 아닌가요? 왜 계속 긍정적으로 생각해야 하죠? 부정적이 된다고 뭐가 더 잘못되나요? 아뇨, 내겐 다른 선택지가 있어요. 죽음을 고르는 선택지요. 무섭고 끔찍하지 않은가? 이런 사람들 앞에서 내 생각을 말해봤자 이단 소리나 들을 텐데.

예전에 한 유명 블로거가 암 진단을 받았는데 무척 설렌다는 글을 올린 적이 있다. 자기는 도전을 좋아하는데 젊은 나이에 암 투병이라는 새로운 도전을 하게 되어 흥분된다는 내용이었다. 나는 암 진단을 받았을 때 흥분 따위는 전혀 느끼지 못했다. 그녀가 정말 그런 감정을 느꼈다면, 몸 안에서 벌어지는 일을 인정하고 싶지 않아 스스로에게 거짓말을 한 것이지 않을까.

살날이 불과 몇 주 밖에 남지 않은 듯하던 또 다른 유명 블로거는 체중 감소와 간 종양, 그리고 다섯 군데로 전이된 뇌종양까지 나타났는데도 이를 인지하지도, 인정하지도 않았다. 그가 의사이자 암 연구자였기에 그의 부정과 착각은 내게 더욱 큰 충격으로 다가왔다. 그는 방사선 치료 중이었다. 그는 자신의 블로그에 얼마 전 쓰러진 이유가 방사선 치료로 인한 염증 때문인 것 같다는 글을 올렸다. 그는 염증이 진정되면 다시 체계적인 치료를 받을 수 있으리라 기대한다고 말했다. 나는 그가 한 달 전에 올린 사진과 글을 보면서 다시는 체계적인 치료를 받을 수 있는 상태로 돌아갈 수 없을 거라 직감했다.

오랜 시간 암과 싸우면서 많은 친구들이 죽어가는 모습을 지켜본 내게는 그가 지금 얼마나 죽음에 가까워져 있는지 보였지만 그는 사실을 인정하지 않았고 자신을 속이면서 순진한 블로그 독자들에게 계속 착각을 심어주고 있었다. 나는 예나 지금이나 이런 거짓말이 지긋지긋했다. 어쩌면 많은 사람들에게 거짓말은 죽음 앞에서 하루를 버텨낼 수 있게 해주는 유일한 방법일지도 모른다. 하지만 나는 그런 부류가 아니다. 나는 두려워도 용기를 내서 눈을 똑바로 뜨고 정직하게 죽음을 마주하자는 쪽이다. 그러다 보면 새로운 지혜가 생겨날 테니까. 나는 진실을 찾기 위해, 충실하게 남은 삶을 살면서 개인적으로 체험한 여러 기적을 의식적으로 풀어내는 과정의 의미를 이해하고 지혜를 쌓기 위해 글을 쓰기 시작했다. 그 와중에 나처럼 삶의 진실을 깨닫고자 하는 사람들이 많다는 사실을 알게 됐다. 그들은 나와 함께 기꺼이 삶과 죽음의 어둠과 두려움, 비극, 기쁨과 아름다움을 찾고 싶어 했다.

삶이라는 기적의 시작점, 태아가 자궁에서 생겨나 세상으로 나오기까지의 과정은 경이로움과 아름다움 그 자체다. 우리가 이 아름다움을, 저마다의 삶의 기적을 제대로 인지하지 못한다는 것은 참으로 안타까운 일이다. 할 수만 있다면 내가 잉태되고 탄생한 과정을 지켜보고 싶다. 그건 불가능하지만 대신 나의 죽음을 지켜볼 수 있게 됐다. 아직까지는 그럴 수 있는 정신이 남아 있다. 증상이 워낙 끔찍하지만 내가 마지막까지 상황을 인지할 수 있기를, 내 뇌가 모든 장기 중에 마지막으로 멈추기를 바란다.

7개월 전, 나는 두 번째 임상 실험에서 실패했고 세 번째 실험에서도 별다른 효과를 거두지 못했다. 스캔 결과 일부 복부 종양과 골반 종양이 두세 배로 커져 있었다. 장기가 막힐 가능성이 높았다. 이대로라면 내 폐와 간이 먼저 기능을 멈추지 않는 한 아무것도 먹지 못해 굶어 죽을 것이다. 내 담당의도 5분에 걸쳐 자신에게는 법적 책임이 없음을 설명한 뒤 그런 예후를 내놓았다. 한편으로는 드디어 이 고문이 끝나게 된 것에 안도했다. 드디어 다음 세상으로 모험을 떠날 수 있게 되었다.

나는 내 생애 마지막 여름이 될 2017년 여름 2주일 동안 이미 실컷 슬퍼하고 매일 울었다. 딸들의 삶에 일어날 크고 작은 순간들을 볼 수 없다는 생각에 계속해서 슬픔이 밀려왔다. 은퇴하면 토스카나의 별장에서 살면서 세계 여행을 하기로 했는데, 남편과 함께 꾸던 꿈도 산산조각이 났다. 지난 4년 동안 이미 실컷 아쉬워하고 애도했음에도 이 기간에는 지독하게 눈물이 났다.

지난 4년 동안 온갖 수술과 항암치료, 방사선 치료, 기타 실험 치료, 암으로 인한 통증을 견뎌온 몸 상태는 급속히 악화되고 있었다. 마약성 진통제를 투여해도 복부 통증이 워낙 극심해서 허리를 펴기가 힘들었다. 암이 자궁과 질로 전이되면서 출혈이 생기자 끝없이 암의 존재를 확인하는 기분이었다. 전반적으로 몸이 쇠약해져 엘리베이터로 오르내릴 때 주변에 사람이 없으면 바로 웅크리고 앉았다. 은행까지 고작 2분을 걸어가는 일이 심신을 굳건히 하고 마음의 준비를 해야 할 수 있는 엄청난 외출이 됐다. 음식 문제는 정말이지 힘들었다. 몇 년 동안 항암치료를 받으면서도 나는 음식 먹기를 즐겼는데, 지금은 음식을 만드는 것은 고사하고 음식을 보기만 해도 속이 메슥거려 먹을 수가 없다. 한때 요리를 무척 좋아했던 터라 마음이 더 좋지 않았다.

몸이 삶의 기본적인 욕구와 기쁨을 거부한다는 것은 더 이상 살 의욕이 사라졌음을 의미한다. 나는 타고난 근육질에 원래 체력이 좋은데 암 진단 전까지는 자주 격한 운동을 하면서 근력을 키웠다. 트레이더조에서 구입한 14킬로그램이나 되는 식료품을 등에 지고 잘도 걸었다. 두 딸을 하나는 업고 하나는 앉고 계단을 오르내리기도 했다.

그렇게 튼튼하던 여자에게 도대체 무슨 일이 일어난 걸까? 건강하던 그 여자는 아련한 기억 속 존재가 되어버렸다. 딸들이나 남편 때문이 아니라 이렇게 약해진 내가 안타깝고 슬프다. 한때 나였고 내가 사랑했던 나 자신이 사라져가고 있다. 죽어가는 여자, 급속도로 노화되는 여자, 비쩍 마르고 흉해진 이 여자가 나였다. 내가 죽음을 준비하는 동안, 나와 살아 있는 사람들 사이에 놓인 보이지 않는 벽은 점점 두꺼워지고 높아졌다. 나는 고립과 외로움, 어둠 속에 들어앉아 매일 사그라졌고, 임박해오는 죽음을 애도했다.

그렇게 슬프던 내 여름이 끝나고, 인생을 보는 관점이 바뀌면서 마음에 평화가 찾아왔다. 남편과 두 딸을 두고 떠나는 것은 슬펐지만 내 몸에서 일어나는 변화를 지켜보는 것은 신기하고 놀라웠다. 내가 태어나는 모습은 볼 수 없었지만 눈을 잘 뜨고 있으면 내가 죽어가는 모습은 볼 수 있을 테니까. 죽음도 일종의 기적이다. 죽음 안에서 아름다움을 찾기는 어렵지만 나는 계속 배워나갈 것이다.

할머니는 내가 스무 살 때 세상을 떠나셨다. 할머니를 많이 사랑했던 나는 너무도 비통했다. 어머니는 할머니가 나를 오랫동안 미워했다고, 우리가 미국으로 오고 내가 시력을 일부 회복한 후에야 나를 사랑하셨다고 말했지만 이상하게도 나는 자라면서 할머니가 나를 미워한다고 느낀 적이 없었다. 그분은 나를 포함한 열세 명의 손주들에게 정말 좋은 할머니였다. 주말마다 우리를 위해 맛있는 음식을 만들었고 우리에게 전화를 걸어 저녁 먹었냐고, 안 먹었으면 와서 먹으라고 말씀하셨다.

우리는 조금씩은 할머니의 보호와 보살핌을 받으며 자랐다. 할머니가 돌아가시기 전 어느 여름에, 할머니와 산책을 나간 적이 있다. 할머니는 내 팔꿈치를 잡고 걸었는데 할머니가 내 팔에 의지하고 있는 건지, 아니면 내게 길을 가르쳐주시는 건지 알 수 없었다. 아마 둘 다였는지도 모른다. 내가 1년 동안 해외에서 공부하고 다시 학교로 돌아가던 날도 할머니는 공항까지 나와서 내게 손을 흔들며 작별 인사를 건넸다. 할머니는 가장 암울한 마지막 순간에도 가족들을 자신의 곁으로 불러 모으는, 특별한 힘을 가진 분이었다.

진심으로 사랑했던 사람을 처음으로 떠나보내던 날, 나는 현실을 받아들이기가 힘들어서 중간고사도 제대로 준비할 수 없었다. 살날을 겨우 며칠 남겨둔 이 왜소한 노인과 내 기억 속 위풍당당한 할머니가 같은 사람이라는 게 잘 연결되지 않았다. 할머니는 한 번도 본 적 없는 소년과 결혼하기 위해 고향을 떠나 배를 타고 낯선 땅까지 온 여성이다. 글을 배운 적은 없지만 아들들과 손주들을 통해 사람이 꿈꿀 수 있는 모든 성공을 맛본 여성이기도 하다. 베트남에서 탈출할 때 보트에 탄 사람들이 모두 멀미를 해도 할머니는 구역질 한 번 하지 않았을 만큼 강한 분이었다.

"사랑해요, 할머니. 많이 그리울 거예요. 할머니가 저를 늘 자랑스러워하시도록 살게요. 약속드려요."

내가 눈물을 흘리며 할머니의 손을 배에 얹어드리고 방을 나서려는데, 할머니가 내게 잘 가라는 듯 손을 들어 천천히 흔드셨다. 그 간단한 동작을 하기 위해 할머니가 얼마나 큰 고통을 참으며 힘을 내셨을지 상상도 할 수 없다. 할머니의 마지막 사랑 표현에 가슴이 아파서 나는 며칠, 몇 개월, 몇 년을 울었다.

나는 암 진단을 받고 몇 년 동안 어두운 나날을 보내며 가슴앓이를 했지만, 가족들은 예전에 할머니에게 했듯이 나에게 아낌없는 사랑과 정을 쏟아주었다. 나는 가족을 사랑했고 가족들은 내가 아프지 않았을 때보다 더 나를 사랑해주었다. 우리는 전보다 서로를 더 많이 챙기며 가까이 소통했다. 내가 계획했던 대로 삶이 이루어졌다면 꿈도 꿀 수 없었을 만큼 우리 가족은 더욱 친밀해졌다. 죽음 앞에서 솔직해야 한다는 내 가치관 때문에 딸들은 또래 아이들보다 더 감성적이고 조숙해졌으며 하루하루에 감사하는 마음을 갖게 됐다.

우리는 멀리 여행을 다녔고, 나는 딸들이 청소년기를 보내게

될 아름다운 집을 만들었다. 남들은 당연한 것으로 여기고 귀찮
아하는 요리며 학부모 간담회, 숙제 봐주기, 바이올린 연습 지도
같은 일상적인 일들이 내게는 큰 기쁨이었다. 나는 죽어가면서
도 계속 살고 있다. 이런 삶에도 아름다움과 경이로움이 있다. 나
는 암 진단 후 몇 년 동안 내 삶의 기적을 내 방식대로 풀어내고
있다.

내 삶의 조명이 꺼지기 전에 이 말을 하고 싶다. 둘째 부인, 나
는 당신을 증오하지 않아요. 한때 내 가족이었던 이 사람들을 온
마음으로 사랑해주세요. 그들을 돌봐주고 나를 위해 끝까지 삶을
살아주세요.

어머니, 아버지, 두 분을 용서합니다. 그리고 고맙습니다.

곧 만나러 갈게요, 할머니. 할머니한테도 드릴 말씀이 있어요.

이 책을 읽게 될 분들에게도 하고 싶은 말이 있습니다. 여러분
과 내 삶의 여정을 나눌 수 있게 되어 감사드립니다. 일상의 고통
에 매몰되지 말고 느긋하게 삶을 즐기세요. 최대한 긍정적으로
살고 확률 따위 무시하세요. 아들, 딸, 남편, 아내와 함께 보내는
시간을 즐기세요. 살아가세요, 친구들. 그저 살아가세요. 여행을
하세요. 여권에 스탬프를 모으세요.

몇 년 전 다녀온 남극 여행은 나에게 너무나 큰 깨달음을 주었
다. 이 세상 같지 않은 광대하고 아름다운 남극 대륙 한가운데에
서자 마치 지구가 아닌 다른 행성, 다른 차원, 어쩌면 저승일 수

도 있는 공간에 있는 듯한 기분이 들었다. 쇄빙선 갑판에 서서 흰색과 파란색, 초록색으로 물든 채 바다에 떠다니는 거대한 빙하들을 경이로운 눈으로 바라보았다. 시간이 지나면서 쌓이고 깎인, 오래된 얼음과 새 얼음으로 이루어진 거대하고 험준한 빙산은 인간이 만든 어떤 구조물보다도 장엄했다. 구름 한 점 없는 파란 하늘, 24시간 떠 있는 태양의 빛, 그리고 완벽하게 하얀 땅은 너무도 강렬해서 감당하기 버거울 정도였다.

하늘처럼 고요한 바다는 노가 닿을 때마다 잔잔한 물결을 일으켰다. 태양 빛 아래에서 남극은 노란색과 분홍색, 빨간색, 보라색으로 보였다. 펭귄의 주둥이는 오렌지색이고 얕은 물은 초록색이며 바다표범의 가죽은 갈색이었다. 무엇보다 생기와 순수, 아름다움이 넘치는 이 장관에 나는 숨이 막힐 듯했고 자꾸 눈물이 고였다. 살아서 이토록 아름다운 풍경을 보게 해주신 신에게 감사하고 싶었다.

남극 대륙에서 나는 마치 다른 행성에 와 있는 듯했다. 지구의 존재 의미에 대한 진지한 답을 알 것도 같았다. 그런 곳에서는 거창한 생각을 하지 않을 수가 없고 신을 떠올리지 않을 수 없다. 여기서 '신'이란 특정 종교가 모시는 신이 아니라 과거와 현재와 미래에 존재하는 모든 생명을 주관하는 힘, 우리가 마음으로는 이해할 수 없지만 영혼으로는 느낄 수 있는 힘, 마치 위대한 시처럼 논리를 벗어나 감정을 압도하는 힘을 의미한다. 그 위대하고 장엄한 풍경 속에서 나는 미미하고 보잘것없는 존재에 불과했다. 태양계 내에 있는 작고 파란 행성에서 찰나를 살다 가는 미미하고 작은 생명체일 뿐이었다.

일상을 살면서 자신이 작고 보잘것없는 존재라는 느낌을 받는 경우는 드물다. 남극에서 돌아온 후 나 역시 개인에게는 중요하게 느껴지지만 알고보면 사소하고 자질구레한 일상에 다시 빠져들었다. 가족과의 갈등, 친구와의 다툼을 해결하고, 100페이지에 달하는 계약서 초안을 밤늦게까지 작성하고, 단어 몇 개를 놓고 마치 대단한 문제라도 풀듯 상대 변호사와 격렬하게 협상을 하고, 내 앞에서 새치기한 남자 때문에 짜증을 내고, 결혼식 계획을 세우고, 아파트를 구입하고, 어떤 침대를 살지 고민하고, 양치질과 텔레비전 보는 문제를 두고 아이들과 씨름하며 보냈다.

우리는 거대하고 장엄한 풍경의 그림자가 아니라 일견 어마어마해 보이지만 실은 좁디좁은 한계 속에서 하루하루를 살아간다. 그게 인간의 자연스러운 삶이다. 그렇게 우리는 인생을 살아간다.

그렇게 살다보면 우리를 작고 무기력한 존재로 만드는 일이 발생한다. 그러나 그 무기력함 속에도 인생의 진실이 있다. 그리고 그 진실 속에 인생이 있다.

때가 되면 나는 다시는 못 일어날 것을 직감하고, 안도의 한숨을 내쉬며 행복하게 자리에 누울 것이다. 그리고 할머니가 그랬듯이 가족과 친구들을 부를 것이다. 그리고 이 기적 같은 삶의 끝을, 또 다른 기적의 시작을 간절한 마음으로 맞이할 것이다.

Epilogue

우선 나는 줄리에 비하면 사적인 이야기를 공개하는 데 있어서 훨씬 민감한 사람임을 밝혀둔다. 나라면 줄리처럼 자신의 삶과 병에 대한 내밀한 이야기들을 이렇게 날것 그대로 드러내지 못했을 것이다. 하지만 나는 그녀를 깊이 사랑하고 온전히 믿었기에, 비록 때로는 읽는 것조차 힘들었던 그녀의 글을 내 개인적인 생각과는 별개로 지지하기로 마음먹었다. 그리고 이제부터 줄리가 부탁했듯이 이 책의 마무리를 맺으려 한다.

나는 우리가 꿈꿔온 이 아파트에서, 줄리가 죽음을 맞이한 바로 그 방에서 이 글을 쓰고 있다.

줄리의 침대가 바로 여기에 있었다. 줄리는 이 침대에서 내게 마지막 인사를 건넸다. 2018년 3월 19일, 밝은 햇살이 비추던 늦겨울의 바로 그날로부터 3개월 하고도 4일이 지났다. 그전까지 이 방에서 많은 일이 있었다. 줄리가 아파트 두 채를 리모델링해 우리 가족을 위한 근사한 보금자리를 만들어주기 전까지 이 방은 우리 부부의 침실이었다. 자유의 여신상이 내다보이는 햇살 가득한 이 방에서 우리는 미아와 이사벨을 얻었고, 뉴욕에서 가장 멋진 일몰을 함께 감상하며 우리의 결혼 생활에 대해 더없이 속 깊은 대화를 나눴다. 이곳에서 함께 상상의 나래를 펼치며 미래를 계획했다. 그리고 결국 이곳은 우리가 줄리의 마지막 생을 편안하게 마무리할 수 있도록 최선을 다하는 장소가 되고 말았다.

작년 한 해 동안 우리에겐 많은 일이 있었다. 줄리의 몸 곳곳에서 이상 신호가 발견됐다. 늦가을 즈음까지 줄리는 수차례 폐렴을 앓았고, 폐에 복숭아만한 종양이 발견되어 방사선 치료를 받았다. 하지만 방사선 치료는 약간의 시간만을 벌어다주었다. 우리는 그해 추수감사절이 줄리의 마지막 추수감사절이 될 것임을, 그해 크리스마스가 줄리의 마지막 크리스마스가 될 것임을, 2018년 1월 초에 있었던 생일이 줄리의 마지막 생일이 될 것임을 직감했다. 줄리의 상태는 급속도로 악화되었다. 전이성 암의 마지막 단계에 이르자 줄리는 매시간 극심한 통증을 호소했고 죽음의 그림자가 깊이 드리웠다. 나는 그녀를 최대한 편안하게 해주기 위해 엄청난 진통제를 투여할 수밖에 없었다.

줄리가 세상을 떠난 날로부터 정확히 3주 전이었던 2월 26일 월요일은 내게는 평생 잊지 못할 끔찍한 날로 기억될 것이다. 줄리는 상태가 극심하게 악화되어 셀 수 없을 정도로 많은 진통제를 처방받았다. 그날이 오기 전 주말부터 줄리는 알아들을 수 없는 말을 횡설수설했고, 그 모습을 지켜보는 내 마음은 지독하게 심란해졌다. 아내의 죽음이 코앞까지 다가왔다는 끔찍한 현실 때문만은 아니었다. 그전까지만 해도 줄리는 몸 상태가 심하게 안좋고 지독한 치료를 받고 있어도 정신만큼은 늘 온전했다. 그런데 오늘이 며칠인지 기억을 못 하고, 사람들 이름을 더듬고, 그녀답지 않게 기어들어가는 목소리로 말하는 모습을 보자니 마음이 무너졌다. 나는 커져가는 두려움을 억누르려고 애썼다. 문득 줄리의 휴대폰을 보니 그날 오후 늦게 메모리얼 슬로언 케터링에서 말기 환자 간병팀과 만나기로 약속이 되어 있었다.

병원에 도착하자 줄리는 다시 정신을 차렸다. 말기 암 전문의인 R.S. 박사는 어떤 진료실에서든 응급 상황을 마주하면서도 언제나 긍정적인 사람이었다. 그는 나를 복도로 데리고 나가더니 이제 "몇 달이 아닌 몇 주" 정도밖에 남지 않았다고 나지막하게 알려주었다. 줄리에게도 같이 이야기를 해준 듯했다. 검사실로 돌아가니 줄리는 진찰대 위에 조용히 걸터앉아 있었고, 그 순간 우리는 절대 잊을 수 없을 눈빛으로 서로를 바라보았다. 한마디 말도 없이 단지 눈빛만으로도 우리는 모든 상황이 끝났음을 느낄수 있었다.

나는 줄리가 집으로 돌아가 나와 딸들, 치퍼와 함께하고 싶다며 흐느끼던 모습을 기억한다. 줄리는 쉽게 눈물을 흘리는 사람이 아니었다. 줄리는 자신의 병에 대해 꼼꼼하게 공부를 해온 사람이었고 병원에서 온갖 의료 장비에 묶인 채 마지막 순간을 보내기를 원치 않았다. 그녀는 바로 이 집에서, 이 방에서 생을 마감하기를 원했다. 하지만 우선은 R.S. 박사 팀이 병원에서만 맞을수 있는 정맥주사용 의약품 없이도 집에서 마지막 나날을 버틸 수 있도록 조치를 취해주어야 했다. 박사는 직설적으로 말했다. 지체할 시간이 없었다.

"빨리 가정 호스피스 팀을 꾸리고 마지막 준비를 하세요. 지금 당장이요."

입원한 다음날 아침, 줄리는 오피오이드(마약과 비슷한 작용을 하는 합성 진통·마취제 – 옮긴이)에 취해 멍한 상태였지만, 평소처럼 주변을 인지하고 있었다. 우리 눈에 눈물이 차올랐다. 5년 가까이 고통스러운 시간을 보내며 암과 싸워왔지만 결국 이렇게 항복하는구나 싶었다. 줄리는 생각에 잠긴 목소리로 물었다.

"나 어떻게 죽지? 어떻게 죽느냔 말이야?"

그날 아침 내내 줄리는 흐느껴 울면서 계속 이렇게 물었다. '어떻게 나에게 이런 일이 일어날 수 있지?' 어떻게 죽어야 할까? 논리적이면서도 이성적인, 줄리다운 질문이었다. 아마 당시 줄리의 머릿속에 남은 유일한 질문이었을 것이다. 이미 다른 의문들은 초월한 상태였을 테니까.

줄리는 나와 두 딸의 소소한 부분까지 모두 챙겨주었다. 우리가 그녀 없이 어떻게 살아갈 수 있을까?

그녀의 모습이 선명하게 살아 숨 쉬는 바로 이 자리에 앉아 있으면서도 나는 이 질문에 대한 적절한 답을 찾을 수가 없다. 아마 영원히 찾을 수 없을 것이다.

한 가지 확실하게 말하고 싶은 것은 줄리는 자신이 원하던 방식으로 죽음을 맞이했다는 것이다. 그녀는 사랑하는 사람들에게 둘러싸여 눈을 감았다. 처가 식구들과 사랑하는 사촌 낸시와 캐롤라인을 비롯해 우리 부모님과 형제들까지 자리를 지켰다. 미아와 이사벨과 나도 당연히 함께였다. 줄리가 사망하기 일주일 전인 3월 12일 저녁, 우리는 줄리의 바람대로 그녀의 인생에서 큰 의미가 있는 사람들을 집으로 초대해 기도회를 열었다. 거실 소파에 누운 줄리 곁에서 케이트 원장수녀님이 기도와 묵상 시간을 이끌었고, 한 사람씩 줄리에게 다가가 친구였고 용감한 여행자였으며 아이 친구의 엄마이자 같은 암 환자였으며 작가였던 줄리의 삶에 대해 이야기했다. 우리는 울고 웃으며 함께 식사하고 술잔을 기울였다. 줄리만 빼고. 줄리는 얼마 전부터 식사를 중단했고 그후로 아무것도 먹으려 하지 않았으니까.

나는 깊이를 헤아릴 수 없을 만큼 엄청난 두려움을 느꼈지만, 내 감정과는 별개로 줄리의 고통이 어서 끝나기를 간절히 바랐다. 그때 내가 느낀 감정들을 어떻게 말로 표현할 수 있을까. 굳이 이런 글을 쓰는 이유는, 인생에서 가장 소중했던 사람이 죽음을 앞둔 상황에서 배우자가 느끼는 혼란스럽고 상반된 감정을 여러분에게 알려주고 싶기 때문이다. 만약 여러분이 줄리만큼 아프다면, 죽음이 오히려 구원이 될 수도 있을 것이다.

줄리의 죽음 이후에는 준비해둔 것이 없었다. 처음에는 영원할 것만 같던 참담한 심경이 조금씩 무뎌졌다. 줄리가 떠나고 몇 주, 몇 달이 지나자 묘하게 삶이 가벼워지는 느낌마저 들었다. 이제 다 끝났다. 끝없이 이어지던 말기 암의 악몽도, 세상에서 가장 사랑하던 사람이 끔찍한 고통에 시달리는 모습을 지켜봐야 한다는 두려움도 사라졌다. 공포와 두려움으로 가득했던 5년의 세월이 어느 순간 끝난 것이다.

이런 말을 하기는 조심스럽지만 드디어 나와 미아, 이사벨의 미래를 고민할 수 있게 되어 약간의 행복과 기쁨마저 느꼈다. 이런 감정을 품었다는 것에 큰 충격을 받았지만, 봄이 오고 근처 공원을 산책하면서 나는 이런 과정을 거부감 없이 받아들이기로 마음먹었다. 말기 암 환자와 함께 살면서 시시각각 긴급 상황을 겪다보면 미래를 생각할 겨를이 없다. 그저 그 순간, 하루, 한 주를 정신없이 살아갈 뿐 그 이상의 미래는 없었다. 그런데 어느 순간 우리 앞에 미래가 펼쳐지기 시작했다. 한편으로는 놀라운 안도감을 느꼈다.

"그렇게 끔찍한 일만은 아니구나."

나는 몇 번이나 혼잣말을 했다. 하지만 어느 순간 무감각해졌던 감정이 산산조각 나면서 줄리가 세상에서 영원히 사라졌다는 고통스러운 상실감이 밀려왔다. 줄리가 세상을 떠난 지 몇 달이 지나자 본격적인 슬픔이 밀려온 것이다. 한동안 나는 슬픔과 원초적인 감정에 휩쓸려 정상적인 생활을 할 수 없었다. 온갖 후회와 회의, 그리고 한동안 해방감을 느꼈다는 죄책감에 시달려야 했다.

나는 줄리에게 최선을 다하지 못했다는 자책감과 온갖 비이성적인 감정 때문에 자주 무너져내렸다. 틈만 나면 2013년 봄에 쩍은 줄리의 사진을 들여다보면서 암 진단을 받기 전까지 젊고 활기차고 아름다웠던 그녀를 기억했고, 줄리의 내면에서 풍겨나오던 자유로움과 무한한 가능성에 놀라곤 했다. 저 생기 넘치는 줄리의 몸에 죽음의 그림자가 드리워져 있었을 줄은 꿈에도 생각하지 못했다.

줄리의 죽음은 정해져 있었고 누구도 막을 수 없었다. 막을 수 있었다는 건 착각이었다. 이 모든 혼란과 가능성, 이랬더라면 혹은 저랬더라면 하는 생각들, 각종 의학적 시도와 대체의학에 대한 미련, 그리고 그 외의 모든 것들은 다 피할 수 없는 결말로 가기 위한 과정에 불과했다.

내가 이 글을 쓰는 것은 줄리가 **암으로 죽었다**는 사실을 말하기 위해서가 아니라 줄리가 본인의 운명에 어떻게 맞섰는지를 이야기하기 위해서다. 줄리는 시력장애를 안고 태어났지만 누구보다 세상을 똑바로 바라보았다. 그녀는 자신의 병에 대한 진실을 마주하고도 회피하거나 숨으려 하지 않고 오히려 진술하고 열정적으로, 충실하게 삶을 살아감으로써 우리 모두에게 큰 교훈을 주었다.

결국 내가 할 수 있는 일은 없었다. 무엇보다, 죽음을 있는 그대로 받아들이자는 것은 줄리의 마지막 신념이기도 했다. 미아와 이사벨을 두고 떠나야 한다는 것 외에 줄리는 삶에 미련이 없었다. 줄리의 투병 과정을 지켜보면서 우리 가족은 현실을 받아들이는 법을 배웠다. 줄리는 누구보다 모범적으로 현실을 받아들였다. 줄리와 함께 살면서 그녀에게 많은 것을 배웠지만 이보다 더 중요한 가르침은 없었다. 진정한 지혜와 평화는 현실을 받아들이는 데서 비롯된다. 그리고 현실을 인정할 때 진짜 삶이 시작된다. 그러니 진실을 회피하는 것은 곧 삶을 부정하는 것이다.

줄리는 내가 아는 누구보다도 혹독한 인생을 살아야 했다. 인생을 세 번쯤 산다고 가정할 때 겪을 수 있는 모든 현실보다 더 혹독했다. 하지만 그녀는 진정 현명한 사람이었다. 줄리는 서른 일곱이라는 젊은 나이에 결장암에 걸렸지만, 그럼에도 불구하고 투병 과정을 글로 풀었고 이제 그녀의 글은 저마다의 고통과 싸우며 살아가는 수많은 환자들에게 큰 공감을 불러일으킬 것이다. 줄리가 이 책이 사람들에게 어떻게 읽히기를 바랐는지를 떠올리며 그녀의 글을 다시 한 번 적어보겠다.

나는 이 책을 통해 암 환자로서의 삶뿐 아니라 한 인간으로서의 내 인생을 전체적으로 보여주고자 한다. 사람들이 이 책을 읽으며 자신의 모습을 발견할 수 있기를 바란다. 지금 어떤 어려움에 처해있든 결코 혼자가 아니며, 앞으로도 결코 혼자가 아닐 것임을 깨닫길 바란다……. 나의 풍요로우면서도 뒤틀리고 다난했던 인생을 읽고 여러분이 울고 웃으며 기쁨과 슬픔을 느끼기를, 그리고 힘을 내어 지혜와 진리를 얻고 마음의 평안을 얻기를 바란다.

이제 나는 또 다른 일을 맡게 되었다. 줄리가 남긴 글을 정리해, 그녀의 비범했던 기록을 책으로 펴내는 일이다. 그녀의 이야기가 더 큰 의미를 가질 수 있도록 그녀의 글을 정성을 다해 세상에 내놓을 것이다. 이 작업을 통해 나는 다시금 그녀와의 추억을 떠올릴 것이다. 줄리는 세상을 떠났지만 이 놀라운 이야기는 나와 두 딸 그리고 여러분 곁에서 영원히 함께할 것이다.

이 글의 취지에 맞게, 우리와 비슷한 시련을 겪는 사람들이 혼자가 아님을 느낄 수 있도록, 아무리 사이가 좋은 부부도 투병 과정에서 어려움을 겪을 수밖에 없음을 전하고자 한다. 줄리와 나는 함께한 세월 내내 감정적으로 깊은 교감을 나누었지만, 죽음의 그림자가 들이닥친 후로 관계에 금이 갔던 게 사실이다. 줄리는 죽음과 그 이후의 삶을 고민했지만 나는 그녀가 떠난 뒤 나와두 딸의 삶이 얼마나 피폐해질지 우려했다. 우리는 점점 멀어졌고 그토록 오랜 시간을 함께했음에도 낯선 타인들처럼 서로를 낯설어했다. 서로의 낯선 모습을 보며 우리는 더욱 절망했다. 때로는 그 절망감을 참을 수 없어서 비슷한 상황에 처한 다른 많은 부부들처럼 지독하게 싸우기도 했다. 상황이 심각할 때면 이럴 바에 차라리 헤어지자고 소리를 높이기도 했다. 이혼 얘기가 나왔고 서로에게 잔인한 말을 퍼붓기도 했다.

말기 암은 허리케인 같다. 말기 암에 걸린 당사자뿐만 아니라 주변 사람들과 모든 것들을 파괴해버린다. 하지만 우리는 서로를 떠나지 않았다. 이혼하지도 않았다. 삶이 내 뜻대로 되지 않는다는 것을 느끼며 벼랑 끝까지 내몰렸을 때, 우리는 이전과는 다른더 큰 노력이 필요하다는 사실을 깨달았다. 줄리와 나는 최선을 다했다. 우리는 진실을 마주하고 우리가 함께해야 할 이유를 재차 확인한 뒤, 서로에게 필요한 말을 해주었다. 그녀가 살아 있던 마지막 몇 달 동안 우리는 서로를 더욱 사랑하고 감사하며 지냈다. 손을 잡고 좋아하는 프로그램을 함께 보면서 소파에서 나란히 잠들기도 했다.

앞에서도 밝혔듯, 나는 다른 사람들에게 내 이야기를 잘 하지 않는다. 미아와 이사벨에게도 마찬가지다. 하지만 두 딸은 줄리의 지성과 공감력을 빼닮아 사랑스럽고 호기심이 많으며 다정한 소녀로 자라고 있다. 나는 항상 두 딸에게 엄마가 살아 있었을 때만큼 잘해주려고 최선을 다하고, 줄리의 사랑을 대신 전해주려 노력하고 있다. 두 딸은 자기만의 방식으로 엄마의 빈자리를 잘 견뎌주고 있다. 5월 5일, 브루클린 성당에서 줄리의 추도식이 열렸을 때 미아는 수많은 사람들 앞에서 바이올린을 켰고 이사벨은 피아노를 치며 엄마를 위한 음악을 연주했다. 아마 줄리가 어딘가에서 그 연주를 더 잘 듣기 위해 눈을 꼭 감고 귀를 기울이고 있었을 것이다.

여보, 영원히 사랑해. 언젠가 다시 만날 때까지 안녕.

2018년 6월
조슈아 윌리엄스

감사의 말

줄리의 이야기를 아껴주시고, 줄리와 우리 가족이 가장 힘든 시기를 겪고 있을 때 사랑으로 보살펴주신 수많은 분들께 무한히 감사드립니다.

먼저, 줄리의 문학적 터전이 되어준 랜덤하우스출판사의 모든 관계자 여러분께 깊이 감사드립니다. 줄리의 편집자이자 친구인 랜덤하우스 출판사의 마크 워렌 씨는 줄리의 글에 독특한 힘이 있음을 알아봐주었습니다. 줄리는 마크 씨와 오랜 대화를 나누면서 이 책의 꼴을 잡을 수 있었습니다.

줄리를 열성적으로 지지해주신 저작권 대리인 데이비드 그레인저 씨에게도 감사드립니다. 데이비드 씨는 누구보다 먼저 이 책의 가능성을 알아봐주셨습니다. 줄리와 늘 가까이서 작업을 진행해주신 앤디 워드 씨와 비범한 능력을 지닌 마케팅 및 홍보 팀의 리 마션트, 마리아 브래컬, 미셸 재스민, 앤드류 드워드, 그리고 줄리의 글을 세심하게 다듬어주신 편집자 에반 캠필드 씨에게도 고맙다는 말씀을 드리고 싶습니다.

첫 수술을 해주신 UCLA 병원과 NYU 암센터, 메모리얼 슬로언 케터링 암센터와 특별한 능력으로 줄리를 치료하고 돌봐주신 헌신적인 의료진께 감사 인사를 전합니다. 평생 잊지 못할 만큼 깊은 은혜를 입었습니다. 줄리뿐 아니라 우리 가족에게 친절하고 인내심 있게, 더없이 현명한 관심을 기울여주셔서 감사합니다.

세인트 앤 앤드 더 홀리 트리니티 성당의 케이트 원장수녀님과 신자 여러분. 우리가 가장 필요로 할 때 공동체 일원으로 받아주셔서 깊이 감사드립니다.

줄리와 조시 부부는 줄리가 몸담았던 클리어리 가틀립 스틴 앤 해밀턴Cleary Gottlieb Steen & Hamilton과 조시가 일하는 아킨 검프 스트라우스 하우어 앤드 펠드Akin Gump Strauss Hauer & Feld 두 회사에 무척 감사드립니다. 줄리는 2013년 암 진단을 받은 이후로 근무를 하지 않았지만 클리어리는 줄리의 사무실을 계속 비워두었고 줄리의 어시스턴트도 줄리의 마지막 날까지 헌신을 다해주었습니다. 무엇보다 줄리의 이름으로 모금 행사를 진행해 결장암 연구 기관에 기부금을 전달해주셔서 감사합니다. 아킨 검프 또한 줄리의 건강과 미아와 이사벨의 행복, 우리 모두의 평화로운 마음이 무엇보다 중요하다는 뜻을 분명히 해주었습니다. 두 회사의 깊은 배려심과 이해에 어떤 말로 감사를 표해야 할지 모르겠습니다.

브루클린 아파트 이웃들에게도 고맙다는 말씀을 전하고 싶습니다. 필요한 시기에 요리를 만들어주시고 아이들을 돌봐주신 여러분은 정말이지 최고의 이웃입니다. 미아와 이사벨, 조시는 이웃 여러분의 정에 보답하기 위해 최선을 다할 것입니다.

조시의 어머니이자 줄리의 시어머니인 벡 윌리엄스 여사께도 감사드립니다. 윌리엄스 여사는 가장 힘든 시기에 줄리와 두 손녀를 헌신적으로 도와주셨습니다. 브루클린에 몇 주간 머물면서 줄리를 병원에 데려가주시고 곁에서 말동무가 되어주신 점을 늘 잊지 않을 것입니다.

마지막으로 결장암 연합Colorectal Cancer Alliance, ccalliance.org의 마이클 사피엔자 씨와 모든 관계자들께 감사드립니다. 줄리가 이 모임의 가치를 믿고 동참할 수 있었던 것만으로도 큰 힘이 되었습니다.

무엇보다 가장 고마운 분들이 계십니다. 바로 독자 여러분입니다. 독자 여러분이 없었으면 줄리의 꿈은 결코 이루어질 수 없었을 것입니다. 줄리의 블로그를 읽고 줄리에게 글을 쓰도록 독려해주신 분들께 특별히 감사드립니다. 우리 곁에 있어주셔서 정말 감사합니다. 줄리의 추억이 우리 모두에게 오래도록 머물기를 기원합니다.

옮긴이 공보경

고려대 영어영문학과를 졸업하고 소설, 에세이, 인문 분야 전문 번역가로 활동하고 있다.
옮긴 책으로 파울로 코엘료의 《아크라 문서》, 엘런 L. 워커의 《아이 없는 완전한 삶》, 나오미 노빅
의 《테메레르》시리즈, 레이 얼의 《마이 매드 팻 다이어리》 1, 2, 애거서 크리스티의 《커튼》, 제임
스 대시너의 《메이즈러너》시리즈, 스콧 피츠제럴드의 《벤자민 버튼의 시간은 거꾸로 간다》, 할런
코벤의 《스트레인저》, J. G. 밸러드의 《물에 잠긴 세계》, 《하이라이즈》 웨스 앤더슨의 《개들의 섬》
등이 있다.

그 찬란한 빛들 모두 사라진다 해도

1판 1쇄 발행 2019년 4월 20일
1판 3쇄 발행 2019년 5월 3일

지은이 줄리 입 윌리엄스
옮긴이 공보경
발행인 오영진 김진갑
발행처 나무의철학

책임편집 이다희
기획편집 박수진 김율리 박은화 허재희
디자인팀 안윤민 김현주
마케팅 박시현 신하은 박준서
경영지원 이혜선

출판등록 2006년 1월 11일 제313-2006-15호
주소 서울시 마포구 월드컵북로5가길 12 서교빌딩 2층
전화 02-332-3310 팩스 02-332-7741
블로그 blog.naver.com/midnightbookstore
페이스북 www.facebook.com/tornadobook

ISBN 979-11-5851-133-3 03840

나무의철학은 토네이도미디어그룹(주)의 자회사입니다.

이 도서의 국립중앙도서관 출판예정도서목록(CIP)은 서지정보유통지원시스템 홈페이지
(http://seoji.nl.go.kr)와 국가자료공동목록시스템(http://www.nl.go.kr/kolisnet)에서
이용하실 수 있습니다. (CIP제어번호: CIP2019012441)